Un bébé en héritage

Le désir pour guide

JANICE MAYNARD

Un bébé en héritage

Traduction française de
MARIE MOREAU

PASSIONS

HARLEQUIN

Collection : PASSIONS

Titre original :
A CONTRACT SEDUCTION

HARPERCOLLINS FRANCE
83-85, boulevard Vincent-Auriol, 75646 PARIS CEDEX 13
Service Lectrices — Tél. : 01 45 82 47 47

www.harlequin.fr

ISBN 978-2-2804-3709-7 — ISSN 1950-2761

- 1 -

Tumeur inopérable. Cancer.

Les doigts serrés sur le volant de sa voiture, roulant sur la route qui contournait Charleston, Jonathan Tarleton regardait fixement devant lui, les yeux brouillés. Il y avait peu de circulation en ce milieu de journée.

Il avait sans doute tort de conduire. Il était encore sous le choc de ce qu'il venait d'apprendre. Mais il ressentait le besoin urgent de rentrer chez lui. Comme un animal blessé, il voulait aller se cacher dans sa tanière. Se retrouver seul pour faire face à l'inimaginable.

Par bonheur, Mazie, sa sœur, s'était mariée et vivait désormais avec JB, le meilleur ami de Jonathan. S'il avait dû la croiser dans la grande maison familiale de bord de mer, elle aurait tout de suite deviné que quelque chose n'allait pas. Ils étaient très proches, et elle le connaissait par cœur.

En temps normal, Mazie et lui auraient quitté depuis longtemps la demeure de leur enfance. Mais leur père était seul et plus faible de jour en jour. Contrairement à nombre de ses amis, Gerald Tarleton refusait toujours de s'installer dans une résidence de luxe qui lui aurait permis de vivre en communauté et de recevoir des soins médicaux quotidiens. Il était trop attaché à sa propriété et à la presqu'île sur laquelle elle trônait pour se résoudre à déménager.

Jonathan pénétra dans le parking souterrain, se gara et

appuya le front contre ses poings. Il ressentait un mélange de fatigue, de peur et de colère. Qu'allait-il se passer maintenant ? Il assumait seul la direction de Tarleton Shipping, la compagnie de navigation que possédait sa famille. Même si le nom de son père figurait toujours sur les documents de la société, c'était Jonathan qui prenait désormais toutes les décisions.

Hartley, son frère jumeau, aurait dû être auprès de lui pour l'aider, mais cela faisait des mois qu'il avait disparu. Après avoir inexplicablement volé un million de dollars à l'entreprise familiale, il était parti sans laisser d'adresse.

Son nom avait été rayé de l'organigramme ainsi que du testament de leur père, et il n'était plus considéré comme un membre de la famille.

Jonathan avait été anéanti par cette trahison. Il s'efforçait de ne rien montrer mais, au fond, elle le rongeait de la même façon que sa maladie. Son père et lui étaient les seuls à savoir ce qui s'était passé. Ils n'avaient pas voulu faire de mal à Mazie, ni ternir l'image qu'elle avait de son grand frère.

D'une main tremblante, il coupa le contact. La chaleur et l'humidité envahirent le véhicule dès l'arrêt de la climatisation. Même si Jonathan avait toujours vécu en Caroline du Sud, il sentait combien la touffeur de l'été pouvait être brutale.

Il prit ses affaires et monta au rez-de-chaussée. Pour des raisons de sécurité, deux bureaux équipés des dernières technologies avaient été aménagés dans la maison en plus de ceux qui se trouvaient au siège de Tarleton Shipping. Cela offrait une discrétion totale quand les affaires l'imposaient et, grâce à cette installation, Jonathan pouvait aussi garder un œil sur son père tout en travaillant. Cette situation lui pesait parfois, mais il possédait un appartement en ville dans lequel il pouvait se réfugier de temps à autre.

À trente et un ans, presque trente-deux, il était loin d'avoir la vie mondaine à laquelle il aurait pu prétendre. Il lui arrivait de sortir avec des femmes, mais elles avaient du mal à comprendre et à accepter le poids des responsabilités qu'il devait assumer. Diriger l'entreprise familiale était à la fois son privilège et son fardeau. Le travail prenait une telle place dans sa vie qu'il ne se rappelait même pas la dernière fois qu'il s'était senti proche d'une femme, tant sur le plan physique qu'émotionnel.

Mais il acceptait volontiers ces sacrifices. Il était fier de ce que les Tarleton avaient construit ici à Charleston. Fier et déterminé à le faire fructifier.

En traversant le salon, il s'arrêta un instant pour regarder par la grande baie vitrée l'océan qui scintillait sous le soleil de juin. Jusqu'à présent, ce spectacle avait toujours eu le pouvoir de l'apaiser.

Mais tout était différent aujourd'hui. La mer semblait le provoquer en lui montrant insolemment son immensité et son intemporalité. Les humains n'étaient que de petits grains de sable au milieu du cosmos. Des gouttes d'eau dans l'océan.

Ces images toutes faites ne lui avaient jamais paru aussi vraies. Le fait d'être confronté à sa condition de mortel le faisait soudain penser autrement. Le temps, cette ressource nébuleuse qu'il avait considérée comme un produit bon marché, était brusquement devenue plus précieux que tout ce qu'il pouvait imaginer.

Combien de temps lui restait-il ? Le médecin disait six mois. Peut-être plus. Peut-être moins. Comment annoncer la nouvelle à sa sœur ? À son père ? Qu'allait-il advenir de l'entreprise, l'héritage de sa famille ? Mazie avait ses propres activités, sa propre vie à mener.

Une fois Gerald et Jonathan partis, elle deviendrait l'unique propriétaire de la firme. N'ayant jamais exprimé l'envie de faire partie intégrante de Tarleton Shipping, elle vendrait peut-être. Ce serait alors la fin d'une ère.

Cette pensée lui fit plus de mal qu'il n'aurait su le dire. Avant aujourd'hui, il ne s'était pas vraiment rendu compte à quel point il était investi émotionnellement dans l'entreprise. Ce n'était pas un simple travail pour lui. C'était une mission qui lui incombait en tant qu'héritier de la famille Tarleton, le symbole de la place de sa lignée dans l'histoire de Charleston.

Entrant silencieusement dans le petit salon, il trouva son père endormi dans son fauteuil et se garda de le réveiller. Il avait les nerfs à vif et la sensation que sa tête était serrée dans un étau.

Cela faisait presque un an qu'il subissait ces terribles migraines. Il avait commencé par les avoir de temps en temps, puis de plus en plus souvent. Un médecin lui avait dit qu'elles étaient liées au stress.

Il avait essayé une dizaine de traitements qu'il avait tous abandonnés faute d'efficacité. Il avait de nouveaux cachets à prendre à partir d'aujourd'hui. Il rêvait d'en avaler un dès maintenant, de se mettre au lit et de s'endormir pour oublier la douleur.

Mais cela ne résoudrait pas son problème.

Il avait des responsabilités et n'avait pas pour habitude de les fuir. Au contraire, il aimait la pression, le travail, l'adrénaline d'un projet à concrétiser et d'un délai à respecter. Rien ne lui faisait plus de bien que de travailler chaque jour plus dur pour réaliser l'impossible.

Voilà ce qui allait le faire tenir ces prochains mois.

Il marcha jusqu'à la cuisine, se servit un verre d'eau et s'appuya contre le plan de travail en marbre. C'est alors qu'il prit sa première décision importante depuis l'annonce de son diagnostic. Il n'allait parler de sa maladie à personne. C'était le meilleur moyen de protéger sa famille et ses amis. Il n'avait aucune envie de voir ses proches avoir de la peine pour lui. Il serait bien temps de le pleurer une fois qu'il serait parti. Pour l'instant, tout ce qu'il voulait, c'était préserver le *statu quo*.

Avant tout, il devait établir une stratégie pour préparer l'avenir de l'entreprise. Il allait y réfléchir. Quelques idées vagues et désespérées lui traversaient l'esprit, plus invraisemblables les unes que les autres. Il allait devoir trouver la bonne solution. Il ne pouvait pas se contenter de se volatiliser sans s'être occupé de rien et en laissant tout s'écrouler derrière lui.

Il avait besoin de temps pour assimiler la nouvelle et apprendre à vivre avec cette épée de Damoclès. Sa fortune, son pouvoir et son statut n'allaient lui être d'aucune aide cette fois-ci. Tout l'or du monde ne le sauverait pas de l'issue fatale qui s'annonçait.

Lisette Stanhope tapa le code d'accès, attendit que la grande grille s'ouvre devant elle puis fit avancer sa voiture vers la propriété des Tarleton. Cela faisait six ans qu'elle travaillait pour Jonathan et qu'elle venait ici régulièrement, mais la beauté des lieux la frappait toujours autant.

Depuis plusieurs décennies, la famille Tarleton vivait ici, au sommet d'une petite presqu'île située au nord de Charleston. La maison principale trônait au milieu d'un terrain de huit hectares et était entourée de plusieurs bâtiments secondaires.

Une imposante grille en fer entourait la propriété, et un mur en brique avait été ajouté côté mer. Ainsi, la maison était protégée des personnes potentiellement indiscrètes ou malintentionnées qui se rendaient sur la plage, dont l'accès était ouvert à tous. Les ouragans et l'érosion rendaient l'entretien du mur très coûteux, mais le patriarche de la famille étant de nature suspicieuse, voire paranoïaque, la sécurité représentait pour lui un souci majeur.

Dès qu'elle vit la voiture de Jonathan garée dans le parking souterrain, Lisette se crispa. D'ordinaire, il n'était pas chez lui à cette heure de la journée. Elle avait voulu passer brièvement, dire bonjour à Gerald, poser sur le bureau de Jonathan l'enveloppe qu'elle avait dans son sac et repartir aussitôt.

Elle aurait pu livrer son message au siège de la société où elle travaillait la plupart du temps, mais elle n'y aurait pas trouvé l'intimité dont elle avait besoin. Sa décision de présenter sa démission lui nouait l'estomac. Jonathan allait-il être furieux ? Perplexe ? Les deux ?

Après avoir lu sa courte lettre, il allait lui demander des explications. Forcément. Elle avait déjà préparé sa réponse. Elle allait évoquer des envies de changement, un besoin de relever de nouveaux défis, le désir d'avoir plus de temps libre pour voyager. En répétant son discours devant sa glace, elle avait presque réussi à se convaincre elle-même. Le passage le plus difficile risquait d'être celui où elle reconnaîtrait à quel point Jonathan et les autres membres de sa famille avaient été bons envers elle.

Alors que Lisette terminait ses études supérieures, sa mère avait été victime d'un AVC qui l'avait fortement handicapée. Pendant les sept années qui avaient suivi, Lisette avait dû cumuler deux emplois pour subvenir à leurs besoins à toutes les deux tout en payant les infirmières à domicile et les nombreux soins médicaux de sa mère.

Lorsqu'elle avait été engagée par Tarleton Shipping six ans plus tôt, cela lui avait changé la vie. Grâce à un salaire généreux et de belles primes de fin d'année, elle avait pu respirer un peu et passer enfin du temps avec sa mère.

Finalement, à l'automne dernier, la deuxième attaque avait été fatale. Jonathan avait alors tenu à ce que Lisette prenne un long congé afin qu'elle se remette de son deuil et s'acquitte des démarches administratives. Peu de patrons se seraient montrés aussi attentionnés.

Et maintenant voilà comment elle allait le remercier. En tournant le dos à la compagnie et à son P-DG qui avait tant fait pour elle.

Il était sûrement loin de s'attendre à cela, mais elle n'avait pas le choix.

Elle avait envie d'une famille. D'un mari, d'un bébé, d'une vie normale et ordinaire. Ce n'était pas en soupirant pour son patron pendant encore un, deux ou cinq ans qu'elle allait réaliser son rêve. Jonathan n'avait jamais rien fait pour lui laisser penser que son attirance pour lui était réciproque. Elle avait besoin d'un nouveau départ, d'un changement de décor. Elle voulait se donner une chance de rencontrer un autre homme, d'oublier enfin Jonathan pour entamer un nouveau chapitre de son existence. Cela faisait si longtemps qu'elle n'avait pas eu de relation sentimentale qu'elle ne savait même plus par où commencer. Mais une chose était sûre : elle ne parviendrait pas à avancer tant qu'elle continuerait à voir Jonathan tous les jours.

Elle sentit son cœur se serrer dans sa poitrine. Elle ne voulait pas se trouver face à lui. Elle craignait trop qu'un sentiment de culpabilité et mille autres émotions l'empêchent d'aller au bout de ce qu'elle avait prévu.

Arrivée en haut de l'escalier, elle tapa un autre code et poussa la porte pour entrer dans la maison. Il n'y avait pas un bruit à l'intérieur. Jonathan était peut-être absent en fin de compte. Un de ses amis avait pu passer le prendre. Il pouvait aussi se trouver chez Mazie et JB.

Elle ne fut pas étonnée lorsqu'elle aperçut Gerald Tarleton qui somnolait dans son fauteuil. Prenant soin de ne pas le réveiller, elle poursuivit son chemin à pas de loup tout en espérant qu'elle arriverait à déposer sa lettre et à ressortir sans avoir croisé personne.

Les pièces de vie se trouvaient aux étages supérieurs, tandis qu'à l'arrière du rez-de-chaussée, deux grandes pièces avaient été aménagées pour constituer des bureaux aussi perfectionnés, voire encore plus, que ceux du siège social.

Le plus petit des deux était celui de Lisette. Elle avait débuté au sein de l'entreprise au service comptabilité, mais en gravissant rapidement les échelons, elle n'avait pas tardé à devenir l'assistante de Jonathan, poste qu'elle occupait maintenant depuis trois ans. Son travail consistait à lui simplifier la vie au maximum, afin qu'il puisse se consacrer pleinement à sa mission de P-DG.

Ils formaient une excellente équipe.

La porte qui séparait les deux bureaux était ouverte et, en entrant dans le sien, elle vit qu'il n'y avait personne ni dans l'un, ni dans l'autre.

Elle se sentait encore plus envahie par le doute maintenant qu'elle était là. Sortant l'enveloppe de son sac, elle la regarda fixement, sans savoir ce qu'elle devait faire. Hier soir, elle avait imaginé au moins dix versions différentes. Elle se sentait lâche de démissionner par lettre interposée. Jonathan aurait mérité qu'elle lui annonce la nouvelle de vive voix. Mais elle s'en sentait incapable. Surtout, elle avait peur qu'il la persuade en quelques mots de revenir sur sa décision.

Elle avait les mains moites. Une fois que ce serait fait, elle ne pourrait plus revenir en arrière. Alors qu'elle se préparait à marcher vers le bureau de Jonathan pour y déposer son enveloppe bien en évidence, une voix profonde résonna derrière elle.

— Lisette. Que faites-vous ?

Prise de panique, elle se retourna en enfouissant sa lettre dans la poche de sa jupe.

— Jonathan. Vous m'avez fait peur. Je ne m'attendais pas à vous voir ici.

Il sourit et lui adressa un regard interrogateur.

— J'habite ici.

— Oui, bien sûr, balbutia-t-elle en s'essuyant les mains sur les hanches. Comme vous n'étiez pas au bureau, je me suis dit que je devais peut-être me rendre chez vous. Vous voyez. Au cas où vous auriez besoin de moi.

Elle avait beau mentir et bégayer, il ne sembla s'apercevoir de rien. C'est alors qu'elle se rendit compte qu'il avait le visage terriblement pâle. Il avait l'air tendu. Préoccupé.

— Jonathan ? Quelque chose ne va pas ?

Il ne pouvait tout de même pas avoir deviné ce qu'elle était réellement venue faire…

— Disons que la journée n'a pas été facile, répondit-il en la regardant fixement.

— Je suis désolée. Que puis-je faire pour vous aider ?

Heureusement qu'il n'avait pas vu sa lettre. De toute évidence, le moment aurait été très mal choisi pour lui présenter sa démission.

— Je ne sais pas.

Il parlait lentement, comme s'il n'était pas tout à fait dans son état normal. Il était si étrange qu'elle commença à s'inquiéter. Le Jonathan qu'elle connaissait avait l'esprit vif et déterminé. C'était un homme brillant qui dirigeait son entreprise avec un équilibre parfait entre autorité et souci de bien faire.

D'un geste instinctif, elle posa brièvement la main sur son bras.

— Que se passe-t-il ? demanda-t-elle. Avons-nous perdu le contrat Porter ?

— Non, non.

Il regarda quelques papiers éparpillés sur son bureau, puis releva les yeux vers elle.

— Je vous ai envoyé plusieurs e-mails hier soir. Vous voulez bien les traiter ? Ensuite, j'aurai des courriers à vous dicter.

Il grimaça soudain en portant la main à sa tempe, et son teint se fit encore plus blême.

Elle savait qu'il souffrait de maux de tête depuis des mois. Ils travaillaient en étroite collaboration, si bien qu'il n'avait pas pu le lui cacher.

— Vous avez pris quelque chose ? lui demanda-t-elle d'un ton calme. Je vois bien que vous avez mal.

— Oui, je viens d'avaler un cachet.

— Pourquoi ne pas monter vous allonger, le temps qu'il fasse effet ? Vous pouvez transférer les appels de votre téléphone sur ma ligne. Je viendrai vous chercher en cas d'urgence.

Même fatigué et en proie à la douleur, Jonathan Tarleton restait aussi charismatique et séduisant que d'habitude. Il semblait contrôler parfaitement les choses. Le savoir fragilisé par ces migraines était à la fois accablant et perturbant.

— Une heure, dit-il d'un ton bourru. Pas plus. Je vais programmer mon réveil.

Jonathan monta lentement l'escalier. La réalité commençait à prendre forme dans son esprit. Sa situation n'allait pas s'améliorer. Il pouvait demander un autre avis médical, mais à quoi bon ? Il avait déjà consulté plusieurs spécialistes. Après ces derniers examens, il avait fini par avoir un diagnostic.

Seul dans sa grande chambre luxueusement aménagée, il jura entre les dents et dut se résoudre à prendre un médicament. Il avait besoin de se sentir mieux pour avoir les idées claires. Tant que cette douleur le torturerait, il serait incapable de réfléchir.

Il s'étendit sur son matelas et resta immobile en attendant que le cachet fasse effet. Savoir que Lisette était là le réconfortait, l'aidait à se détendre.

Mais le fait de penser à elle l'empêcha de s'endormir. Cela faisait longtemps maintenant qu'elle faisait partie de sa vie. Soucieux de respecter les règles strictes qu'il s'était fixées, il s'était forcé à ignorer son attirance pour elle. Elle était sa collaboratrice. Un point c'est tout. Parfois, il avait été tenté de céder, mais il pouvait se féliciter aujourd'hui d'avoir su résister à la tentation. Il allait avoir besoin d'une personne de confiance à ses côtés. De quelqu'un de neutre, capable de lui parler en toute objectivité.

Lisette avait une personnalité apaisante. Ses compétences professionnelles et sa capacité à réagir à n'importe quelle urgence l'avaient impressionné dès le début. À présent, elle était au courant de tout ce qui se passait dans l'entreprise. De la négociation la plus confidentielle aux secrets financiers, il la consultait sur tous les sujets.

Aux yeux de certains hommes, elle pouvait paraître insignifiante. Avec ses cheveux châtains coiffés simplement, ses tenues vestimentaires discrètes et son attitude réservée, elle ne cherchait pas à se faire remarquer. Mais cela n'enlevait rien à sa féminité, et son esprit ne faisait qu'ajouter à son charme. Elle était drôle, brillante et généreuse et, dans les affaires, il se sentait sur un pied d'égalité avec elle. Chaque jour, tout en conservant son humilité et en restant dans le cadre de son poste d'assistante, elle lui prouvait combien elle était talentueuse.

Elle aurait pu postuler dans n'importe quelle entreprise et obtenir un emploi prestigieux. Voilà pourquoi il augmentait régulièrement son salaire, afin qu'elle sache combien il valorisait son travail et appréciait de l'avoir auprès de lui. Il lui avait aussi attribué de plus en plus de responsabilités au fil du temps.

Peu à peu, la tension de ses muscles commença à se relâcher. Son mal de tête se fit légèrement moins intense. Alors qu'il parvenait de nouveau à réfléchir, une idée lui vint à l'esprit.

Pourquoi ne pas demander à Lisette de se substituer à lui ces prochains mois lorsqu'il ne serait pas en état de travailler correctement ? Il ne saurait jamais d'un jour sur l'autre comment il allait se sentir. S'il confiait à Lisette un pouvoir de décision égal au sien, il serait moins angoissé à l'idée de faillir à sa tâche.

Et si c'était elle qui avait le pouvoir de sauver Tarleton Shipping pour la prochaine génération ? Elle en avait les compétences et les qualités humaines, et il savait qu'elle était sincèrement attachée à l'entreprise.

Se reposer sur elle lui permettrait aussi de reporter le moment où il parlerait à sa famille. La perspective de faire du mal à ceux qu'il aimait le torturait. Comment leur annoncer une telle nouvelle ? Son père risquait de ne pas y survivre. Quant à Mazie et JB, qui souffraient déjà de ne pas avoir de bébé, ils n'avaient pas besoin de ce chagrin en plus de leurs difficultés.

D'après le médecin, il était possible qu'il lui reste plus de six mois à vivre. Une bonne alimentation et un maximum de repos étaient censés être la clé. Jonathan était prêt à se battre, mais le médecin ne lui avait laissé aucun espoir. Aucun traitement n'était susceptible de le guérir. Il pouvait seulement utiliser le temps qu'il lui restait pour organiser sa succession et assurer l'avenir de l'entreprise. Plus il imaginait ce qu'allaient être ces prochains mois, plus il était convaincu que Lisette était la solution.

Il respira profondément, se leva et se passa la main dans les cheveux. Après s'être aspergé le visage d'eau, il observa son reflet dans la glace. Il avait reçu des coups au cours de sa vie, mais rien ne l'avait préparé à quelque chose d'aussi violent.

Il ne supportait pas l'idée d'être regardé avec pitié, d'être dorloté comme un pauvre petit être fragile. S'il confiait son secret à Lisette, il devrait établir certaines règles de base. Et insister sur le fait qu'elle n'était pas obligée d'accepter le nouveau rôle qu'il souhaitait lui confier. Si elle refusait, il ferait cavalier seul.

Presque deux heures s'étaient écoulées quand il redescendit, pieds nus, au rez-de-chaussée. Les deux bureaux étaient vides. Il trouva Lisette assise sur une ottomane, en pleine conversation avec son père. Elle ne manquait jamais de prendre sur son temps pour discuter un moment avec lui.

Gerald Tarleton était devenu père sur le tard. Voilà pourquoi Jonathan, à trente et un ans, portait seul la responsabilité de diriger une entreprise colossale.

Il avança vers eux et les regarda l'un après l'autre. Lisette avait l'air sereine. Son père, lui, ne lui laissa pas un instant de répit.

— Alors, mon fils, tu fais la sieste en pleine journée maintenant ? À croire que tu essaies de prendre ma place.

Jonathan posa la main sur l'épaule de son père et s'assit sur l'accoudoir de son fauteuil.

— J'avais un mal de tête atroce, répondit-il, mais je me sens mieux maintenant.

— Vraiment ? demanda Lisette avec un regard préoccupé.

— Oui, vraiment.

Ils parlèrent de choses et d'autres, puis Jonathan se leva.

— Papa, dit-il, si tu veux bien nous excuser… J'ai plusieurs choses à voir avec Lisette avant qu'elle parte.

— Bien sûr. D'ailleurs, je vais aller m'assurer que

tout est prêt pour le dîner. Les garçons vont arriver pour notre partie de poker.

Les « garçons » avaient tous l'âge de Gerald. Jonathan se réjouissait de voir que son père avait repris une vie sociale active. Mazie et lui l'avaient tous les deux encouragé à le faire. Il avait été d'humeur sombre pendant l'hiver mais, avec les beaux jours, son moral était revenu ainsi que son envie de voir du monde.

Lisette suivit Jonathan dans les bureaux.

— J'ai traité les e-mails dont vous m'aviez parlé, lui dit-elle. Il y a autre chose à régler avant ce soir ?

S'autorisant à sortir de sa réserve habituelle, il la regarda fixement pendant de longues secondes. Elle possédait toutes les qualités qu'il appréciait chez une femme, et bien d'autres encore. Elle était belle, drôle, perspicace, à la fois charmante et sexy.

Était-ce vraiment pour sauver l'entreprise familiale qu'il avait eu cette idée, ou parce qu'il se laissait guider par son attirance pour Lisette ?

Il n'allait pas tarder à le savoir.

- 2 -

Jonathan réfléchit aux mots qu'il allait employer. Il s'était toujours senti très à l'aise avec Lisette et, pour la première fois, il redoutait la façon dont elle allait réagir à ce qu'il était sur le point de lui dire.

En dehors de son petit cercle familial, c'était la seule personne à qui il faisait une confiance aveugle. Il savait qu'elle avait les épaules pour partager son secret, mais aussi la direction de l'entreprise.

La réussite du projet qu'il avait élaboré dans sa tête allait dépendre d'elle. Serait-elle prête à s'investir d'une façon aussi totale ? Aurait-elle suffisamment confiance en elle pour accepter de devenir son double à la tête de Tarleton Shipping ?

Il avait peut-être tort de lui en demander autant. Mais avait-il seulement le choix ?

Comme elle l'interrogeait du regard, il comprit qu'il était temps pour lui de se lancer.

— J'ai besoin de vous parler, dit-il avec prudence. Mais pas ici. Ce n'est pas à propos du travail. Enfin, pas seulement.

Elle eut l'air décontenancée.

— Je ne comprends pas.

— Si vous le souhaitez, ajouta-t-il, je peux demander à une personne des ressources humaines d'assister à notre entretien.

— Vous allez me renvoyer ? demanda-t-elle en écarquillant les yeux.

— Non ! Vous plaisantez ? Pourquoi voudrais-je renvoyer la meilleure employée que j'aie jamais eue ?

— Alors de quoi s'agit-il ?

Jonathan s'éclaircit la voix.

— Accepteriez-vous de dîner avec moi ? demanda-t-il. Je vous propose que nous nous éloignions sur la côte, pour pouvoir discuter en toute discrétion. Le sujet que je souhaite aborder avec vous est très sensible. Toutefois, je ne veux pas profiter de votre gentillesse, alors sentez-vous libre de dire non.

— Je vous connais depuis assez longtemps pour savoir que si vous me demandez cela, c'est que vous avez de bonnes raisons. D'accord pour le dîner, et inutile de faire venir une tierce personne. J'écouterai volontiers ce que vous aurez à me dire.

— Merci, Lisette.

Elle baissa les yeux pour regarder la jupe kaki et le haut sans manches qu'elle portait.

— Suis-je assez habillée ? demanda-t-elle.

Il acquiesça.

— Peut-être même que nous pique-niquerons sur la plage plutôt que d'aller au restaurant, dit-il. Comme ça, nous ne risquerons pas d'être entendus.

Malgré sa confusion évidente, elle ne lui posa pas de questions.

— Je suis prête, dit-elle simplement, nous pouvons partir quand vous voulez. Vous préférez peut-être que je conduise, si vous avez pris des médicaments ?

— Non, merci, ils ne m'empêchent pas de prendre le volant. Rassurez-vous, je n'hésiterais pas à vous le dire si c'était le cas. Pour rien au monde je ne vous mettrais en danger.

Après avoir souhaité une bonne soirée à Gerald, ils

descendirent dans le garage. Jonathan mit deux sièges de plages dans le coffre de sa voiture, puis ils prirent la route.

C'était étrange de se trouver seul en voiture avec Lisette. Il sentait qu'elle était tendue, qu'elle s'interrogeait sur ses intentions.

Si seulement il avait été doué pour parler de tout et de rien, cela lui aurait permis d'alléger un peu l'atmosphère.

Il échafauda un plan tout en conduisant. Après avoir roulé une demi-heure le long de la côte, il entra dans un petit village de pêcheurs et se gara près d'un bar de plage aménagé dans une cabane, à proximité de la jetée. C'était un coin peu connu des touristes. Ils commandèrent deux paniers de crevettes et deux limonades à emporter.

Comme ils ressortaient, Lisette le regarda avec un sourire espiègle.

— Je vous imaginais plutôt buveur de bière, dit-elle.

— Je ne peux pas boire à cause de mon traitement contre les maux de tête.

— Ah, dit-elle avec un air gêné. Bien sûr. Excusez-moi.

Jonathan connaissait un coin de plage qui était souvent tranquille en fin d'après-midi, à l'heure où les parents rentraient pour baigner leurs enfants avant le dîner. Il marcha dans cette direction, et comme il s'y attendait, ils y trouvèrent toute la place nécessaire pour s'installer sans craindre d'être entendus.

Lisette portait leur pique-nique et lui les chaises. Comme la marée descendait, ils s'approchèrent de la rive et s'assirent près d'un bassin que les vagues avaient creusé dans le sable.

Une brise légère venait de la mer. Bien que le coucher de soleil soit encore loin, des traînées roses et dorées se dessinaient dans le ciel. Ils s'installèrent en silence.

Jonathan contempla le paysage et respira profondément. Il avait toujours vécu dans la région de Charleston.

L'océan faisait partie de lui. Le sable. Le va-et-vient inexorable des marées. Pourquoi passait-il autant de temps enfermé dans son bureau ?

C'était un défaut de la nature humaine, sans doute, de ne pas savoir apprécier les choses à leur juste valeur. Oui, bien sûr, la mer serait toujours là. En revanche, il prenait conscience pour la première fois que lui, au contraire, n'était pas éternel. Le reste de son existence ne se comptait désormais plus en années, mais en mois.

Il sentit un nœud se former dans sa gorge. Il ne voulait pas mourir. C'était injuste. Il avait l'impression que sa vie venait juste de commencer. Mais si c'était ainsi, il voulait que Lisette protège sa réputation et tout ce qu'il avait construit à force de travail et d'efforts.

Assise à côté de lui, silencieuse, les yeux rivés sur l'horizon, elle savourait son repas. À quoi pensait-elle ?

Il était temps pour lui de parler, mais il ne savait pas par où commencer. Tous les mots qui lui venaient à l'esprit lui paraissaient ridicules. Grandiloquents. « Mon temps est compté. » « Je dois vous annoncer que je ne serai bientôt plus de ce monde. »

Une partie de lui avait l'envie folle de se lever, de courir vers l'autre bout de la plage et de ne plus jamais s'arrêter. Peut-être que s'il courait assez vite et assez loin, il parviendrait à fuir le cauchemar qu'il vivait.

Lisette se pencha et posa son gobelet en le calant sur le sable. Puis elle se redressa, mit la tête en arrière et ferma les yeux.

— C'était délicieux, dit-elle. Et quel cadre extraordinaire… Je devrais dîner sur la plage tous les soirs.

— Ce n'est pas une mauvaise idée.

Ils se turent un instant pour écouter le doux bruit du vent et des vagues et admirer la vue qui s'offrait à eux. Il sentait que, comme lui, elle appréciait ce silence apaisant après l'agitation de la journée.

— Alors ? demanda-t-elle finalement, sans se tourner vers lui. Quel est donc ce grand secret dont vous vouliez me parler ? Je vous écoute.

Son corps se raidit. Sa mâchoire se crispa.

— J'ai une tumeur au cerveau, annonça-t-il d'une voix neutre. Inopérable. En phase terminale.

Lisette sentit son sang se glacer dans ses veines. C'était impossible. Elle ne pouvait pas y croire.

Lentement, elle se tourna vers lui tout en essayant de maîtriser le tremblement de ses mains.

— Vous en êtes certain ?

C'était une question stupide. Personne n'aurait osé faire une telle déclaration sans avoir la certitude de ce qu'il avançait.

— Oui, répondit-il en fixant les yeux sur l'océan dont la surface scintillait devant eux. Mes derniers résultats d'analyses sont arrivés ce matin.

— Je suis tellement désolée…, murmura-t-elle.

— J'ignore combien de temps il me reste. Et je ne sais pas à quoi m'attendre. C'est pour cela que j'avais besoin de vous parler. Je ne veux pas l'annoncer toute de suite à ma famille. J'ai pensé que vous pourriez recevoir la nouvelle avec la distance nécessaire, en tant que…

— En tant qu'amie ? demanda-t-elle en voyant qu'il cherchait le terme juste. Que collègue ?

De la distance. C'était ce qu'il attendait d'elle. S'il avait su…

— Vous êtes plus que cela, dit-il d'une voix rauque. Je vous fais une confiance aveugle. Je souhaite que vous ayez dorénavant un pouvoir de décision égal au mien, pour que vous puissiez me remplacer au cas où je ne serais pas en état de travailler. Je sais que c'est beaucoup vous demander mais, bien sûr, ce serait accompagné d'une promotion et d'une augmentation de salaire.

— N'est-ce pas Hartley qui devrait endosser ce rôle ? demanda-t-elle.

Elle n'avait jamais compris pourquoi le frère jumeau de Jonathan avait disparu du jour au lendemain.

— Hartley est parti et il ne reviendra pas, répondit-il avec un regard glacial. Ce n'est pas quelque chose dont je peux parler avec vous.

— Mais les autres membres de votre famille doivent être mis au courant. Vous ne pouvez pas garder cela pour vous, Jonathan.

— J'en ai conscience, répondit-il, les mains serrées sur les accoudoirs de son siège. Mais je veux choisir le bon moment pour le faire. J'attendrai autant que nécessaire.

Elle aurait voulu insister, lui faire comprendre que pour le bien de tous, il devait se confier à ses proches. Mais lorsque Jonathan Tarleton avait décidé quelque chose, il était plus simple de déplacer une montagne que de lui faire changer d'avis.

Ce qu'il venait de lui annoncer lui paraissait inconcevable. Comment ne pas avoir le cœur brisé par cette nouvelle ? Elle l'aimait. C'est pour cette raison qu'elle avait voulu démissionner. Elle n'avait plus eu la force de le côtoyer tous les jours en sachant qu'il ne se passerait jamais rien entre eux. Et voilà qu'il lui demandait d'être auprès de lui ces prochains mois, d'assister à l'impensable, de vivre le pire cauchemar qu'elle puisse imaginer ? Cela risquait de la détruire. Et pourtant elle ne voyait pas comment elle aurait pu lui tourner le dos au moment où il avait le plus besoin d'elle.

— J'aimerais que vous me laissiez la nuit pour y réfléchir, dit-elle. Je ne suis pas sûre d'être à l'aise avec cette idée. Beaucoup de gens considéreront, sans doute à juste titre, que je ne suis pas à ma place.

— Je suis le P-DG. Les employés n'ont pas à remettre en question mes décisions.

— Et les membres du conseil d'administration ? Et votre père ? Et que se passera-t-il quand vous serez devenu trop malade pour travailler ?

Des sanglots lui nouèrent la gorge. Et dire qu'il s'était confié à elle en pensant qu'elle ne serait pas touchée par ce qui lui arrivait…

— J'ai besoin de marcher, dit-elle.

— D'accord.

Ils se levèrent et ôtèrent leurs chaussures pour faire quelques pas sur le sable. Comme il mesurait quinze centimètres de plus qu'elle, elle se rendit compte qu'il freinait volontairement pour s'adapter à sa foulée plus courte. Ses cheveux châtains brillaient sous la lumière chaude du soleil. Elle ne voyait pas ses yeux, cachés derrière des lunettes de soleil, mais elle n'eut qu'à regarder ses manches de chemise relevées sur ses bras musclés et bronzés pour se sentir troublée.

Qui aurait pu imaginer, en voyant cet homme si athlétique et charismatique, qu'il était terriblement malade ?

Quoi qu'il en soit, il était toujours aussi attirant à ses yeux. Et ce moment passé en tête à tête avec lui dans ce décor ô combien romantique ne faisait qu'attiser le feu qui brûlait en elle.

Quand avait-elle pris conscience de ses sentiments pour lui ? Bien avant de devenir son assistante. Au début, il lui avait paru si inaccessible qu'elle n'avait cru qu'à un simple fantasme. Mais après son changement de poste, lorsqu'elle s'était mise à travailler chaque jour en étroite collaboration avec lui, tout avait changé. Elle était réellement tombée amoureuse de lui.

Elle ressentait pour lui de l'amour, mais aussi du respect et de l'admiration. Dans un monde où les hommes de pouvoir abusaient parfois de leur position, elle ne l'avait jamais vu faire preuve de mépris ou de manque de considération envers qui que ce soit. Il traitait tout le monde, à commencer par ses employés, avec justice et équité.

La seule chose qu'elle pouvait lui reprocher, c'était d'être trop réservé. Il gardait tout pour lui, comme s'il considérait comme déplacé d'aborder le moindre sujet privé avec ses collaborateurs.

Le fait qu'il ait toujours fixé cette limite franche entre elle et lui ne faisait qu'accentuer le choc qu'elle éprouvait après ses confidences de ce soir.

Ils marchaient côte à côte, si près l'un de l'autre qu'elle aurait facilement pu lui prendre la main. Il n'y avait presque plus personne sur la plage et, à l'horizon, le soleil rejoignait la surface de la mer.

Elle respira profondément et s'arrêta.

— Vous voulez rentrer ? lui demanda-t-il.

— Je vais le faire, dit-elle brusquement. Je vais faire ce que vous me demandez.

— Je croyais que vous aviez besoin de prendre le temps de la réflexion.

Elle secoua la tête.

— Je vous dois tant, à vous et à votre famille. Si je peux à mon tour faire quelque chose pour vous, je n'ai aucune hésitation à avoir.

Il enleva ses lunettes de soleil et les glissa dans la poche de sa chemise.

— Nous vous avons envoyé des fleurs et accordé un congé lors du décès de votre mère, dit-il. C'était la moindres des choses, et cela n'a rien à voir. Ce que je vous demande aujourd'hui est à la fois flou, délicat et lourd à porter.

Accompagner Jonathan ces prochaines semaines et ces prochains mois allait surtout mettre ses nerfs et ses émotions à rude épreuve. Aurait-elle assez de force pour le faire ?

— Je suis honorée que vous comptiez sur moi, dit-elle en s'efforçant de rester professionnelle. Je suis sincèrement peinée par ce qui vous arrive, alors si je peux vous aider d'une façon ou d'une autre, je tiens à le faire.

Elle vit une expression de soulagement se dessiner sur son visage. Manifestement, il avait douté d'obtenir une réponse positive de sa part.

— Merci, murmura-t-il en la regardant avec intensité.

Les yeux humides, elle réagit impulsivement et se hissa sur la pointe des pieds pour l'embrasser sur la joue. Puis, l'espace de quelques secondes, elle l'enlaça en signe d'affection et de soutien.

— Je suis tellement désolée, dit-elle, la gorge serrée.

Son corps lui parut aussi raide que celui d'une statue.

— J'ai des règles, grommela-t-il.

— Ah ?

Comme elle avait le vent dans le dos, elle retint ses cheveux avec sa main pour mieux le voir et essayer de décrypter l'expression de son visage.

— Je refuse d'être dorloté, poursuivit-il sèchement. Et je ne veux pas de votre pitié. D'accord ?

— D'accord, répondit-elle en reculant. Mais quand je remarquerai que vous avez besoin d'aide, j'interviendrai. Considérez que c'est ma règle personnelle. Il n'est pas question que je reste en retrait et vous regarde souffrir si je peux faire quelque chose.

Il cligna les yeux avec surprise. Visiblement, il était encore plus étonné par sa réponse autoritaire que par son baiser.

Un sourire à peine esquissé apparut sur ses lèvres.

— Moi qui croyais que plus rien ne pourrait m'amuser à partir d'aujourd'hui… Vous venez de me prouver le contraire. Aurais-je donc eu une lionne auprès de moi pendant toutes ces années sans m'en rendre compte ?

Elle sentit le feu lui monter aux joues.

— Les choses vont changer entre nous, répondit-elle. Êtes-vous sûr que c'est ce que vous voulez ?

Il se pencha alors vers elle et lui déposa à son tour un léger baiser sur la joue.

— Oui, répondit-il. J'en suis sûr.

Ses jambes manquèrent de se dérober sous elle. Elle allait s'évanouir. Il avait donc encore plus de pouvoir sur elle qu'elle l'avait imaginé.

— Alors c'est parfait, conclut-elle en s'efforçant de recouvrer son sang-froid.

Il la prit par le bras et lui fit faire demi-tour.

— Il se fait tard, dit-il. Je vous ramène.

Si seulement elle avait pu suspendre le temps pour rester ici avec lui, le bras noué au sien, dans le romantisme du coucher de soleil… Elle mourait d'envie de se blottir contre lui et de mettre la tête dans le creux de son épaule.

Bien sûr, elle ne pouvait pas aller jusque-là, mais elle avait tout de même conscience que leur relation avait franchi un cap ce soir. Que la vie était cruelle ! Alors qu'elle se rapprochait enfin de l'homme qu'elle aimait, c'était justement parce qu'elle allait le perdre définitivement.

Quand ils furent de retour dans la voiture, Jonathan démarra et se tourna vers elle.

— Un dessert et un café avant de rentrer ? demanda-t-il.

Oui ! voulut-elle s'écrier. *Oui !*

Mais elle fit non de la tête.

— La journée a été longue, répondit-elle. Il ne vaut mieux pas.

— Je comprends. Je pense que cela va sans dire,

ajouta-t-il après une pause, mais vous devez me promettre de ne parler de ma maladie à personne. Personne ! Si la nouvelle venait à se répandre, le cours de notre action pourrait s'effondrer. Nous devons garder le secret tant que je n'aurai pas parfaitement organisé la suite.

— Bien sûr. Vous avez ma parole.

Ils échangèrent à peine quelques mots sur le trajet du retour. Maintenant qu'ils n'avaient plus la beauté de la plage et de l'océan pour faire diversion, l'annonce de Jonathan prenait toute sa dimension, et Lisette devait faire des efforts surhumains pour ne pas fondre en larmes. Elle ne supportait pas l'idée qu'il ait à subir cela, que sa famille doive endurer une telle épreuve.

À leur arrivée, elle n'eut que quelques pas à faire dans le garage pour rejoindre sa propre voiture. Comme elle se tournait vers Jonathan pour lui dire bonsoir, son visage lui parut blême, son regard sombre.

Il incarnait à ses yeux aussi bien le courage que la solitude. Elle ne pouvait pas le laisser comme cela.

Contournant le capot, elle marcha jusqu'à lui et noua les bras autour de sa taille. Il n'était plus son patron à cet instant. C'était un homme au bord du précipice, un être humain qui n'avait que sa force de caractère pour affronter les temps à venir.

Au début, il resta sans réaction. L'émotion qu'elle exprimait ne faisait peut-être que compliquer les choses. Mais finalement elle sentit son corps puissant frissonner contre le sien, et il enfouit le visage dans ses cheveux en la serrant fort contre lui.

Elle ne put retenir ses larmes.

— Je suis tellement désolée, Jonathan. Tellement, tellement désolée.

Ils restèrent ainsi un long moment, puis il se redressa et passa délicatement les pouces sous ses yeux mouillés.

— Ne pleurez pas pour moi, Lizzy. Il vaut mieux que

ça tombe sur moi que sur quelqu'un d'autre. D'ailleurs, je l'ai sûrement bien mérité.

Elle fit un pas en arrière et le regarda fixement.

— Ne plaisantez pas, dit-elle. Cette situation n'a absolument rien de drôle.

Un sourire las et beau se dessina sur ses lèvres.

— Au point où j'en suis, il vaut mieux rire que pleurer, non ?

— Je ne vous imagine pas du tout en train de pleurer. Vous êtes trop macho pour ça.

— C'est ainsi que vous me voyez ?

— Vous êtes mon patron. Je ne vois de vous que ce que vous voulez bien me montrer. Du moins, c'était le cas jusqu'à ce soir.

— Et maintenant ?

Était-ce une question piège ?

Elle hésita avant de répondre.

— Je sais que vous êtes humain, Jonathan. Comme nous tous. Mais dans le cadre professionnel, vous être une sorte de super-héros, et pour l'instant, je préfère continuer à vous voir comme ça plutôt que de regarder la réalité en face.

— Moi aussi, j'aimerais bien. Cela ne va pas être facile pour moi. Et je ne parle pas de l'aspect physique. La perspective de ne plus rien contrôler me fait affreusement peur.

— Je serai là, Jonathan. Mais vous devez en parler à vos proches. Ils seront dévastés si jamais ils l'apprennent autrement que par vous.

— Je vais leur dire. Je vous le promets. J'ai juste besoin d'un peu de temps pour me faire moi-même à l'idée.

— Avez-vous pensé à aller voir quelqu'un ? Un psychologue, par exemple ? Cela pourrait vous aider.

Il posa la main sur sa joue et ce simple contact la fit frissonner de tout son être.

— Je vous ai, vous, Lisette. Je ne compte pas me tourner vers qui que ce soit d'autre.

- 3 -

Lisette s'endormit en pleurant, et après une nuit de cauchemars, elle fut soulagée de se réveiller aux premières lueurs de l'aube. Mais son répit ne dura qu'une seconde, le temps qu'elle reprenne conscience de la terrible réalité. Jonathan était mourant.

Heureusement qu'elle n'avait pas eu le temps de lui présenter sa démission avant qu'il lui annonce sa maladie. Il avait besoin d'elle. Elle était bien décidée à lui donner tout l'amour et toute l'attention qu'elle pourrait rassembler... Mais sans lui révéler la vraie nature de ses sentiments pour lui. S'il l'apprenait, leur relation risquait d'en pâtir, et c'était bien la dernière chose qu'elle souhaitait.

S'il lui avait demandé son aide, c'était seulement parce qu'elle était extérieure à sa famille et qu'il avait confiance en elle.

Elle eut une sensation étrange en arrivant au bureau ce matin-là. Jonathan était en téléconférence avec l'Angleterre. En apparence, c'était un jour semblable à tous les autres. Le siège de l'entreprise bourdonnait comme une ruche, chacun s'affairant à sa tâche.

Comment imaginer cet endroit sans lui ? Comment continuer à travailler normalement, comme si de rien n'était ?

Elle ne cessait de repenser à leur soirée d'hier, tout en se demandant s'il regrettait à présent de s'être confié à elle. Venant juste d'apprendre ce qui lui arrivait, il ne s'était pas trouvé dans son état normal quand elle l'avait vu chez lui. Peut-être que si elle n'était pas arrivée à ce moment précis, il ne lui aurait jamais demandé d'assumer une telle responsabilité.

À présent, le mieux était sans doute de se comporter comme si rien n'avait changé. Elle allait devoir lutter contre son envie de veiller sur lui, de prendre soin de lui comme l'exigeait sa maladie. Mais elle ne pourrait s'empêcher d'être particulièrement attentive à son état. Elle se sentirait forcément responsable, surtout tant qu'elle serait la seule au courant.

La journée s'écoula de façon incroyablement ordinaire. Les gens allaient et venaient. Les réunions suivaient leur cours. Jonathan faisait ce qu'il avait à faire et lui adressait à peine la parole.

Elle était à deux doigts de croire que tout ce qui s'était passé la veille sur la plage n'avait été qu'un rêve, lorsqu'elle rencontra son regard. Enfin, elle sentit de nouveau le lien fort qui s'était établi entre eux. Une intimité naissante. Ce qu'il avait partagé avec elle était extrêmement personnel et, cela, il ne pouvait pas l'effacer.

Cela faisait des années qu'elle brûlait de se rapprocher de lui. Mais pas à ce prix-là.

Comment allait-elle surmonter les jours sombres qui s'annonçaient ?

À l'heure du déjeuner, son amie Rebekah vint la chercher pour lui proposer de sortir.

— Ce sera l'occasion de marcher un peu, dit-elle à Lisette. Il ne fait pas trop chaud aujourd'hui, et j'ai très envie de découvrir le restaurant qui vient d'ouvrir près du marché.

Cette scène n'avait rien d'inhabituel. Pourtant, Lisette sentit peser sur elle le regard de Jonathan quand elle se leva pour quitter son bureau et suivre Rebekah. Avait-il prévu qu'elle reste à sa disposition vingt-quatre heures sur vingt-quatre ?

Quand elle fut à table avec son amie, celle-ci ne manqua pas de l'interroger sur son humeur étrange.

— Que se passe-t-il, Lisette ? Tu es bien silencieuse aujourd'hui. Quelque chose ne va pas ?

— Non, non, ça va. J'ai beaucoup de choses en tête, c'est tout.

Le visage de Rebekah s'adoucit.

— Pardon, je viens de me rappeler. Cela fait huit mois aujourd'hui que tu as perdu ta mère, c'est ça ? Ma chérie, je suis désolée.

Lisette se sentit terriblement coupable. Rebekah avait été si présente pendant cette période douloureuse…

— Je m'habitue peu à peu à son absence. Je trouve chaque jour de nouvelles raisons d'être heureuse. Ma mère n'aurait pas voulu que je sombre dans le chagrin.

— Ah, tant mieux, dit Rebekah avec entrain. Car l'ami de Robbie qui est originaire de Memphis et vient d'emménager ici a très envie de te rencontrer. Je me suis dit que nous pourrions dîner tous les quatre ensemble vendredi.

Lisette s'efforça de masquer sa réticence. Cela faisait des semaines que Rebekah l'encourageait à envisager une relation. Ces dernières années, entre sa mère et son travail, elle n'avait eu aucune place dans sa vie pour faire des rencontres. Elle comprenait le point de vue de son amie ; il était sans doute temps pour elle de s'ouvrir de nouveau au monde.

Pourtant, elle était partagée. Elle savait que si elle voulait fonder la famille dont elle rêvait, elle devait y mettre un peu du sien, mais elle n'avait aucune envie de se lancer dans la recherche d'un homme. Le seul qu'elle voulait, c'était Jonathan. Par le drame qu'il vivait et la demande qu'il lui avait faite, elle allait avoir un peu de lui. Cela ne méritait-il pas de remettre ses projets à plus tard ?

— Oui, répondit-elle par gratitude envers Rebekah. C'est une très bonne idée.

Les deux jours suivants se déroulèrent à peu près de la même manière, du moins concernant l'attitude de Jonathan. Il n'avait aucunement l'allure d'un grand malade. Hormis ses migraines occasionnelles, tout en lui semblait contredire le diagnostic qu'il avait reçu. Son teint hâlé, son énergie, sa vivacité d'esprit, il n'avait rien perdu de ce qui faisait de lui cet homme fascinant et infiniment séduisant.

Le vendredi après-midi, Lisette fut presque heureuse que Jonathan soit absent du bureau. Le tournant qu'avait pris leur relation faisait naître en elle de la tension et de l'incertitude. Ce fut avec soulagement qu'elle sortit dans la rue et marcha sous le soleil éclatant pour rejoindre sa voiture. Elle avait juste le temps de passer chez elle pour prendre une douche et se changer avant de se rendre au restaurant.

Elle eut un choc en tombant sur Jonathan dans une allée du parking. Il avait l'air fatigué mais égal à lui-même en dehors de cela.

— Vous partez ? demanda-t-il.

— Oui, il est 17 h 30. Vous aviez besoin de quelque chose ?

— Je me disais que nous pourrions dîner ensemble. Pour discuter de la meilleure façon d'aborder notre nouvelle collaboration.

Prise au dépourvu, elle se sentit devenir écarlate.

— Je suis désolée, répondit-elle d'une voix sèche, j'ai déjà un rendez-vous.

Il eut l'air stupéfait.

— Avec un prétendant ?

— C'est une question personnelle.

Elle était vexée qu'il semble aussi étonné. Certes, elle avait vécu comme une bonne sœur pendant tout le temps où elle avait dû prendre soin de sa mère. Et, oui, elle avait cinq ans de plus que Jonathan. Mais cela ne faisait pas d'elle un cas désespéré.

— Désolé de vous avoir retardée, dit-il avec un regard sombre. Bonne soirée, à lundi.

Le ton grave de sa voix lui serra le cœur. Elle se donnait tant de mal pour se protéger de ses sentiments pour lui qu'elle en oubliait l'enfer qu'il était en train de vivre.

— Attendez, dit-elle alors qu'il se tournait pour s'éloigner. Que diriez-vous de déjeuner chez moi dimanche ? Je ferai la cuisine pour vous.

Sa mâchoire se décrispa un peu. Puis, enfin, elle vit un sourire apparaître sur sa bouche sensuelle.

— J'en serais enchanté, Lisette. Si vous êtes sûre que cela ne vous dérange pas trop.

— Pas du tout, au contraire. Et, au fait, j'ai déménagé depuis le décès de ma mère. J'habite un appartement dans le nord de Charleston.

Elle touchait un bon salaire, mais ses moyens ne lui permettaient tout de même pas de vivre dans les beaux quartiers historiques de la ville.

— Je trouverai votre adresse dans le fichier des employés.

— À midi ? demanda-t-elle.

— J'y serai.

Après cette rencontre inattendue, elle dut se dépêcher pour être à l'heure au restaurant. L'ami qu'avait voulu lui présenter Rebekah était un homme un peu trop bavard à son goût, mais sympathique. Dans d'autres circonstances, elle aurait peut-être même eu envie de le revoir.

Mais ce soir, elle avait beau passer une soirée agréable, elle ne pouvait s'empêcher de penser à Jonathan. Que faisait-il ? Comment se sentait-il ?

Quand Rebekah et elle quittèrent la table pour aller se refaire une beauté, son amie lui lança un regard complice.

— Alors ? Comment le trouves-tu ? Toi, tu lui plais. Ça se voit.

— Je ne sais pas, répondit Lisette en se lavant les mains. Il n'est pas vraiment mon genre.

— Parce que tu as un genre, maintenant ? répliqua Rebekah sur un ton moqueur. Pour une fois que j'arrive à te faire sortir. Donne-lui une chance, au moins. Ce n'est pas comme si tu avais quelqu'un d'autre en vue.

— Je te promets de ne me fermer à aucune éventualité.

Lisette avait pris soin de garder pour elle ses sentiments envers Jonathan. Sachant qu'elle n'avait aucune chance avec lui, elle avait préféré éviter d'en parler à quiconque, y compris Rebekah. Quand elle avait décidé de démissionner, elle avait prévu d'évoquer l'envie d'un nouveau départ après la perte de sa mère.

La situation avait changé, mais elle risquait de soulever de nouvelles interrogations. Ses collègues allaient se demander pourquoi elle passait plus de temps avec Jonathan. Et si la promotion qu'il avait décidé de lui accorder était rendue publique, elle allait se trouver dans une position pour le moins inconfortable.

Quand elle reprit sa voiture pour rentrer chez elle, Jonathan occupa ses pensées pendant tout le trajet. C'était elle à qui il avait choisi de confier son secret. Si seulement elle avait pu à son tour lui ouvrir son cœur… Chaque jour, elle se sentait encore plus attirée par lui. Elle aimait son intelligence et sa détermination. Son sens de l'humour, un peu pince-sans-rire. Le courage et la force dont il faisait preuve depuis le jour où son père, affaibli, avait dû lui laisser sa place de P-DG et toutes les responsabilités qui allaient avec.

Elle passa toute la journée du samedi à se demander ce qu'elle allait porter et quel repas elle allait préparer pour le déjeuner du lendemain. Elle redoutait plus que tout que ses émotions la trahissent et que son patron devine ce qu'elle ressentait pour lui. Si elle voulait être capable de l'aider, elle devait lui montrer qu'elle considérait sa nouvelle mission comme un travail, ni plus ni moins.

Le dimanche matin, elle se trouva dans un tel état de panique qu'elle n'arrivait à rien. Incapable de tirer quoi que ce soit de son fer à friser, elle renonça à donner une forme à ses cheveux épais et raides et se fit une simple queue-de-cheval.

De toute façon, elle ne voulait pas donner à Jonathan l'impression qu'elle s'était apprêtée pour lui. Elle enfila donc un vieux jean, un joli T-shirt et une paire de ballerines noires, puis elle se mit une touche de brillant à lèvres et de mascara. Ainsi, elle n'aurait pas l'impression d'en avoir trop fait.

Quand sa sauce tomate fut prête et sa salade de fruits bien présentée dans deux petites coupes en cristal, elle commença à ressentir une légère nausée. Qu'était-elle en train d'imaginer ? Elle aurait dû démissionner comme elle l'avait prévu.

Elle était trop faible face à son patron. Elle n'avait pas pu tourner le dos à cette chance ultime d'être plus proche de lui. De vivre une intimité qui l'effrayait autant qu'elle lui faisait envie.

Au lieu de faire sortir Jonathan de sa vie et de son esprit, elle allait s'attacher encore plus à lui, jusqu'au moment où elle aurait le cœur brisé de l'avoir perdu pour toujours.

La sonnette de la porte d'entrée retentit à 11 h 59. Elle le reconnaissait bien là. La ponctualité était sa religion.

— Bonjour, Jonathan, dit-elle en lui ouvrant. Je vous en prie, entrez.

Elle respira son parfum et crut qu'elle allait défaillir. Il était plus irrésistible que jamais dans sa tenue décontractée. Un jean, une chemise blanche dont il avait relevé les manches, les pieds nus dans ses chaussures bateau.

— Ce que ça sent bon ici !

Son sourire charmeur acheva de la faire fondre.

Jonathan fit son possible pour ne pas montrer sa stupeur. Où était passée la femme très comme il faut qu'il côtoyait tous les jours au bureau ? Elle semblait avoir à peine vingt ans tout à coup ! Sans fard, la peau de son visage paraissait plus pure, plus lumineuse. Sa queue-de-cheval lui donnait une allure plus dynamique et dévoilait la ligne délicate de sa nuque.

Il frissonna en devinant ses seins sous le tissu léger de son T-shirt et ses fesses moulées dans son jean slim. Après avoir passé ces derniers jours dans un brouillard obscur, il se sentait soudain plein de vie et de désir.

Sa réaction était-elle déplacée ? Avait-il le droit de ressentir cela pour celle qui était son assistante depuis trois ans ? S'il voulait enfin s'autoriser à se rapprocher de Lisette, c'était maintenant ou jamais.

— Je suis très touché, dit-il. Un bon repas fait maison va me faire le plus grand bien.

Elle le regarda avec circonspection.

— Voyons, Jonathan, vous avez à votre service la meilleure cuisinière de toute la Caroline du Sud.

— Ce n'est pas la même chose que de déguster un déjeuner préparé pour moi par une femme.

Il n'avait pas eu l'intention d'adopter une attitude de séduction avec elle, mais les mots étaient sortis tout seuls.

Loin de s'offenser, elle lui répondit avec un sourire timide.

— Vous pouvez vous asseoir à table. C'est presque prêt.

Il s'installa sur une chaise *vintage*. La table en formica bleu ciel et blanc était ornée d'un bouquet de marguerites, disposé dans un vase blanc, de deux napperons jaunes et de serviettes en tissu assorties.

— J'aime votre appartement, dit-il.

— Merci. J'ai eu besoin de changer de décor après la mort de ma mère. Cet immeuble est très sympathique, et le quartier me plaît.

— Est-ce que le garçon avec qui vous êtes sortie vendredi soir habite ici ?

La question franchit la barrière de ses lèvres avant qu'il ait pu la retenir. Un patron n'avait aucunement le droit de demander ça à son employée. Mais venant d'un homme qui était en train de tout perdre, n'était-ce pas un peu plus compréhensible ? Sa vie lui échappait, et les sentiments qu'il refoulait depuis longtemps remontaient malgré lui à la surface.

Occupée à râper du parmesan pour leurs spaghettis, Lisette lui tournait le dos. Mais il la vit se raidir d'un coup.

— Non, répondit-elle après un bref silence. C'était quelqu'un que mon amie Rebekah tenait à me présenter.

— Rebekah du service des achats ?

— Oui.

— Désolé, marmonna-t-il en tapotant la table du bout des doigts. Ça ne me regarde pas.

Elle finit par se tourner vers lui. Son expression ne dévoilait rien du fond de ses pensées.

— Cela ne marchera pas si nous ne pouvons pas nous parler librement. Compte tenu des circonstances, je comprends que vous souhaitiez en savoir plus sur moi. Pour recevoir mon aide, vous avez besoin de me faire confiance.

— Je vous fais confiance, lui assura-t-il. Entièrement.

— Mais ?

À en croire son demi-sourire, elle avait très bien compris qu'il avait une idée derrière la tête.

— Je pense que vous aviez raison quand vous m'avez parlé de la probable réaction des gens. S'ils découvrent que je vous ai donné les pleins pouvoirs, ils risquent de ne pas comprendre.

— Ils considéreront que je suis illégitime. Dois-je comprendre que vous avez changé d'avis ?

Il se leva, enfouit les mains dans ses poches et se mit à faire les cent pas dans la pièce. Il n'aimait pas ressentir cette incertitude, cette nervosité. Il avait pour habitude d'anticiper et de maîtriser n'importe quelle situation. Seulement, ce qui était possible dans le cadre du travail pouvait s'avérer beaucoup plus complexe dans la sphère privée.

— Non, répondit-il, je n'ai pas changé d'avis. Mais après avoir pris le temps de réfléchir à tout cela, je suis parvenu à certaines conclusions.

— Ça a l'air important, dit-elle d'une voix légère tout en servant deux verres de thé glacé.

— Nous en parlerons après avoir déjeuné. J'ai toujours les idées plus claires quand j'ai le ventre plein. Et n'hésitez pas à boire du vin, surtout. Vous ne devez pas vous priver pour moi.

— Ne vous en faites pas, j'apprécie beaucoup le thé glacé. Surtout celui-ci. C'est la recette de ma grand-mère, que ma mère m'a transmise.

— Je me rends compte que je sais très peu de chose sur votre famille.

— Il n'y a pas grand-chose à en dire.

Elle posa sur la table deux bols de salade et deux

assiettes de pâtes fumantes, ainsi qu'une corbeille de tranches de pain à l'ail. Il lui tint sa chaise pour qu'elle s'asseye avant de prendre place en face d'elle.

— Votre père est-il toujours en vie ? demanda-t-il. Je ne crois pas que vous m'ayez déjà parlé de lui.

— Ma mère ne l'évoquait jamais. Enfant, je rêvais que j'étais la fille d'un prince étranger ou d'un agent secret. Je crois malheureusement qu'en réalité il est parti sans se soucier de ma mère ni de moi.

— Vos parents étaient-ils mariés ?

— Je crois que oui. Son nom de famille figure sur mon acte de naissance, et c'est le même que celui de ma mère et le mien. Mais elle l'a peut-être inventé.

— Vous n'avez jamais eu envie de le retrouver ?

— Curieusement, non.

— Pourquoi ?

Il se régalait et avait presque fini son assiette. Lisette, elle, avait à peine pris quelques bouchées. Était-elle trop nerveuse pour manger ? Il espérait que non. Il voulait qu'ils se sentent à l'aise l'un avec l'autre.

Mais était-ce encore possible, après ce qu'il lui avait annoncé ?

— Ma mère a fait tout ce qu'elle pouvait pour nous offrir une vie convenable, mais comme elle travaillait beaucoup, j'étais souvent seule à la maison quand j'étais petite. Chez nous, ce n'était pas comme chez mes camarades classe. C'était vide et silencieux. Je me disais que chez moi, plus tard, ce serait plein de couleurs, d'animation et de gaieté.

— Cela me semble très bien parti, dit-il en souriant.

Il se sentit coupable de lui faire partager la période sombre qu'il vivait. Elle allait se sacrifier pour lui. Avait-il le droit de lui en demander tant alors qu'il n'avait rien à lui offrir en retour ?

— Merci, répondit-elle en rougissant.

Était-ce la chaleur de la cuisine ? Ou était-elle attirée par lui comme il l'était par elle ? Jusqu'à aujourd'hui, il avait considéré qu'il connaissait très bien Lisette Stanhope. Mais à présent, assis en face d'elle dans son joli appartement, il découvrait à quel point il s'était trompé.

En dehors du bureau, elle lui apparaissait comme une autre personne. Plus jeune, plus vulnérable. Cela lui donnait encore plus mauvaise conscience. Il avait l'impression d'abuser de sa gentillesse et de sa générosité. L'an passé, déjà, quand l'un de leurs collaborateurs avait souffert d'une grave maladie, c'était elle qui avait organisé la préparation de repas pour sa famille.

Pendant des années, elle avait pris soin de sa mère avec le plus grand dévouement. Il ne voulait pas être un nouveau fardeau pour elle. Ni pour qui que ce soit d'autre. Mais surtout pas pour elle.

S'ils concluaient cet arrangement, elle devait pouvoir en tirer profit elle aussi. Il n'était pas question qu'il soit le seul à en bénéficier. Et pour cela, il n'existait qu'une seule solution. Elle pouvait paraître radicale, mais plus il y réfléchissait, plus il était convaincu que c'était la chose à faire.

Lisette le resservit, et ils finirent leur repas en silence.

— Merci d'avoir pris la peine de faire la cuisine, dit-il finalement. C'était vraiment délicieux.

Tandis qu'il l'aidait à débarrasser, il se sentit de nouveau nerveux. Il était décontenancé par l'effet qu'elle lui faisait, et anxieux en pensant à ce qu'il était sur le point de lui dire.

— Allons nous asseoir dans le salon, dit-elle quand ils eurent fini de ranger. Ce sera plus confortable.

Les quelques pas qu'ils firent pour passer d'une pièce à l'autre ne lui laissèrent pas assez de temps pour préparer son discours.

Lisette ôta ses chaussures et s'installa dans un coin du canapé en repliant ses jambes sous elle.

— Bon, dit-elle. Ne me tenez pas plus longtemps en haleine. Si je ne dois pas être promue, que proposez-vous ?

Il respira profondément et se lança.

— Je crois que nous devrions nous marier.

- 4 -

Lisette fit son possible pour rester stoïque. La tumeur de Jonathan commençait peut-être à affecter son état mental. Ou alors, elle l'avait mal compris.

— Je ne suis pas fou, grommela-t-il comme s'il lisait dans ses pensées. Cela résoudrait plusieurs problèmes. Personne au bureau ne se plaindrait si je faisais de ma femme mon associée. Nous travaillerions côte à côte. L'entreprise porte le nom de ma famille. En devenant une Tarleton, vous gagneriez le droit de prendre toutes les décisions nécessaires. C'est la solution idéale.

Non, ce n'était pas la solution. L'émotion que cette proposition faisait naître en elle prouvait bien qu'elle ne devait surtout pas l'accepter. Elle l'aimait. Et elle voulait se marier. Mais pas comme cela.

La semaine dernière, quand elle avait voulu lui donner sa lettre de démission, elle avait imaginé son avenir avec un homme ordinaire. Pourquoi pas un professeur, ou bien un comptable comme elle. Deux enfants, peut-être trois. Une petite maison avec des jouets dans le jardin et une jolie palissade en bois. Tout ce qui lui avait manqué pendant toutes ces années où elle avait vécu seule avec sa mère.

Ce que lui offrait Jonathan, c'était une version déformée de ce rêve et une issue tragique.

— Je ne sais pas quoi dire, répondit-elle en toute sincérité.

— Dites que vous allez y réfléchir.

— Cela me paraît un peu extrême.

— Mais reconnaissez que ce serait une solution pragmatique.

Il s'installa dans un fauteuil en face d'elle. Elle n'en revenait de le voir assis dans son salon, et d'être en train de parler d'un éventuel mariage avec lui.

— Où habiterions-nous ? demanda-t-elle.

— Chez moi, dans la maison familiale.

— Mais je viens d'acheter cet appartement, et je l'aime beaucoup.

— Vous pourriez le mettre en location. Ou le laisser tel quel et y venir quand vous auriez besoin de… faire une pause. J'assumerai toutes les dépenses nécessaires. L'argent ne sera pas un problème. Nous ferons rédiger un contrat de mariage qui stipulera tout ce dont vous bénéficierez une fois que je ne serai plus là.

Car c'était bien là le sujet essentiel. Sa maladie. Mais elle n'avait aucune envie de penser à cela.

— Les gens vont me détester et me diffamer, dit-elle. Quand ils connaîtront la vérité. Votre famille, vos amis, vos employés, tout le monde croira que j'ai volontairement épousé un homme malade pour récupérer des parts de Tarleton Shipping.

— Peu importe ce que les autres penseront, répliqua-t-il d'un ton sévère. Notre arrangement ne regarde que nous. Mon père n'émettra aucune contestation, quant à Mazie et JB, ils ne manquent de rien et ils ont confiance en mon jugement.

Le meilleur ami de Jonathan et sa sœur s'étaient fiancés à Noël dernier. Tout le monde avait cru qu'ils organiseraient un grand mariage à Charleston, mais au lieu de cela, ils s'étaient envolés pour Las Vegas au milieu du mois de janvier pour se dire oui dans l'intimité. À leur retour, la mère du marié avait organisé une grande réception.

Ayant été invitée, Lisette y était allée malgré son humeur triste. Le gris du début d'année l'avait replongée dans son deuil et, à cette période, elle n'avait pas vraiment eu le cœur à faire la fête. La nouvelle année lui était apparue comme un long couloir noir, dans lequel elle allait avancer seule.

En fin de compte, cette soirée lui avait fait du bien. D'abord parce qu'elle s'était bien amusée. Cela lui avait réchauffé le cœur de voir la sœur de Jonathan si heureuse et amoureuse de son mari. JB, Jackson Beauregard Vaughan, était à la tête d'un empire immobilier. C'était un ami d'enfance des Tarleton. Un membre de leur bande avait toutefois manqué à l'appel : Hartley.

Jonathan, bien présent, lui, avait été splendide dans son smoking sur mesure. En le voyant entouré en permanence d'une nuée de femmes qui cherchaient à attirer son attention, elle avait pris conscience qu'elle allait devoir cesser de rêver de lui. Si elle n'y arrivait pas, s'était-elle dit, elle n'aurait d'autre choix que de s'éloigner de lui pour commencer un nouveau chapitre de sa vie.

— Vous ne pouvez pas me lancer cette proposition au visage et attendre une réponse immédiate de ma part.

— Lizzy, dit-il avec un sourire d'une douceur inattendue, je vous connais. Vous êtes comme moi. Pragmatique. Décidée. Vous ne tergiversez pas. J'ai toujours admiré votre capacité à réfléchir rapidement.

— La flatterie ne mène à rien.

— Reconnaissez-le, insista-t-il en riant. C'est un projet on ne peut plus sensé.

Lisette se rendit compte qu'elle était beaucoup plus tentée qu'elle n'aurait dû l'être. Certes, ce mariage ne serait qu'un arrangement, mais il lui permettrait de passer beaucoup de temps avec lui en dehors des heures de travail. Comment envisageait-il cette vie commune avec elle ?

Non, c'était absurde. Elle n'avait pas besoin d'une telle mascarade pour lui venir en aide.

— Il existe sûrement une autre façon de faire, dit-elle.

— Mais pourquoi compliquer les choses ? Je vous en demande beaucoup, c'est indéniable. Et en toute honnêteté, cela soulagerait ma conscience de savoir que vous serez à l'abri financièrement quand je ne serai plus là. C'est bien le minimum que je puisse faire en échange du service énorme que vous me rendez.

— Jonathan, je ne veux pas de votre argent.

— Peut-être, mais c'est ma condition. La vie ne sera pas facile pour la personne qui aura la charge de Tarleton Shipping. Il faudra que ce soit vous ou Mazie, or je suis à peu près sûr que ma sœur ne veut pas de cette responsabilité.

— Moi non plus, protesta Lisette. Par amitié, je vous apporterai toute l'aide et le soutien possibles pendant la période qui arrive, mais je le fais uniquement parce que cela me paraît juste. Il n'est pas question que j'en tire un quelconque profit.

— Alors que deviendra l'entreprise quand je ne serai plus en mesure de la diriger ?

— Je n'en sais rien, Jonathan. Je n'en sais rien du tout. Je crois que nous avons besoin d'y réfléchir sérieusement avant de prendre des décisions irrévocables.

— J'aimerais faire rédiger les documents légaux aussi vite que possible. Dans ma situation, je n'ai pas le temps d'attendre.

— Quand voulez-vous avoir ma réponse ?

— D'ici quarante-huit heures, si c'est possible ?

C'était court.

Enfonçant les doigts dans le coussin du canapé, elle respira profondément pour contrôler sa nervosité.

— Et qu'en sera-t-il de l'aspect physique de notre relation ?

L'espace d'un instant, sa question le laissa bouche bée. Comme s'il était choqué par sa franchise. Mais il ne tarda pas à se ressaisir. Ses yeux brillaient, mais il lui répondit d'une voix calme.

— Bien sûr, cela dépendra entièrement de vous. Je ne pense pas que cette question doive figurer dans le contrat de mariage. Vous êtes une femme très attirante. Nous vivrons sous le même toit. Notre arrangement peut être platonique ou non. Je ne vous demanderai rien que vous ne seriez prête à donner.

Son propos était clair. L'idée de passer ses nuits dans le même lit qu'elle ne lui déplaisait pas. En entendant cela, elle perdit toute capacité à penser de façon lucide. Jamais elle n'avait imaginé que Jonathan pourrait un jour s'intéresser à elle. Comment pouvait-elle garder son calme après une telle révélation ?

— Bien, dit-elle lentement. Je veux bien prendre quarante-huit heures pour réfléchir à tout cela.

— Je vais demander à mon avocate de commencer à travailler sur le contrat. Vous me signalerez les points spécifiques que vous souhaitez y faire figurer.

— Comme quoi ? Des caprices de star ? Des M&M's orange tous les matins sur mon bureau ? De l'eau minérale des Alpes ? Une assistante personnelle ?

— Très drôle. Mais les détails sont importants pour moi. Si nous allons au bout de ce projet, votre vie en sera bouleversée. Les rêves que vous pourriez nourrir sur le plan personnel devront être mis entre parenthèses. Je me rends compte que c'est injuste, mais croyez-moi, si je me tourne vers vous, c'est que je n'ai pas d'autre solution.

Il avait raison, et ses paroles posées et pragmatiques aidèrent Lisette à recouvrer un peu ses esprits.

Les raisons pour lesquelles elle avait voulu démissionner étaient toujours bien présentes. Jonathan allait avoir trente-deux ans. Elle en avait trente-sept. Elle se considérait trop âgée pour être avec lui. Les longues années passées à s'occuper de sa mère l'avaient privée des expériences qui ponctuaient la vie de la plupart des jeunes femmes. Des vacances frivoles à l'étranger. Des week-ends entre amis. Des aventures sans lendemain. Elle ne regrettait rien, tant les moments partagés avec sa mère représentaient des souvenirs précieux. Elle n'aurait rien changé si cela avait été à refaire.

Quand on aimait quelqu'un et que cette personne se trouvait en difficulté, on lui donnait tout ce qu'on pouvait pour lui venir en aide. Jonathan l'avait choisie parce qu'il croyait en son impartialité. C'était à elle de lui prouver qu'il ne s'était pas trompé. Elle ferait volontiers ce sacrifice, mais il ne devait jamais découvrir son réel motif. L'amour qu'elle éprouvait pour lui. S'il l'apprenait, cela rendrait encore plus lourd le fardeau qu'il avait à porter.

La vie était si cruelle de lui offrir cette occasion tragique d'être avec lui…

Elle s'éclaircit la gorge pour tenter de dissimuler son émotion.

— Ne vous inquiétez pas, Jonathan. Je vais y penser très sérieusement ces deux prochains jours. Je ne compte pas prendre un tel engagement à la légère.

— Bien sûr.

Il regarda sa montre et se leva.

— J'ai du travail, dit-il. Je vais devoir rentrer.

— Vous ne croyez pas que vous devriez profiter du week-end pour vous reposer ?

— Je me reposerai quand je serai mort.

Une réplique comme celle-ci n'était pas surprenante venant d'un acharné du travail tel que lui. Elle aurait dû être humoristique. Cette fois, elle donna à Lisette l'envie de pleurer.

— Merci pour le déjeuner, ajouta-t-il. C'était fabuleux.

Quand son regard se fixa sur le sien, elle comprit soudain qu'elle ne pouvait pas accepter sa proposition sans avoir au moins quelques réponses à des questions de nature sensible. Un mariage, même dans ces circonstances, allait l'amener à être très proche de lui. Plus le temps passerait, plus il se reposerait sur elle.

Elle était lasse de vivre comme une bonne sœur. Lasse de nier ses besoins et ses envies de femme. Elle brûlait de désir pour Jonathan, depuis si longtemps… Et voilà qu'elle découvrait que son attirance était réciproque !

Rassemblant tout son courage, elle se leva, s'approcha de lui et posa les mains sur ses épaules. Elle le sentit se contracter mais ne renonça pas à mener son expérience jusqu'au bout.

— Voulez-vous m'embrasser, Jonathan ? murmura-t-elle. J'ai besoin de savoir s'il y a une étincelle entre nous, ou si je vais seulement devenir votre doublure au travail et éventuellement votre infirmière. C'est important pour moi.

La flamme qu'elle vit briller dans son regard la fit fondre de désir.

— À votre guise, répondit-il calmement.

Avec une infinie délicatesse, il mit les mains autour de son cou et lui inclina légèrement la tête. Puis il se pencha et posa les lèvres sur les siennes.

Elle laissa échapper un murmure de surprise. Au début, le baiser lui parut étrange et légèrement embarrassant. Il était son patron. Elle était son assistante. Avant ce jour, elle n'aurait jamais pu imaginer franchir cette barrière.

— Détendez-vous, Lisette, murmura-t-il d'une voix rauque.

Elle essayait, de toutes ses forces. Mais ce qui lui arrivait était si inattendu, si incroyable… Elle avait l'impression de ne plus rien contrôler.

L'attirant contre elle, il l'embrassa de nouveau, avec plus de ferveur, et bientôt, elle sentit son sexe durci à travers le tissu de leurs vêtements.

C'était le moment de s'écarter de lui. De reprendre ses distances. De recouvrer son sang-froid.

Il fallait interrompre ce baiser.

Aucun d'eux n'eut la sagesse de le faire.

Il fit glisser son élastique le long de sa queue-de-cheval et enfouit les mains dans ses cheveux. Elle frissonna quand ses doigts se posèrent sur sa nuque.

Elle était tout près de l'attirer sur le canapé quand sa conscience se réveilla pour lui rappeler qu'elle devait se protéger. Ceci n'était pas un conte de fées. La période qui commençait allait de toute façon se terminer par un drame.

À contrecœur, elle recula et reprit sa respiration. Elle sentit qu'elle tremblait et fit tout ce qu'elle put pour ne pas le montrer.

— Bien, dit-elle en feignant un détachement amusé, je pense que nous avons répondu à la question. L'étincelle est là, apparemment.

Jonathan se renfrogna. Avec ses cheveux en désordre et son regard encore brûlant d'excitation, il était plus sexy que jamais.

— Il n'y a pas de quoi en plaisanter, répliqua-t-il avec le plus grand sérieux. Je n'irai pas avec d'autres femmes si nous nous marions. J'attendrai de vous la même courtoisie.

Elle se retint d'éclater de rire. L'idée de coucher avec

un autre homme alors qu'elle serait mariée à Jonathan était tellement saugrenue !

— Bien entendu, répondit-elle. Une chose après l'autre. Voyons d'abord si ce mariage nous paraît vraiment faisable.

Il croisa les bras et prit une posture pleine d'autorité.

— C'est tout vu. Vous savez que j'ai raison. C'est la seule solution. À condition que vous vouliez toujours m'aider, bien sûr.

Elle se dressa de toute sa hauteur et le regarda droit dans les yeux.

— J'ai tout de même mon mot à dire, rétorqua-t-elle. Je tiens à peser le pour et le contre de chacune des options. Vous avez raison de dire que je sais prendre des décisions rapides, mais je n'ai jamais été une personne impulsive pour autant. Je ne compte pas changer aujourd'hui.

Il aurait pu lui faire remarquer qu'elle venait de se comporter de façon on ne peut plus impulsive, mais par chance, il n'en dit rien.

— Mardi soir, dit-il d'un ton ferme. Mon père sera à la pêche avec le père de JB. Cela fait des mois qu'ils ont prévu cette sortie de nuit. Je demanderai à la cuisinière de nous préparer un dîner, puis nous pourrons aller marcher sur la plage.

— C'est d'accord. Ce programme me convient. Et que ce soit clair, vous aussi, vous avez le droit de changer d'avis. L'annonce de votre diagnostic a dû vous faire l'effet d'un véritable séisme. N'importe qui serait anéanti à votre place. Donnez-vous plus de temps pour réfléchir. Je ne le prendrai pas mal si vous vous rendez compte qu'il y a une meilleure façon de procéder.

— J'y ai déjà amplement réfléchi. Mon plan est parfaitement clair dans mon esprit. Nous n'avons plus qu'à régler ensemble les détails de sa mise en œuvre.

— Bon, si vous le dites.

Il prit ses clés et son portefeuille qu'il avait posés sur la table.

— Vous serez au bureau demain matin ?

— Bien sûr, répondit-elle avec surprise. Pourquoi je n'y serais pas ?

Il hocha la tête.

— Alors à demain, dit-il en se dirigeant vers la porte.

— Attendez !

Il s'arrêta et se retourna.

— Qu'y a-t-il ?

— Jonathan…

Elle s'interrompit pour chercher les mots justes.

— Oui ?

Il ne cachait pas son impatience. S'il avait semblé heureux pendant toute la durée du déjeuner, il avait visiblement hâte de partir à présent. Peut-être avait-il des regrets.

— Vous n'avez pas l'air si malade que ça, dit-elle tout doucement tout en craignant de le mettre en colère. Je sais que vous avez des migraines, mais si le médecin s'était trompé ?

— Vous ne comprenez pas, répliqua-t-il en se raidissant. J'ai consulté plusieurs médecins réputés ces neuf derniers mois. Je n'ai même pas passé Noël en famille, car j'ai eu la bêtise de suivre le conseil de l'un de ces éminents professeurs qui m'avait suggéré d'aller passer une semaine dans le désert pour apprendre les techniques de méditation.

Son ironie la fit sourire.

— Pardonnez-moi, mais je ne vous imagine pas du tout…

— Je vous comprends. En fait, personne n'a pris mes maux de tête au sérieux jusqu'à ce que j'aille faire une deuxième série d'examens chez mon médecin ici à Charleston. En recevant mes résultats, il m'a parlé sans détour. Je ne peux pas m'accrocher à un espoir qui n'existe pas. J'ai décidé de gérer la situation aussi bien que possible. Si cela ne vous convient pas, eh bien, j'engagerai une infirmière quand le moment sera venu.

— Et Tarleton Shipping ?

— Ce sera à Mazie de trouver une solution.

Elle comprenait qu'il ne tienne pas à entretenir de faux espoirs. Elle était bien placée pour savoir que ce n'était pas une bonne idée. Elle avait cru plusieurs fois au rétablissement de sa mère, et ses rechutes n'en avaient été que plus douloureuses à vivre. Mais envisager la mort prochaine de Jonathan était pour elle impossible.

— Je suis désolée, murmura-t-elle. Je ne vous en parlerai plus.

— Merci.

Une fois encore, il lui parut infiniment seul. Il avait bien une famille, mais il ne pouvait partager le poids de ce fardeau avec personne.

— Je vous donnerai ma réponse mardi soir, dit-elle, la gorge nouée par le chagrin. Je vous le promets.

— Je m'en veux de vous impliquer là-dedans.

— Vous n'auriez pas pu trouver une personne plus disponible que moi. En dehors du travail, je n'ai aucune contrainte en ce moment. Vous pouvez compter sur moi, Jonathan.

Elle eut l'impression que son regard se fixait sur ses lèvres.

— Et vous ne direz rien à personne ? demanda-t-il.

— Non. Quoi qu'il arrive, ce sera notre secret.

- 5 -

Jonathan rentra chez lui et se retira dans son bureau pour étudier ses tableaux, pour préparer un avenir qu'il ne connaîtrait pas. Il voulait parler à JB. Il savait que son ami ne s'apitoierait pas sur lui.

Seulement, une fois que JB saurait, Jonathan ne pourrait plus cacher la vérité à Mazie. Il n'était pas prêt à briser le cœur de sa sœur. Ils avaient toujours été très proches et ils l'étaient encore plus depuis que Hartley avait abandonné la famille.

Mille questions torturaient son esprit et restaient sans réponse. Combien de temps lui restait-il ? Serait-il encore là pour voir le prochain Noël ?

Il en venait à croire que quelqu'un avait jeté un sort à sa famille. Les troubles mentaux de sa mère, la santé fragile de son père, la trahison de Hartley. Et maintenant, ça.

Après être resté enfermé un long moment en tête à tête avec ses idées noires, il dîna avec son père, puis ils firent quelques parties d'échecs.

Plus tard, alors qu'il était sorti pour marcher sur la plage, il savoura la caresse du vent frais qui s'était levé à la tombée de la nuit. Les pieds nus enfoncés dans le sable, il repensa à son déjeuner chez Lisette, dans son appartement chaleureux et réconfortant. Le simple fait de franchir la porte de chez elle lui avait redonné une lueur d'espoir.

Elle lui faisait du bien. Et pour cela, il se sentait d'autant plus coupable de lui avoir demandé de sacrifier plusieurs mois de sa vie pour le soulager, lui. Elle avait déjà enduré tant d'épreuves.

Pourtant, il ne trouvait pas la force de retirer la proposition qu'il lui avait faite. Pourquoi le nier ? Il avait trop peur pour affronter cela tout seul.

Il avait besoin de Lisette.

Son esprit léger et positif, sa capacité à découper un travail monumental en plusieurs tâches abordables allaient sûrement l'aider à ne pas devenir fou au cours des semaines et des mois à venir. Grâce à elle, il allait pouvoir assurer l'avenir de Tarleton Shipping et partir en paix.

Le fait qu'elle ait évoqué de cette voix neutre la possibilité d'une relation physique entre eux lui confirmait qu'il ne s'était pas trompé en pensant qu'elle était à même d'affronter ce qui arrivait.

Bien sûr que la question des rapports physiques allait se poser à un moment ou l'autre. Un homme et une femme. Officiellement mariés. Qui se faisaient confiance et s'appréciaient.

S'appréciaient ? C'était un terme bien fade pour décrire les sensations qu'elle faisait naître en lui. Tout son corps s'était mis à vibrer quand ils s'étaient embrassés. Il n'avait sans doute jamais osé s'avouer combien il était attiré par elle. Son code éthique l'avait empêché de voir l'une de ses employées comme la femme désirable qu'elle était.

Mais quand elle l'avait bravement interrogé sur l'évolution de leur relation s'ils devenaient mari et femme, il n'avait pu ignorer l'élan de désir qui s'emparait de lui. Il avait le souffle coupé rien qu'en se remémorant le plaisir qu'il avait eu à l'embrasser. S'il avait su ce que cela lui ferait de sentir son corps contre le sien, il n'aurait jamais réussi à garder ses distances aussi longtemps avec elle.

Il avait terriblement envie d'elle.

Avait-il le droit pour autant de satisfaire cet ultime désir ? Il lui en demandait déjà tant… Il avait mauvaise conscience à l'idée de l'entraîner dans une relation dont la fin était programmée d'avance.

Certes, quand il s'imaginait passer toutes ses nuits avec elle, le fardeau qu'il portait depuis l'annonce de son diagnostic lui semblait un peu moins lourd à porter. Mais qu'avait-il à lui offrir en retour ?

Elle avait affirmé que son argent ne l'intéressait pas, et ce qu'il savait d'elle l'incitait à la croire. Il avait voulu lui attribuer une prime quand les dépenses de santé de sa mère avaient brusquement augmenté, sans lui donner la vraie raison de son geste, mais elle avait très bien compris ce qu'il avait en tête et avait poliment refusé l'argent.

C'était une femme fière et autonome. Il n'avait aucune idée des moyens financiers dont elle disposait. La longue maladie de sa mère lui avait-elle posé des difficultés matérielles ? Lui restait-il des factures de soins à payer ?

Puisqu'il était dans le flou, il ajouterait deux points non négociables à leur contrat de mariage. Premièrement, il réglerait toutes les dettes éventuelles de son épouse, quel que soit leur motif. Deuxièmement, il allait acheter à Lisette une maison en bord de mer. Une maison pas trop grande, chaleureuse et charmante. Bien assurée contre les ouragans, afin qu'elle puisse faire reconstruire son logement quoi qu'il arrive.

Plus il pensait à elle, plus il se rendait compte qu'il la connaissait très peu sur le plan personnel. Avait-elle des envies de voyages ? Voulait-elle parcourir le monde, explorer des régions lointaines à l'écart des sentiers battus ? Prendre des cours de cuisine en France ? Reprendre ses études pour obtenir un doctorat ?

Il aurait voulu la couvrir de cadeaux pour lui exprimer sa reconnaissance, mais il ne savait pas par où commencer. S'il parvenait à la convaincre de l'épouser, sa priorité devrait sans doute être de construire une relation affective avec elle. De découvrir ses goûts, d'apprendre à connaître celle qui restait pour l'instant un grand mystère pour lui.

Mardi soir, songea-t-il en faisant demi-tour pour rentrer. Les deux jours qui le séparaient de son rendez-vous avec elle lui semblaient une éternité.

Il avait envie de l'appeler tout de suite. D'aller sonner chez elle dès maintenant pour connaître sa décision.

Au lieu de cela, il retourna dans le silence de sa grande maison, mangea un sandwich au rôti de bœuf froid et monta dans sa chambre. Il s'arrêta sur le seuil et observa les couleurs sombres et les formes massives qui composaient l'ambiance ô combien masculine de la pièce. Si Lisette devenait sa femme, cette chambre deviendrait la leur. La première chose à faire serait de lui donner carte blanche pour refaire la décoration à son goût.

Le vent marin avait réveillé son mal de tête, mais comme la douleur était supportable, il se doucha et se coucha sans avoir pris de cachet.

À l'instant où il ferma les yeux, il se remémora le baiser qu'il avait échangé avec Lisette et eut la sensation de sentir de nouveau le goût de ses lèvres sur les siennes. Il avait eu un tel plaisir à poser les mains sur elle, à nouer les bras autour de son corps… Il osait à peine imaginer ce qu'il ressentirait si elle lui disait oui, si leur relation franchissait un nouveau cap.

Bien sûr, elle ne pourrait pas le sauver, mais elle

avait le pouvoir de métamorphoser les quelques mois qui lui restaient.

Quand Lisette arriva au bureau le lundi matin, Jonathan n'était pas là. Personne ne semblait savoir où il se trouvait.

Elle aurait dû être soulagée. Elle n'aurait jamais pu se concentrer sur son travail s'il s'était trouvé à quelques mètres d'elle. Mais l'absence de son patron ne fit que l'angoisser encore plus. Mille idées lui vinrent à l'esprit. Avait-il fait un malaise ? Regrettait-il de s'être confié à elle ? Son avocate l'avait-elle mis en garde en apprenant son projet de mariage avec elle ?

Jonathan était-il en train de réfléchir à la bonne façon de lui annoncer qu'il avait changé d'avis, qu'il ne souhaitait plus l'épouser ?

À la fin de la matinée, il n'était toujours pas réapparu. Elle n'avait reçu ni coup de téléphone, ni texto, ni e-mail de sa part.

Par chance, Rebekah arriva au moment où l'inquiétude commençait à la torturer.

— Tu viens déjeuner ? lui proposa son amie. J'ai vu qu'il y avait un menu très tentant à la cafétéria aujourd'hui.

— J'aimerais mieux prendre quelque chose à grignoter et sortir faire un tour, si ça ne t'ennuie pas.

— D'accord, répondit Rebekah avec sa bonne humeur habituelle. Laisse-moi juste le temps d'aller chercher mes baskets dans mon bureau. Je te retrouve devant la porte d'entrée.

Après une demi-heure de marche active dans la chaleur de la mi-journée, elles trouvèrent un banc libre dans le parc, à l'ombre des arbres, et s'assirent pour pique-niquer. Elles avaient toutes les deux un petit réfrigérateur dans leur bureau pour ce genre d'occasions.

Quand elles eurent fini de déjeuner, Rebekah rejeta la tête en arrière et respira profondément.

— Un jour comme aujourd'hui me donnerait presque envie de changer de métier et de promener des touristes en voiture à cheval, dit-elle avec un sourire rêveur. Comme ça, je passerais toute la journée dehors.

— Oui, bien sûr, rétorqua Lisette. Tu parlerais dans le vide à des gens qui n'auraient que faire de tes explications historiques. Tu décollerais des chewing-gums de la banquette dix fois par jour. Tu respirerais des gaz d'échappement à longueur de temps.

Rebekah la regarda avec stupeur.

— Eh bien ! Tu peux me dire ce qui t'a mise de si mauvaise humeur ?

— Désolée, dit Lisette en prenant un air contrit. J'ai mal dormi cette nuit.

— Tu devrais essayer la mélatonine, il paraît que c'est efficace.

Ce n'était certainement pas ce qui allait permettre à Lisette de retrouver le sommeil en ce moment.

— J'y penserai, répondit-elle laconiquement.

Rebekah se leva et s'étira.

— Nous devrions y aller, dit-elle. Il paraît que le patron n'aime pas les paresseux.

La tonalité moqueuse de sa remarque irrita Lisette.

— Avec tout le travail que nous abattons, marmonna-t-elle, nous avons bien le droit de souffler un peu. Je n'ai pas arrêté ce matin. Et encore, il n'était pas là. C'est épuisant de suivre un homme qui a une idée à la seconde.

Elles marchèrent tranquillement sur le chemin du retour. Après quelques minutes, Rebekah se tourna vers Lisette.

— Au fait, lui dit-elle, Tamara et Nicole voudraient que nous fassions une réunion d'ici peu pour organiser notre séjour en Alaska.

Lisette sentit son cœur tressaillir. Comment avait-elle pu oublier ? Ses trois amies et elle avaient déjà versé des arrhes conséquentes pour réserver le fabuleux voyage d'aventure qu'elles avaient prévu de faire début septembre.

— Euh, à ce propos… Je vais peut-être devoir vous faire faux bond. J'ai un empêchement.

Rebekah s'arrêta net au milieu du trottoir et la fixa, bouche bée.

— Quoi ? s'exclama-t-elle. Enfin, Lisette, qu'est-ce que tu racontes ? C'est toi qui as eu l'idée de cette expédition !

C'était vrai. Lisette avait eu envie de marquer le début de sa nouvelle vie en faisant quelque chose d'extraordinaire. Même si sa mère lui manquait, elle devait reconnaître qu'elle n'avait jamais été aussi libre que maintenant. Du moins, c'était ce qu'elle avait cru jusqu'à la semaine dernière.

— Cela va te paraître insensé, et j'aimerais pouvoir te donner une explication, mais je ne vais pas pouvoir partir cet automne.

— Pourquoi ?

Lisette comprenait parfaitement la stupeur de Rebekah. Si seulement elle avait pu lui en dire plus…

— C'est un secret, répondit-elle d'une voix faible. Et comme ce n'est pas le mien, je ne peux pas le partager avec toi.

— Je vois, dit Rebekah d'un ton blessé.

— Je t'en supplie, ne le prends pas mal, dit Lisette en lui prenant affectueusement la main. Je te raconterais tout si je le pouvais, mais je t'assure que c'est très important.

Rebekah retira sa main de la sienne.

— Tu es consciente que ce que tu dis est ridicule ?

Sur ces mots, elle secoua la tête avec écœurement et reprit sa marche. Lisette se hâta de la rattraper.

— Je pourrai t'expliquer un jour, promit-elle, mais pour l'instant, c'est impossible. S'il te plaît, ne m'en veux pas.

Elles étaient arrivées devant l'immeuble qui abritait le siège de Tarleton Shipping. Rebekah entra sans se retourner. Elles prirent l'ascenseur ensemble, mais comme trois autres employés entraient en même temps qu'elle, Lisette ne put rien ajouter pour sa défense. Le bureau de Rebekah se trouvait au troisième étage, tandis que la direction était au dernier.

— Je t'appelle ce soir, dit Lisette quand la porte s'ouvrit au troisième.

— Fais comme tu veux.

La gorge serrée, Lisette regarda son amie s'éloigner dans le couloir.

Elle se sentit mal pendant tout l'après-midi. Tout s'était enchaîné si vite ces derniers jours qu'elle n'avait pas eu le temps de penser aux conséquences sur sa vie de tous les jours. Comme elle n'avait que quelques cousins éloignés, c'était son groupe d'amis de Charleston qu'elle considérait comme sa famille. Il n'était pas question que ce secret la sépare d'eux, et surtout pas de Rebekah.

À 16 h 30, elle n'avait toujours pas de nouvelles de Jonathan.

Elle n'allait pas accepter ça. S'il voulait qu'elle soit sa partenaire dans cette expérience tragique, il n'avait pas le droit de l'ignorer de cette façon. Soit elle jouait un rôle central dans la vie de Jonathan à partir de maintenant, soit il allait devoir trouver quelqu'un d'autre sur qui se reposer.

Les mains tremblantes, elle prit son téléphone et envoya un texto sur la ligne privée de son patron.

Où êtes-vous ? Je suis inquiète…

Dix minutes s'écoulèrent, puis vingt. Elle éteignit son

ordinateur et rangea son bureau. La colère et la frustration prirent peu à peu le pas sur l'inquiétude. Jonathan ne pouvait pas lui demander de prendre une telle place dans sa vie et celle de l'entreprise tout en la tenant à l'écart comme aujourd'hui. Les choses ne pourraient pas marcher de cette façon. Point final.

Alors qu'elle allait partir, son portable tinta.

Désolé, Lisette. J'ai été appelé en urgence au chantier naval de La Nouvelle-Orléans. Le problème est résolu à présent. Je vais rentrer tard ce soir, j'espère avant minuit.

Tout en lisant le message de Jonathan avec soulagement, elle recommença à se poser des questions. Était-ce ce genre de crises qu'elle allait devoir prendre en charge ces prochaines semaines ? Elle avait beau connaître le fonctionnement de l'entreprise sur le bout des doigts, cela ne voulait pas dire qu'elle était apte à endosser le rôle du P-DG au pied levé.

Elle ne possédait ni son intelligence, ni son expérience, ni son charisme. Obsédée par son envie de l'aider, elle n'avait pas pris le temps de réfléchir vraiment à ce qu'il lui demandait de faire. Était-elle au niveau ? Signer des chèques et diriger des réunions était une chose, mais saurait-elle gérer une situation comme celle d'aujourd'hui ?

Elle rumina toute la soirée en se demandant si elle ferait preuve de lâcheté en se rétractant. Jonathan n'était pas seul. Il avait son père, sa sœur et JB sur qui compter.

Même si cela pouvait paraître cruel et impitoyable, elle avait toujours la possibilité de lui remettre sa lettre de démission. Rompre tout contact avec lui. Partir avec sa dignité et son cœur encore intact – ou presque.

Elle ne comprenait toujours pas pourquoi il lui avait proposé de l'épouser. Il prétendait que c'était la meilleure façon de partager son autorité avec elle en toute légitimité, ce qu'elle ne pouvait pas vraiment contester.

Mais s'il cherchait seulement un moyen de la manipuler ? Il pouvait se dire qu'en l'épousant il allait avoir un plus grand contrôle sur elle.

Après avoir assumé de lourdes responsabilités pendant des années, elle était libre aujourd'hui de vivre sa vie comme bon lui semblait. Pourquoi renoncerait-elle à cela, en sachant que cet engagement auprès de Jonathan finirait de toute façon par lui briser le cœur ?

Au fond d'elle, elle savait pourquoi. Elle l'aimait tellement que même si ce temps avec lui était compté, il représentait à ses yeux le trésor le plus précieux du monde.

Elle sursauta en entendant la sonnerie de son portable. Le nom qui s'afficha sur l'écran n'était autre que celui qui occupait son esprit jour et nuit.

— Allô ?

— C'est moi, dit Jonathan d'une voix lasse.

— Vous êtes arrivé chez vous ?

— Oui.

Leur échange manquait pour le moins de naturel. Il était son patron. Elle était son assistante. Malgré ce qui s'était passé ces derniers jours, leurs rapports n'avaient pas changé. Du moins, pas encore.

— Tout s'est bien terminé ? demanda-t-elle.

— Oui. L'un de nos contremaîtres était accusé d'avoir accepté de la marchandise illégale en échange de quelques grammes de drogue. Les agents fédéraux avaient fait le déplacement. C'était un chaos sans nom. Heureusement qu'un membre de notre équipe m'a appelé pour m'avertir. J'ai prévu de lui accorder une promotion.

— Le fait qu'il vous ait alerté ne l'a pas mis en danger au moins ?

— Heureusement, non. Il ne s'agissait pas d'un gros cartel international. Juste d'un garçon qui a voulu gagner un peu d'argent facile.

— Bon. Je suis contente que ce soit réglé.

Elle laissa passer un bref silence puis s'empressa de parler avant qu'il ait pu dire autre chose.

— Jonathan, si cela ne vous ennuie pas, j'aimerais prendre ma journée demain. J'ai besoin de temps pour réfléchir.

- 6 -

Jonathan sentit sa gorge se serrer. Il l'entendait dans la voix de Lisette. Elle n'allait pas accepter sa proposition. Contractant la mâchoire, il s'efforça de lui répondre d'une voix aussi normale que possible.

— Bien sûr, répondit-il. Faites comme vous le souhaitez.

— Merci de vous montrer patient avec moi.

Elle cherchait manifestement à l'apaiser, mais cela ne fit qu'accentuer sa sensation d'oppression. Il avait du mal à respirer.

— Pourquoi ne le serais-je pas ? répliqua-t-il d'un ton faussement léger.

Il essuya la sueur qui perlait sur son front et se débarrassa de sa veste en manœuvrant pour garder le téléphone contre son oreille.

— Je savais en vous proposant cet arrangement que vous ne me répondriez pas dans la seconde. En tout cas, soyez assurée que votre place chez Tarleton Shipping ne dépendra pas de votre décision. Vous n'en doutiez pas, j'espère ?

— Non, non, répondit-elle doucement.

Ce qu'il pouvait détester le téléphone… Il voulait voir l'expression de son visage, de ses beaux yeux verts aux reflets ambrés.

Il regarda sa montre.

— Je devrais vous laisser dormir, marmonna-t-il. Il est tard.

Elle acquiesça d'un mot, lui souhaita une bonne nuit et raccrocha.

En l'imaginant en train de se mettre au lit, il prit conscience du problème que représentait son idée de mariage arrangé. Malgré l'étincelle qu'il avait clairement ressentie entre Lisette et lui, il craignait de la faire agir contre sa nature. Elle ne méritait pas de s'engager dans une union sans lendemain. Il voyait qu'elle était faite pour se donner corps et âme dans une relation sincère.

Pourtant, comment nier qu'il mourait d'envie de voir briller à sa main gauche l'alliance qu'il lui aurait offerte ? Ce sentiment était si inattendu qu'il se demandait s'il était bien réel, ou s'il l'inventait inconsciemment pour se déculpabiliser.

Il était trop tard pour aller marcher au bord de la mer. En proie à un profond épuisement, il trouva tout juste la force de se doucher avant de se mettre au lit. Mais à peine avait-il éteint sa lampe de chevet que toutes ses préoccupations lui revinrent à l'esprit.

Mazie et JB n'avaient pas pu faire de vrai voyage de noces en janvier, juste après leur mariage, à cause de leurs obligations professionnelles. Maintenant qu'ils entraient dans une période plus calme, sa sœur et son meilleur ami s'apprêtaient à s'envoler pour Hawaï où ils allaient passer trois semaines dans un hôtel de rêve. Leur départ était prévu pour le 1er juillet. Cela faisait des jours que Mazie ne parlait que de ça.

Jonathan avait d'abord décidé qu'il leur parlerait à leur retour, pour éviter de leur gâcher leurs vacances. Mais si jamais Lisette acceptait de l'épouser il allait devoir donner des explications à sa sœur. Il n'imaginait pas se marier sans le lui dire. Elle tiendrait à être auprès de lui ce jour-là, cela ne faisait aucun doute.

Pouvait-il lui annoncer son mariage et garder la mauvaise nouvelle pour plus tard ? Cela paraissait difficile. Elle allait se demander pourquoi les choses se faisaient aussi précipitamment.

Plus il réfléchissait, plus il avait mal à la tête. Les cachets qu'il avait pris n'y changeaient rien.

Espérant que cela l'aiderait à trouver le sommeil, il chassa toute réflexion de son esprit pour se concentrer sur Lisette. S'il avait été quelqu'un de bien, il aurait coupé les ponts avec elle pour la soulager du poids des responsabilités. Elle méritait d'être libre. Rien de ce qu'il pourrait lui offrir ne compenserait le sacrifice qu'elle envisageait de faire pour lui.

Il finit par s'endormir avec un désagréable sentiment de honte. Il se réveilla plusieurs fois pendant la nuit et, le matin venu, il n'eut pas l'impression de s'être vraiment reposé.

Il se rendit au bureau une heure plus tôt que d'habitude et se contenta d'un sandwich pour le déjeuner. Puisqu'il ne pouvait pas compter sur l'avenir, il se sentait obligé, tant qu'il était encore là, de travailler deux fois plus.

L'après-midi, la seule chose qui le fit tenir alors qu'il avait les paupières lourdes fut la perspective de passer la soirée avec Lisette. Elle avait promis de venir. Il savait qu'il pouvait compter sur elle.

À 16 heures, quelqu'un frappa doucement à sa porte. D'ordinaire, les visiteurs devaient passer par le bureau de Lisette, mais comme elle n'était pas là, celui ou celle qui venait le voir avait osé s'adresser directement à lui.

— Entrez.

La jeune femme qui poussa la porte ne lui était pas inconnue. C'était l'amie de Lisette. Voyant combien elle paraissait nerveuse, il lui adressa un sourire aussi bienveillant que possible.

— Rebekah, c'est bien cela ? demanda-t-il. Que puis-je faire pour vous ?

— Bonjour, monsieur, balbutia-t-elle en dansant d'un pied sur l'autre. Je suis désolée de vous déranger, mais je m'inquiète pour Lisette. Je la trouve bizarre en ce moment, et c'est tellement rare qu'elle soit absente…

Jonathan se sentit plus coupable que jamais. Lisette était obligée de mentir à ses proches pour lui.

— Je suis sûr qu'elle va bien, dit-il sans doute trop hâtivement. Je serais au courant s'il y avait un problème.

— Ah.

Elle hésita un instant.

— Bien, navrée de vous avoir dérangé.

— Vous ne m'avez pas du tout dérangé.

— Merci, monsieur, dit-elle avec un sourire timide.

Puis elle referma la porte sans lui laisser le temps d'ajouter quoi que ce soit. Cette visite de Rebekah venait de lui rappeler que Lisette avait une vie en dehors de lui et qu'il devait la respecter.

Il regarda l'heure et vit qu'il était temps pour lui de partir. Plus tôt dans la journée, il avait envoyé un message à Lisette pour la prévenir qu'une voiture viendrait la chercher chez elle à 17 h 30. Il ne devait pas traîner s'il voulait être prêt pour la recevoir à son arrivée chez lui.

Curieusement, maintenant qu'il était sur le point de connaître sa décision, il était empli d'un étrange sentiment de calme et de paix. Ce soir, il saurait si, oui ou non, Lisette était prête à lui venir en aide.

Si elle disait non, il n'aurait d'autre choix que de se débrouiller tout seul.

Rétrospectivement, Lisette n'était pas sûre d'avoir eu raison de prendre sa journée. Cela ne l'avait sûrement pas aidée à résoudre ses problèmes, et au moins, au bureau, elle aurait été trop occupée pour ruminer.

Au lieu de travailler, elle avait couru huit kilomètres après le petit déjeuner, fait le ménage chez elle de fond en comble, et même préparé un gâteau pour la réceptionniste de Tarleton Shipping qui fêtait son anniversaire le lendemain.

Et elle s'était demandé encore et encore ce qu'elle devait répondre à Jonathan.

La première étape du face-à-face de ce soir consistait dans le choix d'une tenue. Elle était allée chez lui des dizaines et des dizaines de fois. Ce soir, c'était différent. C'était une occasion spéciale. Elle voulait se mettre en valeur.

Comme la chaleur était toujours aussi écrasante, elle sortit de sa penderie une robe légère, dont le tissu vert pâle était parsemé de coquelicots. C'était une robe toute neuve, qu'elle n'aurait jamais mise pour aller au bureau. Avec sa coupe cintrée, évasée au-dessus du genou, elle était à la fois féminine et confortable.

Après l'avoir enfilée, elle chaussa des espadrilles couleur taupe à semelles compensées, nouées à la cheville par des rubans. Il ne lui restait plus qu'à ajouter une légère touche de maquillage.

Elle n'avait pas protesté quand Jonathan avait proposé de lui envoyer un chauffeur. Vu l'état de nervosité dans lequel elle se trouvait, il ne valait sans doute mieux pas qu'elle conduise.

Elle eut le ventre noué pendant tout le trajet. Quand elle descendit de voiture au pied du grand escalier qui menait au perron, elle se demanda même si elle arriverait à avaler quoi que ce soit.

Lentement, elle monta les marches tout en admirant la façade de la maison. C'était étrange de penser que si elle épousait Jonathan, cette demeure deviendrait aussi la sienne. Comment aurait-elle pu imaginer cela ? Elle qui était d'un milieu simple, qui n'avait connu que des fins de mois difficiles avec sa mère…

Cette splendide propriété de bord de mer ne pouvait être réservée qu'à des gens d'un autre monde. Même si elle était souvent venue travailler ici, l'idée d'y habiter lui paraissait presque aussi intimidante que celle de devenir la femme de Jonathan.

Elle avait une clé de la maison pour pouvoir entrer sans déranger systématiquement la gouvernante, mais elle ne comptait pas s'en servir ce soir. Elle arrivait chez les Tarleton en dehors des heures de bureau. Jonathan l'avait invitée à dîner pour parler de son avenir. De leur avenir.

Le cœur battant, les mains moites, elle appuya sur la sonnette.

Ce fut Jonathan qui vint lui ouvrir en personne. La douceur de son sourire l'apaisa aussitôt.

— Lisette, dit-il en fixant sur elle un regard intense. Pile à l'heure. J'espère que vous avez faim. Mme Rackham s'est surpassée.

— Je le sens d'ici, répondit-elle en humant l'odeur alléchante qui venait de la cuisine.

Au bureau, Jonathan était toujours en costume. Même les jours où il n'avait pas de rendez-vous, il ne s'autorisait pas de tenue plus décontractée. Peut-être parce qu'il avait hérité très tôt du titre de P-DG et qu'il avait besoin d'asseoir son autorité dans une entreprise où presque tous les employés étaient plus âgés que lui.

Ce soir, il s'était dispensé de mettre une veste et une cravate, mais il portait tout de même un pantalon gris foncé et une chemise blanche impeccable. Son col déboutonné laissait paraître sa peau bronzée.

— Allons directement dans la salle à manger, dit-il en l'invitant à avancer. Le soufflé au fromage est dans le four, et j'ai promis que nous ne nous attarderions pas sur l'apéritif.

— Vous avez bien fait, répondit-elle tout bas, puisque vous ne pouvez pas boire et que je suis loin d'être une fine connaisseuse.

Elle eut le souffle coupé en découvrant la table superbement dressée. Elle ignorait quelles instructions Jonathan avait pu donner à ses deux employées, mais le décor était digne des plus grands restaurants : de la vaisselle en porcelaine couleur ivoire, des couverts en argent ornés de gravures, un grand vase en cristal rempli de dahlias et de roses blancs, le tout disposé sur une nappe en lin rose pâle.

Il lui présenta sa chaise et, comme elle s'asseyait, elle frissonna en sentant les doigts de Jonathan effleurer son épaule dénudée. Ils étaient placés au coin de la table, ce qui leur offrait à la fois une atmosphère intime et une vue spectaculaire sur l'océan.

— Aux nouveaux départs, dit-il en levant son verre d'eau.

Elle fit tinter son verre contre le sien et le regarda dans les yeux avec une certaine méfiance. Cet accueil trois étoiles était-il fait pour influencer sa décision ? C'était un tel enchantement qu'elle aurait facilement pu se laisser amadouer.

— À l'avenir, dit-elle. Qu'il puisse être long et heureux.

Elle vit une ombre passer dans ses yeux, mais son merveilleux sourire réapparut aussitôt. Visiblement, il était décidé à faire de ce dîner un moment agréable.

Lisette n'eut aucun mal à retrouver son appétit pour déguster le repas d'exception qu'on lui servit. Quant à Jonathan, il maniait à la perfection l'art de la conversation. Peut-être l'avait-il appris sur les genoux de son père. Elle n'aurait su dire ce qu'il avait reçu de sa mère, puisqu'elle ne la connaissait pas. Un véritable mystère planait autour de Mme Tarleton. Lisette savait seulement qu'elle était toujours en vie et, d'après les rumeurs, elle était installée dans une sorte de maison de repos.

Tout en portant à ses lèvres une cuillerée de dessert à la noix de coco, Lisette se rendit compte que son angoisse s'était envolée. Elle passait une excellente soirée, et pour cause. Comment aurait-il pu en être autrement avec un homme à la fois intelligent, charmant et terriblement sexy ?

Voilà pourquoi elle n'arrivait pas à s'intéresser aux autres. Ils n'arrivaient pas à la cheville de Jonathan.

Lorsque la gouvernante vint pour débarrasser ils se levèrent, et Jonathan prit délicatement le bras de Lisette pour la guider vers le petit salon.

Là aussi, de grandes baies vitrées offraient une vue splendide sur le jardin et la mer. La lumière orangée du soleil couchant recouvrait tout le paysage.

— J'ai toujours adoré cette pièce, dit Lisette. Vous avez de la chance d'avoir toujours vécu dans cette maison.

— Cela m'empêche peut-être de l'apprécier à sa juste valeur.

Il l'invita à s'installer sur le canapé, mais tandis qu'elle s'asseyait, il resta debout, à faire les cent pas devant elle. Elle ne le reconnaissait pas, lui qui était si calme d'habitude.

L'anxiété qu'elle avait oubliée pendant le dîner revint d'un coup lui serrer le cœur.

— Jonathan, si vous avez changé d'avis, cela ne fait rien. Je vous assure que je ne le prendrai pas mal.

Il s'arrêta et lui lança un regard dur.

— Je n'ai pas changé d'avis, mais je pourrais vous dire exactement la même chose.

— Je n'ai pas arrêté de penser à tout cela, dit-elle en secouant doucement la tête. Je ne suis toujours pas certaine que le mariage soit la meilleure solution, mais vous connaissez votre entreprise mieux que moi. Si vous croyez avoir besoin d'une épouse pour gérer ces prochains mois, je suis prête à vous aider.

Il poussa un grand soupir de soulagement. Il avait donc douté à ce point de sa réponse ?

— Cela fait du bien à entendre, dit-il.

— Ce serait plus facile, toutefois, de faire semblant d'être mariés. Cela nous éviterait beaucoup de complications.

— L'aspect légal est important, insista-t-il en se tournant vers la fenêtre.

Après un long silence, il revint vers elle et s'assit à l'autre bout du canapé.

— Si vous devenez ma doublure, poursuivit-il, les décisions que vous prendrez devront avoir la même valeur juridique que les miennes.

— Je n'avais pas pensé à ça.

C'était pourtant la raison précise pour laquelle il avait besoin d'elle. Tenir les reines de Tarleton Shipping quand il serait trop affaibli pour le faire. Cette perspective emplissait déjà Lisette de tristesse.

— Dans combien de temps comptez-vous parler à votre famille ?

Il fit la grimace.

— Je sais que je devrai le faire bientôt, répondit-il. Mais je ne veux pas faire de mal à mon père et à ma sœur. Je ne veux pas perturber leur vie.

— Vous n'avez pas le choix, Jonathan. Vous ne pourrez pas les protéger de cela. Ils sont adultes. L'épreuve sera sans doute encore plus difficile à endurer pour eux si vous les empêchez de vous soutenir et d'être à vos côtés. Je comprends que ce soit dur. Vous avez l'habitude de tout contrôler. Vous aimez prendre les choses en main. Vous êtes le patron.

— Cela ne sonne pas comme un compliment dans votre bouche, dit-il avec ironie.

— Vous savez, à ma façon, je suis comme vous. Mais la maladie de ma mère m'a obligée à changer. J'ai mis un certain temps à accepter que je ne pouvais pas exceller dans tous les domaines tout en m'occupant d'elle. Jonathan, ajouta-t-elle après une pause. Vous êtes malade. Vous allez devoir apprendre à mettre de côté votre réserve et à vous laisser aider.

Son expression contrariée lui fit penser qu'il n'avait pas encore vraiment pris la mesure de ce qui l'attendait.

— J'entends ce que vous me dites, répondit-il. J'essaierai. C'est tout ce que je peux vous promettre.

— C'est déjà ça.

Elle avait toutes les peines du monde à lui parler avec raison alors qu'elle mourait d'envie de se jeter dans ses bras. Si elle ne parvenait pas à enfouir au fond d'elle ses sentiments pour lui, cela ne ferait que compliquer les choses. Elle devait ignorer le fait qu'elle n'avait qu'un seul désir : que Jonathan tombe amoureux d'elle.

Si elle l'aimait, elle devait mettre de côté ses propres émotions pour se concentrer sur lui et sur ce dont il avait besoin. Mais n'avait-elle pas des besoins elle aussi ? Allait-elle oser lui en parler ? Il semblait prêt à lui offrir la lune pour obtenir un oui de sa part. Elle n'avait qu'à saisir cette occasion pour réaliser ses rêves, au moins en partie.

Brusquement, il se pencha en avant et se prit la tête dans les mains.

— Je vous dois des excuses, dit-il en soupirant.

— Je ne comprends pas.

— Votre amie, Rebekah. Elle est venue dans mon bureau aujourd'hui. Elle était inquiète car vous ne l'aviez pas prévenue que vous seriez absente. Je n'avais pas pensé à tout ce que cela impliquerait pour vous de partager mon secret.

— Ah. Elle est fâchée parce que j'ai annulé ma participation à un voyage que nous devions faire ensemble en septembre. Je n'ai pas pu lui donner d'explications. Elle a dû se poser encore plus de questions en voyant que je n'étais pas venue travailler.

Il se redressa et la regarda en plissant le front.

— Pourquoi avez-vous annulé votre voyage ?

— D'abord parce que je ne vais pas partir avec mes amies si je viens de me marier avec vous, et surtout parce que le départ était prévu dans trois mois. Beaucoup de choses peuvent changer d'ici là.

Elle eut le cœur serré en voyant son regard s'assombrir.

— Vous pouvez tout lui expliquer, dit-il. Je vous demande de le faire. Vous aussi, vous allez avoir besoin de quelqu'un pour vous soutenir. Je lui demanderai de signer un accord de confidentialité.

— Merci, Jonathan.

— Je suis désolé de ne pas m'être mis à votre place plus tôt. Je ne voulais pas être égoïste. Je ne me reconnais plus.

Cette fois, elle ne résista pas à son besoin de le toucher. Elle s'approcha de lui et posa affectueusement la main sur son bras.

— Vous n'êtes pas égoïste, Jonathan. Bien au contraire. Malgré le drame que vous vivez, vous restez l'homme que j'ai toujours admiré et respecté.

- 7 -

Gêné et en colère, Jonathan s'écarta d'un geste. Cela ne l'aidait pas de voir Lisette si fraîche, si séduisante dans sa robe à fleurs. Au lieu de lui faire la cour, il se retrouvait à lui parler de documents légaux.

Mais c'était précisément ces documents légaux qui justifiaient sa présence chez lui ce soir.

La sollicitude qu'il lisait dans son regard lui faisait l'effet d'un coup de couteau. Il ne voulait ni de sa compassion, ni de sa générosité. Il voulait qu'elle le voie comme un homme et non comme un malade affaibli.

— Je vais chercher les papiers, dit-il sèchement.

Il se leva et marcha jusqu'au meuble de rangement qui contenait la télévision et d'autres équipements hi-fi. De peur que quelqu'un trouve par hasard dans son bureau le dossier préparé par son avocate, il l'avait glissé ici dans un tiroir, sous les câbles et les batteries.

— Voulez-vous vous installer dans le bureau pour lire le contrat dans le détail ? demanda-t-il à Lisette.

— Nous sommes très bien ici. Si vous reveniez vous asseoir à côté de moi pour m'expliquer tout ça ? De toute façon, je vous fais confiance. Je n'ai pas besoin d'examiner chaque mot.

— Vous avez tort, grommela-t-il. Vous devriez être plus prudente.

— Je vous ai dit que je ne voulais pas de votre argent. Je n'ai donc aucune raison de m'inquiéter, si ?

En entendant le ton autoritaire de sa voix, il ne put s'empêcher d'être amusé.

— D'accord, c'est noté, répondit-il en souriant.

Il s'assit près d'elle et frissonna en sentant le parfum citronné de ses cheveux. Comme il se penchait pour poser le contrat sur la table basse, il dut détourner le regard pour ne pas se laisser troubler par ses mollets dénudés.

— Prenez votre temps, dit-il en ouvrant le dossier. Il y a beaucoup de mots techniques, mais vous verrez, c'est tout à fait compréhensible. Dites-moi si vous avez la moindre question.

Dès l'instant où elle se pencha à son tour en se rapprochant de lui, il fut incapable de se concentrer sur les documents. Depuis que cette idée de l'épouser lui était venue à l'esprit, elle lui apparaissait plus féminine et plus attirante que jamais.

Bien sûr, il s'agirait d'un mariage de convenance. Il l'avait choisie parce qu'il pouvait compter sur elle pour garder un secret. Toutefois, malgré tout le mal qu'il se donnait, il n'arrivait pas à envisager cette union comme un simple accord juridique.

Il l'observa du coin de l'œil tandis qu'elle parcourait les quelques pages du contrat. Elle n'était pas encore arrivée au paragraphe qui mentionnait le revenu qu'elle percevrait pendant la durée de leur mariage et l'héritage qu'il lui réservait.

Comme elle restait silencieuse, il se posa des questions. Le fait de voir ce contrat imprimé noir sur blanc la faisait-elle hésiter ?

Finalement, elle referma le dossier, se redressa et se tourna vers Jonathan.

— Vous ne pouvez pas me donner cinq millions de dollars en échange de six mois de ma vie, dit-elle d'une voix neutre.

— Bien sûr que si. Et vous savez comme moi que cela pourrait être plus que six mois.

— Six, douze, dix-huit… Peu importe. Votre héritage devrait aller à votre sœur. Ou à votre frère. Ou les deux.

Il serra instinctivement les poings.

— Hartley ne recevra rien de moi. Si vous voulez faire quelque chose de noble et de stupide, vous pourrez toujours lui reverser votre part. Mais pas avant que je sois mort.

— Vous vous rendez compte à quel point vos réactions deviennent irrationnelles dès que nous parlons de votre frère ?

— Restez en dehors de cela, Lisette. Vraiment. Cela ne vous concerne pas.

— Donc vous me demandez d'être votre femme, mais pas complètement ? C'est vous qui m'avez dit que je deviendrais un membre de votre famille. Était-ce un mensonge ?

— Ne déformez pas mes propos. Vous m'avez très bien compris.

— Que se passera-t-il si je refuse de signer ce contrat de mariage ?

— Nous ne nous marierons pas.

En voyant son expression de surprise, il eut une soudaine envie de l'embrasser. Ses lèvres entrouvertes formaient la plus tentante des invitations.

— Mais…, balbutia-t-elle. Vous avez besoin de moi.

— C'est vrai. Mais je tiens à fixer mes conditions. Mon honneur et ma réputation comptent beaucoup pour moi. C'est tout ce qu'un homme laisse derrière lui, après tout. Si vous décidez de faire quelque chose d'aussi fou, d'énorme, pour moi, je suis déterminé à prendre soin de vous, Lizzy. Même depuis ma tombe.

Il se rendit compte que son discours était quelque

peu grandiloquent, mais il n'avait pas trouvé d'autres mots pour décrire ce qu'il ressentait.

— Je n'arrive toujours pas à y croire, murmura-t-elle, les yeux embués.

— Moi non plus.

— Oh ! Jonathan…

Elle noua les bras autour de lui. Il était touché qu'elle cherche à le réconforter, mais une simple accolade n'allait pas suffire. Seule une étreinte passionnée aurait eu le pouvoir de lui faire oublier, au moins un instant, ce qui lui arrivait.

Le cœur battant, le front moite, il se leva pour résister à la tentation de l'embrasser, de lui faire l'amour ici et maintenant, sur ce canapé.

— Le contrat ne mentionne pas la possibilité d'une relation physique, dit-il. Je tiens à ce que vous preniez le temps de me connaître. Vous verrez peu à peu quelle direction vous souhaitez donner à notre mariage. Cela ne regarde que nous, et les termes du contrat ne dépendront aucunement de cela.

Elle se leva à son tour et marcha jusqu'à la fenêtre. Dehors, la nuit commençait à tomber, et Jonathan se rendit compte qu'il faisait sombre dans la pièce. Il fit quelques pas vers Lisette, tout en s'assurant de maintenir une distance raisonnable entre eux.

— Dans d'autres circonstances, dit-elle, j'aurais volontiers eu une relation avec vous.

Sa remarque lui fit un choc, mais comme elle lui tournait le dos, elle ne put voir sa réaction.

— Et maintenant ? demanda-t-il dans un souffle.

Elle se retourna et s'appuya contre la vitre en croisant les bras.

— Je ne voudrais pas tomber amoureuse de vous et avoir le cœur brisé.

Il s'efforça de masquer sa déception.

— Je comprends.

— J'en doute, dit-elle. Vous êtes un homme extrêmement séduisant. Je n'ose imaginer combien de femmes essaient chaque jour d'attirer votre attention. Pourtant, je ne sais pas du tout si vous avez eu une relation sérieuse récemment.

— Ce n'est pas le cas. Je n'ai que le travail et ma famille. Vous voyez, je suis un garçon très ennuyeux.

— Belle tentative, répliqua-t-elle en riant.

Elle le regarda fixement, avec des yeux brillants, puis soupira et fit un signe de la tête vers le contrat resté sur la table.

— Je crois que vous avez oublié quelque chose, dit-elle.

Il l'interrogea du regard.

— Certainement pas, mon avocate est très méthodique.

— Vous vous souvenez ? rétorqua-t-elle avec un sourire irrésistible. Vous m'avez dit que je pouvais ajouter ce que je voulais.

— Ah, oui. Les M&M's. C'est ça ?

Elle secoua la tête. Il était incapable de deviner les secrets qui se cachaient dans ses yeux vert pâle.

— Bien sûr que non, Jonathan.

— Alors que voulez-vous ?

Comme il l'observait, à la fois inquiet et brûlant de désir, elle se passa la langue sur les lèvres. Il se rendit compte qu'elle était aussi nerveuse que lui.

— Lisette ?

Après un silence, elle lui dit enfin ce qu'elle avait à l'esprit.

— Je veux que vous me donniez un bébé.

Lisette frémit en voyant le visage de Jonathan se décomposer. Cette idée lui était venue en pleine nuit, à 3 heures du matin et, sur le moment, elle lui avait paru parfaitement sensée. Mais face à ce silence, elle commençait à regretter son audace. Allait-il enfin parler et mettre un terme à son supplice ?

— Dites quelque chose, murmura-t-elle.

— Euh…

Il passa la main sur sa barbe naissante. Il était encore plus sexy quand il n'était pas rasé.

— Ce n'est pas une réponse.

— Bon sang, Lisette. Vous ne pouvez pas lâcher cette bombe et vous attendre à une réponse immédiate. C'est vraiment ce que vous voulez ?

— Oui, vraiment.

— Mais pourquoi ?

— Vous n'en avez vraiment aucune idée ? J'ai trente-sept ans, Jonathan. Cinq ans de plus que vous. Presque cinq et demi, pour être précise.

— Cinq ans, ce n'est rien.

— C'est facile à dire quand on n'a même pas encore atteint les trente-deux ans. J'ai passé toute ma vie d'adulte à m'occuper de ma mère. Maintenant qu'elle repose en paix, je suis libre de tracer ma propre voie. Mais je n'ai personne dans ma vie et je m'apprête à passer les prochains mois avec vous. Je ne suis pas maîtresse de mon horloge biologique. Je n'ai plus vraiment le temps d'attendre.

— Un bébé…, murmura-t-il d'une voix à la fois inquiète et émerveillée.

— Cela n'a rien d'absurde. Vous êtes un homme bien, et si je tombais enceinte, vous partiriez en laissant une partie de vous sur Terre.

— Mais ce serait aussi mon enfant. Je le chérirais, et je serais d'autant plus triste de le quitter. Ce n'est pas juste de me demander ça, Lizzy.

Elle n'avait pas vu les choses sous cet angle. Bien sûr qu'il aimerait son bébé. Et savoir qu'il ne le verrait pas grandir serait un terrible fardeau à porter.

Cependant, au fond d'elle, elle sentait que c'était le moment idéal. L'homme idéal. Sa dernière chance de devenir mère. Et au moins, quand elle aurait perdu Jonathan, elle aurait encore leur enfant à qui donner tout son amour.

— Je veux bien le reconnaître, répondit-elle. Mais promettez-moi d'y réfléchir. Je ne vous le demanderais pas si ce n'était pas important pour moi. Très important.

— Je vous le promets, dit-il avec gravité. Mais pour être honnête avec vous… Je ne crois pas que je changerai d'avis. Ma sœur et mon beau-frère essaient d'avoir un enfant. Comment réagiraient-ils si je faisais un bébé avec vous en sachant que je ne serai pas là pour l'élever ?

— Ils finiront sûrement par avoir un bébé, et dans ce cas, le nôtre serait le cousin du leur. Ce serait quelque chose de beau et de joyeux.

— C'est vrai. Écoutez, je vais y penser, mais c'est tout ce que je peux vous promettre pour l'instant.

Elle acquiesça, tout en pressentant qu'il n'allait pas être facile à convaincre.

— Donnez-moi un stylo, dit-elle. Finissons-en avec ce contrat. Après cela, je ne veux plus jamais le voir.

Le luxueux stylo que Jonathan lui tendit était épais et lourd. Elle parapha chaque page, signa au bas de la dernière et referma le dossier.

— Merci, Lisette, dit-il en fixant les yeux sur elle. Je vous suis très reconnaissant. Je vous jure que vous ne le regretterez pas.

Hélas, rien n'était moins sûr. Elle avait la sensation de se jeter dans le vide. Elle allait mettre sa vie entre parenthèses pour prendre soin de l'homme à qui elle tenait tant et qui allait quitter ce monde d'ici quelques mois. Elle était amoureuse de lui, elle allait l'épouser, tout cela pour le regarder disparaître. Elle devait être folle pour accepter cela.

— Que va-t-il se passer maintenant ? demanda-t-elle.

— J'ai parlé au juge. C'est un ami de la famille. Il peut nous marier au tribunal samedi matin.

— Si tôt ?

— Inutile d'attendre.

— Il n'y aura que vous et moi ?

— Nous aurons besoin de témoins. Vous pourrez venir avec Rebekah. J'aurai Mazie et JB.

— Ce qui veut dire que nous devrons tout leur dire demain.

— Oui.

— Et votre père ?

— Je ne sais pas encore ce que je vais faire. Dans l'ensemble, il est en forme, mais ses facultés mentales varient d'un jour à l'autre. Je ne suis pas sûr qu'il soit en mesure de garder un secret. Je pense que pour l'instant, il vaut mieux ne rien lui dire. Ni au sujet du mariage, ni de ma maladie.

— Il risque tout de même de se rendre compte qu'il y a une nouvelle habitante dans la maison, non ?

Elle avait voulu faire un trait d'humour, mais il n'esquissa même pas un sourire.

— Mon père est installé au rez-de-chaussée. Il n'aura aucune idée de ce que nous faisons à l'étage.

Elle se sentit rougir en imaginant ce qu'ils pourraient faire. Tous les deux, en tête à tête, dans la chambre de Jonathan.

— Les gens s'attendront à ce que nous partions en lune de miel, dit-elle tout en essayant de chasser les images sensuelles qui lui venaient à l'esprit.

— Exact. Nous pourrions prendre quelques jours de congé pour faire un voyage.

— Ou dire que vous êtes trop pris par le travail pour vous absenter en ce moment. Que nous prévoyons une grande escapade romantique d'ici quelque temps.

— Mais ce serait en contradiction totale avec les séminaires sur l'équilibre entre vie privée et vie professionnelle que nous avons organisés récemment.

— En effet.

Jonathan était très soucieux du bien-être de ses employés. Il tenait à ce qu'ils prennent tous leurs jours de congé, alors de quoi aurait-il l'air s'il ne s'accordait pas une pause pour célébrer son mariage ?

— Que diriez-vous d'une semaine dans les Caraïbes ? proposa-t-il en prenant son smartphone pour taper quelque chose.

— Les Caraïbes ? Rien que ça ?

— Un de mes amis possède une villa à Antigua. Il m'a dit plusieurs fois qu'il me la prêtait quand je voulais. Il y a du personnel à plein temps pour s'occuper de la propriété. Rien d'autre à faire que de se prélasser au soleil. Je viens de lui envoyer un texto.

— Vous pensez qu'elle sera disponible dans un délai aussi court ?

— On peut l'espérer. Là-bas, c'est plutôt l'hiver la saison touristique.

Sept jours et sept nuits dans un paradis tropical avec un faux mari qui ne serait autre que son patron. Où pouvait bien être le problème ?

Avant qu'elle ait pu dire quoi que ce soit, le téléphone de Jonathan tinta.

— C'est bon ! annonça-t-il triomphalement. La maison est libre toute la semaine.

— Vous tenez vraiment à partir aussi longtemps ?

C'était si rare qu'il prenne des vacances…

— Nous avons besoin de ça, Lizzy. De passer du temps ensemble à l'abri des regards indiscrets. Cette fausse lune de miel rendra notre retour au travail un peu plus facile.

Il vint jusqu'à elle et posa les mains sur ses épaules.

Elle sentait ses pouces qui caressaient ses clavicules. Il était si près qu'elle n'arrivait plus à respirer.

— Vous avez sans doute raison, murmura-t-elle.

— Regardez-moi, Lisette.

À contrecœur, elle releva la tête pour fixer les yeux sur les siens.

— Qu'y a-t-il ?

— Vous n'avez pas l'air d'une femme enthousiaste à l'idée de partir en vacances.

— Cela fait très longtemps que je n'ai pas pris de vraies vacances. Je ne suis pas très douée pour me détendre. C'est l'un de mes défauts.

— Êtes-vous inquiète parce que je serai avec vous ?

Elle se sentait nue sous son regard intense.

— Je suis sûre que nous pouvons vivre notre vie chacun de notre côté sans nous gêner mutuellement.

Il soupira et lui prit délicatement une mèche de cheveux pour la glisser derrière son oreille. Puis il se pencha et l'embrassa sur les lèvres.

— Merci, Lisette. Merci pour tout.

Elle sentit qu'elle devait s'écarter de lui. Non parce qu'elle ne voulait pas de ce baiser. Au contraire. Parce qu'elle en avait beaucoup trop envie.

Mais elle ne bougea pas. Après tout, c'était lui, l'homme qu'elle allait épouser samedi.

Quand elle l'embrassa à son tour, il sembla d'abord surpris, puis il saisit son visage entre ses mains et prit possession de sa bouche avec une sensualité qui la fit frissonner de tout son être. C'était si bon de sentir son désir viril… Bien sûr, elle savait que cela ne voulait en aucun cas dire qu'il avait des sentiments pour elle. Mais il se montrait si passionné tout à coup, qu'elle se mettait à rêver que leur mariage puisse devenir bien réel.

Elle noua les bras autour de lui et sentit sa langue qui venait à la rencontre de la sienne. Ivre de plaisir, elle laissa échapper un murmure et se serra un peu plus contre lui.

Elle serait volontiers restée dans ses bras toute la nuit, mais avant d'avoir complètement perdu la raison, elle s'écarta de lui et regarda l'heure.

— Je dois y aller, dit-elle. Le chauffeur doit m'attendre à la grille.

— Vous lui avez demandé de revenir vous chercher ? Mais pourquoi ? Vous savez bien que je vous aurais ramenée.

— Je ne savais pas comment allait se passer la soirée. Il m'a semblé que c'était mieux comme cela.

— Vous avez peur de moi ? demanda-t-il, le regard sombre.

Voyant son air blessé, elle posa deux doigts sur ses lèvres sensuelles et plongea les yeux dans les siens.

— J'avais peur de nous, répondit-elle.

Puis elle se détourna pour résister à la tentation.

- 8 -

Le lendemain, assis dans le salon chez sa sœur et son beau-frère, Jonathan observait leur réaction. Il avait essayé de leur annoncer la mauvaise nouvelle de façon aussi diplomatique que possible, mais le résultat était le même.

Mazie pleurait. JB, tout en enlaçant sa femme, avait l'air d'un homme qui venait de recevoir un coup de massue.

Ils venaient tous les trois de finir de dîner. Quand il avait téléphoné à sa sœur pour lui dire qu'il voulait passer les voir, elle et JB, elle avait insisté pour préparer un bon repas. Son travail lui laissait peu de temps pour faire la cuisine, alors pour une fois qu'une occasion se présentait, elle n'avait pas voulu la laisser passer.

JB s'éclaircit la voix.

— Tu es sûr ? demanda-t-il à Jonathan.

Lisette lui avait déjà posé cette question. C'était sans doute un réflexe quand on était confronté à un diagnostic difficile à accepter.

— Je suis sûr. J'ai vu plusieurs médecins. J'ai fait de nombreux examens. Je ne voulais pas vous le dire avant votre retour de voyage, mais Lisette m'a convaincu.

— Lisette ? demanda JB avec étonnement.

— C'est l'assistante de Jonathan, dit Mazie d'une voix enrouée.

— Oui, je sais parfaitement qui est Lisette, dit JB. Une femme formidable. Une vraie force pour Jonathan.

— Je l'espère, dit Jonathan. Car je vais l'épouser samedi. Et j'ai besoin que vous soyez là tous les deux.

— Tu es sûr que tu as encore toute ta tête ? s'exclama JB avec ironie. Tu ne peux pas te marier samedi. C'est ridicule.

Mazie donna une tape sur le bras de son mari.

— Ce n'est pas drôle, dit-elle. Mais Jonathan, je ne comprends pas. Tu n'as jamais fait la moindre allusion à une possible relation entre Lisette et toi. Et puis, elle est un peu plus âgée que toi, non ?

Il haussa les épaules, agacé par la remarque de sa sœur.

— Cinq ans d'écart. Ce n'est rien. Mais tu as raison, nous ne sommes pas en couple. Je lui ai demandé de m'épouser pour qu'elle devienne mon associée. Je veux qu'elle soit en mesure de prendre des décisions à ma place quand ma santé se détériorera. Pour protéger l'entreprise, nous devons garder ma maladie secrète aussi longtemps que possible.

— La connais-tu assez pour lui faire confiance à ce point ? demanda JB avec le plus grand sérieux. Tu n'as pas peur qu'elle en profite pour te prendre ton argent ? Je suis bien placé pour te dire que ce sont des choses qui peuvent arriver, malheureusement.

La première femme de JB l'avait épousé pour sa fortune et avait fait de sa vie un enfer. Cela expliquait sa méfiance.

— J'ai une confiance absolue en elle, répondit Jonathan. Mais rassure-toi, j'ai fait rédiger un contrat de mariage qu'elle a déjà signé. Vous savez tous les deux combien je tiens à vous, et j'aimerais vraiment que vous soyez présents samedi. La seule autre personne qui connaîtra la vérité est Rebekah, la meilleure amie de Lisette. Elle assistera aussi à notre mariage.

Comme Mazie se levait pour venir le prendre dans ses bras, il dut prendre sur lui pour ne pas se laisser submerger par l'émotion. Il sentait les larmes de sa sœur qui mouillaient sa chemise.

— Alors je t'organise une grande réception ? demanda-t-elle.

— Merci, sœurette, mais non. Nous partirons dans la foulée pour une lune de miel à Antigua. Je veux que ce mariage ait l'air aussi vrai que possible.

JB se leva à son tour, l'air grave.

— Et si ta santé se dégrade pendant que tu es en voyage ? demanda-t-il.

Jonathan embrassa Mazie sur le front et se redressa. Il refusait la compassion. Il avait besoin qu'on le considère comme une personne normale, sinon, ces prochains mois allaient être encore plus difficiles à traverser.

— D'après le médecin, répondit-il à son ami, cela ne devrait pas aller si vite. Même les maux de tête vont et viennent. Il y a des jours où je me sens bien.

— Mais tu ne vas pas bien, dit Mazie. Nous devrions contacter Hartley.

— Non.

La dureté de sa voix était à la mesure de la colère qu'il ressentait depuis la trahison de son frère. Mais il se força à se ressaisir en voyant le regard affligé de Mazie.

— Je n'ai pas d'énergie à lui consacrer pour l'instant, poursuivit-il plus calmement. Je dois me concentrer sur l'entreprise. S'il te plaît, Mazie, promets-moi de ne pas l'appeler.

Il vit qu'elle n'était pas d'accord, mais elle finit par acquiescer.

— Si c'est ce que tu veux. Et notre père ?

— Je ne sais pas encore, répondit Jonathan. Je devrai forcément lui parler à un moment ou un autre, mais pour l'instant, je crois que je préfère faire comme si tout était normal.

— Tu as sans doute raison.

Jonathan les regarda et soupira.

— Je veux faire le maximum pour aider Lisette, dit-il. Ce sera difficile pour elle. Elle aura besoin de votre soutien et de votre amitié.

— Je n'avais pas l'intention de la rejeter, grommela JB. Mais je trouve toujours que tu prends des risques en lui donnant autant de pouvoir.

— Nous organiserons un dîner tous les quatre, dit Mazie à son mari. Tu verras que tu n'as aucune raison de te méfier d'elle. À votre retour ? demanda-t-elle à Jonathan. Nous dînerons ici plutôt qu'au restaurant. Cela nous permettra de parler librement.

— Très bonne idée, Mazie. Mais je t'avoue que pour l'instant, je vis au jour le jour.

Pendant le reste de la soirée, Jonathan vit qu'ils faisaient tous les deux leur possible pour être naturels, mais il voyait bien qu'ils avaient le visage marqué par la douleur.

Il ne pouvait s'empêcher de se sentir coupable de leur infliger cela. Il se sentait assez fort pour affronter ce qui l'attendait, mais voir ses proches souffrir à cause de lui le torturait.

Toutes ces émotions l'épuisaient. Il n'avait pas l'habitude d'y être confronté. Depuis le jour où son père avait placé sa mère malade dans un établissement loin de Charleston, il préférait enfouir toute sa peine au fond de lui et l'ignorer. La vie était plus facile ainsi.

Quand il fut l'heure pour lui de rentrer, JB le raccompagna à sa voiture.

— Est-ce que tu nous as tout dit ? lui demanda son beau-frère. Tu peux protéger Mazie, mais je ne te laisserai pas me mentir, même si tu crois avoir une très bonne raison de le faire.

— Non, je n'ai rien à ajouter. Je suis moi-même dans l'incertitude quant à l'évolution de mon état.

— Et ta future femme ? Rien à dire là-dessus non plus ?

— JB, je t'assure qu'elle fait preuve d'une grande générosité en acceptant d'être embarquée dans cette histoire.

— Et elle deviendra une veuve fortunée.

— Oui, parce que j'en ai décidé ainsi. C'est tout de même la moindre des choses. Elle vient de vivre un cauchemar avec sa mère, et je lui demande d'endurer la même épreuve une deuxième fois. Je crois que le méchant de l'histoire, c'est bien moi. Pas Lizzy.

— Lizzy ? Vous en êtes déjà aux surnoms affectifs ?

— Nous travaillons ensemble depuis des années. Nous sommes amis.

— Seulement amis ? Vraiment ? Il ne s'est jamais rien passé entre vous ?

— Je ne suis pas sûr que ça te regarde, mais non. Ce n'est pas ce que tu crois.

— Désolé, Jonathan, mais tu n'es pas très convaincant. Ce que je crois, c'est que tu es attiré par elle et que, quand le ciel t'est tombé sur la tête, ton subconscient t'a incité à saisir cette occasion de te rapprocher d'elle.

Jonathan soupira. JB le connaissait depuis toujours, et une fois de plus, il avait sans doute vu juste.

— Bon, bon…

— Elle te plaît, c'est ça ? demanda JB en riant.

Cette fois, il n'y avait plus la moindre trace de compassion dans sa voix. Plutôt de la complicité masculine.

— Je te mentirais si je te disais que je n'ai jamais pensé à elle autrement que comme une amie. Mais je n'ai pas franchi la ligne. Elle travaille pour moi, et tu sais que j'ai des principes.

— D'accord, je te crois. Mais il y a une autre question essentielle. Lisette, que pense-t-elle de toi ?

— Ça, je n'en sais rien. Elle a un grand cœur. Et elle est désolée de ce qui m'arrive.

— Je ne serais pas très surpris qu'elle ait un faible pour toi. Que veux-tu, certaines femmes ont un goût étrange pour les types coincés et trop sérieux.

Jonathan rit en songeant que JB était bien le seul capable de faire de l'humour dans de telles circonstances.

— Merci, je vois que je peux compter sur ton soutien.

— Quand tu sors de tes dossiers et de tes tableaux et que tu te dérides un peu, tu n'es pas si mal.

— Je ferai graver ça sur ma pierre tombale.

— Bon sang, Jonathan, je n'arrive pas à y croire.

Ce genre d'élan d'affection ne lui ressemblait pas, mais JB s'approcha de Jonathan et le serra fraternellement contre lui.

— Je suis là pour toi, Jonathan. Tu peux m'appeler quand tu veux, de jour comme de nuit. Tu le sais, j'espère ?

— Oui, je le sais.

Après un long silence, JB reprit la parole.

— Si je trouvais un autre médecin, tu accepterais de le voir ?

— Je t'assure que j'ai consulté les meilleurs spécialistes. Les premiers n'ont pas pris mes maux de tête au sérieux car je ne les avais pas en permanence. En dehors de cela, je paraissais en pleine santé. Ce sont mes derniers examens qui ont révélé ce que j'avais. Cette fois, la tumeur au cerveau était bien visible d'après mon médecin. Il n'a pas pu se tromper.

— En tout cas, tu n'es pas tout seul. Nous formons une équipe.

Une équipe qui avait déjà perdu l'un de ses membres. Hartley.

— Allez, conclut Jonathan, la gorge serrée par l'émotion. J'y vais. À samedi ?

— Nous serons là.

— J'enverrai les informations à Mazie.

— Tu sais qu'elle va te cajoler à partir de maintenant. J'espère que tu t'y es préparé mentalement.

— Vous devriez plutôt vous occuper de vous et de votre projet de bébé.

— C'est en bonne voie. Il n'y a aucun obstacle médical apparemment. Nous devons juste nous détendre et être patients.

— J'aurais préféré cacher ma maladie à Mazie. Cette nouvelle ne va pas l'aider à tomber enceinte.

— Elle aurait été traumatisée si tu ne lui avais rien dit. Ne t'inquiète pas pour nous.

Jonathan monta dans sa voiture, démarra et baissa sa vitre.

— Prends soin de ma sœur, JB.

— Compte sur moi.

Le jeudi matin à 10 heures, Lisette conduisit Rebekah devant l'entrée du siège de Tarleton Shipping où les attendait Jonathan. Dans une ambiance embarrassante, ils se saluèrent avant de monter tous les trois dans la voiture de Jonathan. Lisette et Rebekah s'assirent ensemble à l'arrière.

Quand Lisette croisa le regard de Jonathan dans le rétroviseur, son intensité la troubla. Elle savait qu'il avait vu sa sœur et son beau-frère hier, mais elle n'avait pas eu l'occasion de lui demander comment cela s'était passé. C'était dur de travailler à côté de lui sans vraiment pouvoir lui parler.

La pauvre Rebekah, elle, semblait complètement perdue. Lisette avait seulement pu lui dire qu'elle allait être mise au courant d'un secret d'entreprise, mais qu'avant cela elle devait signer un accord de confidentialité.

Après un quart d'heure de trajet, ils arrivèrent au bureau de l'avocate de Jonathan, une superbe femme blonde qui devait avoir environ l'âge de Lisette. Elle reçut d'abord Jonathan, puis il proposa de s'éclipser un moment pour les laisser toutes les trois.

Lisette apprécia cette attention de sa part. Rebekah semblait si anxieuse… Le fait que le P-DG de Tarleton Shipping quitte la pièce allait sans doute l'aider à se sentir un peu plus à l'aise.

L'avocate accompagna Jonathan dans un bureau attenant, puis elle revint vers Rebekah et Lisette.

— Rebekah, dit-elle, merci d'avoir bien voulu venir. Jonathan et Lisette souhaitent partager une information avec vous, mais vous devez savoir qu'elle est de nature sensible. C'est pourquoi vous avez la possibilité de refuser, auquel cas nous arrêterons là.

Rebekah se tourna vers Lisette avec regard interrogatif.

— Tu as besoin que je sois mise au courant ? lui demanda-t-elle.

Lisette se sentit coupable, mais elle n'avait pas la force de porter ce lourd secret toute seule.

— Oui, répondit-elle à Rebekah. Nous avons toujours tout partagé. Crois-moi, si je te le demande, c'est parce que c'est très important.

— Dans ce cas, dit Rebekah en s'adressant à l'avocate, vous pouvez me donner les papiers. Je signerai tout ce que Lisette voudra.

Le document faisait bien une dizaine de pages. Rebekah les signa toutes, puis l'avocate les récupéra.

— Je vais aller les photocopier pour que vous en ayez un exemplaire chacun, Jonathan et vous. Je vous laisse discuter quelques minutes en tête à tête. Je referme la porte, comme cela personne ne viendra vous déranger.

Quand elle fut sortie, Rebekah regarda Lisette avec de grands yeux.

— Je t'en supplie, Lisette, dis-moi vite ce qui se passe. Tu me fais peur. J'ai l'impression d'être dans un film d'espionnage.

Lisette commença son récit et se sentit aussitôt libérée. Cela lui faisait tant de bien de parler qu'elle ne pouvait plus s'arrêter. Quand elle eut expliqué à Rebekah ce qui arrivait à Jonathan, elle regarda son amie et vit son regard empreint de tristesse.

— Oh ! Lisette. Je suis tellement désolée.

— Ce n'est pas tout. Pour protéger l'entreprise, Jonathan tient à ce que sa maladie reste secrète aussi longtemps que possible.

— Je comprends, répondit Rebekah. Et comme tu es son assistante il fallait que tu sois mise dans la confidence. Mais moi ? ajouta-t-elle après une pause. Qu'est-ce que j'ai à voir là-dedans ?

— Tu as trouvé que j'avais un comportement bizarre ces derniers jours et tu avais raison. Tu es ma meilleure amie. En gardant tout ça pour moi, j'étais obligée de te mentir et je risquais de mettre notre amitié en danger.

— Je sens que tu ne m'as pas encore tout dit.

Lisette se mit à faire les cent pas dans le bureau. Ce qu'elle allait annoncer à son amie lui semblait si étrange…

Finalement, elle s'arrêta et se tourna vers Rebekah.

— Jonathan m'a demandée en mariage. Pour que je puisse le remplacer quand il se sentira trop mal pour prendre des décisions ou participer à des réunions.

L'expression de Rebekah réveilla d'un coup tous les doutes de Lisette. Elle avait l'air à la fois choquée et horrifiée.

— C’est de la folie ! s’exclama-t-elle. Il ne peut pas te demander ça. C’est complètement démesuré.

— Eh bien, il l’a fait.

Elle n’avait jamais dit un mot de son attirance envers son patron. Même Rebekah ignorait tout de ses sentiments pour lui.

— Et si je peux l’aider, ajouta-t-elle, je ne vais pas rester sans rien faire. Il ne doit pas affronter cette épreuve tout seul.

— Et sa famille ?

— Sa famille est là pour le soutenir, bien sûr. Mais ma position fait que je suis la seule à pouvoir recevoir sa procuration pour assurer la bonne marche de l’entreprise. En nous mariant, nous espérons éviter les contestations sur mes nouveaux pouvoirs.

— Je reste très sceptique, dit Rebekah. Il me donne l’impression de profiter de toi. Ce n’est pas juste.

C’était le moment ou jamais de lui dire la vérité.

— Je tiens à lui, Rebekah.

— Bien sûr. C’est un patron exemplaire.

— Ce n’est pas ça. Je l’aime. Je sais que cela va être dur, mais je veux passer avec lui le temps qu’il lui reste à vivre.

- 9 -

Quand tout fut réglé chez l'avocate de Jonathan, Rebekah monta dans un taxi pour retourner au bureau, tandis que Lisette prenait la direction du tribunal avec son futur époux pour préparer le certificat de publication des bans.

Des sentiments contradictoires se bousculaient en elle. D'un côté, elle était heureuse d'épouser l'homme de ses rêves, mais elle aurait aimé que les choses se passent de façon un peu plus romantique. Il semblait avoir pour seule préoccupation de régler les détails administratifs, et il se montrait terriblement distant avec elle.

Quand ils ressortirent après avoir rempli tous les papiers, elle s'arrêta pour sortir ses lunettes de soleil de son sac. Elle voulait se protéger du soleil éclatant, mais surtout, elle avait besoin de se cacher. Elle craignait de ne pouvoir dissimuler ses émotions face à l'homme qui la troublait tant.

— Nous allons déjeuner ? demanda-t-elle. Je meurs de faim. J'étais si nerveuse ce matin à l'idée de parler à Rebekah que je n'ai rien avalé pour le petit déjeuner.

— J'aurais adoré, répondit Jonathan en faisant la grimace, mais j'ai un rendez-vous. Je peux vous déposer au bureau, si vous voulez.

C'était donc comme cela qu'allait se passer leur relation ? Elle n'en pouvait plus de cette froideur. Elle avait besoin d'air. Son attitude la faisait trop souffrir.

— Je vais y aller à pied, dit-elle d'un ton sec.

Sans attendre sa réponse, elle descendit les marches à toute allure. Des larmes de tristesse et de colère mêlées lui brûlaient les yeux. Comment pouvait-il la traiter comme une simple collaboratrice alors qu'il l'avait suppliée de l'épouser ?

— Lisette, attendez.

Elle ignora son appel et poursuivit son chemin. Quarante-huit heures. Elle avait quarante-huit heures pour décider si elle voulait vraiment jouer cette comédie.

Elle sentit sur son épaule une main chaude et puissante qui la fit s'arrêter et se retourner. Jonathan l'attira à l'ombre d'un mur, dans une ruelle.

— Je suis désolé, dit-il avec un regard empli de regret. C'est la première fois que je me trouve dans cette situation, et je m'y prends très mal. Je ne sais pas comment je suis censé me comporter.

Sur ces mots, il lui ôta ses lunettes de soleil et essuya délicatement ses larmes avec son pouce.

— Donnez-moi ça, dit-elle entre les dents en essayant d'attraper ses lunettes.

Comme il faisait un geste pour les tenir hors de sa portée, elle lui lança un regard noir.

— Faites au moins comme si vous vous mariiez pour des raisons normales, suggéra-t-elle avec un mélange de colère et de sarcasme. Comme si une pauvre femme bercée d'illusions tenait réellement à vous.

Il fixa alors ses lèvres d'un regard brûlant.

— Est-ce le cas, Lisette ? Est-ce que vous tenez à moi ?

— Vous n'avez pas le droit de me demander ça, répliqua-t-elle en récupérant enfin ses lunettes de soleil. Je vais déjeuner. Laissez-moi partir.

Mais au lieu de s'écarter, il lui adressa le sourire le plus irrésistible du monde.

— Vous, Lizzy Stanhope, vous me plaisez beaucoup. Depuis longtemps. Plusieurs fois, j'ai voulu vous inviter à dîner, mais j'avais peur que ce soit déplacé. J'étais votre patron et je ne savais pas du tout si mon attirance pour vous était réciproque.

— Qu'est-ce qui pourrait bien vous plaire chez moi ?

— Vous êtes jolie, drôle et intelligente. Je me sens bien en votre compagnie.

Finalement, il aurait mieux valu qu'il reste froid et distant. Ce Jonathan-là, attentionné et séducteur, était beaucoup plus dangereux pour elle.

— Pardon de m'être énervée, dit-elle humblement. Vous devriez y aller. Ne soyez pas en retard à votre rendez-vous.

Il poussa un soupir rauque. Puis il glissa les mains dans ses cheveux et se pencha pour l'embrasser. Au moment où ses lèvres avides rencontrèrent celles de Lisette, elle crut défaillir de plaisir. L'espace d'un instant, elle fut transportée dans un monde de rêve. Puis il se redressa et la regarda, le souffle court.

— Dois-je prendre ça comme des excuses ? demanda-t-elle d'une voix faible.

— Je ne sais pas. Vous les accepteriez ?

— Oui, hélas. Mais n'espérez pas m'emberlificoter aussi facilement à chaque fois que nous nous disputerons.

— Vous emberlificoter ? D'accord, peut-être que vous êtes trop vieille pour moi, en fin de compte, dit-il en riant.

S'il voulait l'aider à se détendre en faisant de l'humour, c'était raté. Le désir qui brûlait en elle l'empêchait de recouvrer ses esprits.

— Allez faire ce que vous avez à faire, dit-elle avec un geste de la main. Je ne vous en veux pas.

Il regarda sa montre et murmura un juron.

— Je ne reviendrai pas au bureau cet après-midi, précisa-t-il, alors à demain.

— Je serai sans doute absente. Vous n'êtes pas le seul à avoir des choses à organiser.

— C'est vrai, excusez-moi. Rendez-vous samedi au tribunal, dans ce cas ? À 14 heures ?

— J'y serai.

Il l'embrassa encore, longuement et tendrement.

— Merci, Lisette. Je vous promets que vous ne le regretterez pas.

C'était déjà trop tard pour cela, mais elle préférait ne pas y penser pour l'instant.

— À samedi, Jonathan.

Il lui sourit, s'écarta lentement et s'en alla en disparaissant au coin de la ruelle.

Après avoir déjeuné, Lisette retrouva Rebekah au bureau et elles décidèrent de prendre toutes les deux leur vendredi pour trouver une robe de mariée pour Lisette. C'était une mission de taille à accomplir dans un délai aussi court mais, par chance, Rebekah dévorait les magazines de mode et connaissait les meilleures adresses.

Le lendemain à 9 heures, elle était chez Lisette, prête à l'entraîner dans une intense journée de shopping. Ce mariage était loin d'être celui que Lisette avait imaginé, mais il était temps pour elle de chasser de son esprit ses rêves de petite fille. Elle devait penser uniquement à la raison pour laquelle elle faisait tout cela.

Jonathan Tarleton avait besoin d'elle.

Deux jours après le rendez-vous chez son avocate, Jonathan se tenait devant le juge, plus anxieux que jamais. Lisette était en retard. À peine en retard, mais suffisamment pour qu'il ait l'estomac noué.

— Tu es superbe, murmura Mazie en tapotant la poche de son costume anthracite. Je sais pourquoi tu tiens à faire ce voyage de noces, mais je n'ai pas envie que tu partes. Je ne vais pas cesser de m'inquiéter pour toi. Promets-moi que tu me donneras souvent de tes nouvelles.

— Promis, répondit-il en l'embrassant sur le front. Mais je me sens bien pour l'instant. Je n'ai pas eu mal à la tête depuis trois jours.

— Tu n'as pas besoin de te montrer courageux devant moi. Hartley devrait être là, dit-elle en le serrant dans ses bras. Ce n'est pas normal.

— S'il te plaît, Mazie, pas aujourd'hui. C'est assez dur pour que tu ne me fasses pas en plus me sentir coupable.

Elle se redressa et le fixa avec un regard blessé.

— Tu es mon frère, et je t'aime, mais tu es tellement têtu parfois que j'ai envie de te gifler.

Il lui pinça le menton, chose qu'elle détestait depuis leur plus tendre enfance.

— Et c'est réciproque, répliqua-t-il en ricanant.

— Arrêtez un peu, tous les deux, dit JB en mettant un bras entre eux pour les séparer. Je crois que la mariée est arrivée.

Jonathan se retourna d'un bond et vit la porte à double battant s'ouvrir en grand. Rebekah entra en premier, vêtue d'une jolie robe qui était du même vert que les yeux de Lisette. Puis il vit la femme qu'il allait épouser, et son cœur se mit à battre la chamade.

Il se précipita vers elle pour l'accueillir.

— Lisette, murmura-t-il avec émotion, vous êtes sublime.

Sa robe de mariée était parfaite. Ni trop décontractée ni trop traditionnelle. La dentelle couleur d'ivoire contrastait magnifiquement avec le léger hâle de sa peau, et le bustier mettait en valeur son décolleté et sa taille fine. Quant au bas de la robe, il était évasé et s'arrêtait au-dessus du genou, dévoilant le ravissant galbe de ses mollets.

— Vous n'êtes pas mal non plus, monsieur, chuchota-t-elle avec un sourire à la fois confiant et vulnérable. Pardon pour le retard. J'avais oublié ma valise, si bien que le taxi a dû faire demi-tour.

— Vous êtes là. C'est tout ce qui compte.

Il s'écarta pour laisser Lisette présenter Rebekah à Mazie et JB, puis ils prirent place tous les cinq face au juge. Jonathan se rendit compte avec surprise qu'il avait les mains moites. Mais pourquoi s'en étonner ? Un mariage, ce n'était pas rien.

En regardant Lisette, il ne put s'empêcher d'éprouver une pointe de regret. Ce n'était certainement pas le scénario dont elle avait rêvé. Heureusement, il avait tout de même pensé à lui acheter un bouquet de lis et de roses rouges. C'était sans doute un peu extravagant pour l'occasion, mais les couleurs vives des fleurs avaient le mérite d'apporter de la gaieté à la cérémonie qui en avait bien besoin.

Lisette prit le bouquet dans sa main gauche et donna la droite à Jonathan. À partir de là, les étapes s'enchaînèrent à une allure folle. La voix du juge résonna dans la petite salle. « Voulez-vous prendre… », « Promettez-vous… ». Quand il prononça les mots « pour le meilleur et pour le pire », Jonathan sentit les doigts de Lisette se serrer autour des siens. Il lui serra aussi la main, bouleversé de voir ce qu'elle acceptait de faire pour lui.

Il eut un peu honte au moment de lui offrir son alliance. Ayant travaillé toute la journée la veille, il n'avait même pas pensé à prendre un moment pour se rendre chez un bijoutier. C'était seulement ce matin, en cherchant dans le coffre-fort de la maison familiale, qu'il avait trouvé une chevalière en or ayant appartenu à son arrière-grand-père. Comme elle était faite pour le petit doigt d'un homme, il espérait qu'elle conviendrait à l'annulaire de Lisette en attendant qu'il lui offre une bague choisie pour elle.

Quand Lisette eut confié son bouquet à Rebekah, Jonathan prit sa main gauche et fit glisser l'anneau sur son doigt. « Par cette alliance, je t'épouse… »

En répétant les mots dictés par le juge, Jonathan prit soudain conscience de l'importance de cette cérémonie et s'en voulut terriblement. Il n'avait pas eu l'intention de tourner le mariage en dérision. Son seul objectif avait été de sauver son entreprise et, pour cela, il avait demandé son aide à Lisette. Elle avait été trop généreuse pour lui faire remarquer l'égoïsme de sa démarche.

Quand il la regarda, alors qu'il s'attendait à lire des reproches dans ses yeux, il n'y vit que lumière et douceur.

— Je vous déclare désormais mari et femme. Jonathan, vous pouvez embrasser la mariée.

En entendant les derniers mots du juge, Jonathan frissonna de tout son être. Il était marié. Lisette Stanhope était sa femme.

Elle leva timidement les yeux vers lui et attendit. Les quatre autres personnes présentes attendaient aussi. C'était à lui d'agir, mais que devait-il faire au juste ? Comment pouvait-il être aussi décontenancé, lui qui avait appris à rester maître de toutes les situations ?

Ne voyant pas d'autre choix, il se pencha et posa les lèvres sur celles de Lisette. Brièvement, sans aucun romantisme. Juste pour conclure la cérémonie.

Lorsqu'il se redressa, il y eut un moment de flottement, puis les témoins s'approchèrent pour les féliciter. Lisette souriait poliment, mais Jonathan se rendit bien compte qu'elle fuyait son regard.

Rien n'était prévu pour la suite, pas même un repas. Mazie et JB proposèrent de déposer Rebekah chez elle.

Un chauffeur attendait Lisette et Jonathan pour les conduire directement à l'aéroport, où ils prendraient un avion privé pour Antigua.

Comme il faisait trop chaud pour s'attarder dehors, ils se dirent tous au revoir dans le hall du tribunal. Hormis le bouquet de Lisette, tout était plutôt triste. Rebekah et Mazie paraissaient inquiètes. JB affichait un air perplexe. Jonathan sentait qu'ils le regardaient tous en se demandant s'il allait tourner de l'œil.

— Nous devrions y aller, dit-il en s'efforçant de masquer son agacement. Je ne voudrais pas faire attendre le pilote.

Après avoir récupéré les bagages à la consigne avec l'aide de JB, il téléphona au chauffeur pour qu'il s'approche de l'entrée. Quelques minutes plus tard, il était assis à l'arrière d'une berline climatisée, à côté de sa femme.

Sa femme.

Ils l'avaient donc fait ?

Il s'éclaircit la voix.

— Vous… Vous n'avez pas trop chaud ? Ou trop froid ?

— Non, ça va.

Cela faisait des années qu'ils travaillaient ensemble, et pourtant, à cet instant, il avait l'impression d'avoir affaire à une étrangère.

— Le vol devrait vous plaire, poursuivit-il après un silence. Aucune escale. Deux pilotes et un steward rien que pour nous.

— Cela a dû coûter une fortune, dit-elle en jouant nerveusement avec la chevalière qu'il lui avait donnée.

— Je me suis dit que c'était l'occasion ou jamais de faire des folies.

Elle parut en effet apprécier leur voyage, à commencer par le champagne et les biscuits anglais qu'on leur servit avant le décollage. Plutôt que de refuser son verre, Jonathan le prit pour trinquer avec Lisette et le posa. Puis, quand elle eut fini sa flûte, il lui offrit la sienne, et elle n'hésita qu'un instant avant de l'accepter. Tant mieux. Si elle était aussi nerveuse que lui, ce délicieux breuvage l'aiderait sans doute à se détendre.

Quand ils furent en vol, elle ôta ses chaussures et replia ses jambes sous elle. Elle avait soigneusement posé son bouquet de mariée sur le siège à côté d'elle. Jonathan, lui, était assis de l'autre côté de l'allée.

Sans la présence du steward, l'atmosphère aurait été pesante et gênante. Heureusement qu'il était là pour rompre le silence et leur offrir une distraction. Seulement, après les avoir servis pendant une heure, il se retira dans une cabine à l'arrière du véhicule, séparée de la leur par un rideau.

Aussitôt, Lisette abaissa le dossier de son siège, étendit sa couverture sur elle et ferma les yeux.

Jonathan l'observa tandis qu'elle dormait – ou faisait semblant de dormir. Leur lune de miel commençait mal, c'était le moins qu'on puisse dire. Si les sept prochains jours devaient ressembler à celui-ci, mieux valait sans doute tout annuler.

Non, il n'en était pas question. S'il voulait que tout le monde croie à leur mariage, ils devaient jouer le jeu jusqu'au bout. Et avec un peu de chance, cette semaine allait leur permettre de se rapprocher.

Jusqu'à quel point ?

Il frissonna de désir en imaginant une vraie nuit de noces avec sa femme. Quelques jours plus tôt, cela lui était apparu comme une possibilité. Pas aujourd'hui.

Cherchant à s'occuper, il prit le *Wall Street Journal* placé devant lui et le feuilleta nerveusement. Les articles qui le passionnaient d'habitude l'agacèrent et au bout de quelques minutes, il jeta son magazine à côté de lui en soupirant.

Lisette se redressa lentement.

— Qu'est-ce qui vous arrive ? demanda-t-elle en bâillant. J'ai voyagé avec des bébés qui étaient plus calmes que vous.

— Désolé, dit-il sans se soucier de dissimuler sa mauvaise humeur.

Elle le fusilla du regard.

— Si vous avez quelque chose à dire, dites-le. Vous avez fait la tête tout l'après-midi. C'est à cause du mariage ? demanda-t-elle. Vous regrettez ?

— Non, ce n'est pas ça. Ou peut-être que si. C'est tout à la fois.

- 10 -

En entendant la réponse de Jonathan, Lisette se mit à bouillir de colère.

— Mais c'est vous qui avez voulu ce mariage ! Et voilà que monsieur le grand patron a des remords !

Elle refusait de lui montrer combien elle souffrait de son comportement, de peur de lui dévoiler ses sentiments.

— Je déteste l'avion, grommela-t-il.

— Mais vous avez voulu partir à Antigua.

— Oui.

Elle se tourna vers le hublot pour ne plus voir sa mine renfrognée.

— J'aimerais autant que vous m'ignoriez à partir de maintenant, lança-t-elle d'un ton brusque.

— Mais je ne peux pas vous ignorer, Lizzy. C'est là le problème.

Elle fit volte-face et le dévisagea pour essayer de comprendre.

— Vous pouvez me dire ce que ça signifie ?

— Dans cette robe, vous êtes la tentation incarnée. Je ne pense qu'à vous l'enlever depuis que vous êtes arrivée au tribunal.

Elle sentit qu'elle devenait rouge écarlate.

— Vous n'êtes pas sérieux.

— C'est humain, non ? dit-il avec un haussement d'épaules. Nous sommes mari et femme. N'importe quel homme normalement constitué réagirait comme moi à ma place.

— Je croyais que vous regrettiez d'avoir passé cet accord avec moi, murmura-t-elle, la gorge serrée.

— Oui, mais pas pour les raisons que vous imaginez. Je m'en veux d'avoir gâché ce qui aurait dû être un grand jour pour vous. Quel que soit votre avenir, ce sera toujours votre premier mariage. En termes de fête, on peut dire que c'était un fiasco total.

Sa franchise mêlée d'ironie la réconforta quelque peu et lui donna envie de le taquiner.

— Inutile de s'en faire pour ça, vous savez. Mes attentes n'étaient pas très élevées.

— Aïe. Bien envoyé.

Ils se mirent à rire. Au moins, l'atmosphère commençait à se détendre.

— Comment vous sentez-vous ? demanda-t-elle après un silence.

— Je vous rappelle que je ne veux pas que nous parlions de ma santé.

— Alors je n'ai pas le droit de prendre des nouvelles de mon mari ? C'est absurde. Je le ferais si n'importe quelle personne de mon entourage était malade.

— Je ne suis pas malade.

— Pardon ? Je ne comprends pas.

Il se leva et se mit à faire les cent pas dans l'allée. À cet instant, il y eut une secousse qui le fit trébucher.

— Monsieur, dit le steward en entrouvrant le rideau, nous entrons dans une zone de turbulences. Il faut vous asseoir et attacher votre ceinture.

Jonathan se remit à sa place et se tourna vers Lisette.

— Ça va ? demanda-t-il.

— Oui. Mais vous ne m'avez pas répondu. Pourquoi dites-vous que vous n'êtes pas malade ?

Il regarda droit devant lui et respira profondément.

— J'ai une bombe à retardement dans le crâne. Mais je n'ai pas l'intention de marcher sur la pointe des pieds, en me demandant constamment à quel moment elle va exploser. J'ai une vie à vivre. Un avenir à construire, même s'il risque de ne pas être aussi long que je l'espérais. Je ne compte pas passer mon temps à contempler mon déclin. Vous comprenez ?

Elle se pencha pour lui prendre la main.

— Oui, je comprends, répondit-elle doucement. Je ne vous poserai plus la question ou, en tout cas, j'essaierai. Pour moi, vous allez vivre centenaire. Ça vous va comme cela ?

— Merci, dit-il en lui caressant la main. Je vous promets que je vous demanderai de l'aide quand le moment sera venu.

— Marché conclu.

Elle se força à ôter sa main de la sienne. Elle avait voulu lui apporter du réconfort, mais elle devait garder à l'esprit qu'elle n'était sa femme que sur le papier. Rien de plus.

Quand les turbulences furent passées, le steward revint pour leur proposer du café, des boissons fraîches et de quoi grignoter.

— Nous atterrirons dans quarante-cinq minutes, annonça-t-il.

Lisette s'étonna intérieurement. Le voyage était passé vite finalement.

À l'aéroport, ils récupérèrent la jeep qu'avait louée Jonathan pour emprunter les routes escarpées qui menaient à la villa de son ami. Il faisait chaud et humide, comme à Charleston, mais le vent marin offrait une sensation divine. Des arbres en fleurs et des plantes luxuriantes emplissaient l'air de senteurs exotiques.

Après avoir mis leurs bagages dans le coffre, Jonathan lui ouvrit la portière passager et lui tendit la main pour l'aider à monter. Puis il s'assit au volant et conduisit avec aisance jusqu'à la villa.

En découvrant la propriété qui allait être la leur pendant une semaine, Lisette resta sans voix. C'était un lieu d'une beauté à couper le souffle. La gouvernante vint à leur rencontre pour les accueillir et leur faire visiter les lieux, puis elle s'éclipsa car elle devait finir de préparer leur dîner.

La maison surplombait le ravissant port d'English Harbour et la baie étincelante où voguaient de majestueux bateaux à voile.

— Nous pourrions dîner ici, suggéra Jonathan en désignant la table en verre et en rotin disposée sur la terrasse. C'est le point de vue idéal pour notre premier coucher de soleil.

— Excellente idée.

— Cette robe vous va à ravir, mais vous avez peut-être envie d'enfiler quelque chose de plus confortable pour la soirée ?

— Ce ne serait pas de refus.

Elle mourait d'envie de se prélasser sous la douche après cette folle journée. Mais surtout elle se demandait comment allait se passer cette soirée. Tout ici invitait à la sensualité, à commencer par l'homme irrésistible qui se tenait en face d'elle et la dévorait des yeux.

Après un moment de flottement, il alla chercher leurs valises dans la voiture, et ils se rendirent dans la vaste chambre parentale que leur avait montrée la gouvernante.

Lisette regarda les meubles en teck et les aquarelles qui ornaient la pièce, puis son regard se posa sur le grand lit double qui trônait au milieu. C'était si troublant de se trouver ici avec Jonathan…

— Je vais utiliser la salle de bains de l'autre chambre, au bout du couloir, dit-elle d'une voix précipitée. Comme ça, nous gagnerons du temps. La gouvernante a dit que le dîner serait prêt dans une demi-heure.

Elle rassembla à la hâte sa trousse de toilette et les vêtements dont elle avait besoin et ressortit. Arrivée dans la chambre d'amis, elle referma la porte à clé et s'effondra sur le lit. Son cœur battait à tout rompre. Jonathan avait-il prévu de passer la nuit avec elle dès ce soir ?

Cette idée l'emplit d'un mélange d'excitation et d'angoisse. Cela ne faisait plus de doute, l'attirance qu'elle éprouvait pour lui était réciproque. Il n'essayait même plus de cacher l'envie qui brillait dans son regard. Mais il avait évoqué le temps dont ils avaient besoin pour s'habituer l'un à l'autre. Était-ce seulement par égard pour elle ?

Elle aurait voulu prendre son temps pour se détendre et récupérer, mais elle devait se dépêcher. Elle se releva, se déshabilla et prit une douche froide qui la revigora, après quoi elle enfila un peignoir blanc d'une douceur extrême.

Le chignon qu'elle s'était fait pour le mariage commençait à lui faire mal à la tête. Elle le dénoua, se brossa les cheveux et se regarda dans le miroir.

Jonathan lui avait dit qu'il n'avait pas eu de relation depuis longtemps, mais cela n'enlevait rien à sa confiance en lui, et elle était intimidée à l'idée de se retrouver nue devant lui. Elle avait si peu d'expérience avec les hommes…

Toutefois, elle ne renonça pas à la grande résolution qu'elle avait prise un peu plus tôt. Elle était seule dans un endroit de rêve avec l'homme qu'elle aimait depuis longtemps. Si l'occasion se présentait, elle lui ferait comprendre qu'elle voulait une vraie lune de miel avec lui. Et elle comptait bien lui reparler de son désir d'enfant, que cela lui plaise ou non. Après tout, elle avait accepté de faire un grand sacrifice pour lui.

Respirant profondément, elle prit la robe ample qu'elle avait choisie pour sa première soirée avec son mari. Ce n'était pas innocent de sa part, car son tissu en coton très léger, presque transparent par endroits, la rendait particulièrement provocante. C'était une robe dos nu, longue et écrue, ornée de coutures dorées.

Elle se débarrassa de son peignoir et hésita en regardant les sous-vêtements qu'elle avait à sa disposition. Finalement, elle opta pour le string en dentelle couleur chair qu'elle avait acheté la veille et décida avec audace de ne pas mettre de soutien-gorge. Après tout, c'était un dîner dans l'intimité, le soir de son mariage.

Quand elle fut habillée, elle se remaquilla et mit deux petites barrettes dorées pour tenir ses cheveux de chaque côté. Puis elle prit une profonde inspiration et alla rejoindre Jonathan.

Elle le trouva sur la terrasse, face à la mer, en train d'admirer la vue. Il portait un pantalon en toile, une chemise blanche en lin et des chaussures d'été sans chaussettes. Il lui apparut presque comme un étranger dans cette tenue, lui qu'elle ne voyait jamais qu'en costume cravate.

— J'espère que le dîner est prêt, dit-elle. Je meurs de faim.

Jonathan se retourna en entendant la voix de Lisette. À l'instant où il la vit, un élan de désir le saisit.

— Lizzy, murmura-t-il, presque chancelant. Vous voilà.

Ébloui par le sourire qu'elle lui adressait, il contempla sa robe sensuelle qui semblait faite pour rendre un homme fou. Elle enveloppait ses seins et glissait sur son corps comme une caresse. Lisette était-elle nue en dessous ? Cette pensée attisa le feu qui brûlait en lui.

Il n'eut d'autre choix que de se ressaisir quand la gouvernante arriva avec un plateau chargé de mets alléchants. Elle avait mis le couvert de façon à ce que Lisette et lui soient tous les deux assis face à l'océan. Tandis qu'ils s'installaient, elle leur présenta chaque recette, et Lisette parvint aussitôt à entamer une conversation avec elle. C'était impressionnant de voir avec quel naturel elle créait un lien avec une femme qu'elle voyait pour la première fois et avec qui elle n'avait rien en commun.

Jonathan, lui, était incapable de s'ouvrir ainsi aux autres. Il préférait se cacher derrière son masque de P-DG. Ce rôle était pour lui comme une armure.

Quand la gouvernante se fut assurée qu'il ne leur manquait rien, elle se retira pour les laisser en tête à tête. Jonathan se força à manger, à parler et à sourire, tâchant d'oublier le désir qui le torturait et le sentiment de culpabilité qui ne le quittait pas.

Quand le soleil s'approcha de l'horizon, Lisette posa ses couverts et se pencha vers lui pour lui prendre la main.

— Regardez ce spectacle avec moi, murmura-t-elle. Et faites un vœu.

— N'est-ce pas plutôt pour les étoiles filantes ? demanda-t-il en serrant ses doigts délicats dans les siens.

— Rien n'empêche de faire un vœu pour d'autres occasions. Regardez !

Le soleil sembla plonger dans la mer. Son disque doré grossit et s'allongea, jusqu'au moment où il disparut complètement.

— Alors ? demanda Jonathan, encore ému par la beauté de ce qu'il venait de voir. Vous avez fait un vœu ?

— Oui, mais je ne vous dirai pas lequel.

— Je parie que je pourrais vous faire parler.

Elle se figea et le regarda avec surprise. Il n'avait pas

eu l'intention de faire ce sous-entendu érotique, les mots étaient sortis malgré lui.

— Euh…, murmura-t-elle en lui lâchant la main. Je peux vous demander quelque chose ?

— Mais bien sûr, ma ravissante épouse. Profitez donc de ce moment de faiblesse.

— Nous avons évoqué l'évolution possible de notre relation. Nous avons imaginé qu'une certaine… intimité pourrait naître, une fois que nous aurions appris à nous connaître dans un autre contexte que le travail.

— Oui.

— Vous avez dit que cela dépendrait de moi.

— Oui.

— Eh bien…

Elle hésita avant de continuer. Il faisait sombre à présent, mais il lui sembla qu'elle rougissait.

— Cette attente me rend nerveuse. Je crois que j'aimerais mieux me lancer pour que ce soit fait. Si ça ne vous ennuie pas.

- 11 -

Jonathan se renfrogna. Il s'était attendu à tout sauf à cela.

— On dirait que vous parlez de vous faire arracher une dent ou piquer pour un vaccin. Excusez-moi mais ce n'est pas très flatteur.

À vrai dire, il se sentait franchement insulté. C'était bien la première fois qu'une femme semblait envisager l'amour avec lui comme une haie à franchir.

— Je vous l'ai dit, lui rappela-t-il, nous ne sommes aucunement obligés d'avoir des rapports physiques.

— Je me suis mal exprimée. C'est ma première lune de miel, et je n'ai pas préparé mes répliques.

— Moi aussi, c'est la première fois que je me marie, mais je suis à peu près sûr qu'un vrai couple n'aurait même pas attendu le dîner pour faire l'amour.

Il se rendit compte qu'il avait élevé la voix, sans savoir pourquoi. Tout ce qu'il savait, c'était qu'il brûlait de faire disparaître cette robe terriblement suggestive pour découvrir son corps nu.

— Je suis désolée, dit-elle sèchement. Je ne voulais pas vous mettre en colère. Oubliez ce que j'ai dit.

Il se leva brusquement. S'il ne s'éloignait pas tout de suite, il ne savait pas comment il allait continuer à se contrôler. La tentation était trop forte.

— Excusez-moi, dit-il entre les dents.

— Vous ne voulez pas de dessert ?

Il partit sans lui répondre.

Une heure plus tard, assise sur la terrasse avec ses pieds nus posés sur la rambarde, Lisette dégustait son dessert à la lumière des bougies. Cette tarte au citron vert était un pur régal, mais elle l'aurait encore mieux appréciée si elle n'avait pas eu l'estomac aussi noué.

Peu après la sortie théâtrale de Jonathan, la gouvernante était venue débarrasser, puis elle avait salué Lisette avant de prendre sa voiture pour rentrer chez elle.

Le ciel était sombre à présent, parsemé de millions d'étoiles. Les cris des animaux nocturnes se répondaient tout autour d'elle.

Où était Jonathan ? Déjà couché ? Avait-il pris soin de mettre la valise de Lisette dans la chambre d'amis, ou de s'y installer lui-même ? En tout cas, elle n'imaginait pas comment ils pourraient partager le même lit ce soir.

Puisqu'elle avait encore six jours et six nuits à passer ici, elle pourrait toujours profiter de ce cadre enchanteur et rester des heures à lire en maillot de bain au bord de la piscine. Il fallait voir le bon côté des choses.

Mais elle n'y arrivait pas. Elle était au bord des larmes en repensant à ce qui s'était passé tout à l'heure. Comment avait-elle pu être aussi maladroite ? Au lieu de lui montrer son désir pour lui, elle lui avait donné l'impression que faire l'amour avec lui était pour elle une corvée, une obligation. À sa place, elle se serait énervée elle aussi.

Elle ne connaissait donc rien à la séduction ? Elle venait d'épouser l'homme de ses rêves, elle était seule avec lui dans un paradis tropical, et à peine étaient-ils arrivés qu'elle avait réussi à tout gâcher. Elle n'avait pas voulu rester passive, attendre qu'il fasse le premier pas. Elle avait voulu se montrer audacieuse et intrépide.

Elle aurait mieux fait de s'abstenir.

— Lisette…

En entendant la voix de Jonathan, elle se leva et se retourna.

— Oui ?

Debout face à elle, pieds nus lui aussi, il haussa humblement les épaules.

— Je suis désolé.

— Moi aussi, je suis désolée.

Sans ajouter un mot, il sortit son téléphone de sa poche, tapota sur l'écran et le posa sur la table. Une musique suave sortit du haut-parleur.

— Voulez-vous m'accorder cette danse ? demanda-t-il en lui tendant la main.

Elle fut surprise par sa souplesse et son sens du rythme. Elle ne l'avait pas imaginé bon danseur. Comme il l'attirait contre lui, elle posa la joue sur son torse et sentit son souffle et les battements sourds de son cœur. Le contact de son sexe durci contre son ventre lui donnait encore plus envie de lui.

Au bout de quelques instants, elle sentit les doigts de Jonathan sur sa nuque, à l'endroit où se trouvait l'unique attache de sa robe.

— Je peux ? lui susurra-t-il au creux de l'oreille.

— Oui.

Il tira délicatement sur le nœud et le tissu léger et fluide glissa jusqu'au sol. Frissonnant sous son regard brûlant, elle croisa instinctivement les bras sur ses seins.

— J'ai l'impression que la situation est très déséquilibrée tout à coup, fit-elle observer.

Il rit et se hâta de déboutonner sa chemise, dévoilant un torse sculpté comme celui d'un athlète.

— Si j'avais su que vous cachiez des plaquettes

de chocolat sous vos costumes impeccables, dit-elle, j'aurais essayé de vous séduire depuis bien longtemps.

— Oh ! non. Vous êtes beaucoup trop professionnelle pour ça. Moi aussi, d'ailleurs, c'est pourquoi nous n'avons toujours pas commencé à nous tutoyer. Il serait peut-être temps de changer cela, non ? Je suis tout de même ton mari.

— Oui, tu es mon mari, murmura-t-elle en lui caressant la joue. Et je suis très heureuse que tu sois revenu. Pardon pour ce que j'ai dit tout à l'heure, cela ne reflétait pas du tout ma pensée. Ce que je voulais te dire, c'est que je n'avais pas envie d'attendre.

— Alors n'attendons pas.

Il la prit par la main et l'entraîna vers la grande chambre. Sur le pas de la porte, il s'arrêta, la prit dans ses bras et la porta jusqu'au lit.

— Tu sais, dit-il en s'allongeant à côté d'elle, j'ai un aveu à te faire. Je crois que si cette idée de mariage m'est venue à l'esprit, ce n'est pas parce que je voulais sauver l'entreprise. C'est parce que j'étais obsédé par toi.

— C'est peut-être les deux. Et ça me convient très bien.

Il se leva quelques secondes, le temps de se débarrasser de son pantalon et de son boxer. Quand il se pencha pour sortir trois préservatifs de sa poche, elle comprit qu'il était revenu sur la terrasse avec l'intention de passer une nuit de noces digne de ce nom.

Enfin, il se redressa, et elle put dévorer des yeux son corps long et puissant. Où trouvait-il le temps de s'entretenir physiquement alors qu'il semblait passer toutes ses journées à travailler ?

L'émotion se mêla au désir quand il plongea les yeux dans les siens et lui sourit. Elle l'aimait. C'est pour cela qu'elle avait accepté ce mariage. Elle voulait toujours un enfant de lui, mais elle n'allait pas jeter un nouveau froid entre eux maintenant. Elle lui en reparlerait le moment venu.

Elle cessa de réfléchir dès l'instant où il s'étendit sur elle en prenant appui sur ses coudes. Tremblante d'excitation, elle posa les mains sur lui et explora les muscles de son dos. Immobile, il semblait savourer ce moment. Puis il prit son sein dans sa main et se pencha pour lécher son mamelon tendu par le plaisir. Laissant échapper un murmure, elle enfouit les doigts dans ses cheveux et se mit à onduler sous lui.

Peu à peu, elle sentit ses caresses partout sur son corps. Il ne lui laissait pas le temps d'être intimidée. Il était si avide, si passionné… Elle ne pouvait que se laisser emporter par ce tourbillon de sensations divines.

Finalement, il posa les mains sur ses hanches et fit glisser son string le long de ses jambes. Puis il lui prit délicatement les cuisses pour les écarter. Une seconde plus tard, elle sentait sa bouche se plaquer contre son sexe.

Elle ne put retenir un cri de surprise. Il se figea puis commença à lui donner du plaisir avec sa langue. C'était irréel. Divin. Inimaginable. Les mouvements de sa bouche furent lents d'abord, puis de plus en plus fiévreux, de plus en plus passionnés, pour l'amener jusqu'à l'orgasme le plus intense qu'elle ait jamais connu.

— Tu es incroyable, murmura-t-il en posant la tête au creux de ses reins. Je crois que nous n'allons jamais quitter cette chambre.

Quand elle eut repris son souffle, elle se redressa et le regarda dans les yeux.

— Maintenant, Jonathan, à toi de t'allonger sur le dos. Que je puisse m'occuper de toi.

Elle sentit son érection contre sa jambe.

— Est-ce que je dois avoir peur ? demanda-t-il d'une voix rauque.

— Oh ! oui.

Il fit ce qu'elle lui avait demandé, et elle se mit à genoux au-dessus de lui.

— Ferme les yeux, murmura-t-elle en lui caressant l'intérieur des cuisses. Détends-toi.

— Tu es sérieuse ? plaisanta-t-il. Tu crois que je vais pouvoir me détendre maintenant ?

Elle se pencha vers lui et l'embrassa langoureusement. Puis, posant les mains sur ses épaules, elle descendit lentement le long de son corps, jusqu'à ses hanches. Elle referma les doigts autour de son sexe et le caressa avec délices. Comme elle allait le prendre dans sa bouche, il s'assit d'un coup et prit son visage entre ses mains.

— Maintenant, Lizzy, supplia-t-il en l'embrassant. Je ne peux plus attendre, tu me rends fou.

Il la saisit par la taille, la fit rouler pour se placer au-dessus d'elle et attrapa un préservatif. Puis il entra en elle. Alors elle oublia le monde extérieur et toutes ses angoisses. Plus rien d'autre n'existait que Jonathan et elle, en train de faire l'amour. À mesure qu'il allait et venait en elle, elle sentit le plaisir l'envahir tout entière. Son corps puissant l'entraînait au septième ciel. Les yeux rivés sur les siens, il se mit à bouger plus vite, plus fort, jusqu'à ce que l'extase les fasse crier à l'unisson. Ils se figèrent un instant, comme hors du temps, puis il se laissa retomber sur le matelas à côté d'elle.

- 12 -

En se réveillant le lendemain matin, Jonathan se demanda s'il avait rêvé. Mais non, Lisette était bien là, endormie dans ses bras. Et le seul fait de voir son corps nu, de sentir la chaleur de sa peau contre la sienne, réveilla aussitôt son désir.

S'il avait su que ce serait aussi extraordinaire de faire l'amour avec elle, il n'aurait jamais attendu tout ce temps. Cette nuit, il avait découvert une toute nouvelle facette de Lisette Stanhope. Qui aurait pu imaginer quelle amante passionnée se cachait derrière la secrétaire sage et irréprochable ?

Jamais aucune femme ne lui avait fait autant d'effet. Leurs corps semblaient faits l'un pour l'autre.

Prenant soin de ne pas la réveiller, il se leva et marcha sur la pointe des pieds jusqu'à la salle de bains. Quand il revint, une serviette autour de la taille, après avoir pris une douche, il vit qu'elle avait ouvert les yeux. Le drap avait glissé sous ses seins.

— Bonjour, Jonathan, dit-elle d'une voix rauque.

— Bonjour, Lizzy.

Sa douche fraîche n'avait calmé qu'un temps son excitation. Déjà, il mourait d'envie de la rejoindre dans le lit.

— Tu sais si la gouvernante arrive tôt le matin ?

— Elle ne travaille pas le dimanche. Elle a dû laisser des plats prêts dans le réfrigérateur, normalement. Nous serons seuls toute la journée.

Elle le caressa du regard.

— Est-ce une information que j'ai besoin de connaître ? demanda-t-elle avec un sourire provocateur.

— Je voulais seulement t'éviter de t'inquiéter.

— Ah ?

— Nous ne risquons pas d'être interrompus.

Il s'approcha d'elle et s'assit au bord du lit.

— Tu as bien dormi ? demanda-t-il.

— Je pense que oui. Je ne me souviens de rien.

— Dommage. C'était pourtant très marquant de mon point de vue.

— Ah, oui. Ça, je m'en souviens.

Il enleva sa serviette, s'allongea et attira Lisette sur lui.

— Quelle faim as-tu sur une échelle de un à dix ? demanda-t-il en lui caressant les fesses.

— J'avais envie d'une omelette, mais je ne serais pas contre une mise en bouche avant.

Il la regarda et sentit son cœur se serrer. C'était bon de voir à quel point elle était à l'aise avec lui maintenant. Serait-elle assez en confiance pour lui reparler de son envie de faire un bébé ? Si oui, il ne savait pas ce qu'il répondrait. Il était trop tôt pour prendre une décision, mais ce matin, cette perspective ne lui semblait plus inenvisageable.

Comme elle se mettait à onduler contre lui, il soupira d'excitation et enfouit le visage entre ses seins.

— Sois honnête, susurra-t-il, tu as mis cette robe hier soir rien que pour me rendre fou.

— Il faisait chaud, répondit-elle d'un ton innocent.

— Il fait chaud à Charleston et, pourtant, je ne t'avais jamais vue habillée comme ça.

— Tu ne me vois qu'au bureau. Peut-être que le reste du temps, je ne mets que ce genre de tenues.

— C'est le cas ?

— Non.

Ils rirent et se serrèrent l'un contre l'autre en se caressant. Ce réveil était déjà le plus excitant qu'il ait jamais connu.

Lisette soupira de plaisir en sentant les caresses de Jonathan. Pourquoi fallait-il qu'il ait autant de pouvoir sur elle ? Elle avait follement envie de lui et, pourtant, elle ne pouvait ignorer la sensation de manque qui lui nouait le ventre.

Il lui demandait de vivre le moment présent. Elle était privée de tous les projets que faisaient normalement les jeunes mariées. C'était trop dur de partager ces moments avec lui en sachant qu'elle allait bientôt le perdre. Plus ils devenaient intimes, plus l'issue incontournable qui s'annonçait la terrifiait.

Les larmes aux yeux, elle noua les bras autour de lui tandis qu'il mettait un préservatif et entrait doucement en elle. Si doucement qu'elle dut se cambrer pour mieux le sentir en elle.

— Dis-moi ce dont tu as envie, susurra-t-il. Je te donnerai ce que tu me demanderas.

Elle ne put se contrôler plus longtemps. Son émotion était trop forte.

— Donne-moi un bébé, Jonathan. S'il te plaît.

Garder une partie de lui auprès d'elle après la fin. C'était la seule façon pour elle de regarder l'avenir avec une lueur d'espoir.

Mais à peine avait-elle prononcé ces mots qu'elle comprit qu'elle avait rompu le charme. Le visage décomposé, Jonathan s'écarta d'elle, se leva et disparut dans la salle de bains.

En pleurs, elle prit ses affaires pour aller se réfugier dans la chambre d'amis. Elle ne pouvait pas continuer. Il ne se rendait pas compte à quel point il était injuste.

Elle ferma la porte à clé, se jeta sur le lit et mit sa

tête contre l'oreiller pour laisser éclater ses sanglots. Comment pouvait-il lui demander cela ? Il voulait qu'elle soit sa doublure au sein de l'entreprise, sa maîtresse, mais tout cela sans amour. Elle ne devait surtout pas imaginer que ce mariage était réel.

Et elle, comment avait-elle pu croire qu'elle se satisferait de quelques moments passés avec lui ? Elle souffrait encore plus maintenant que lorsqu'elle l'avait aimé secrètement avec la certitude qu'il ne se passerait jamais rien entre eux.

Quand elle eut la force de se lever, elle alla prendre une douche et passa de l'eau fraîche sur ses yeux rougis. Puis elle mit un bikini, prit un paréo qu'elle noua derrière son cou pour se faire une robe et se rendit dans la cuisine. Après avoir avalé une banane, un petit bol de céréales et une tasse de café, elle alla s'installer au bord de la piscine.

Cette fois, il n'y eut ni excuses ni invitation à danser pour se réconcilier. Elle resta seule, alternant entre bain de soleil et baignade. Dans l'après-midi, Jonathan finit par arriver, mais il s'installa sur une chaise longue à l'autre bout de la piscine. Il ouvrit un magazine et ne tenta même pas de lui adresser la parole.

Elle était blessée et en colère, mais elle ne comptait pas s'excuser d'avoir des sentiments. Elle avait le droit de lui demander un bébé, elle qui mettait sa vie entre parenthèses pour lui. Il avait promis d'y réfléchir. Lui avait-il menti ?

Elle savait bien qu'il souffrait, sans doute encore plus qu'elle. Elle ne pouvait pas le juger. Et elle était certaine d'une chose : il existait un moyen de leur faire oublier à tous les deux leurs blessures, au moins temporairement.

Tournant le dos à Jonathan, elle se pencha pour attraper son flacon de crème solaire et s'en mit lentement sur tout le corps. Elle se demanda s'il la regardait. Elle n'était pas fière de chercher ainsi à le manipuler, mais c'était pour leur bien à tous les deux.

Quand elle eut fini d'appliquer sa crème, elle se décoiffa et se recoiffa, puis elle se leva et marcha tranquillement jusqu'à la piscine. Au lieu de sauter du plongeoir, elle alla jusqu'à l'escalier qui se trouvait du côté de Jonathan. Elle descendit les marches, puis fit quelques longueurs et en profita pour le regarder furtivement à la dérobée.

Son magazine était posé à côté de lui, et il semblait serrer de toutes ses forces les accoudoirs de son siège. Manifestement, elle avait atteint son objectif. Il n'arrivait plus à l'ignorer.

Jonathan avait beau se consumer de désir pour Lisette, il refusait de faire le premier pas vers elle cette fois-ci. Il avait tous les droits d'être fâché contre elle. C'était à elle de lui présenter ses excuses, et tant qu'elle ne l'aurait pas fait, il resterait assis là.

Du moins, il avait réussi à le faire jusqu'à maintenant. Mais à force de la regarder nager paresseusement d'un bout à l'autre de la piscine, dans ce bikini qui ne cachait pratiquement rien de son corps de rêve, il se demandait combien de temps il allait encore résister à la tentation.

À bout de nerfs, il se leva, descendit silencieusement dans la piscine pendant que Lisette lui tournait le dos et glissa sous l'eau pour s'approcher de sa proie comme un requin.

Quelques secondes plus tard, il la saisissait par les jambes et l'attirait vers le fond. Elle tourna le visage vers lui, et il ne fut pas peu satisfait en voyant sa stupéfaction. L'attirant contre lui, il l'embrassa sous l'eau, puis battit des pieds pour les faire remonter tous les deux à la surface.

— Accroche-toi au plongeoir, lui enjoignit-il.

Comme elle s'exécutait, il se cramponna à sa taille

et releva son haut de maillot de bain pour découvrir ses seins. Enfin, ainsi qu'il en rêvait depuis qu'il l'avait rejointe au bord de la piscine, il prit son mamelon entre ses lèvres et le lécha avec délices. Tout en continuant à se tenir avec un bras, il utilisa sa main libre pour lui enlever son maillot et le jeter sur le rebord de la piscine. Puis il mit la main entre ses cuisses et glissa deux doigts à l'intérieur de son sexe.

— Jonathan ? dit-elle d'une voix haletante.

Il l'ignora et se remit à embrasser ses seins.

— Tu ne veux pas que nous allions du côté où nous avons pied ?

— Ce n'est pas une mauvaise idée, reconnut-il en riant.

Il l'entraîna au centre de la piscine où ils avaient de l'eau jusqu'aux épaules. Quand elle eut noué les bras et les jambes autour de lui, il enfouit le visage dans son cou.

— J'ai envie de toi, ici et maintenant.

— Mais nous n'avons pas de préservatif, lui rappela-t-elle.

— Je me retirerai.

— Non, je refuse de prendre ce risque. J'ai très envie que tu me fasses un bébé, mais à condition que ce soit un acte conscient et volontaire de ta part.

Elle plaqua ses seins contre son torse et se frotta contre son sexe.

— Avec un petit effort, murmura-t-elle, nous arriverons peut-être à rejoindre notre chambre, non ?

Il était tout près de baisser son short de bain pour la pénétrer. Lui faire un enfant. Pourquoi le lui refuser ? N'était-ce pas la plus belle chose imaginable ?

Mais il ne serait pas là pour aider Lisette à l'élever. Pour s'occuper de lui et l'aider à grandir. L'idée de les abandonner tous les deux lui était insupportable. Une fois que tout serait fini, il voulait qu'elle retrouve sa liberté.

— D'accord, répondit-il allons-y.

— Mais je ne vais pas sortir comme ça. Donne-moi mon maillot de bain.

— Il n'y a personne. Viens. De toute façon, si jamais quelqu'un arrive, je me jetterai sur toi pour qu'il ne voie rien.

— Tu ferais ça pour moi ?

— Quand tu veux.

En riant, ils sortirent de l'eau et coururent main dans la main vers la maison.

- 13 -

Le soir, Jonathan et Lisette se rendirent dans une ancienne zone militaire qui donnait sur la mer et avait été transformée en lieu de culture et de rencontres. On pouvait y déguster d'excellentes grillades, écouter jouer des groupes de musique locaux, et admirer le coucher de soleil comme nulle part ailleurs.

Ils avaient fini de dîner et marchaient bras dessus bras dessous au milieu de la foule. Il régnait une atmosphère de fête. Cela faisait des années que Lisette ne s'était pas sentie aussi bien. Blottie contre l'homme qu'elle aimait, elle le regarda en se demandant si elle n'était pas en train de rêver. Il lui paraissait de plus en plus sexy à mesure que les heures passaient.

Ils s'arrêtèrent face à la mer pour regarder le soleil qui descendait vers la mer. Allaient-ils voir le rayon vert dont elle avait entendu parler, cette lumière qui apparaissait parfois juste avant que le soleil se couche ? À en croire les habitants d'Antigua, ce n'était pas un événement rare ici.

Elle se mit devant Jonathan, le dos contre son ventre, et lui prit les mains en respirant son parfum. Il ne lui fallait rien de plus pour se sentir enivrée.

— Regarde ! s'exclama-t-elle. C'est maintenant !

Le soleil disparut, et à cet instant précis, un bref éclat couleur d'émeraude brilla dans le ciel.

— C'est peut-être un bon présage, murmura-t-il en l'embrassant dans le cou.

— Je ne t'imaginais pas superstitieux.

C'était sans doute la magie de ce paysage qui opérait sur lui.

Une fois la nuit tombée, ils retournèrent à leur voiture et Jonathan l'embrassa avant de lui ouvrir la portière passager. Sa bouche masculine et sensuelle avait gardé le goût du dessert à la cannelle qu'ils avaient partagé un peu plus tôt. Ils avaient déjà fait l'amour deux fois aujourd'hui, mais elle avait de nouveau envie de lui.

Quand ils furent arrivés, elle alla se doucher pendant qu'il fermait la maison. En l'attendant, elle enfila la nuisette en satin qu'elle avait achetée pour lui et s'allongea sur le lit. Sa lingerie allait-elle avoir l'effet escompté ?

Elle ne fut pas déçue quand il la rejoignit dans la chambre. À en croire son regard brûlant, il approuvait son choix.

— Je ne serai pas long, promit-il avant de s'éclipser dans la salle de bains.

Malgré la beauté de cette soirée, elle ne put s'empêcher de se demander où tout cela allait les mener. Ils ne pouvaient pas se contenter de cette passion physique en évitant d'aborder les sujets importants. Jonathan avait promis de réfléchir à propos du bébé, mais rien dans son attitude ne laissait penser qu'il était en train de changer d'avis.

Il allait pourtant devoir accepter de faire certaines concessions. Maintenant qu'il l'avait épousée, il n'avait plus le droit de lui cacher en permanence ce qu'il ressentait. Il devait lui faire confiance.

Elle cessa de réfléchir à la seconde où il sortit nu de la salle de bains. La peau encore humide, il vint jusqu'à elle et s'allongea sur le lit.

— Tu n'as même pas pris le temps de te sécher ? s'amusa-t-elle.

— J'étais trop pressé. Ce que tu es sexy avec ça…, murmura-t-il en se mettant contre elle.

Il mit les mains sur ses seins pour les caresser à travers la dentelle, puis il la prit par la taille et s'étendit sur le dos en la plaçant au-dessus de lui. Les genoux de chaque côté de son bassin, elle sentit ses doigts sur ses cuisses. Lentement, il remonta sa chemise de nuit et s'attarda sur ses hanches, puis sur ses fesses. Alors qu'elle ondulait entre ses mains, il glissa les pouces à l'entrée de son sexe, la faisant gémir de plaisir. Puis il attrapa un préservatif et le lui tendit.

— Tu veux bien ? demanda-t-il.

— Si c'est ce dont tu as envie…

Son manque d'expérience en la matière rendit son acte plus provocant qu'elle ne l'avait prévu. Elle dut prendre son temps pour ouvrir le paquet et dérouler le préservatif sur son érection. Enfin, tremblant d'excitation, elle le fit entrer en elle et bougea lentement d'avant en arrière. Il la prit alors par les hanches pour accompagner ses mouvements. Ensemble, ils allèrent de plus en plus vite, de plus en plus fort, et s'envolèrent bientôt vers les cimes du plaisir.

Le lundi matin, il était près de midi quand Lisette ouvrit les yeux. Jonathan l'avait réveillée deux fois au cours de la nuit et, à présent, elle n'avait plus aucune force.

Comme il n'était pas au lit avec elle, elle se retourna et le vit debout dans l'encadrement de la porte, honteusement frais et sexy. En comparaison, elle avait l'impression d'être une loque.

Elle sourit en voyant le plateau qu'il portait. Un

petit déjeuner au lit. Elle n'aurait pas pu rêver mieux. Toutefois…

— Je peux te demander une faveur ?

— Bien sûr, répondit-il avec un sourire charmeur.

— Tu peux m'accorder cinq minutes, le temps que je me rafraîchisse ? Et… Je crains qu'une seule cafetière ne soit pas suffisante, ajouta-t-elle.

Il rit et repartit dans le couloir.

Aussitôt, elle se leva et fila dans la salle de bains pour faire sa toilette. Comme sa chemise de nuit était en boule par terre, elle enfila un peignoir et revint dans la chambre avec la sensation de ressembler un peu plus à une femme. Elle se remit sur le lit, s'assit confortablement et sourit à Jonathan qui venait d'entrer.

— Tu vas m'accompagner ? demanda-t-elle quand il posa le plateau devant elle.

— Je prendrai juste une tasse de café, j'ai pris mon petit déjeuner un peu plus tôt. Tu dormais si profondément que je n'ai pas voulu te réveiller.

— À qui la faute ?

— Je m'avoue entièrement coupable.

Finalement, il prit quelques bouchées de son petit déjeuner avec elle. Les fenêtres étaient ouvertes, laissant entrer la brise marine. Pendant qu'il ne la regardait pas, Lisette observa discrètement Jonathan et se demanda comment il pouvait être gravement malade alors qu'il avait l'air en pleine santé. Il n'avait pas eu la moindre douleur depuis qu'ils étaient arrivés à Antigua.

Dès leur retour à Charleston, elle ferait tout pour le convaincre d'aller consulter un autre médecin. Il ne pouvait pas se contenter d'un seul avis pour quelque chose d'aussi important.

Quand ils eurent fini, il enleva le plateau et le posa à côté du lit. Puis il s'allongea, la tête appuyée sur son poing, et la fixa avec un regard interrogateur.

— Oh ! non, dit-elle en riant. Nous devons nous ménager un peu. Et puis j'aimerais bien visiter l'île. Je n'ai presque rien vu pour l'instant.

— Moi, j'ai déjà vu plein de choses, répliqua-t-il en lui caressant le bras.

Elle se leva pour ne pas céder à la tentation.

— Quel est le programme pour aujourd'hui ? demanda-t-elle en cherchant une robe dans sa valise. Et ne me dis pas que c'est de rester au lit.

Il fit mine d'être déçu mais, puisqu'il avait mis un bermuda et un polo, il avait sans doute prévu une excursion.

— Nous pourrions aller à Saint John's, suggéra-t-il. Ce serait l'occasion d'acheter des alliances.

— Ce n'est pas vraiment indispensable, si ?

— Nous nous sommes mariés si vite que j'ai dû improviser. Il faut jouer le jeu jusqu'au bout si nous voulons que les gens y croient.

La petite excitation qu'elle avait commencé à ressentir à l'idée de choisir des alliances s'envola d'un coup.

— Oui, marmonna-t-elle, tu as sans doute raison.

Elle avait beau savoir pourquoi il l'avait demandée en mariage, elle ne put s'empêcher d'être déçue que sa réponse soit aussi pragmatique, dénuée de tout romantisme. Mais elle avait signé en connaissance de cause.

Vingt minutes plus tard, ils étaient en route vers la capitale. Lisette découvrit bientôt une ville cosmopolite, où les immeubles modernes côtoyaient les constructions plus traditionnelles. Des navires de croisière étaient amarrés le long du quai.

Jonathan se gara et lui prit la main pour la guider là où il voulait l'emmener.

— Mon ami m'a indiqué où je trouverais le meilleur bijoutier de l'île, dit-il. J'ai déjà téléphoné pour prévenir que nous allions passer.

Ils marchèrent quelques minutes avant d'entrer dans une petite boutique pleine de charme. Un vendeur les accueillit avec un grand sourire.

— Bonjour, dit Jonathan, j'ai appelé ce matin. Nous avons rendez-vous avec Henry.

— C'est moi. J'imagine que vous êtes monsieur et madame Tarleton. Soyez les bienvenus à Antigua.

— Merci. Je m'appelle Jonathan, et voici ma femme, Lisette. Comme nous nous sommes mariés à la hâte sans avoir pris le temps d'acheter des alliances, nous sommes ici pour y remédier.

— Parfait. Comme vous pouvez le voir, nous avons un large choix.

Tandis que Jonathan suivait Henry pour regarder les vitrines, Lisette toucha instinctivement la chevalière qu'elle portait toujours à l'annulaire gauche. Elle n'avait pas envie de s'en séparer. C'était celle que Jonathan lui avait offerte en prononçant son consentement. Cela comptait plus que tout.

À contrecœur, elle l'enleva et la rangea dans son sac à main, puis elle rejoignit Jonathan et contempla les modèles que leur présentait Henry.

— Madame, vous voyez quelque chose qui vous plaît ?

— Celles-ci sont jolies, dit-elle en montrant deux alliances assorties, toutes simples.

Il lui sembla qu'elles étaient en argent.

— Je trouve aussi, approuva Jonathan.

Quand Henry disposa les deux bagues sur un coussin de velours pour mieux les leur montrer, Lisette se rendit compte qu'elles étaient beaucoup plus raffinées qu'elles ne l'avaient cru. Elles étaient ornées de gravures aussi discrètes que magnifiques.

— Elles sont en platine, précisa Henry. C'est un modèle de créateur. Excellent choix.

Avant que Lisette ait pu dire quoi que ce soit pour

revenir en arrière, Jonathan lui prit la main et lui mit la plus petite des deux alliances. Elle était à sa taille.

— Qu'en penses-tu ? demanda-t-il en lui souriant.

— Elle est ravissante.

Au lieu de lui donner le second anneau pour qu'elle puisse le lui offrir en retour, il se le mit lui-même au doigt et acquiesça.

— Parfait. Maintenant, voyons les bagues de fiançailles.

Lisette le prit par le bras.

— Je peux te parler une minute ? chuchota-t-elle.

— Tout de suite ?

— Oui, tout de suite.

Elle l'attira de l'autre côté du magasin et parla tout bas.

— Je ne veux pas de bague de fiançailles. Vu les circonstances, ce n'est vraiment pas nécessaire.

— De quelles circonstances parles-tu ? demanda-t-il avec un regard glacial.

— Ne fais pas semblant de ne pas comprendre. Ce mariage n'est pas réel. Tu ne vas pas dépenser des milliers de dollars pour un geste romantique qui n'a pas lieu d'être.

Il resta de marbre.

— Et la lune de miel ? demanda-t-il après un silence.

— Quoi, la lune de miel ?

— Tu ne dirais pas qu'elle est bien réelle ?

— Je ne vois pas le rapport.

— Tu es ma femme. Je ne vois pas ce qu'il y aurait de mal à t'offrir un diamant.

Une fois de plus, ils ne se comprenaient pas. Mais elle ne pouvait s'en prendre qu'à elle-même. Si seulement elle n'avait pas été sans cesse submergée par ses sentiments… N'était-ce pas pour un mariage arrangé qu'elle avait donné son accord ?

— Bon, dit-elle sèchement, tu n'as qu'à en choisir une et je la porterai.

Jonathan resta immobile pendant quelques instants, les yeux rivés sur elle, puis il fit volte-face et alla rejoindre Henry. Elle refusait de le suivre. Demeurant où elle était, elle fit semblant de regarder les montres.

Quand ils ressortirent de la boutique, la lumière était éclatante, et Lisette dut sortir ses lunettes de soleil.

— Je commence à avoir faim, dit-elle. Tu veux bien que nous allions déjeuner ?

— Pas tout de suite.

Sur ces mots, il s'arrêta au milieu du trottoir, posa un genou en terre et lui prit la main.

— Lisette Stanhope, veux-tu me faire l'honneur d'être ma fiancée ?

- 14 -

Jonathan savait qu'il avait des choses à se faire pardonner. À aucun moment il n'avait voulu blesser Lisette, mais c'était pourtant bien ce qu'il avait fait, et il voulait à tout prix se rattraper. Voilà pourquoi il était prêt à tout, même à se ridiculiser, dans l'espoir de faire réapparaître un sourire sur son visage.

Elle voulait un bébé, et il ne demandait pas mieux que de le faire avec elle. Cependant, quelque chose le bloquait. La certitude que ce n'était pas juste de faire d'elle une mère célibataire.

— Voyons, lève-toi, dit-elle en le tirant par la main. Tout le monde nous regarde.

Il accepta de se relever mais ne renonça pas. Au contraire, il sortit la bague de sa poche pour la lui offrir.

— Je t'ai posé une question, Lizzy. J'ai très mal fait les choses, mais je n'étais pas moins sincère pour autant. Veux-tu m'épouser ?

— C'est ridicule, Jonathan. Nous sommes déjà mariés.

— Quelle est ta date d'anniversaire ?

— C'était il y a trois semaines. Tu te souviens ? J'avais pris ma journée pour aller à Savannah avec une amie.

— Ah, oui, c'est vrai. Alors considère cela comme un cadeau d'anniversaire en retard, dit-il en lui reprenant la main. Tu n'aurais pas pu l'accepter de la part de ton patron, mais maintenant, c'est tout à fait légitime.

Avant qu'elle ait eu le temps de protester, il passa la bague à son annulaire gauche.

— Joyeux anniversaire, Lisette Tarleton.

Elle n'avait pas encore posé les yeux sur la bague. Quand elle le fit, elle resta bouche bée devant le diamant qui étincelait sous la lumière du soleil.

— Elle te plaît ? demanda-t-il. Sinon, nous pouvons la changer. Mais quand je l'ai vue, j'ai trouvé qu'elle était l'image parfaite de la beauté. Tout comme toi.

Elle se jeta à son cou et le serra comme si elle ne voulait plus jamais le laisser partir.

— Comment se fait-il que je passe en une minute de l'envie de te tuer à l'envie de t'embrasser ?

Il rit et lui caressa tendrement les cheveux.

— Ce que nous essayons de faire n'est pas facile, répondit-il. J'aurais dû réfléchir davantage avant de t'entraîner dans cette aventure. Mais nous nous en sortirons, je n'en doute pas une seconde.

— Pardon pour tout à l'heure, dit-elle en l'embrassant. Et merci pour la bague. Elle est sublime.

— Merci à toi de bien vouloir la porter.

Main dans la main, ils marchèrent jusqu'au port où ils s'installèrent à la terrasse d'un restaurant de fruits de mer pour déjeuner. Comme il avait fini son plat avant Lisette, il la regarda et vit qu'elle avait le visage rayonnant de bonheur. Il lui semblait que des étoiles brillaient dans ses yeux. Plus il la contemplait, plus il la trouvait belle, et son cœur se mit à cogner plus fort contre sa poitrine.

C'est alors qu'il comprit l'évidence qu'il n'avait pas voulu voir jusque-là. Elle venait de lui apparaître, telle une révélation.

Il était amoureux de Lisette.

Ce n'était pas inscrit dans le contrat, ce n'était pas ce qu'il avait prévu, mais c'était un fait. Et tout à coup l'idée de faire un enfant avec elle devenait on ne peut plus logique. Puisqu'il n'avait aucun avenir à lui offrir, il pouvait au moins lui faire ce cadeau, pour lui prouver combien il tenait à elle.

— Jonathan, ça va ? demanda-t-elle en lui prenant la main.

— Oui, excuse-moi. J'étais perdu dans mes pensées.

— Tu ne pensais pas au travail, j'espère. Nous nous y remettrons bien assez tôt.

— Tu as raison. D'ailleurs, j'ai quelque chose de beaucoup plus amusant à te proposer pour cet après-midi. Je t'ai dit que mon ami avait un bateau à moteur amarré dans le port ? Si tu veux, nous pouvons aller faire un tour en mer.

— J'adorerais ! Je comprends maintenant pourquoi tu as insisté pour que nous prenions nos affaires de plage.

— Je voulais te surprendre, mais je ne pensais pas que tu accepterais de faire du naturisme, même au large.

— Qui sait…

Quand ils eurent fini de déjeuner, ils se rendirent à pied à la marina. Après être passés par la capitainerie pour régler les formalités, ils utilisèrent les vestiaires du yacht-club pour se mettre en maillot de bain. Puis ils rejoignirent le bateau et sortirent lentement du port.

Jonathan attendit de s'être suffisamment éloigné de la côte pour commencer à accélérer. Lisette s'était assise à l'avant et, quand le bateau prit de la vitesse, elle se mit à rire avec une gaieté presque enfantine. Ils naviguèrent ainsi pendant une demi-heure, en longeant l'île, puis il coupa le moteur et laissa le bateau dériver sur les flots.

— Tu vas jeter l'ancre ? demanda Lisette en se retournant.

— Non, l'eau est trop profonde ici. Tu veux boire quelque chose ? Tu devrais peut-être te mettre un peu à l'ombre. Ton adorable nez commence à rosir.

Elle se leva et le rejoignit à l'arrière du bateau.

— Me mettre à l'ombre ? demanda-t-elle en riant. Est-ce une expression codée pour me faire une proposition indécente ? Je me demande comment ce serait de faire l'amour sur un bateau.

— Ne me tente pas…

Elle prit la bouteille d'eau qu'il lui tendait et but de longues gorgées. Puis elle la posa et vint vers lui pour l'enlacer. La gorge serrée par l'émotion, il la prit dans ses bras et l'embrassa.

Le fait de la sentir ainsi contre lui lui donnait envie de se battre pour l'avenir. Mais à quoi bon ? Il était condamné de toute façon.

Mieux valait faire comme il l'avait prévu, vivre au jour le jour en profitant de chaque instant. Il allait continuer à aimer Lisette aussi longtemps que possible, et si un bébé naissait de cet amour, alors il aurait le bonheur de laisser sur terre un héritage bien plus précieux qu'une compagnie de navigation.

Quand elle descendit à l'intérieur du bateau pour visiter la cabine, il resta seul dehors quelques instants. Puis elle remonta, le sourire aux lèvres.

— Tu sais, dit-elle, j'ai testé les couchettes. Elles ne sont pas si mal.

— Ah bon ?

Comme il y avait du courant, il avait pris un point de repère sur la terre et rallumé le moteur de temps en temps pour maintenir le bateau à l'endroit où ils s'étaient arrêtés. À présent, il pouvait sans doute se permettre de le laisser dériver quelques minutes.

Lisette enleva sa tunique et son haut de maillot de bain. En voyant ses seins nus et son regard de défi, il n'hésita pas une seconde de plus. Il bloqua la barre et regarda autour d'eux.

— Cinq minutes, dit-il. Nous sommes tout seuls

pour l'instant. Aucun danger en vue. Allez, descends, je te suis.

Tandis qu'elle s'allongeait sur une couchette, il se cogna en se déshabillant.

— Dépêche-toi ! s'exclama-t-elle. Cinq minutes, ça passe vite !

Il la regarda et s'arrêta net.

— Que se passe-t-il ? demanda-t-elle.

— Je n'ai pas de préservatifs.

— Ah.

Elle sourit, comme pour essayer de masquer sa déception.

— Ce n'est pas grave, dit-elle. Nous attendrons d'être rentrés.

Mais il ne voulait pas en rester là. Bien sûr, il ne pouvait pas lui dire ce qu'il ressentait. Son amour ne représenterait qu'un fardeau de plus pour elle. Ce qu'il pouvait faire, c'était lui donner le bébé dont elle rêvait.

— Jonathan ?

Elle se redressa légèrement.

— Lizzy, tu veux toujours être enceinte ?

Sa question abrupte la fit blêmir, puis rougir.

— Tu me demandes ça sérieusement ?

— Très sérieusement.

— Oui, Jonathan, répondit-elle avec un immense sourire. Oui, je le veux toujours autant.

— D'accord. Alors allons-y.

Lentement, il s'étendit au-dessus d'elle en s'efforçant de trouver la position la moins inconfortable possible.

Lorsqu'il la pénétra, il en eut le souffle coupé.

— Que se passe-t-il ? demanda-t-elle en lui caressant le front.

— C'est la première fois que je fais l'amour comme ça. Sans protection.

C'était si bon de ne faire plus qu'un avec elle, sans

aucune barrière… Tout en l'embrassant, il se mit à aller et venir et l'entendit gémir de plaisir. Ils avaient tous les deux la peau moite et brûlante. Fou d'excitation, il attendit qu'elle ait atteint l'orgasme avant de se laisser aller à son tour. Jamais il n'avait connu une jouissance aussi intense.

Il aurait dû se sentir heureux et, au lieu de cela, un profond sentiment de tristesse s'empara de lui. Il adorait sa femme et voulait rester auprès d'elle pour toujours. Comment se résoudre à l'abandonner ?

Il posa les yeux sur son visage et rencontra son regard.

— Je ne t'écrase pas ? demanda-t-il.

— C'était incroyable, murmura-t-elle dans un souffle.

— Oui. Incroyable.

Il l'embrassa encore puis se redressa.

— Je crois que je devrais remonter sur le pont pour m'assurer que tout va bien.

— Oui, vas-y. Moi, je vais rester ici et repenser à ce qui vient de se passer.

Il rit, remit son T-shirt et son maillot de bain et sortit à contrecœur.

Dehors, tout était calme. Le soleil brillait toujours, et le vent restait léger. Mais pour Jonathan, tout avait changé en l'espace de quelques minutes. Il allait se battre. Essayer de nouveaux traitements médicaux. Et espérer que sa femme tombe à son tour amoureuse de lui.

Il avait envie de tout dire à Lizzy. De la remercier de l'avoir sauvé du désespoir. Mais il ne préférait pas le faire tant qu'il n'avait pas fait le point sur sa santé et sur les possibilités qui s'offraient à lui. Il ne voulait pas qu'elle se fasse d'illusions.

Elle le rejoignit dehors au moment où il démarrait le moteur.

— Nous avons beaucoup d'essence ? demanda-t-elle en souriant.

Il regarda la jauge.

— Oui, pourquoi ?

Elle soupira et mit la tête contre son épaule.

— J'ai envie d'aller vite, répondit-elle.

— Tes désirs sont des ordres.

— Accroche-toi bien surtout, dit-il en voyant qu'elle retournait se poster à l'avant. Je ne veux pas te perdre.

— Tu ne me perdras jamais, Jonathan Tarleton. Je serai avec toi jusqu'au dernier coucher de soleil. Et maintenant c'est parti. Voyons si tu arrives à me faire crier.

Le sous-entendu érotique de sa remarque le fit sourire.

— J'accepte de relever le défi.

Quand elle fut bien cramponnée au bastingage, il commença à accélérer et sentit aussitôt un vent froid lui fouetter le visage.

— Plus vite ? cria-t-il à Lisette.

Comme elle faisait oui de la tête, il passa à la vitesse supérieure. Vigilant, concentré, respectant la limite du raisonnable, il essaya de lui donner la sensation qu'elle volait. Il devrait bientôt faire demi-tour s'il ne voulait pas se retrouver à court d'essence, mais il pouvait encore continuer pendant une minute ou deux.

La douleur arriva d'un coup, sans prévenir. Une douleur terrible derrière l'œil droit. Sa vision se brouilla. Saisi d'angoisse, il eut tout de suite le réflexe de ralentir et le fit de façon trop brutale. Il trébucha et dut prendre appui sur le tableau de bord, tandis que Lisette tombait à la renverse.

— Tu aurais pu me prévenir ! lança-t-elle en riant.

Il ne voyait presque plus rien.

— Lizzy, s'il te plaît, reviens à l'arrière !

— Ça va, ne t'inquiète pas. Je ne me suis pas fait mal.

Il sentit des gouttes de sueur couler le long de son dos. La douleur lui donnait la nausée, et les battements de son cœur s'emballaient.

— Lizzy, j'ai besoin de toi ici ! S'il te plaît, reviens.

- 15 -

En entendant la voix de Jonathan, Lisette se rendit compte que quelque chose n'allait pas. Elle se leva et courut vers lui.

— Que se passe-t-il ? demanda-t-elle en voyant combien il était pâle.

La mâchoire crispée, il tremblait et semblait souffrir atrocement.

— J'ai quelque chose à l'œil droit.

— Tu as mal ?

— Oui. Et je ne vois pas bien.

— Tiens, prends ma main et assieds-toi.

Il se laissa tomber sur la banquette.

— Tu vas devoir nous ramener au port, lui dit-il.

— D'accord mais, avant, dis-moi que tu as des médicaments avec toi.

— Oui. Le petit sachet dans mon portefeuille. Je ne peux en prendre qu'un à la fois. Le médecin me les a donnés en cas d'urgence.

Elle fouilla dans les poches de son coupe-vent et trouva les comprimés.

— Voilà, dit-elle en lui en donnant un avec de l'eau.

Il l'avala en grimaçant.

— Tu as mal au cœur, c'est ça ?

— Un peu.

Elle voyait bien qu'il essayait de minimiser, mais il fallait absolument qu'il garde son médicament.

— Ferme les yeux et essaie de rester immobile pendant quelques minutes.

Il s'étendit sur le dos et mit un bras devant ses yeux. Le toit qui surplombait le cockpit le protégeait du soleil.

Tout à coup Lisette se rendit compte que le moteur tournait toujours. Plutôt que de demander à Jonathan, elle examina le tableau de bord et trouva la bonne manette pour le couper.

— Veux-tu que j'appelle à l'aide ? demanda-t-elle doucement.

— Non.

Elle s'agenouilla près de lui et mit la joue contre son bras.

— Prends ton temps, murmura-t-elle. Nous ne sommes pas pressés.

Les minutes s'écoulèrent. Cinq, dix, trente. Lisette n'avait jamais été aussi angoissée. Elle avait si peur pour lui…

Finalement, il parvint à se rasseoir. Il était un peu moins blême et ne semblait plus au bord de l'évanouissement.

— Comment va ta tête ? demanda-t-elle en posant les mains sur les genoux de Jonathan. Parle-moi franchement.

— C'est supportable.

— Vraiment ?

— Vraiment, répéta-t-il avec un petit sourire.

— Bon. Alors dis-moi ce que je dois faire.

— Le plus difficile sera l'entrée dans le port, mais je serai à côté de toi pour te guider.

Il lui expliqua comment démarrer, accélérer et ralentir.

— Maintenant allonge-toi et repose-toi, lui enjoignit-elle.

Elle ressentit un certain plaisir à piloter le bateau mais, à mesure qu'elle approchait de la côte, les autres embarcations se firent de plus en plus nombreuses. À chaque instant, elle craignait de percuter un voilier ou un jet-ski. Mais Jonathan était resté assis à côté d'elle, et sa seule présence lui donnait confiance en elle.

Arrivée à l'entrée du port, elle ralentit encore son allure et se cramponna à la barre.

— C'est là que les choses sérieuses commencent, dit-elle avec anxiété.

— Tu t'en sors très bien.

Elle se fit klaxonner plusieurs fois parce qu'elle allait trop lentement mais, en dehors de cela, tout se passa plutôt bien. Jusqu'au moment où elle dut rejoindre le ponton pour amarrer le bateau.

— J'espère que ton ami a une bonne assurance, dit-elle. Avec ce courant, cela va être beaucoup plus difficile qu'un créneau.

— Je vais t'aider.

Il se leva et laissa échapper un juron.

— Qu'est-ce qui ne va pas ? demanda-t-elle.

— Je n'ai plus de perception des distances. Nous allons devoir dériver jusqu'au ponton et nous faire aider pour entrer dans notre place.

Elle mit un quart d'heure à s'approcher suffisamment pour que Jonathan puisse lancer une amarre à l'employé du yacht-club qui se trouvait là. Quelques instants plus tard, le bateau était bel et bien amarré.

— Plus jamais, dit-elle en soupirant.

Au lieu d'éprouver du soulagement, elle s'inquiétait encore plus pour Jonathan maintenant qu'elle n'avait plus à se concentrer sur ses manœuvres.

— Tu as été formidable, dit-il en l'embrassant.

Elle se fâcha en voyant qu'il commençait à rassembler leurs affaires.

— Jonathan, laisse-moi faire ça.

— C'est bon, dit-il d'un ton irrité. Je vais bien.

Non, il n'allait pas bien. Elle savait qu'il avait besoin

de reprendre le contrôle de la situation après ce qui lui était arrivé, mais ne pouvait-il pas accepter de s'en remettre à elle dans des moments comme celui-ci ?

— Je vais te dire ce que nous allons faire, dit-elle avec fermeté. Nous allons marcher tranquillement jusqu'à la voiture, et je prendrai le volant pour rentrer à la villa. Une fois là-bas, nous dînerons au calme en réfléchissant à la suite.

— Pourquoi avons-nous besoin de réfléchir à la suite ? Si tu tiens à ce que je me repose, nous n'aurons qu'à passer toute la journée de demain au bord de la piscine.

Elle le regarda avec stupeur. Parlait-il sérieusement ?

— Jonathan, la lune de miel est terminée. Nous rentrons à Charleston. Il faudra que tu me dises qui je dois contacter pour que l'avion privé revienne nous chercher.

Ils n'échangèrent pratiquement plus un mot jusqu'à ce qu'ils soient arrivés à la villa.

— Tu peux aller t'allonger, dit Lisette une fois qu'elle eut garé la jeep. Je vais voir la gouvernante pour qu'elle me dise ce qui est prévu pour le dîner. Ensuite, je te rejoindrai, et nous pourrons parler.

Il acquiesça. Malgré la chaleur, il était de nouveau pâle.

Un peu plus tard, en entrant dans la chambre, elle le trouva étendu de tout son long sur le ventre, la tête enfouie dans les oreillers. Elle murmura son nom. Comme il ne répondait pas, elle s'approcha pour s'assurer qu'il respirait. La peur qu'elle s'efforçait de maîtriser depuis tout à l'heure s'était réveillée d'un coup.

Six mois. C'était ce qu'avait dit le médecin. Mais Jonathan s'était senti bien ces derniers jours. Pourquoi cette rechute aujourd'hui ? Annonçait-elle le début de quelque chose de terrifiant ?

Lisette alla s'enfermer dans la salle de bains. Elle se

déshabilla, se mit sous la douche et éclata en sanglots. Il lui fallut plusieurs minutes pour parvenir à se ressaisir.

Jonathan l'avait épousée parce qu'il avait besoin de quelqu'un de fort auprès de lui. Si elle voulait l'aider, elle devait trouver le moyen d'ignorer son propre chagrin.

Elle attendit d'avoir complètement recouvré son sang-froid pour retourner dans la chambre. Jonathan était désormais allongé sur le dos, les yeux fixés sur le plafond. Même malade, il était toujours aussi charismatique et séduisant.

Enveloppée dans un peignoir, elle grimpa sur lit et se coucha à côté de lui. Il passa aussitôt un bras autour d'elle. Après un long silence, elle trouva la force de parler.

— Tu sais que nous devons rentrer, n'est-ce pas ?

— Oui.

— Nous devrions appeler Mazie et JB pour leur proposer de venir dîner demain soir. Il vaudra mieux leur expliquer de vive voix ce qui s'est passé.

— Voilà pourquoi je t'ai épousée, dit-il d'un ton détaché. Tu es la voix de la sagesse.

— Tu n'as pas l'air content.

Il s'écarta d'elle et se leva.

— Nous dînons dans combien de temps ? demanda-t-il.

— Une demi-heure.

— Je vais prendre une douche. Je te retrouve sur la terrasse.

Il n'aurait pas pu lui faire comprendre plus clairement qu'il voulait qu'elle le laisse tranquille.

— Je vais finir de me préparer dans la chambre d'amis.

— Fais comme tu veux, répondit-il sans même la regarder. Je ne serai pas long.

Jonathan avait honte de se comporter comme cela avec Lisette et, pourtant, il ne pouvait pas s'en empêcher.

Il avait envie de se cacher du monde, et de Lisette en particulier.

Sa crise d'aujourd'hui lui avait fait perdre pied. Il avait cru avoir du temps devant lui. Il n'avait pas imaginé que les choses iraient aussi vite.

Il n'était pas d'humeur à partager un dîner romantique sous les étoiles, mais il avait encore moins le cœur d'abandonner sa femme au milieu de leur voyage de noces. Il se mit donc à table avec elle et remarqua qu'elle avait le visage marqué.

Il n'était pas le seul à avoir souffert aujourd'hui. Lisette avait dû avoir la peur de sa vie, et pourtant, au lieu de paniquer, elle avait parfaitement géré la situation. Son regard trahissait sa lassitude à présent, mais elle n'en était pas moins belle. Dans sa robe couleur de pêche, avec ses cheveux relevés, elle était gracieuse et sensuelle.

Malgré son état il avait hâte de se coucher avec elle et de lui faire l'amour. Il l'aimait et il avait envie d'elle à chaque instant. Mais elle, éprouvait-elle encore du désir pour lui maintenant qu'elle l'avait vu malade et affaibli ?

Par politesse, il se força à manger un peu de chaque plat servi. Les allées et venues de la gouvernante avaient comblé le silence pendant le dîner, mais quand elle eut fini de débarrasser, Lisette et lui restèrent assis l'un en face de l'autre sans rien dire.

Il s'en voulait de lui infliger cela. Elle méritait tellement mieux. Elle aurait dû être avec un homme capable de lui donner beaucoup d'enfants et de rester longtemps auprès d'elle.

Submergé par ses idées noires, il se leva brusquement et jeta sa serviette sur la table.

— Je vais marcher un peu, dit-il. Ne m'attends pas.

— Je pourrais t'accompagner.

— Non. Je préfère être seul pour l'instant.

Après avoir salué la gouvernante, Lisette alla une fois de plus se réfugier dans la chambre d'amis. Le rejet de Jonathan lui avait fait l'effet d'un coup de poignard en plein cœur.

Elle comprenait qu'il soit perturbé après ce qui lui était arrivé aujourd'hui. N'importe qui aurait été traumatisé à sa place. Mais cela n'enlevait rien à la peine qu'elle ressentait.

Elle se mit au lit et ouvrit un livre mais fut incapable de se concentrer sur ce qu'elle lisait. Alors qu'elle reprenait la même page pour la deuxième fois, son portable sonna sur sa table de chevet. En regardant l'écran, elle vit que l'appel ne venait pas de l'un de ses contacts. Cependant, comme c'était un numéro de la région de Charleston, elle décrocha.

— Allô ?

Il y eut un silence, puis une voix d'homme résonna à l'autre bout du fil.

— Bonsoir, Lisette. Excusez-moi de vous déranger. C'est Hartley Tarleton, le frère de Jonathan.

Elle sursauta.

— Pourquoi m'appelez-vous ? Comment avez-vous eu ce numéro ?

Elle l'avait connu avant qu'il disparaisse, bien sûr, mais ils n'étaient pas proches du tout. Rien ne justifiait qu'il lui téléphone.

— C'est Mazie qui me l'a donné. Écoutez, Lisette, j'ai besoin que vous me donniez des nouvelles de Jonathan. Je sais qu'il ne va pas bien. Dites-moi ce qui se passe. Mazie m'a dit qu'il était malade, mais elle n'a rien voulu m'expliquer.

— Comment savez-vous qu'il ne va pas bien ?

— C'est mon frère jumeau. Je sens ces choses-là. S'il vous plaît, je dois savoir ce qu'il a.

— Ce n’est pas à moi de vous le dire. C’est votre sœur que vous auriez dû appeler.

— C’est ce que j’ai fait, mais elle m’a affirmé que c’était vous qui connaissiez tous les détails.

— Eh bien elle s’est trompée. Votre frère n’est pas du genre à se confier. L’auriez-vous oublié ?

— Je n’ai rien oublié.

— Je vais raccrocher, prévint-elle. Jonathan serait furieux que je vous parle. Je ne sais pas ce que vous lui avez fait, mais apparemment c’est grave. Il en souffre beaucoup.

— Lisette, dit-il après un silence, Jonathan n’est pas le seul à avoir été blessé. Sachez-le. Et si vous avez du cœur, promettez-moi de me prévenir si la situation s’aggrave. Je dois être là pour lui. S’il vous plaît.

— Je ne peux pas vous promettre ça.

— Je l’aime.

Il y avait une telle émotion dans la voix de Hartley qu’elle en eut les larmes aux yeux.

— Je vous comprends, murmura-t-elle. Moi aussi, je l’aime.

— Gardez mon numéro.

Elle savait qu’elle n’aurait pas dû, mais elle ressentit de la compassion envers lui.

— D’accord, répondit-elle. Mais je ne vous garantis rien de plus. Je suis désolée, Hartley.

Elle raccrocha et éteignit la lumière. Épuisée par la journée qu’elle venait de vivre, elle ferma les yeux et essaya de s’endormir.

- 16 -

Après avoir dormi quelques heures d'un sommeil agité, Lisette se réveilla en sursaut au milieu de la nuit. Elle avait entendu un bruit. Elle regarda le réveil posé à côté d'elle et vit qu'il était un peu plus d'1 heure du matin.

— Lizzy, c'est moi.

La voix de Jonathan l'apaisa aussitôt. Il s'approcha de son lit, la prit dans ses bras et la porta jusqu'à la grande chambre.

— Pardon, j'ai été odieux. Je n'arrive pas à dormir sans toi.

— Ne me laisse plus comme ça à l'écart, dit-elle en se blottissant contre lui.

Elle se retint tout juste de lui dire qu'elle l'aimait.

— J'essaierai, répondit-il en la serrant plus fort.

Cela faisait un bien fou de le retrouver. De pouvoir poser les mains sur son torse nu.

— Tu te sens mieux ? demanda-t-elle.

Il lui avait dit de ne pas lui parler de sa santé, mais elle avait besoin de savoir. Tant pis si cela ne lui plaisait pas.

Il la déposa sur le lit et se coucha près d'elle.

— Oui, je me sens mieux.

— Vraiment ?

— Vraiment.

— Tu t'es occupé de l'avion ? demanda-t-elle après un silence.

— Oui. Nous devons être à l'aéroport demain matin à 10 h 30.

Elle le regarda dans les yeux.

— Alors il nous reste cette nuit, murmura-t-elle.

Puisque leur voyage de noces devait être interrompu, elle voulait en profiter jusqu'au dernier moment. Savourer ce tête-à-tête intime avec lui, et lui rappeler qu'elle était sa femme et qu'il pouvait se confier à elle.

Elle se pencha vers lui et promena les lèvres sur ses pectoraux.

— J'adore ton corps, susurra-t-elle en saisissant délicatement son sexe entre ses doigts.

Elle le sentit frissonner. Lentement, tout en le caressant, elle passa la langue sur son ventre, puis descendit jusqu'à son érection qu'elle prit entre ses lèvres. Il poussa un long soupir rauque. Dans ce lit, au moins, il n'y avait plus aucune barrière entre eux. Ils s'abandonnaient pleinement l'un à l'autre.

Au bout de quelques instants, il se redressa pour la faire changer de position.

— Mets-toi sur le dos, dit-il après lui avoir enlevé sa chemise de nuit. J'ai besoin de te regarder.

— Je suis toujours la même, répliqua-t-elle en riant. Rien n'a changé.

— C'est là que tu te trompes. À chaque fois que nous faisons l'amour, tu m'éblouis davantage. Ta beauté, ta douceur, ton humour… Ta générosité, ta sensualité… Je n'aurai jamais fini de découvrir toutes ces merveilles que tu caches en toi.

Elle resta sans voix. C'était la première fois qu'elle l'entendait s'exprimer avec autant de poésie.

— Merci, murmura-t-elle, les yeux embués. C'est beau ce que tu me dis.

— J'en pense chaque mot.

Les yeux rivés sur ceux de Lisette, il se plaça alors entre ses jambes et entra en elle.

Jonathan se rendait compte de la chance qu'il avait. Lisette lui avait déjà pardonné son comportement de tout à l'heure. Sa générosité lui donnait envie de devenir un homme meilleur.

Tout en allant et venant en elle, il garda les yeux fixés sur elle, et l'émotion qu'il vit sur son visage ne fit qu'accroître son plaisir.

Était-ce de l'amour qu'il voyait dans son regard ? Il avait tellement envie d'y croire. Il rêvait que Lizzy soit avec lui parce qu'elle avait besoin de lui et non l'inverse. Il aurait tout donné pour qu'elle l'aime comme il l'aimait.

Posant la main sur son sein pour la caresser, il se retira et la pénétra de nouveau, leur arrachant à tous les deux un cri d'extase. Elle noua alors les jambes autour de lui et se cambra pour venir à la rencontre de son sexe. Brûlant de passion, ils bougèrent ensemble, plus vite, plus fort. Dès qu'elle eut atteint l'orgasme, il s'abandonna à son tour, et la jouissance le fit trembler de tout son être.

Il retomba sur le matelas, et ils glissèrent ainsi vers le sommeil, dans les bras l'un de l'autre.

- 17 -

Dans l'avion qui les ramenait à Charleston, Jonathan se rendit compte qu'il ne sentait plus aucune douleur. Il regrettait d'avoir interrompu leur voyage pour rien, mais c'était trop tard. Ils ne pouvaient pas faire demi-tour.

Il savait qu'il ne trouverait pas son père chez lui en rentrant, puisqu'il était parti avec ses amis pour une semaine de golf. Gerald n'était pas vraiment en capacité de jouer, mais ces séjours en bande le comblaient de joie.

Jonathan n'avait pas oublié de prévenir sa gouvernante et sa cuisinière de son retour anticipé, et elles savaient qu'il y aurait quatre personnes à dîner ce soir.

Sur le trajet entre l'aéroport de Charleston et chez lui, Lisette sortit un peigne et un miroir de poche de son sac. Comme lui, elle avait dormi pendant presque tout le vol, et ils allaient sans doute arriver très peu de temps avant Mazie et JB.

— Détends-toi, lui dit-il en posant la main sur sa cuisse. Tu es superbe. Et ce n'est que ma sœur.

— Facile à dire. Ce n'est pas toi qui es complètement hirsute.

Il rit malgré l'angoisse qui lui serrait la gorge. Il appréhendait de raconter à Mazie et JB ce qui s'était passé à Antigua.

Finalement, les deux voitures arrivèrent en même temps devant la grille de la propriété. Jonathan tapa le code d'entrée et alla se garer devant la maison.

— Nous n'avons qu'à laisser nos bagages dans le coffre, dit-il. Nous les sortirons plus tard.

Elle acquiesça et lui prit tendrement la main.

— Ça va aller, dit-elle. La vérité vaut toujours mieux que les secrets.

Il n'était pas totalement convaincu, mais il n'avait pas d'autre choix que de leur parler.

Ils descendirent tous les quatre de voiture, s'embrassèrent et montèrent les marches du perron. À peine avaient-ils franchi la porte d'entrée qu'une odeur alléchante les accueillit. Comme le dîner était prêt, ils passèrent directement à table.

Mazie fit preuve d'une patience remarquable. Elle endura les discussions sur le sport, le cinéma et les ouragans sans poser la question qui devait lui brûler les lèvres. Mais dès qu'ils eurent avalé la dernière bouchée de leur dessert, elle croisa les bras et fixa un regard autoritaire sur Jonathan.

— Alors, lui dit-elle, explique-moi ce qui s'est passé. Pourquoi êtes-vous rentrés plus tôt que prévu ?

Lisette eut le cœur serré en voyant l'expression de Jonathan. La question de sa sœur ne lui laissait aucune échappatoire. Or elle savait que si cela n'avait tenu qu'à lui, il n'aurait jamais parlé à personne de ce qui lui était arrivé sur le bateau. Lisette aurait été la seule au courant.

Comme il tardait à répondre, elle voulut l'aider.

— Il y a eu un léger incident, dit-elle en essayant de minimiser les choses.

Mais Mazie et JB n'étaient pas idiots. Ils avaient très bien compris que c'était plus grave que cela.

— Quel genre d'incident ? demanda JB en plissant le front.

Jonathan regarda par la fenêtre, le visage crispé. La tension dans la pièce était palpable.

Lisette se lança.

— Jonathan a ressenti une vive douleur derrière l'œil droit. Après cela, il a eu des troubles de la vision pendant plusieurs heures.

JB prononça un juron entre les dents, quant à Mazie, elle ne put retenir ses larmes. Jonathan se leva pour aller embrasser sa sœur.

— Ne t'en fais pas, lui dit-il, je vais bien maintenant.

Hélas, ses paroles qui se voulaient rassurantes ne convainquaient personne. JB se leva à son tour pour arpenter la pièce d'un pas nerveux.

— Tu vas devoir engager un chauffeur, dit-il à Jonathan. Ce serait trop risqué de continuer à conduire.

Lisette crut que sa remarque allait énerver Jonathan, mais il la reçut avec un sourire résigné.

— Oui, j'en suis conscient, répondit-il. Je vais m'en occuper.

À cet instant, la gouvernante apparut sur le pas de la porte.

— Monsieur, dit-elle à Jonathan, quelqu'un vient de sonner à l'Interphone. Le Dr Shapiro. Il dit qu'il doit vous parler et que c'est urgent.

Jonathan blêmit d'un coup.

— Vous pouvez lui ouvrir la grille, répondit-il.

Le silence tomba, lourd comme une chape de plomb.

Soudain, Lisette se tourna vers Jonathan.

— Ce n'est pas le nom de ton médecin, si ? demanda-t-elle.

— Non. Je ne sais pas ce qu'il veut.

Pendant les minutes qui suivirent, elle imagina mille scénarios, tous plus terrifiants les uns que les autres. Son cœur s'arrêta de battre quand la gouvernante fit entrer le Dr Shapiro, un homme distingué qui devait avoir une soixantaine d'années.

Jonathan l'accueillit en lui serrant la main.

— Bonsoir, docteur. Je suis Jonathan Tarleton. Je ne crois pas que nous nous soyons déjà rencontrés ?

— Je fais partie de la direction de l'hôpital. Puis-je vous parler en privé ? C'est très important.

— Vous pouvez parler devant ma famille, répondit Jonathan d'une voix d'outre-tombe.

Le médecin hésita un instant. Manifestement, ce qu'il s'apprêtait à dire le mettait très mal à l'aise.

— Bien, dit-il. Puisqu'il n'y a qu'une seule façon de vous l'annoncer, je ne vais pas y aller par quatre chemins. Vous n'avez pas de tumeur au cerveau. Pas de cancer.

Lisette se demanda si elle était en train de rêver.

— Qu'est-ce qui vous permet de dire cela ? demanda Jonathan.

— Notre radiologue a été révoqué. Nous avons découvert que, depuis quelques mois, il travaillait sous l'emprise de substances qui l'ont amené à commettre de graves erreurs, notamment à intervertir des dossiers médicaux.

— Donc je ne suis pas le seul concerné ?

— Malheureusement, de nombreux patients en ont été affectés, mais pas avec des conséquences aussi graves que pour vous.

— Je ne comprends pas, dit Mazie. Je croyais que ce radiologue était un professionnel très réputé.

— C'était l'un des meilleurs, répondit le Dr Shapiro, mais visiblement ses problèmes personnels l'ont attiré vers le fond. Son épouse l'a quitté il y a trois ans, et il a peu à peu sombré dans la dépression. Je suis sincèrement désolé.

Lisette vit son air grave et comprit qu'il avait autre chose à annoncer.

— J'imagine que vous ne nous avez pas encore tout dit ? demanda-t-elle. Jonathan a bel et bien des problèmes de santé, n'est-ce pas ?

Elle s'approcha instinctivement de son mari pour lui prendre la main. Il avait les doigts glacés.

— Vos véritables radios ont bel et bien révélé un problème sérieux, dit le médecin à Jonathan. Vous avez un anévrisme au cerveau. C'est ce qui explique vos maux de tête.

Mazie saisit l'autre main de son frère.

— Il doit y avoir un remède, dit-elle d'une voix haletante. C'est moins grave qu'un cancer, non ?

— Doucement, Mazie, dit JB en l'enlaçant. Laisse parler le Dr Shapiro.

— Nous allons programmer une opération dans les plus brefs délais, dit le médecin. Avant cela, il vous faudra encore passer quelques examens, pour que le chirurgien prépare au mieux son intervention. Mais nous ne devons plus perdre de temps. En cas de rupture d'anévrisme, l'issue pourrait être fatale. J'ai pris la liberté de contacter le plus grand spécialiste que je connaisse. Il se trouve à Atlanta mais il est prêt à venir vous opérer ici. Évidemment, compte tenu des circonstances, l'hôpital prendra en charge toutes les dépenses.

— Je pense qu'il ne s'agit plus d'un problème d'argent à ce niveau-là, souligna JB d'un ton grave, mais plutôt d'une négligence criminelle.

Mazie respira profondément et embrassa son frère, puis Lisette.

— Vous devez avoir besoin de vous parler, dit-elle. Nous allons vous laisser tous les deux. On se téléphone demain.

Quand ils furent partis, le Dr Shapiro s'adressa de nouveau à Jonathan.

— Je vous demande d'être à mon bureau demain à 10 heures. Je vous présenterai les options envisageables. Avez-vous d'ores et déjà des questions ?

— Non, pas pour l'instant. Je serai là demain matin.

— Merci, docteur, dit Lisette en lui serrant la main. Nous apprécions que vous soyez venu en personne.

Jonathan le salua à son tour, assez froidement, puis la gouvernante le raccompagna à la porte. Jonathan se mit alors à faire les cent pas dans la salle à manger.

— Évidemment qu'il est venu en personne, grommela-t-il. Ils vont se retrouver avec des dizaines de procès sur le dos. Il essaie de limiter les dégâts.

— Ce n'est pas en t'énervant contre lui que tu vas te sentir mieux.

— Non, tu as raison, admit-il. Tu sais ce qui m'aiderait à me sentir mieux ?

— Non, quoi ?

— Faire l'amour avec ma femme.

Jonathan fut ravi de constater qu'il pouvait encore faire rougir Lisette.

— Si tu penses que tu es en état…

— Oui, je suis en pleine forme, s'exclama-t-il. C'est ça le comble. Viens. Allons chercher nos bagages et montons nous coucher.

Comme les deux employées avaient fini de ranger, elles leur souhaitèrent bonne nuit et partirent. Il put donc fermer la maison après avoir rentré les valises.

Il faisait son possible pour se comporter normalement, mais il était bouleversé par ce qu'il venait d'apprendre. Le motif de son mariage avec Lisette avait disparu en un instant. Il n'avait plus à craindre une lente agonie, toutefois sa vie restait menacée.

Que devait-il faire ? Déclarer son amour à Lisette ? Lui dire qu'il voulait fonder une famille et rester avec elle ? Il n'avait pas la moindre idée de ce qu'elle répondrait. Il sentait bien qu'elle tenait à lui, mais jusqu'à quel point ? Quelle était la nature de ses sentiments pour lui ?

C'était un mystère. Voudrait-elle rester mariée avec lui s'il se remettait ?

La possibilité qu'il survive l'emplit d'une joie qu'il n'avait pas ressentie depuis longtemps. L'espoir le rendait presque euphorique, après l'enfer qu'il avait vécu ces derniers temps.

Tandis qu'il montait à l'étage avec Lisette, il prit conscience que c'était un moment tout particulier. C'était la première fois qu'elle dormait chez lui.

Il la guida jusqu'à la chambre et poussa la porte. Là, il s'arrêta net en découvrant avec dépit le spectacle qui s'offrait à lui. Son lit était jonché de vêtements. Les vêtements de Lisette, jetés en tas.

Sa femme de ménage avait une fille adolescente. Il les avait chargées toutes les deux de déménager les affaires de Lisette pendant leur absence, seulement, il avait oublié de les prévenir que leur retour était avancé. Voilà pourquoi le rangement n'était pas terminé.

— Ne t'inquiète pas, dit Lisette en riant. Nous allons les mettre rapidement sur des cintres. Je prendrai le temps de ranger plus tard.

Ils s'exécutèrent en un temps record.

— Je vais finir, dit-il quand il ne resta plus grand-chose. Toi, défais ton sac et prépare-toi vite pour venir te coucher.

Comme il soulevait une pile de jupes, une enveloppe glissa sur le sol. Il allait la mettre de côté, mais en la ramassant, il vit que son nom était inscrit dessus, de l'écriture de Lisette. Il l'ouvrit et sortit la lettre qui était pliée à l'intérieur.

Il n'en crut pas ses yeux en la lisant. Lisette avait eu l'intention de démissionner. De quitter l'entreprise et de le quitter, lui. Il regarda la date. Voilà pourquoi il était tombé sur elle ici ce fameux jour. Pendant qu'il encaissait le choc de son diagnostic, elle avait commencé à organiser son avenir, sa nouvelle vie loin de lui.

Il savait maintenant que s'il l'avait demandée en mariage, c'était avant tout parce qu'il l'aimait. Le reste n'avait été qu'un prétexte. Et ces dernières heures, il s'était mis à espérer qu'elle avait peut-être des sentiments pour lui, elle aussi. Il n'avait eu qu'à repenser à l'intensité de leur lune de miel pour y croire.

À présent, il découvrait avec horreur que ce n'était pas de l'amour qu'elle éprouvait pour lui, mais de la pitié. C'était par pitié qu'elle avait accepté de l'épouser. Sa bonté l'avait poussée à accepter un arrangement qui n'arrangeait que lui et qui la contrariait dans ses projets.

Le cœur lourd, il dut se rendre à l'évidence. S'il l'aimait sincèrement, il devait se séparer d'elle. Elle avait déjà dû consacrer des années à sa mère, et voilà qu'au moment où elle avait décidé de prendre son envol il l'avait de nouveau privée de sa liberté de femme. Il ne voulait plus qu'elle renonce à quoi que ce soit pour lui.

Ne sachant pas encore ce qu'il allait lui dire, il préféra enfouir la lettre dans sa poche et prendre le temps de la réflexion.

C'est alors qu'elle sortit de la salle de bains, vêtue d'un T-shirt large et d'une petite culotte.

— Merci d'avoir fini de ranger, dit-elle avec un sourire irrésistible.

— Je t'en prie. Maintenant, laisse-moi juste le temps de prendre ma douche, et je serai tout à toi.

— Jonathan… Tu ne crois pas que nous devrions parler de ce qui s'est passé ce soir ? De ce que le médecin nous a appris ? Je pense que tu as subi un nouveau choc.

Deux nouveaux chocs, rectifia-t-il intérieurement en pensant à sa lettre de démission.

— Pour être honnête, j'ai beaucoup plus envie de faire l'amour avec toi que de discuter de tout ça. D'autant que j'en saurai plus demain après mon rendez-vous. J'ai eu suffisamment…

Il fut interrompu par la sonnerie du portable de Lisette qu'elle avait laissé sur la commode, juste à côté de lui. Comme il l'attrapait pour le lui donner, il vit le nom qui s'inscrivait sur l'écran et eut la sensation de recevoir un coup de poing dans le ventre. Hartley Tarleton. Sidéré, il se tourna vers Lisette.

— Tu peux me dire pourquoi mon frère te téléphone ?

Il vit son visage se décomposer.

— Je peux t'expliquer, dit-elle d'une voix faible.

La sonnerie s'arrêta et laissa place à un silence assourdissant.

— Non, répondit-il. Je ne crois pas que tu puisses.

Cette fois, il se sentait vraiment trahi. Lisette savait qu'il en voulait terriblement à Hartley. Tous ses proches le savaient. Comment avait-elle pu lui faire ça ?

— J'ai entré son numéro et son nom dans ma liste de contacts pour être sûre de ne jamais lui répondre.

— Je suis censé croire ça ?

Cette soirée allait donc le rendre fou. D'abord, la visite et l'annonce du Dr Shapiro. Puis ce moment où il avait imaginé la possibilité d'un avenir plein de bonheur avec Lisette. Puis la lettre. Et maintenant, ça.

— Hartley m'a téléphoné hier à Antigua, affirma-t-elle en le regardant dans les yeux. Il a prétendu que parce que vous étiez jumeaux, il avait senti que tu n'allais pas bien. Je lui ai répondu que je ne pouvais pas lui parler. Je te jure que je ne lui ai donné aucune information sur toi. J'ai raccroché aussi vite que j'ai pu.

— Je vois.

Il continuait à se poser des questions sur elle. Était-elle liée à Hartley d'une façon ou d'une autre ? Son frère allait-il réussir à récupérer les millions de dollars que le contrat de mariage destinait à Lisette ?

Il la regarda et vit des larmes rouler sur ses joues.

— Je te jure que c'est vrai, murmura-t-elle. Je t'aime, Jonathan. Laisse-moi t'aider. Ne me rejette pas.

Laisse-moi t'aider.

— Je n'ai pas besoin d'aide.

Il ne savait plus ce qu'il devait croire. Mais de toute façon, même si elle lui avait dit la vérité, il devait lui rendre sa liberté. Il ne pouvait pas accepter qu'elle sacrifie sa vie pour lui. S'il fallait être dur pour la faire partir, alors il le serait, quitte à en souffrir.

— Tu te souviens de ça ? demanda-t-il en sortant la lettre de sa poche.

— Oh ! mon Dieu.

— Eh oui.

Il posa la lettre sur la commode et regarda Lisette.

— Je vais aller dormir à l'hôtel ce soir, lui dit-il. Demain, je veux que tu sois partie.

Elle devint livide.

— Je sais que la situation a changé, Jonathan. Mais tu m'as épousée pour protéger ton entreprise. Nous ne devrions pas agir dans la précipitation. Prenons le temps de voir ce que nous voulons faire.

— La raison pour laquelle nous nous sommes mariés n'existe plus. Soit je vais mourir brutalement, auquel cas Mazie prendra le relais, soit je vais me rétablir et la vie continuera. Tu n'as plus ta place ici.

— Mais je t'ai dit que je t'aimais, répéta-t-elle en pleurant. Pourquoi tu ne me crois pas ?

— Je ne sais plus quoi croire pour l'instant. Apparemment je me suis trompé sur beaucoup de choses. Je romps notre accord, Lisette.

Il prit sa lettre et lut avec douleur.

— Sens-toi libre de « saisir de nouvelles occasions » et de « relever de nouveaux défis ». Cela m'est bien égal.

C'était lui qui mentait à présent, et cela lui faisait

mal. Surtout, cela le torturait de voir Lisette pleurer et trembler à cause de lui.

— Je t'ai dit que je t'aimais, balbutia-t-elle. Je veux être avec toi le jour de ton opération. Je t'en supplie, Jonathan.

— Non.

— Est-ce que tu es en train de me dire que… tu veux divorcer ?

— Je pense que ce serait le mieux, mais nous verrons cela quand je serai de nouveau sur pied. La situation se résoudra d'elle-même si mon cerveau explose.

— Ne dis pas ça ! s'écria-t-elle.

— Tu as entendu le médecin. Une rupture d'anévrisme pourrait être fatale.

— Je t'en prie, ne t'en va pas. Viens te coucher avec moi. Tu iras mieux demain matin.

— Non, Lizzy. C'est fini entre nous.

Quatre jours après avoir été chassée par Jonathan Tarleton, Lisette faisait des allées et venues dans le couloir de l'hôpital. Mazie et JB étaient là aussi, mais assis dans une salle d'attente, serrés dans les bras l'un de l'autre. Lisette, elle, attendait seule la fin de l'opération en évitant d'imaginer ce que le chirurgien faisait dans le crâne de son mari.

Elle avait raconté à Mazie et JB ce qui s'était passé avec Jonathan, et ils avaient eu la gentillesse de la réconforter et de la faire entrer avec eux à l'hôpital en tant que membre de la famille.

Néanmoins, dès que Jonathan se réveillerait, elle serait obligée de partir. Il avait été très clair : il ne voulait plus la voir.

Cette situation la faisait souffrir, mais elle avait pris la résolution de se battre pour leur amour. Depuis leur séjour à Antigua, elle avait la certitude qu'ils pouvaient être heureux ensemble. Elle ne comptait pas le laisser sans réagir tirer un trait sur leur histoire.

Elle voulait croire qu'il l'aimait. Quand elle repensait à la façon dont il lui avait fait l'amour, elle n'avait plus de doutes.

Un médecin vint enfin les prévenir que l'opération était terminée et que Jonathan avait été placé en unité de soins intensifs. Il était tiré d'affaire.

Ils se rendirent tous les trois à l'étage inférieur, et Mazie se tourna vers Lisette avec un sourire de soulagement.

— Va le voir en premier, lui dit la sœur de Jonathan. Maintenant que je sais qu'il va bien, je peux attendre.

Lisette la serra chaleureusement dans ses bras.

— Merci, Mazie.

En entrant dans la chambre de son mari, elle fut bouleversée de le voir si seul, si vulnérable. Il n'était pas encore réveillé de son anesthésie. Un bandage blanc lui entourait le crâne.

Elle approcha une chaise du lit pour s'asseoir près de lui, du côté où il n'avait pas ses perfusions, et elle lui prit doucement la main.

— Jonathan, murmura-t-elle, c'est moi. Lizzy. Ta femme. Je sais que j'étais censée jouer un rôle, mais je mourais d'envie d'être vraiment ta femme. Je t'aime depuis si longtemps. Quand tu m'as annoncé que tu allais mourir, j'ai pensé que je ne m'en remettrais jamais. Et j'ai décidé que j'allais passer autant de temps possible avec toi avant que tu me quittes pour toujours. À présent tu m'en veux, et je ne sais pas quoi faire. Si tu m'entends, écoute bien ce que je vais te dire. Je t'adore et je suis à peu près sûre que tu m'aimes aussi. Je veux un avenir et une famille avec toi. Alors je ne te laisserai pas tomber.

Ses sanglots l'empêchèrent de continuer à lui parler. Elle resta encore un moment avec lui, le temps de recouvrer ses esprits, puis elle pensa à Mazie et JB qui attendaient dans le couloir. Ils avaient le droit de le voir eux aussi.

Elle partit avec la conviction qu'elle le reverrait bientôt. Elle serait aussi patiente qu'il le faudrait mais, tôt ou tard, il devrait se rendre à l'évidence qu'ils étaient faits l'un pour l'autre. Si elle devait utiliser un subterfuge pour lui ouvrir les yeux, elle n'hésiterait pas une seconde. La fin justifiait les moyens.

- 18 -

Un mois plus tard…

Jonathan frappa doucement à la porte de l'appartement de Lisette. Son rétablissement avait été beaucoup trop lent à son goût. Enfin, aujourd'hui, il avait eu le droit de reprendre le volant. Et Mazie ne l'aurait sûrement pas laissé sortir s'il ne lui avait pas dit qu'il avait besoin de voir sa femme.

Quand Lisette vint lui ouvrir, il la dévora des yeux. Elle avait le regard un peu las et ne semblait pas étonnée de le voir ici. Peut-être que Mazie l'avait prévenue qu'il arrivait.

— Bonjour, Lisette.

— Bonjour, Jonathan. Entre.

À peine avait-il fait un pas à l'intérieur qu'il se figea, saisi par ce qu'il voyait. Des cartons de déménagement posés le long des murs.

— Tu pars ? demanda-t-il avec stupeur. Je croyais que tu adorais cet appartement.

Elle l'invita à venir s'asseoir dans le salon.

— Je m'installe à Savannah, dit-elle. J'ai trois entretiens d'embauche la semaine prochaine.

Il n'en revenait pas. Mais qu'avait-il espéré exactement ? Qu'elle l'attendrait jusqu'à ce qu'il veuille bien cesser de se comporter comme un goujat doublé d'un imbécile ?

Comme il ne savait plus quoi dire, ce fut elle qui prit la parole.

— L'alliance et la bague de fiançailles sont ici, dit-elle en lui montrant une boîte posée sur la table basse. Ton avocate a rédigé des papiers qui annulent notre contrat de mariage. J'ai tout signé. Tu n'as plus qu'à en faire autant. J'ai vidé mon bureau au siège de Tarleton Shipping et rendu toutes mes clés. Si jamais j'ai oublié quoi que ce soit, tu pourras m'envoyer un message.

Enfin, il retrouva l'usage de la parole.

— Tu ne peux pas annuler le contrat de mariage sans mon consentement.

— Justement, si. Il reposait entièrement sur ton état de santé, donc sur un diagnostic erroné. C'est un motif valable d'annulation. Ton avocate t'expliquera ça mieux que moi.

— Et tes indemnités de départ ?

— Il n'y en aura pas. J'ai démissionné.

Il n'arrivait plus à respirer. Cette conversation absurde le mettait au supplice. Il hésitait entre hurler et se précipiter sur elle pour l'embrasser. Mais le mieux était sans doute de lui dire ce qu'il était venu lui dire.

— Je suis désolé, Lizzy. Terriblement désolé. Je n'étais pas dans mon état normal le soir où nous sommes rentrés d'Antigua. Je t'en prie, pardonne-moi.

— Il n'y a rien à pardonner. Tu étais sous le choc. C'est compréhensible.

Il était désespéré. Elle allait partir. Il avait tout gâché.

— Je t'aime, murmura-t-il.

Elle eut l'air de ne pas l'avoir entendu.

— Je tiens à te dire que j'ai parlé plusieurs fois à Hartley ces dernières semaines. Il s'inquiétait beaucoup pour toi, et j'ai tenu à lui donner de tes nouvelles.

Jonathan repensa à la colère qu'il avait ressentie envers son frère il y a encore peu de temps.

— J'ignore pourquoi Hartley a fait ce qu'il a fait, dit-il, mais je ne compte plus me rendre malade avec cette histoire. Regarder la mort en face aura au moins eu le mérite de me redonner le sens des priorités.

— Je suis heureuse de l'apprendre. J'espère que vous pourrez vous réconcilier un jour tous les deux.

— Lisette, est-ce que tu m'as entendu ? Je t'ai dit que je t'aimais.

Elle secoua doucement la tête. Ses beaux yeux verts étaient emplis de tristesse, et c'était à cause de lui.

— Tu as eu maintes fois l'occasion de me le dire mais tu ne l'as jamais fait. Tu aimes faire l'amour avec moi, ça oui, je veux bien te croire. Mais ce sont deux choses différentes.

Il était trop nerveux pour rester assis plus longtemps.

— Je t'aime vraiment, dit-il en se levant. Si je ne te l'ai pas dit plus tôt, c'était par peur que tu souffres encore plus de ma mort si tu connaissais mes sentiments.

— C'est une thèse intéressante, répondit-elle avec un sourire ironique. Tu es un homme renfermé. Distant. Tu as peur d'être proche des gens. Tu aimes les membres de ta famille et, pourtant, tu ne voulais pas leur dire que tu avais un cancer. Tu voulais tout gérer tout seul. La seule personne avec qui tu aies été vraiment intime est ton frère, mais tu l'as rayé de ta vie.

— Mais, toi, je t'ai demandé de l'aide.

— Seulement parce que tu croyais que je vivrais cette situation sans la moindre émotion. Que je pourrais faire tampon entre toi et le reste du monde.

— Ce n'est pas vrai. D'accord, reconnut-il après une pause, c'est ce que je t'ai dit au début. Peut-être même que j'y croyais. Mais à Antigua, je t'ai découverte. Je n'étais plus ton patron. J'étais ton amant. Tu te souviens du jour où nous sommes sortis en mer ?

— Bien sûr que je m'en souviens. Je ne vois pas

comment je pourrais l'oublier. En l'espace de quelques minutes, nous avons connu le meilleur et le pire moment de notre voyage. Je n'ai jamais eu aussi peur de toute ma vie.

— Moi non plus, je ne l'oublierai jamais. Je te regardais, assise à l'avant du bateau, si belle et si heureuse. Ton rire était féerique. Ce jour-là, j'ai su que je t'aimais. J'ai repris espoir et j'ai décidé d'essayer par tous les moyens de me soigner pour rester auprès de toi. Puis le Dr Shapiro nous a dit la vérité, et j'ai compris que nous avions une chance de vivre heureux ensemble.

— Mais tu as trouvé ma lettre.

— En la lisant, j'ai eu l'impression que tu t'étais sacrifiée par compassion. Que tu avais renoncé à tes projets par sens du devoir. Je voulais te rendre ta liberté. Alors je t'ai repoussée.

Il lui avait ouvert son cœur et, pourtant, elle avait toujours le visage aussi fermé qu'à son arrivée. Peut-être encore plus. Que pouvait-il donc faire pour la convaincre ?

— Dis quelque chose, murmura-t-il.

Il vit des larmes apparaître au coin de ses yeux.

— Cela ne change rien, répondit-elle. Réfléchis. Tu aimais ta vie avant de tomber malade. Tu te consacrais corps et âme à ton travail et tu n'accordais que très peu de temps aux femmes que tu fréquentais.

— J'aimais cette vie parce que tu étais présente à mes côtés.

— Mais ce n'est plus possible. Les choses ont changé.

Il s'approcha d'elle et la prit par les mains pour qu'elle se lève.

— Alors moi aussi, dit-il, je vais changer. Ce fameux soir où j'ai été si cruel avec toi, tu as dit que tu m'aimais. Est-ce que mon égoïsme a fait disparaître tes sentiments ? C'est cela qui a changé ?

Lisette avait épuisé tout son courage. Quand Mazie lui avait dit que Jonathan était en route pour venir la voir, elle avait pris cela comme un défi personnel. Allait-elle se battre pour lui ? Elle était lasse de se sacrifier pour les autres, lasse de dissimuler ses sentiments.

Le déménagement était une ruse pour faire réagir Jonathan, mais si c'était bel et bien la fin de leur histoire, il deviendrait une réalité.

Cela faisait un mois qu'elle se morfondait. Un mois qu'elle essayait de récolter la moindre information sur son rétablissement.

À présent, il était là, devant elle, et il lui disait tout ce qu'elle avait toujours rêvé d'entendre.

— Peut-être que je t'aime, peut-être que non, dit-elle. Mais si c'est un sentiment de culpabilité qui t'a poussé à venir, tu t'es fatigué pour rien. Inutile de te démener si tu es toujours le même. Je ne pourrai jamais vivre avec un homme qui a la manie de tout contrôler, quitte à délaisser ses proches.

— Cet homme-là n'existe plus. Je l'ai chassé à tout jamais. À l'hôpital, j'ai dû apprendre à accepter l'aide des autres. Je ne contrôlais plus rien. Je pouvais seulement éprouver de la reconnaissance envers ceux qui m'avaient sauvé la vie et qui prenaient soin de moi. C'était une véritable leçon d'humilité.

Elle le regarda dans les yeux et frissonna d'émotion. Il y avait une nouvelle lueur dans son regard, une expression qui ressemblait à de l'apaisement.

— S'il te plaît, mon amour, murmura-t-il en prenant le visage de Lisette entre ses mains. Si tu veux me dire que tu ne m'aimes pas, vas-y, mais je préfère te prévenir que j'aurai beaucoup de mal à te croire. Car je me souviens très bien de la façon dont tu me regardais quand nous faisions l'amour. J'en rêve encore la nuit.

Elle l'enlaça et lui sourit. Cette fois, elle pouvait se lancer.

— Il y a une chose qui va peut-être te faire revenir sur tout ce que tu viens de dire, le prévint-elle. Je crois que je suis enceinte.

Émerveillé, Jonathan interrogea Lisette du regard, puis il posa la main sur son ventre encore plat. Il n'arrivait pas à y croire.

— Pourquoi voudrais-tu que je revienne sur ce que j'ai dit ? C'est moi qui ai voulu faire un bébé, ce fameux jour sur le bateau.

— Mais tu pensais que je serais la seule à devoir m'en occuper. Tu n'avais pas prévu de m'aider à l'élever.

— Je t'adore, Lizzy Tarleton, dit-il en l'embrassant. Rien ne me rendrait plus heureux que d'élever cet enfant avec toi. Celui-ci et tous ceux que nous aurons ensemble.

— C'est vrai ? demanda-t-elle, les yeux emplis de larmes.

— Nous avons juré de nous aimer pour le meilleur et pour le pire, lui rappela-t-il. Je crois que le pire est derrière nous. Maintenant, pensons à notre avenir.

Il l'attira jusqu'au canapé et s'assit en la prenant sur ses genoux.

— Je t'aime, Jonathan. Je t'aime depuis si longtemps.

— Moi aussi, Lizzy, je t'aime comme un fou.

Il noua les bras autour d'elle et l'embrassa avec toute la passion qu'il ressentait. Enfin, il avait retrouvé sa femme.

CHRISTY JEFFRIES

Le désir pour guide

Traduction française de
TATIANA ANDONOVSKI

PASSIONS

HARLEQUIN

Titre original :
THE SEAL'S SECRET DAUGHTER

- 1 -

Sortir du lit était pour Ethan Regnault le moment le plus facile de la journée. D'une part, cela marquait un nouveau départ dans sa vie et, d'autre part, cela lui rappelait qu'il avait réussi à passer un jour supplémentaire sans boire une seule goutte d'alcool.

Mais le vrai test ne commençait que quand il arrivait dans la cuisine et qu'il mettait en marche sa machine à café. C'était le moment où son esprit lui jouait des tours et où il aurait volontiers échangé un double expresso contre un double whisky.

Pour se faire plaisir et s'encourager sur la bonne voie, il avait investi dans une machine à café haut de gamme le jour où il était sorti de l'armée. C'était un véritable régal que de prendre le temps d'écouter la machine se mettre en branle pendant que l'eau chauffait, surtout après avoir passé des mois dans sa jeunesse à endurer le réveil militaire au clairon pendant son entraînement intensif de nouvelle recrue et des années à devoir sauter de sa couchette pour faire face aux défis de l'unité des SEAL dans laquelle il avait été recruté.

Cela faisait six mois qu'Ethan avait officiellement quitté la marine américaine et qu'il avait atterri dans la petite ville de Sugar Falls, dans l'Idaho. L'idée était de reprendre sa vie à zéro, ou du moins sur de meilleures bases.

Pourtant, hormis la cafetière de compétition trônant

dans la petite cuisine, le reste de l'appartement qu'il avait pris en location au-dessus d'une pizzeria dans la rue principale était toujours aussi spartiate que le jour où il avait emménagé.

Il avait pris un logement meublé avec l'essentiel pour se faciliter la tâche, en se promettant d'en compléter l'aménagement au fil des jours.

Mais jusqu'à présent, tout ce qu'il avait acheté pour l'appartement se résumait en quelques vivres dans le frigo. Et encore, il mangeait rarement chez lui, préférant fréquenter les établissements locaux. Pour un ex-alcoolique en sursis, cela aurait pu s'avérer trop tentant de sortir dans des lieux où il pourrait facilement se procurer de l'alcool mais, pour Ethan, c'était plus convivial, et il voyait les clients comme autant de témoins veillant sur lui et s'assurant qu'il ne retombait pas dans la boisson.

De plus, quand il était seul, il avait trop de temps pour penser à sa vie passée et broyer du noir.

Après un café bien serré, il alla se doucher. Il aimait les douches bien chaudes. À peine avait-il eu le temps de se mouiller qu'il entendit frapper à la porte de l'appartement.

Il n'était même pas encore 7 heures du matin donc il doutait que ce soit une visite de courtoisie, d'autant qu'il n'était là que depuis six mois et connaissait encore très peu de gens à Sugar Falls. C'était sûrement une erreur donc il ignora la sommation.

Alors qu'il s'apprêtait à se laver les cheveux, il entendit de nouveau quelqu'un frapper à la porte.

Cette fois, il ne put ignorer le tambourinement continu. Peut-être qu'un voisin avait besoin d'un service, que quelqu'un était en danger ou qu'un ami de ses réunions de l'AAA venait chercher du réconfort ?

Sortant de la douche, il prit une serviette et se dirigea dans sa chambre tout en se séchant.

La personne à l'entrée semblait très impatiente.

— Un instant, j'arrive ! cria-t-il alors qu'il tirait un jean dans sa commode.

Le tambourinement cessa pour quelques secondes, mais reprit de plus belle avant qu'il ait eu le temps de remonter la braguette de son pantalon.

Qu'y avait-il de si urgent ? Et en quoi pouvait-il aider ?

S'emparant d'une chemise sur un cintre, il s'empressa d'aller ouvrir sans même prendre le temps de finir de la boutonner correctement.

Une fois la porte ouverte, il se retrouva face à une femme, une cigarette coincée entre les lèvres.

En le voyant, elle jeta la cigarette par-dessus la rambarde de l'escalier sans se soucier de savoir où elle atterrirait puis laissa échapper un long nuage de fumée.

— Ethan Regnault ?

— Oui. En quoi puis-je vous aider ?

— Le même Ethan Regnault que celui du lycée Sam Houston ?

Il scruta alors plus en détail la femme qui se trouvait devant lui. Elle avait les yeux cernés, les traits tirés, le teint pâle.

Étaient-ils allés au lycée ensemble ?

Interloqué, incapable de réagir, il la laissa reprendre le fil de leur conversation.

— Ouais, c'est bien toi. Tu as les cheveux plus courts mais tu as toujours le même tic aux doigts, comme si tu hésitais à prendre la poudre d'escampette.

Ethan enfonça les mains dans ses poches de jean.

— On se connaît ?

La femme parut étonnée, comme si elle s'était attendue à une autre réaction en arrivant à l'improviste chez un inconnu, de bon matin, en plein milieu du mois de février.

Profitant du silence qui s'installa entre eux, il l'examina de plus près. Il remarqua alors que derrière elle se tenait une jeune fille aux cheveux noirs et bouclés tenant dans la main un sac en plastique.

Après avoir poussé un profond soupir d'exaspération et avoir levé les yeux au ciel, l'inconnue reprit la parole.

— Ouais, on se connaît. Je m'appelle Chantal DeVecchio. Et ça c'est ta fille, Trina, annonça-t-elle en montrant la jeune fille du doigt.

— Il doit y avoir une erreur. Je n'ai pas de fille, dit Ethan à la femme qu'il remettait vaguement.

Elle n'était plus que l'ombre de la pom-pom girl de dix-huit ans dont il avait été le cavalier du bal de fin d'année au lycée. Sa poitrine se serra. Était-ce possible ? Par peur de chanceler, il s'appuya contre la porte.

— Je t'assure que c'est ta fille. Il est temps que tu assumes ta paternité et que tu prennes tes responsabilités.

Il se raidit, blessé de passer pour quelqu'un de négligent. Ses yeux ne cessaient de jouer au ping-pong entre son ex-copine du lycée et la jeune fille brune qui semblait hypnotisée par ses tennis en toile couvertes de neige dont l'une était percée et laissait entrevoir son gros orteil. Il n'était pas expert en la matière, mais il savait néanmoins qu'on ne pouvait pas laisser un enfant sortir avec des tennis en toile sans chaussettes par – 5 °C.

— Pourquoi ne m'as-tu pas contacté avant ?

Pourquoi avait-elle attendu quasiment douze ans pour lui annoncer une nouvelle aussi phénoménale qui changeait sa vie du tout au tout ?

À l'origine, après sa douche, il avait eu l'intention d'aller prendre son petit déjeuner dans son café préféré, le Cowgirl Up, où il était un habitué depuis son arrivée. Il s'était aussi demandé s'il aurait enfin le courage de convaincre Monica, l'employée qui le servait, d'accepter de sortir avec lui.

À présent, la donne avait changé.

Chantal DeVecchio venait de frapper chez lui en

lui reprochant d'être un père qui n'avait pas assumé ses responsabilités envers une jeune fille de onze ans qu'il n'avait jamais vue et dont il ignorait l'existence jusqu'à ce jour.

— Parce que quand j'ai découvert que j'étais enceinte, tu t'étais déjà engagé dans la marine et tu avais été envoyé je ne sais où. Tu n'avais pas laissé d'adresse où te joindre, et ton père avait disparu.

En effet, Ethan s'était engagé dans l'armée juste après la fin du lycée. Son père, qui travaillait dans l'industrie pétrolière, changeait souvent de domicile, selon ses missions. Ethan avait changé cinq fois de lycée en trois ans. Cet été-là, le seul changement qu'il avait accepté de faire dans sa vie, ça avait été celui de mettre fin à son adolescence chaotique et d'entrer dans le monde adulte : quitter le foyer familial pour voler de ses propres ailes.

Balayant du regard les maisons victoriennes longeant la rue principale de Sugar Falls, il pensa aux commerçants qui n'allaient pas tarder à arriver et à lancer la journée.

Jusqu'à présent, il avait réussi à ne pas faire parler de lui. Pas question qu'il soit la source de commérages inutiles.

— Entrez, ce sera plus confortable pour discuter de la situation.

— Pas la peine de discuter, c'est tout vu, répliqua Chantal avant de saisir le sac en plastique des mains de sa fille et de le lancer dans l'entrée de l'appartement.

Un T-shirt mauve atterrit sur ses pieds.

— Comment ça, c'est tout vu ?

— Je n'en peux plus. Je ne suis pas faite pour être mère. À toi d'assumer les responsabilités parentales, répondit-elle avant de se tourner vers sa fille et de la prendre dans ses bras pour une accolade maladroite.

— Chantal…

Elle le coupa, s'adressant à sa fille. Leur fille, apparemment.

— Trina, je suis désolée de te laisser comme ça mais tu verras, c'est vraiment pour le mieux, ajouta-t-elle avec une once de tristesse dans sa voix.

Puis Chantal descendit l'escalier, sans se retourner.

Ethan s'avança sur le palier, pieds nus dans la neige, s'apprêtant à lui courir après mais se ravisa, voyant que Trina ne suivait pas sa mère et ne l'implorait pas de rester. La pauvre enfant ne bougeait pas, immobile, l'air aussi désemparé que lui.

Intérieurement, son cœur martelait dans sa poitrine, mais son corps restait figé. Il aurait dû agir, dire quelque chose, mais tout ce qu'il put faire en cet instant, ce fut de s'accrocher à la balustrade en attendant que son corps et son esprit se synchronisent et l'aident à réagir à la situation.

Il aurait donné n'importe quoi pour boire une double dose de bourbon. Pourtant, au fond de lui, il savait que ni l'alcool, ni une conversation avec son parrain de l'AAA, ni même une session d'entraînement au combat ne pourraient l'aider à surmonter le coup de bambou que le destin venait de lui assener.

Que faire ?

Sentant ses pieds frigorifiés dans la neige, il réagit. Mais en se tournant vers la jeune fille, il se figea de nouveau. Paralysé par la peur, comme la fois où, non loin de Kaboul, son meilleur ami Boscoe et lui s'étaient retrouvés dans une embuscade, impuissants au milieu de tirs croisés.

Le bruit d'un moteur se fit entendre en contrebas.

En se penchant, il aperçut Chantal partir au volant d'une Geo Storm qui avait dû être jaune au moment de l'achat, quelques décennies auparavant. Elle prenait la fuite.

Il frissonna. De froid et d'angoisse.

Passant la main dans ses cheveux encore mouillés, il se tourna vers la jeune fille recroquevillée sur le perron.

D'un côté, il avait du mal à admettre qu'il était papa. Comment était-ce possible ? Pourquoi la vie lui avait-elle joué un tour pareil ? D'un autre côté, en scrutant quelques instants l'inconnue, elle lui fit penser au portrait de sa grand-mère que son père avait emporté dans tous leurs déménagements.

À la réflexion, Chantal avait raison. Dès qu'il avait quitté le lycée, il avait coupé les ponts avec sa vie d'avant et jamais il n'avait pensé à laisser ses coordonnées.

Trina avait toujours la tête baissée mais il l'entendit renifler. Avait-elle un rhume ? Pleurait-elle ? La honte s'empara de lui.

Sidéré par la nouvelle, il n'avait même pas encore pris la peine de se préoccuper d'elle ou de lui demander si elle allait bien. En un mot, il n'avait pas tenté de la mettre à l'aise dans ce contexte qui ne devait pas être beaucoup plus facile pour elle que pour lui. Il ouvrit la bouche afin de dire quelque chose, mais sa langue refusa d'articuler des mots.

Décidément, ses débuts dans son rôle de père n'étaient pas encourageants.

S'éclaircissant la voix, il tâcha de garder à l'esprit qu'il avait été jadis membre d'une équipe d'élite des forces spéciales et qu'il avait dû faire face à des dangers bien plus grands qu'une jeune fille de onze ans parachutée sur le seuil de sa porte. Même si cette fille était sa fille biologique.

— Bonjour, Trina. Je m'appelle Ethan.

— Je sais, murmura la jeune fille, avant de frissonner.

Il se rendit alors compte qu'elle ne portait ni manteau, ni pull. Par ce temps !

— Rentre. Tu vas attraper froid.

Elle leva enfin les yeux vers lui, et il en eut le souffle coupé.

Ses yeux n'étaient pas emplis de peur, comme il aurait pu s'y attendre. Ils n'étaient pas non plus emplis d'humiliation ou de souffrance, ce qui aurait pu être compréhensible étant donné les circonstances dans lesquelles sa mère venait de la déposer chez lui. Non, ils étaient d'une profondeur intense, mais sans expression.

Dans cette profondeur abyssale, il reconnut le regard qu'il avait eu quand il s'était vu au détour d'un miroir, le lendemain de sa dernière opération secrète. Et il reconnut aussi la couleur saphir typique propre à la famille Regnault.

Trina mit du temps avant de se mettre en mouvement.

Elle devait avoir aussi peur de se retrouver seule avec lui que lui de se retrouver seul avec elle.

Deux inconnus soudain réunis par le destin. Sa mère avait dû lui dire et lui répéter qu'Ethan était son père biologique, mais cela ne voulait pas dire qu'elle l'avait crue. Ou qu'elle se réjouissait de faire sa connaissance.

Il attendit patiemment devant la porte, espérant que la chaleur intérieure suffirait à inciter Trina à se sentir à l'aise.

Elle hésitait. Il ne lui en voulait pas. L'ameublement ne faisait pas envie et l'atmosphère de l'appartement n'était pas des plus joviales.

Se sentant démuni, il était sur le point d'aller prendre son téléphone dans la cuisine pour appeler à l'aide, quand elle se décida enfin à entrer chez lui. Elle se baissa pour ramasser le T-shirt mauve, le remit dans le sac en plastique puis se releva en serrant ses affaires contre sa poitrine, comme pour se protéger.

— Tu as faim ? demanda-t-il, laissant la porte grande ouverte pour qu'elle ne se sente pas piégée.

Il avança dans l'appartement, espérant qu'elle suive le

mouvement et qu'elle ne prenne pas la poudre d'escampette comme sa mère venait de le faire.

— Un peu, souffla-t-elle, avant de refermer la porte.

Il se tourna vers elle, désemparé mais satisfait qu'elle ait eu le courage d'entrer chez lui.

Elle était plutôt mince. Mangeait-elle à sa faim ? Et à quand remontait son dernier repas ? Il se rendit alors compte qu'il n'avait rien à lui offrir hormis une tasse de café très serré.

— En fait, pour tout te dire, comme tu peux le constater, je ne m'attendais pas à recevoir de la visite. En général, je prends mon petit déjeuner dans un café à deux pas d'ici.

Trina le regarda, ses yeux bleus ne laissant rien transparaître, les bras toujours serrés autour de son sac.

C'était un choc de découvrir qu'il était papa et, instinctivement, il voulut agir pour le mieux. Mais était-il capable de s'occuper d'une jeune fille de onze ans ? Il ne connaissait rien à la paternité et, ayant été fils unique, il n'avait jamais été habitué à être entouré d'autres enfants. Il avait crucialement besoin d'aide, cependant il ignorait vers qui se tourner. Ou, du moins, il avait une petite idée mais c'était un pari risqué.

— Tu sais quoi ? Je vais prendre ma veste, te prêter un pull chaud, et on va aller petit déjeuner dans mon repaire pour manger quelque chose de chaud et bien commencer la journée. Tu es d'accord ?

Il espérait qu'au Cowgirl Up, quelqu'un aurait une idée concernant la suite des opérations. Surtout Monica. Même si Trina ne répondit rien, il décida de mettre son plan à exécution.

— J'arrive, dit-il, avant de se diriger vers sa chambre.

Alors qu'il inspectait les quelques vêtements de sa penderie, il se demanda si Trina serait encore là quand il reviendrait dans le salon : elle était exactement à l'endroit où il l'avait laissée quand il réapparut avec un vêtement chaud.

— Voilà, c'est ce que j'ai trouvé. J'espère que ça ira, dit-il en lui tendant un sweat-shirt à capuche avec un aigle.

Elle posa son sac sur la table pour lui prendre le sweat-shirt des mains. Il se chaussa pendant que Trina enfilait le pull, roulant les manches plusieurs fois pour ne pas paraître noyée dans le vêtement qu'il lui avait prêté. Ils sortirent de l'appartement en silence, Trina le suivant telle une ombre.

Après avoir descendu l'escalier extérieur et longé une allée étroite, ils se retrouvèrent sur Snowflake Boulevard, l'artère principale de Sugar Falls qui commençait à s'animer, malgré l'heure matinale. Une fois sur la grand-rue, son regard tomba sur le bâtiment abritant le poste de police de la ville.

Une idée lui traversa l'esprit. Et s'il leur amenait Trina, pour ne plus devoir penser à tout cela ? Il pourrait ensuite prendre son pick-up d'occasion, descendre la montagne, aller à l'aéroport local et s'envoler vers de nouveaux horizons. Tout laisser derrière lui, une fois de plus.

Non. Il secoua la tête pour se ramener à la raison.

Toute sa vie, il avait été bringuebalé, déménageant plusieurs fois avec son père, puis acceptant les missions les plus dangereuses afin de fuir la réalité. Pour finir, il avait noyé son mal-être dans des litres d'alcool.

En quittant la marine américaine et en venant s'installer à Sugar Falls, son but avait précisément été de sortir de cette spirale infernale, de briser le schéma où il s'était enfoncé, de se poser, de se soigner et d'envisager un nouveau chapitre de sa vie. À aucun moment, il ne s'était attendu à apprendre qu'il avait une fille de onze ans dont il allait devoir s'occuper. Mais en cet instant il s'engagea à relever le défi.

Monica Alvarez tenait un plateau rempli de salières et de poivriers dans une main et une cafetière dans l'autre, quand les cloches retentirent au-dessus de la porte d'entrée.

Le mercredi matin faisait partie de ses créneaux les plus tranquilles, car les touristes du week-end étaient repartis et seuls quelques habitués étaient de passage.

Ce ne fut pas l'air froid pénétrant dans l'établissement qui la fit frissonner. Ce ne fut pas non plus l'apparition du bel Ethan Regnault qui la fit s'arrêter dans sa course. Avec lui, elle savait à quoi s'attendre. Il commandait toujours la même chose : des œufs brouillés, des saucisses à la dinde, des tomates et un café noir. Et il ne manquait jamais d'y ajouter une bonne dose de flirt.

Ce qui l'arrêta net, ce fut l'apparition d'une jeune fille dans le sillon d'Ethan Regnault.

Six mois auparavant, la première fois qu'elle avait servi Ethan, elle avait remarqué son penchant pour les paroles enjoliveuses et l'avait aussitôt étiqueté comme un bel homme dangereux. D'autant qu'elle n'était pas insensible à ses charmes. Optant pour une approche désinvolte, elle avait misé sur le fait qu'il cesserait de la courtiser quand il comprendrait qu'elle n'était pas intéressée par ce genre de relation.

Au départ, elle n'avait pas eu de mal à ignorer les sourires séducteurs qu'il lui lançait ou encore la façon dont ses yeux scrutateurs la suivaient avidement alors qu'elle servait d'autres clients. Parfois, son insistance l'avait troublée, mais elle s'était bien gardée de le montrer.

À mesure que les semaines passaient, il s'était avéré un homme patient et avait réussi à la faire rire quelques fois, ce qui était toujours bon à prendre. De fil en aiguille, ils avaient construit une relation distante mais courtoise, épicée de quelques remarques frivoles.

La semaine précédente, elle l'avait croisé pour la première fois dans le cadre de son « vrai » travail, à la bibliothèque municipale, qu'elle n'exerçait qu'à temps partiel car la ville n'avait pas de budget pour embaucher quelqu'un à temps plein.

Ethan était venu lui demander une recommandation de lecture.

Les gens qui la connaissaient savaient que le meilleur moyen d'attirer son attention était de lui parler de livres. C'était par ce biais-là qu'elle aimait aborder les gens. Connaître les habitudes de lecture d'une personne s'apparentait pour elle à un superpouvoir propre aux libraires et aux bibliothécaires.

Décidant de lui faire passer un message clair pour ne pas lui donner de faux espoirs, elle lui avait proposé un livre intitulé *Comment gérer le refus*. Il l'avait pris après lui avoir jeté un regard indiquant qu'il voyait clair dans son jeu. Le lundi matin, il était arrivé au Cowgirl Up en lui disant qu'il avait bien aimé le livre, mais qu'il préférait de loin aller au cinéma.

Elle n'avait pas eu d'aventures amoureuses depuis longtemps, pourtant elle sentait que l'allusion d'Ethan n'était pas anodine et qu'il l'aurait sûrement invitée au cinéma si elle n'avait pas dû quitter le restaurant à la hâte pour aller s'occuper de sa grand-mère. Cette dernière traversait parfois des épisodes de panique qu'il fallait gérer avant que cela ne dégénère, comme quelques mois auparavant.

Aujourd'hui, elle s'attendait à ce qu'il remonte au créneau et tente de nouveau de l'attirer dans les mailles de son filet. Pendant le week-end, après voir tergiversé sur la question, elle s'était même dit qu'elle accepterait une invitation, s'il venait à la formuler. Elle ne se rappelait pas la dernière fois où elle était sortie pour se détendre.

Cependant, en cet instant, Ethan Regnault ne semblait pas du tout là pour flirter avec elle. En effet, son absence de jovialité, ses traits tirés, sa mine inquiète, ses sourcils froncés et sa mâchoire tendue ne présageaient rien de bon. Il lui apparut soudain sous un tout autre jour, comme s'il avait caché jusque-là sa vraie personnalité.

Il n'y avait que deux tables d'occupées, si bien que l'arrivée d'Ethan et de la jeune fille ne passa pas inaperçue. Tous les yeux se tournèrent vers eux.

Le silence qui suivit suggéra à Monica qu'elle n'était pas la seule à avoir remarqué que quelque chose clochait.

Elle frissonna, l'esprit en ébullition puis se ressaisit en reprenant son rôle de serveuse.

— Une table pour deux ?

— Oui, répondit-il, en jetant un œil en direction de la jeune fille qui l'accompagnait.

Habituellement, Ethan entrait en souriant et saluait tous les clients, avant de prendre sa place préférée, en bout de comptoir. Aujourd'hui, il n'alla pas à son emplacement de prédilection, même s'il était libre.

D'ailleurs, depuis qu'il était entré, il n'avait pas bougé.

— Vous voulez la table là-bas ? s'enquit Monica, en leur montrant une table un peu plus à l'écart.

— Parfait.

— Installez-vous. J'arrive tout de suite.

Il eut un moment d'hésitation et se tourna vers l'enfant qui l'accompagnait.

— C'est bon pour toi ?

La fille ne répondit rien, se contentant de le suivre, sans lever la tête. Monica fut touchée par son attitude. Elle se revit enfant, timide et maladroite.

Elle déposa le plateau de salières et poivriers au poste

de préparation puis remit la cafetière en marche après avoir resservi les clients déjà attablés.

En général, Ethan buvait au moins trois tasses de café.

Quand elle revint les voir, elle leur tendit un menu plastifié. Ethan ne regardait jamais la carte, mais comme ce n'était pas un matin comme les autres, elle ignorait à quoi s'attendre.

Alors elle tenta d'attirer l'attention de l'enfant.

— Bonjour, je m'appelle Monica.

Quand la jeune fille leva enfin le visage vers elle, Monica fut frappée de sa ressemblance avec Ethan. Ils avaient la même bouche et le même pli au menton. Les cheveux de la jeune fille avaient les mêmes nuances noir corbeau que ceux d'Ethan. Mais ce furent surtout les yeux bleu saphir qui l'interloquèrent. Ils étaient de la même famille, cela ne faisait aucun doute.

Or cela ne correspondait pas à ce qu'elle savait de lui puisqu'elle aurait juré l'avoir entendu maintes fois se vanter d'être célibataire et sans attaches. De plus, elle savait par Freckles, la propriétaire du Cowgirl Up, qu'il avait perdu sa mère étant jeune, que son père était décédé quelques années plus tôt, et qu'il n'avait pas d'autre famille.

Alors d'où venait cette enfant ?

Si Freckles avait été là, elle ne se serait pas gênée pour poser mille et une questions, sans détour. Malheureusement, Monica n'était pas aussi à l'aise pour lancer ce genre de conversation avec ses clients. Elle aimait bien écouter les gens parler, et cela ne la dérangeait pas de glaner ici et là quelques informations, mais elle n'avait pas assez de bagout pour poser des questions personnelles. Pourtant, dans ce cas précis, son esprit était assailli de points d'interrogation, surtout concernant l'enfant qui portait un sweat-shirt beaucoup trop grand pour elle. Il devait forcément appartenir à Ethan. Entre autres, elle se demandait pourquoi la jeune fille n'avait pas de manteau alors qu'on était en hiver.

— Je vous laisse regarder et je reviens.

De retour à leur table, Monica mit la tasse d'Ethan dans le bon sens pour lui verser du café fumant, évitant de croiser son regard. Puis elle reporta son attention sur la jeune fille.

— Il fait froid, dehors. Que dirais-tu d'un chocolat chaud ?

Les yeux de la jeune fille s'écarquillèrent, comme si elle avait attendu ce moment depuis longtemps. Mais avant de répondre, elle tourna les yeux vers Ethan.

— Tu aimes le chocolat chaud ? lui demanda-t-il, avant de lancer, comme elle acquiesçait sans mot dire. Alors un chocolat chaud !

— Entendu.

— Au fait, Monica… Je te présente Trina. On… On apprend encore à se connaître.

— Enchantée.

Puis Monica battit aussitôt en retraite derrière le comptoir, préoccupée par l'annonce pour le moins étrange d'Ethan. Comment était-il possible que cette enfant soit une inconnue pour lui ? Ils se ressemblaient trop pour qu'il puisse prétendre ne jamais avoir vu cette jeune fille de sa vie.

Tout en préparant le chocolat chaud, Monica vit que Trina se levait de table. Une fois la boisson prête, elle l'apporta à table d'une main tremblante.

Ethan était seul, et elle n'avait pas beaucoup de temps si elle voulait lui parler avant le retour de Trina. Parmi toutes les questions qui affluaient dans son esprit en émoi, la première qui sortit ne fut pas la plus fine.

— C'est ta fille ?

Même le fait d'avoir murmuré ne suffit pas à excuser l'impolitesse de sa question. Ethan ne parut pas en prendre ombrage pour autant, se contentant de hausser les épaules.

— C'est ce que sa mère m'a annoncé quand elle est venue me la déposer ce matin.

— Quoi ? Sa mère l'a laissée comme ça chez toi ? Sans prévenir ? s'enquit Monica, interloquée.

— Oui, comme ça. Sans prévenir. Elle a tambouriné à ma porte et quand j'ai ouvert, je ne l'ai pas reconnue.

— Tu n'as pas reconnu ta fille ?

— Non, je n'ai pas reconnu sa mère. C'était ma petite amie au lycée. J'imagine que ça date de là…

— Tu imagines ?

Elle était à la fois contrariée, en colère et déçue. Contrariée par la tournure des événements. En colère contre Ethan. Et déçue d'avoir été aveuglée par cet homme qui ne semblait rien savoir de sa fille.

— Où est sa mère, maintenant ?

— Je ne sais pas. Elle est partie, répondit-il, l'air penaud.

Monica n'était pas dupe. Elle avait toujours réussi à gérer Ethan quand il flirtait avec elle au café ou quand il était venu la voir à la bibliothèque, sûrement dans un but autre que celui d'emprunter un livre. Mais pas question de tomber dans le panneau. S'il pensait l'amadouer en faisant semblant d'être la victime, il se trompait.

— Tu ne sais pas où elle est partie ? La personne avec qui tu es sortie au lycée ? La mère de ton enfant ?

— Non, je ne sais pas. Chantal m'a déposé Trina, puis elle est partie comme elle est venue. Elle a dit qu'elle n'en pouvait plus et qu'elle n'était pas faite pour être mère. Que c'était à mon tour de m'en occuper et d'assumer mes responsabilités.

Il n'y avait rien de plus abject qu'un homme ne prenant pas ses responsabilités. Son père avait fait partie de ces hommes-là. Des hommes peu fiables.

Elle frissonna, consciente d'avoir échappé à la catastrophe. Encore un peu et elle aurait été prête à se lancer dans une relation avec lui. Et à répéter l'erreur de sa mère.

- 2 -

L'agacement de Monica se transforma vite en tristesse pour Trina alors que la jeune fille revenait des toilettes. Elle avait enlevé le sweat-shirt trop grand pour elle et portait en dessous un T-shirt délavé avec une publicité pour une chaîne de garages. Ce n'était pas le genre de vêtements auxquels on s'attendrait dans la garde-robe d'une jeune fille de son âge.

— Pourquoi les gens nous regardent ? murmura Trina.

Monica jeta un coup d'œil en direction de ses clients du mercredi.

Scooter et Jonesy, deux cow-boys sans âge qui étaient inoffensifs mais n'avaient rien contre le fait de glaner un ragot ici et là. En revanche, les trois femmes qui occupaient l'autre table ne semblaient pas pressées de partir même si elles avaient déjà payé leur addition et chacune un commerce à ouvrir.

Monica avait grandi à Sugar Falls. Elle n'avait jamais été friande des rumeurs : ayant toujours tout fait pour ne pas être la victime de racontars zélés, elle imaginait que cela devait être encore pire pour une enfant qui venait d'être parachutée dans cette ville.

Elle eut une idée.

— Vous savez quoi ? Le cuisinier est en pause. Venez à l'arrière avec moi, et je vais vous préparer un petit déjeuner. Ce sera plus intime, et Trina n'aura pas à se soucier des regards indiscrets.

Sans attendre leur consentement, elle prit la tasse de Trina, espérant lancer le mouvement, puis partit en direction de la cuisine. Quelques instants après, elle vit que la jeune fille l'avait suivie et que son père avait fait de même.

Une fois dans la cuisine, elle offrit à Trina le seul tabouret en bois disponible, sans se soucier de savoir où Ethan s'assiérait. Pour le moment, elle voulait surtout que Trina se sente à l'aise, sachant qu'elle venait d'être abandonnée par sa mère. Elle attendrait d'être seule avec Ethan pour lui dire ses quatre vérités.

Ayant ajouté de la chantilly sur le chocolat chaud, elle le tendit à Trina.

— Attention, le lait est très chaud.

Ethan avait laissé son café sur la table de la salle. Elle lui jeta un regard noir alors qu'il restait près de l'entrée de la cuisine, les mains enfouies dans les poches de son jean, les yeux ne se posant pas plus d'une seconde au même endroit. Était-il en train de fomenter un coup ? Envisageait-il de fuir ?

Son cœur se serra.

Sa mère était morte jeune, elle avait grandi avec un père absent, mais elle avait toujours eu sa grand-mère auprès d'elle. En revanche, Trina n'avait personne au monde. Sa mère était partie, et son père venait de découvrir qu'elle existait. Cela devait être très perturbant. Peut-être fallait-il contacter les services sociaux ou même la police ? Elle se promit d'enquêter de son côté. Après avoir nourri Trina.

— Tu veux des myrtilles dans tes pancakes ?

De nouveau, Trina se tourna vers son père.

— Je peux prendre des myrtilles ?

— Bien sûr ! Pourquoi tu ne pourrais pas ? lui demanda-t-il.

— Au cas où ce serait trop cher.

Interloqué, il s'approcha d'elle.

— Prends ce que tu veux. Ne t'inquiète pas du prix.

Trina posa les coudes sur le plan de travail, fixant Ethan pendant que Monica versait de la pâte dans une poêle avec une bonne dose de myrtilles.

— Il n'y a que les gens riches qui disent : « Ne t'inquiète pas du prix », lâcha enfin Trina.

Monica gloussa discrètement, ravie que l'enfant trouve enfin le courage de parler et de s'exprimer.

— Ou alors tu fais partie des gens qui habitent dans un taudis, mais qui sont en fait milliardaires ?

— Je ne suis pas riche et je ne vis pas dans un taudis. J'ai emménagé il n'y a pas longtemps et je ne m'attendais pas à l'occuper en colocation, rétorqua Ethan sans tact.

Monica replaça la poêle un peu bruyamment sur la gazinière, pour faire diversion et empêcher Ethan d'aller plus loin. Ce n'était pas avec de telles paroles que Trina allait se sentir à l'aise.

— Quel âge as-tu, Trina ?

— Onze ans. Et tu sais, Ethan, si tu ne veux pas de moi, ce n'est pas grave, ajouta-t-elle dans la foulée.

— Trina, ne dis pas ça ! Je suis désolé si je ne suis pas à la hauteur depuis ce matin, mais c'est tout nouveau pour moi, et j'ai besoin de temps pour m'habituer à cette nouvelle situation.

— Si tu ne te sens pas capable d'être mon père, tu peux entrer en contact avec l'assistante sociale de Galveston, elle me trouvera une famille d'accueil.

Il la regarda, interloqué.

— Tu as déjà été en famille d'accueil ?

— Non, mais maman m'a toujours dit qu'elle n'était pas faite pour être mère. En fait, c'est ma grand-mère qui m'a élevée. Ma mère n'était pas souvent là. Sauf que ma grand-mère est morte il y a quelques mois, donc ma mère m'a parlé d'une famille d'accueil.

— Je suis désolé, marmonna Ethan.

Monica s'accrocha à sa spatule, le cœur serré à l'idée de ce qu'avait dû être la vie de cette pauvre jeune fille née d'une mère qui ne voulait pas d'elle et d'un père absent.

C'était vraiment trop injuste.

De plus, Ethan semblait être inapte à gérer la situation et la jeune fille, trop habituée à être ballottée à droite et à gauche, paraissait indifférente à son statut.

— Moi aussi, j'ai été élevée par ma grand-mère, car mon père a disparu, après la mort de ma mère, expliqua Monica, pour montrer à Trina qu'elle n'était pas un cas unique.

Tant bien que mal, elle parvint à préparer une fournée de pancakes.

Ethan avait la mine renfrognée. Il n'avait peut-être pas aimé qu'elle le compare à son père. Après tout, elle ne connaissait pas l'histoire et elle ne voulait pas poser de questions en présence de Trina, mais elle était curieuse de savoir comment il avait fait pour vivre onze ans en ignorant l'existence de sa fille.

Monica posa le plat de pancakes devant Trina.

— Mange déjà ça, et après on verra qui on appelle en premier.

Son intervention déclencha une réaction de la part d'Ethan.

— Pourquoi devrait-on appeler quelqu'un ?

— Ethan…

Passant derrière Trina qui noyait ses pancakes dans du sirop d'érable, elle lui montra du pouce le cellier de Freckles, un peu en retrait, avant de lui indiquer qu'il la suive.

C'était plus petit que ce à quoi elle s'attendait. Quand il arriva, avec sa carrure athlétique et son mètre quatre-vingts, elle fut aussitôt enivrée par la fragrance de son parfum musqué.

Tentant de faire abstraction de cette proximité physique, elle serra les poings, laissant ses ongles s'enfoncer dans la chair de ses paumes pour se rappeler à la réalité.

Enfin, elle put lever les yeux vers lui, desserrer les poings, et entamer une discussion à voix basse.

— Pourquoi tu n'appellerais pas quelqu'un pour avoir de l'aide ?

— Si c'est ma fille, pas question que j'appelle l'assistante sociale ou qu'elle aille en famille d'accueil.

— Ne parle pas si fort ! Si c'est ta fille ? Vous vous ressemblez comme deux gouttes d'eau ! Ce n'est pas un chiot abandonné. Tu n'as pas le droit de la garder chez toi comme ça.

— Pourquoi pas ? s'enquit-il, visiblement frustré par leur échange.

Elle n'avait pas de réponse précise. Pour cela, elle devrait attendre de quitter le restaurant et d'aller prendre son service à la bibliothèque pour étudier l'aspect légal de la situation.

Elle opta donc pour une approche pragmatique.

— Parce qu'elle ne te connaît pas. Elle doit être effrayée à l'idée de vivre avec toi.

— Tu trouves qu'aller vivre dans une famille d'accueil, ce serait moins effrayant ?

— Je vous entends, vous savez…

Monica regarda Ethan, gênée. C'était elle qui avait orchestré cet échange, mais elle aurait dû attendre que Trina ne soit plus dans la pièce.

— Désolé, Trina, marmonna Ethan en retournant près d'elle.

Monica était aux cent coups. D'un côté il était temps qu'elle retourne dans la salle pour s'occuper de ses clients. De l'autre, elle était chamboulée par la façon dont Trina prenait les choses, sans paraître touchée par les événements.

— Trina, laisse-moi un peu de temps. Je viens juste d'apprendre ton existence, et ça m'a… perturbé. Mais je vais me ressaisir. Promis.

À cet instant, Scooter Deers, l'un des habitués qui venaient tous les matins, passa la tête par le passe-plat.

— Ne vous occupez pas de moi, je suis venu me resservir une tasse de café.

— J'arrive ! lança Monica avant de se tourner vers Trina. Je dois aller voir en salle comment ça se passe. Mais attendez-moi. À mon retour, on réfléchira posément à la situation et on trouvera une solution.

Ethan intervint aussitôt.

— La solution est toute trouvée. Elle va venir habiter chez moi. Un point c'est tout.

Monica serra les lèvres puis indiqua de nouveau l'espace où se trouvait le cellier, pour qu'Ethan la suive.

Il obtempéra. Une fois dans l'espace contigu, elle l'affronta.

— Comment peux-tu proposer une solution pareille ? Tu n'as jamais élevé d'enfant. Tu ne savais même pas que tu avais une fille !

— Depuis ce matin, ma vie a pris un tournant radical. Je fais ce que je peux, et tu n'as pas de leçon à me donner. Excuse-moi si tu me trouves trop direct, mais mêle-toi de tes affaires.

Monica fut heurtée de plein fouet par ces paroles.

— Tu as raison. Ce ne sont pas mes affaires. Mais quelqu'un doit se préoccuper du bien-être de Trina. Et tu n'as visiblement pas été présent dans sa vie jusqu'à ce jour, donc je ne vois pas comment tu serais en mesure de t'occuper d'elle maintenant.

— Je t'ai déjà dit que je ne savais pas qu'elle existait jusqu'à ce matin. Comment aurais-je pu être présent dans sa vie avant ?

— Justement, la situation est assez révélatrice.

— J'étais au lycée, la dernière fois que j'ai vu sa mère ! J'ai eu une adolescence difficile et je n'étais pas le plus sensé des garçons. Imagine si quelqu'un te jugeait pour ce que tu as fait quand tu étais adolescente ?

Monica ne sut quoi répondre. À cet âge-là, elle avait deux petits boulots et travaillait dur afin d'avoir de bonnes notes et d'obtenir une bourse pour l'université.

Elle entendit le grincement de la porte donnant sur l'arrière de la cuisine. Quand elle regarda à l'endroit où Trina était assise quelques instants auparavant, elle ne vit personne.

— Non ! s'exclama Ethan se précipitant vers la porte.

Il avait l'air paniqué. Trina s'était enfuie. Monica regretta aussitôt les accusations qu'elle avait proférées à l'égard d'Ethan. Les événements de la matinée l'avaient projetée dans des souvenirs douloureux liés à son père, et elle n'avait fait que projeter sa douleur passée sur Ethan, une cible facile.

— Elle n'est pas dans l'allée, constata-t-il, après être sorti de la cuisine.

— Où a-t-elle pu aller ?

— Aucune idée. Je ne sais rien d'elle. Quand sa mère l'a déposée chez moi, tout ce que j'ai vu, c'est qu'elle avait l'air frigorifiée et affamée. Je n'avais rien dans mon frigo, donc j'ai eu l'idée de venir ici. J'espérais qu'on ferait un peu connaissance, mais je n'ai pas su m'y prendre.

La clochette de la porte d'entrée retentit. Ce n'était vraiment pas le moment que des clients arrivent.

— Elle est peut-être retournée chez toi ?

Monica mourait d'envie de partir à la recherche de la jeune fille pour s'assurer qu'elle était en sécurité, mais elle devait attendre que la seconde serveuse arrive.

— Va voir si elle est chez toi. Si elle revient ici, je serai là.

— J'ai attendu onze ans avant de découvrir qu'elle

existait. Je ne veux pas la perdre, dit-il sur un ton implorant, fixant Monica comme si elle était la seule personne à pouvoir l'aider.

— Je ne sais pas par où commencer, expliqua Ethan au téléphone à son patron, alors qu'il arpentait Snowflake Boulevard.

Comme il était attendu au travail et qu'il se trouvait dans l'incapacité de s'y rendre, il avait décidé de tout raconter à son patron, dans un souci de transparence.

— Tu as essayé la police ?

— Monica Alvarez a promis de les appeler quand je suis parti, il y a trente minutes. Ah, attends, j'ai un autre appel, je le prends, on ne sait jamais, ajouta-t-il en regardant l'écran. C'est la police, je te rappelle.

Ayant décroché, il alla droit au but.

— Carmen, tu l'as trouvée ?

— Elle était dans les toilettes du Cowgirl Up, répondit l'officier Carmen Gregson.

Ethan laissa échapper un profond soupir de soulagement.

— Apparemment, elle a juste fait le tour du bâtiment. Monica n'avait pas ton numéro de portable. Je me rends au Cowgirl Up maintenant. Il faudra peut-être trouver un lieu un peu plus à l'abri des regards indiscrets si on veut vraiment démêler cette affaire.

Il se sentait moins oppressé par l'angoisse, mais son niveau de panique restait élevé, faute de comprendre ce qui lui arrivait. Deux heures plus tôt, il ne savait pas encore qu'il avait une fille et que sa vie allait prendre un virage à 180°.

— Que veux-tu dire par « démêler cette affaire » ?

La policière était aussi la femme de son meilleur ami, lui-même un ancien militaire, donc Ethan se sentait en territoire familier. Mais tout ce qui touchait à Trina l'effrayait. Après avoir vécu onze sans connaître son existence, il ne pouvait plus imaginer vivre sans elle.

— Quand Monica a appelé, elle a parlé d'une assistante sociale du Texas. Légalement, je dois donc lui faire part de la situation.

— Ils vont me l'enlever ?

Sa gorge se serra en posant la question. S'il n'avait jamais cru qu'il serait père un jour, il ne supportait pas pour autant l'idée que sa fille soit élevée par des inconnus.

— Viens me retrouver au café, on prendra Trina et on ira parler dans un lieu plus tranquille.

— Entendu, j'arrive.

Heureusement, son premier réflexe ne fut pas de se diriger dans le magasin d'alcool le plus proche. D'ailleurs, à cette heure-ci, il n'aurait pas été ouvert. Néanmoins, il fut soulagé que son corps soit prêt à réagir posément alors que son esprit baignait dans la confusion la plus totale. Pour le moment, il devait parler à Trina et aux autorités afin de trouver comment sortir de l'impasse.

Le temps qu'il se gare non loin du Cowgirl Up, l'officier Gregson et Monica étaient déjà en train de venir à sa rencontre en compagnie de Trina. Tête baissée, le visage caché derrière la masse de ses cheveux, sa fille lui parut encore plus fragile, coincée entre les deux femmes.

À l'armée, il avait déjà entendu des pères raconter qu'ils étaient tombés amoureux de leur enfant dès l'instant où ils l'avaient vu sortir du ventre de la mère. Ethan n'avait pas été là à la naissance de Trina et il n'avait pas non plus éprouvé de lien immédiat avec la jeune fille quand il l'avait vue pour la première fois.

Désemparé, il regarda le trio s'approcher, sans savoir quoi dire ni quoi faire pour s'assurer que sa fille allait bien.

Carmen dut avoir pitié de son expression angoissée, car elle chercha aussitôt à le rassurer.

— Après avoir parlé brièvement dans les toilettes

des femmes, on s'est dit que ce serait plus confortable d'aller chez toi pour examiner la situation.

Il n'avait aucune idée de l'endroit où commencer. De plus, il se sentait mal d'avoir parlé à Monica dans la cuisine alors que Trina pouvait les entendre. D'autant que Monica n'avait pas mâché ses mots, l'accusant à plusieurs reprises d'être un père inapte, incapable d'élever sa fille. Ce n'était pas le moment de revenir sur cette discussion, mais il ne manquerait pas d'y refaire allusion à un autre moment.

Quand il ouvrit la porte de chez lui, Ethan se fit la réflexion qu'il n'avait jamais eu autant de visiteurs depuis qu'il avait emménagé à Sugar Falls.

— Je dois aller aux toilettes, grommela Trina.

Il eut un petit moment d'appréhension puis se rassura en se disant que la pièce n'avait pas de fenêtre et que sa fille ne pouvait donc pas prendre la poudre d'escampette.

— C'est tout ce qu'elle a comme affaires ? demanda Monica en voyant le sac sur la table.

— Oui, et il ne contient pas grand-chose.

— Des papiers ? s'enquit Carmen.

Ethan était tendu. D'une part, parce qu'il avait peur qu'on lui enlève sa fille, d'autre part, parce qu'il ne comprenait pas pourquoi Monica insistait pour se mêler de ses affaires alors qu'il avait tenté de lui faire comprendre que cette histoire ne la regardait pas.

À la réflexion, il se trouva injuste. Après tout, Monica avait établi un lien avec Trina et sa fille semblait répondre de manière positive aux attentions de la serveuse bibliothécaire. De quoi elles avaient parlé d'ailleurs pendant qu'il arpentait les rues de la ville comme un fou ?

— J'ai trouvé le certificat de naissance.

— Ah bon ?

— Oui, il était plié en quatre au fond du sac. Et ton

nom est écrit noir sur blanc dans la case « Nom du père », dit Monica sur un ton accusateur.

Ethan n'en revenait pas d'avoir le mauvais rôle alors qu'il avait l'impression d'avoir fait ce qu'il fallait pour éviter cette situation. Du moins du point de vue de la contraception. Il avait toujours utilisé un préservatif. Pourtant, Monica le regardait comme si c'était elle qui avait eu un enfant de lui et qu'il avait lâchement abandonnée.

Avoir un enfant de Monica… L'idée ne lui déplaisait pas, et le scénario n'était pas impossible. Mais pour cela, il faudrait déjà qu'ils se retrouvent dans un lit à deux. Or ce n'était pas du tout d'actualité. Même s'il ne pouvait s'empêcher d'avoir envie d'elle.

Elle avait beau se montrer directive et interventionniste depuis l'arrivée de Trina, il la trouvait attirante.

A priori, elle n'était pas son genre de fille, mais il avait tout de suite été séduit par ses charmes féminins et adorait quand elle rassemblait ses cheveux châtain foncé en une queue-de-cheval désordonnée. Comme aujourd'hui. Pour ce qui était de son style vestimentaire, il ne la voyait qu'en tenue de travail. Quitte à choisir, il préférait nettement le T-shirt turquoise moulant qu'elle portait au café à la blouse unie de la bibliothèque.

Au fil des mois, il avait étudié l'attitude de Monica envers lui. Ces derniers temps, il pensait qu'elle s'était progressivement laissé amadouer, allant même jusqu'à lui sourire le matin quand il arrivait au Cowgirl Up. Quand elle souriait, des fossettes adorables se dessinaient dans ses joues. Chaque fois qu'il avait droit aux fossettes, il était le plus heureux des hommes.

Lors d'insomnies nocturnes, il avait maintes fois imaginé déshabiller Monica. Et il avait également maintes fois imaginé ce qu'il lui ferait, si jamais il avait la chance de l'avoir nue à son côté. Il avait très envie de l'embrasser en tout point, et de la faire sourire, encore et encore. Mais, à en juger par la façon dont elle le regardait en cet instant, il doutait de revoir un jour ses fossettes ou d'avoir le droit de voir ce qu'elle avait sous son T-shirt.

— Montre-moi, lui intima Carmen en étudiant le certificat.

Trina DeVecchio Regnault. Née le 8 février. Onze ans auparavant. Les dates correspondaient.

— Mais je n'ai rien signé. Et je ne savais pas que Trina existait avant aujourd'hui.

— En tout cas, quelqu'un a signé à ta place. Je vais prendre le document pour vérifier que c'est bien l'original, mais si c'est le cas, le droit du sang s'appliquera pour la garde.

— C'est-à-dire ?

— Si cette Chantal DeVecchio avait la garde de la petite et qu'elle t'en a donné la garde temporaire, les services sociaux ne verront a priori aucun inconvénient à te confier la garde officielle de Trina, dans la mesure où tu figures sur le certificat de naissance en tant que père officiel.

— Qu'y a-t-il d'autre dans le sac ?

— Deux photos, dit Monica.

Celle d'une dame âgée assise sur le seuil d'un mobile home. Et celle d'une portée de chatons. Même Ethan possédait plus de choses que Trina quand il était parti pour son camp d'entraînement.

Monica jeta un bref regard dans le couloir, comme pour vérifier que Trina n'était pas sur le point de surprendre leur échange.

— Quand on a parlé, tout à l'heure, elle m'a dit qu'elle préférerait rester avec toi plutôt que d'aller en famille d'accueil, murmura Monica.

— Tu vois ? Mais pourquoi s'est-elle enfuie alors ?

Ethan avait tenté de parler bas, mais ces paroles avaient pris la tournure d'un sifflement coléreux.

— Peut-être parce qu'elle pensait que tu ne voulais pas d'elle, suggéra Monica en le défiant, les mains sur les hanches.

S'il n'avait pas été aussi chamboulé, il aurait apprécié la façon dont la position mettait en valeur ses courbes féminines. Cela faisait des mois qu'il avait envie d'aller plus loin avec elle. Et des semaines qu'il tentait de la faire sortir de sa carapace. Mais il n'aimait pas la tournure que prenait leur échange, comme s'il s'agissait d'un règlement de compte.

Ce fut Carmen qui les sépara de leur bras de fer.

— Je suggère d'engager un avocat, pour que ce soit clair et que tout soit fait dans les règles. Mais d'après ce que j'ai pu voir du dossier, je suis d'accord pour te confier la garde de Trina, en attendant que l'affaire soit jugée.

L'avantage d'habiter une petite ville, c'était que les gens étaient prêts à vous accorder le bénéfice du doute.

À présent, rassuré pour l'avenir proche, il savait ce qui lui restait à faire : convaincre une petite fille abandonnée par sa mère que la vie auprès de lui valait la peine d'être vécue.

Il saurait prouver à Trina qu'il était le père qu'elle méritait.

- 3 -

— Et si elle change d'avis et décide de s'enfuir à nouveau ? demanda Monica à Carmen quand les deux femmes redescendirent de l'appartement.

— Je te suggère d'en parler à Freckles et de la prévenir qu'il y a des chances pour que Trina débarque au Cowgirl Up. Peut-être qu'elle s'y sent plus en sécurité.

— Tu penses qu'elle ne se sent pas en sécurité avec lui ?

Carmen posa la main sur son épaule.

— Je sais que tu t'inquiètes pour cette enfant. Je n'ai pas de boule de cristal pour prédire l'avenir mais j'ai l'impression que la première fois qu'elle s'est enfuie, c'était davantage pour sauver la face. Comme ça, elle ne laissait pas le choix à son père de la rejeter. Les enfants qui ont peur ont tendance à vouloir prouver qu'ils sont plus forts que les autres. Quand on lui a dit qu'Ethan était inquiet et qu'il la cherchait partout, ça l'a amadouée. Tu sais, je ne l'aurais pas laissée avec son père si je ne pensais pas que c'était la meilleure chose pour elle.

Monica avait toujours beaucoup apprécié Carmen. Elle se disait souvent qu'elle aimerait la côtoyer en dehors des heures de travail, peut-être pour un thé ou un dîner. Mais Monica était beaucoup trop occupée. En plus de ses deux emplois, elle devait veiller sur sa grand-mère.

Après avoir consulté sa montre, elle vit qu'elle avait

encore une quinzaine de minutes avant d'aller à la bibliothèque.

Il lui restait donc encore un peu de temps pour poser une question qui la démangeait.

— Carmen, que penses-tu d'Ethan Regnault ?

— Comment ça ?

— En tant que père.

Ce qui n'était pas tout à fait exact. La vraie question qu'elle avait en tête était la suivante : était-elle la plus idiote des idiotes d'avoir un faible pour cet homme ? Mais elle n'aurait jamais osé la formuler dans la mesure où elle-même luttait encore pour admettre son attirance pour ce bel homme mystérieux.

D'autant qu'avec l'arrivée de Trina ce n'était vraiment pas le moment d'envisager une relation avec lui. Il était visiblement bouleversé et il n'aurait pas du tout la tête à s'engager avec une femme. Ce serait trop compliqué.

Carmen se tourna vers elle, la scrutant d'un regard intense, comme si elle était capable de trouver la vérité derrière les apparences.

— C'est l'un des meilleurs amis de mon mari, donc mon avis est partial, ne l'oublie pas.

— C'est noté.

— Quand j'ai rencontré Ethan pour la première fois, j'ai tout de suite pensé qu'il était du genre à avoir un ego démesuré et gonflé à l'adrénaline. Le genre de type qui ne recule devant rien, même si ça signifie briser des cœurs ou faire appel à la violence. J'avais aussi décidé que Luke était comme ça, or il m'a prouvé que je m'étais trompée sur son compte. Ethan n'a pas eu une vie facile, il a dû surmonter des épreuves, pourtant, il garde une approche positive et ne s'apitoie pas sur son sort. Il masque sûrement une partie de son mal-être derrière un sourire séducteur et un charme arrogant.

Monica n'était donc pas la seule à avoir remarqué

le sourire ravageur d'Ethan et à soupçonner qu'il avait dû briser plus d'un cœur dans sa vie. Même si l'avis de Carmen était dans l'ensemble positif, elle prit une résolution. Dorénavant, elle serait plus vigilante en présence d'Ethan. Plus question de se laisser influencer par ses remarques séductrices. Il avait clairement tenté de l'attirer dans son piège, mais elle n'était pas dupe.

Carmen la tira de ses pensées.

— Je pense aussi qu'il prend ses responsabilités très au sérieux et qu'il n'a pas peur de l'adversité. Luke m'a dit que parmi ses anciens coéquipiers, Ethan était celui en qui il avait le plus confiance. Quoi que tu en penses, je suis persuadée que Trina est entre de bonnes mains avec lui.

Monica n'en était pas aussi sûre que Carmen, mais elle préféra garder ses doutes pour elle. Son père avait fait plusieurs apparitions dans son enfance, avant de disparaître pour toujours. Elle avait vécu avec sa mère et sa grand-mère jusqu'à l'âge de six ans. Puis sa mère était décédée. Pendant un temps, sa grand-mère lui avait laissé entendre que son père viendrait la prendre et qu'elle irait habiter avec lui. D'un côté, Monica avait été terrifiée à l'idée de quitter sa grand-mère, car elle avait toujours vécu avec elle. De l'autre, elle avait désespérément attendu le jour où son père viendrait la chercher pour lui montrer son amour inconditionnel.

Comme Monica, Trina devait redouter l'avenir, tout en s'estimant heureuse de pouvoir faire la connaissance de son père. Mais Monica craignait que l'engouement des premiers moments ne disparaisse vite. En effet, malgré la confiance que Carmen semblait vouer à Ethan, elle doutait qu'un célibataire endurci soit capable de changer son mode de vie pour offrir un foyer équilibré à une jeune préadolescente qui avait vécu les onze premières années de sa vie dans le chaos le plus total, avec une mère inapte n'ayant cessé de lui répéter qu'elle n'était pas faite pour l'élever. Monica souhaitait du fond du cœur que les choses se passent sans heurts pour Trina.

Pour ce qui était de sa relation naissante avec Ethan, ce bouleversement était une sonnette d'alarme. Elle avait failli tomber dans le panneau, séduite par le charme atypique du bel Ethan. À la réflexion, ces derniers mois, elle n'avait vécu que pour les lundis et mercredis matin, quand elle savait qu'elle verrait Ethan au café.

Le grésillement du talkie-walkie de Carmen la tira de ses pensées alambiquées. Elle reconnut la voix de l'officier à l'autre bout. Harv Jenkins. C'était un membre actif de la communauté qu'elle connaissait bien car en plus de son travail de policier, il était volontaire au centre des personnes âgées où il s'était toujours montré adorable envers sa grand-mère.

Ce qu'il déclara la fit sursauter.

— Avis à tous. On a reçu un appel disant que l'alarme à incendie s'était déclenchée chez les Alvarez.

Son sang ne fit qu'un tour.

Ces derniers temps, les incidents liés à sa grand-mère étaient de plus en plus fréquents et une grande source d'inquiétude pour elle.

— Tu veux m'accompagner dans le véhicule de police ?

— Non, merci, je vais prendre ma voiture. Une fois que je serai rassurée, ce sera plus rapide pour repartir au travail.

Décidément, cette journée était placée sous le signe du chamboulement. Elle avait quitté son service au restaurant plus tôt pour s'occuper de Trina. Et maintenant elle allait être en retard à la bibliothèque. Si elle continuait à ce rythme, elle risquait de perdre ses deux emplois et de se retrouver à la rue avec sa grand-mère.

Trina sortit de la salle de bains dès que Monica et Carmen furent parties. Ethan faillit lui proposer de faire le tour de l'appartement, mais il n'y avait pas grand-chose à voir. En plus de la cuisine et du salon, il y avait deux chambres qu'elle avait sûrement aperçues en allant dans le couloir.

De plus, ils n'avaient pas encore réellement parlé tous les deux. Pour se donner un peu d'inspiration, il tenta de se remémorer comment il était à son âge. Maussade, rebelle et solitaire. Quand les missions étaient longues, ils déménageaient ; quand elles étaient de courte durée, son père laissait Ethan se débrouiller seul.

Ravalant son ressentiment, il opta pour une tactique différente.

— Donc tu as une assistante sociale qui s'occupe de toi ?

Elle haussa les épaules, ce qui était une réponse en soi. La conversation n'étant pas allée très loin, il devait maintenant s'armer de courage pour lui poser la vraie question qui le turlupinait.

Mais avant qu'il n'ait eu le temps de la formuler, elle lui fit face, le regard inquisiteur.

— Tu étais vraiment dans les SEAL de la marine ?

Elle ne voulait pas parler d'elle, soit. Il n'avait pas spécialement envie de parler de lui, mais si cela lui permettait de briser la glace entre eux, il était prêt à tout.

— Comment le sais-tu ?

— Chantal me l'a dit.

Ethan resta interloqué. D'une part, que Trina parle de sa mère en l'appelant par son prénom, et d'autre part, que Chantal ait parlé de lui à leur fille.

— Et elle t'a dit quoi d'autre à mon sujet ?

— Que tu lui as fait un bébé et que tu es parti.

— Trina… Je veux que tu comprennes que je ne serais jamais parti si j'avais su que tu existais.

Si elle devait savoir une chose à son sujet, c'était qu'il ne l'avait pas abandonnée de manière intentionnelle. Au lieu de lui répondre, elle fit mine d'inspecter la pièce, comme s'il n'avait rien dit.

— Elle m'a aussi dit qu'à une époque, tu t'intéressais uniquement aux filles avec des jupes courtes.

Sa gorge se serra. Comment réparer onze ans de dommages en l'espace de quelques instants ?

— Ce n'est pas tout à fait vrai. Et tu sais, on avait à peine dix-huit ans, à l'époque.

— L'âge que j'aurai dans sept ans, dit-elle, sans le regarder.

Cette nouvelle eut sur lui l'effet d'un coup de bambou. Il avait déjà raté plus de la moitié de l'enfance de sa fille. Onze anniversaires auxquels il n'avait pas eu le droit d'assister.

— Cet appartement est un peu un dépotoir.

— Tu trouves ?

— Surtout sur la chambre du fond.

La pièce où il y avait un lit double en piteux état, une commode de guingois et les cartons qu'il avait fait venir de San Diego sans qu'il ait encore trouvé le temps ou l'envie de les déballer.

— Il était meublé, c'était plus simple pour moi.

— Enfin, je suis habituée. Chantal n'était pas très forte pour le rangement.

Ne disait-on pas que la vérité sortait de la bouche des enfants ?

— En parlant de Chantal, comment a-t-elle su où je vivais ?

Ce sujet sembla l'intéresser plus que les autres.

— C'est moi qui ai retrouvé ta trace.

Son aveu le cloua sur place, mais avant qu'il ait eu le temps de réagir, on frappa à la porte. Comme il avait les yeux rivés sur le visage de Trina, il vit la lueur d'appréhension qui anima aussitôt son regard.

Après avoir regardé par le judas, il sut qu'il avait affaire à Kylie Gregson, la sœur de Kane, et Mia McCormick. Kylie était de la famille de son patron, mais c'était aussi la belle-sœur du meilleur ami d'Ethan, Luke. Si Kylie et sa meilleure amie, Mia, n'étaient certainement pas venues là par hasard, ils n'avaient cependant rien à craindre.

Jetant un œil en direction de sa fille, il ne réussit pas à attirer son attention pour lui lancer un regard rassurant. Sa fille. C'était encore une notion très étrange.

Enfin, il ouvrit la porte.

Ce fut Kylie qui prit la parole en premier.

— Bonjour ! On passait juste donner des affaires à la nouvelle résidente de Sugar Falls.

— Des affaires ?

— Disons que c'est un méli-mélo de choses qui pourraient servir à Trina.

— Salut, Trina, lança Mia en lui adressant un petit signe de la main.

Sa fille s'était levée du canapé et avait fait quelques pas timides vers l'entrée.

— On t'a apporté deux ou trois vêtements. Ce n'est peut-être pas ton style, mais on s'est dit que ça pourrait servir, pour commencer. Hormis le magasin de sport et le magasin de vêtements pour personnes âgées, il n'y a pas beaucoup de choix à Sugar Falls. On a fait au mieux.

Mia tendit le sac en toile, mais Trina resta debout, immobile, dans son T-shirt trop grand, les yeux fixés sur le sac comme s'il était bourré d'explosifs.

Ethan aurait dû accepter le sac à sa place, mais son esprit était encore en train d'analyser le fait que Mia et Kylie étaient au courant de l'arrivée de Trina et de son besoin de vêtements. Décidément, les nouvelles allaient vite, à Sugar Falls.

Kylie prit le sac des mains de Mia et fit un pas pour le déposer à l'intérieur de l'appartement.

— En tout cas, je vais faire du shopping à Boise, ce week-end, donc si Trina veut y aller pour trouver des habits plus à son goût, faites-moi signe. Je serais ravie de l'y emmener. Si son papa est d'accord, bien sûr, ajouta-t-elle avant d'adresser un clin d'œil à Ethan.

L'instant d'après, Mia et Kylie redescendaient l'escalier. Il n'avait même pas eu la présence d'esprit de les remercier de leur geste attentionné. Avec les événements de la matinée, il n'en était pas encore à se demander où il emmènerait sa fille faire du shopping.

Mais apparemment les rumeurs allaient bon train. Tout le monde savait que sa fille était arrivée à l'improviste et qu'elle avait trois fois rien en guise de bagages.

— À ce que je vois, Chantal avait raison.

— Pourquoi ?

— Elle m'a dit que toutes les filles se jetaient à tes pieds.

Sa peau se hérissa. Il allait devoir faire des efforts pour gagner la confiance de sa fille.

— Ces jeunes femmes sont adorables, mais elles ne sont pas venues se jeter à mes pieds, vu qu'elles sont mariées à de très bons amis à moi. Ne va pas te mettre des idées en tête à cause de ce que ta mère t'a raconté. Elles sont venues pour t'apporter des habits, par gentillesse.

Trina s'approcha du gros sac en toile, visiblement curieuse d'en étudier le contenu. Ethan l'apporta au pied du canapé.

— Et Monica ? Elle est gentille avec moi parce qu'elle est mariée à l'un de tes amis ?

— Monica Alvarez n'est pas mariée, répondit-il un peu trop rapidement.

Et elle était loin de se jeter à ses pieds. D'ailleurs, ce matin, il aurait même juré que c'était l'inverse. On aurait dit qu'elle cherchait par tous les moyens à s'écarter de lui. Ce revirement l'avait étonné.

Habituellement, elle était plutôt preneuse de ses remarques charmeuses et la façon désinvolte qu'elle avait de faire semblant de ne pas y prêter attention la rendait encore plus séduisante et lui donnait encore plus envie de la courtiser. Aujourd'hui, elle lui avait paru tendue et en colère contre lui.

Pourtant, malgré tout, il ne pouvait s'ôter de l'idée qu'elle n'était pas indifférente à ses charmes. À cette pensée, une décharge fulgurante lui parcourut le corps de part en part, provoquant en lui une réaction sans précédent.

Il se rappela la proximité de son corps quand elle s'était mis en tête de lui faire la leçon dans la cuisine, et il sentit une vague de chaleur l'envahir.

— Ces habits sont neufs. Il y a encore les étiquettes, constata Trina, interrompant ses pensées inappropriées.

Elle avait commencé à sortir les affaires du sac. Une doudoune verte, un pantalon noir, des T-shirts à manches longues, des chaussettes épaisses, des leggings, un cache-cœur et un débardeur. Trina remit tous les habits dans le sac, sans se soucier de les plier.

Elle avait aussi sorti un autre petit sac qui venait de la pharmacie et qui contenait une brosse à dents, une crème pour le corps et un shampoing dans une bouteille originale. Décidément, ces produits avaient l'air bien plus adaptés à une jeune fille de onze que tout ce qu'il pouvait avoir dans sa salle de bains.

Il se creusa la cervelle pour retrouver les objets qui lui avaient paru essentiels à son âge : des vêtements, beaucoup de nourriture, un skateboard, de la musique, des jeux vidéo et des amis.

— Il faudrait qu'on t'inscrive à l'école. Tu es en quelle classe ?

Sa question sembla déclencher un vent de panique chez Trina. Ce fut du moins ce qu'il crut déceler sur son visage.

— Je suis fatiguée. Je peux me reposer ? demanda-t-elle avant de se laisser choir sur le canapé.

Vraisemblablement, le sujet de l'école avait provoqué en elle une fatigue profonde. Il la comprenait. À son âge, lui aussi évitait les discussions qui avaient trait à l'école.

— Bien sûr. Tu peux rester là ou te mettre sur mon lit. La deuxième chambre est en friche donc, pour l'instant, ce n'est pas une bonne idée.

— Merci, je vais rester là.

— Si tu veux, après ta sieste, on pourra sortir faire un tour.

— D'accord, balbutia-t-elle, avant de bâiller et de se pelotonner sur le canapé avec la doudoune en guise d'oreiller.

La matinée n'était pas encore terminée, et il avait déjà des millions de questions à lui poser, mais elle semblait exténuée, et il ne voulait pas l'embêter.

Pendant que sa fille se reposait, il inspecta les placards de la cuisine. Ils étaient vides. Il eut envie d'aller faire quelques courses mais se ravisa. Sa fille avait déjà disparu une fois ce matin, et il ne voulait pas disparaître à son tour. Jouer à cache-cache alors qu'ils apprenaient à se connaître serait loin d'être judicieux.

Sa fille. Décidément, le concept allait mettre du temps à s'implanter dans son esprit. Il y faisait néanmoins son chemin, doucement mais sûrement.

Prenant son téléphone, il alla dans la chambre où des cartons jamais ouverts étaient entreposés. Ils contenaient une partie de sa vie passée, mais il aurait été bien incapable de préciser quoi.

Il entreprit de transférer les cartons dans sa chambre, sans prendre le temps de les ouvrir.

Visiblement, il n'avait pas eu besoin de ces choses au cours des six derniers mois. Voire plus longtemps, dans la mesure où il avait dû faire ces cartons avant le dernier déploiement qui s'était mal terminé puisque son meilleur ami était rentré au pays dans un cercueil.

Il n'était plus sûr de savoir ce dont il avait besoin. Et il n'était pas non plus certain d'être en mesure de s'occuper de sa fille.

- 4 -

— Pourquoi ne va-t-elle pas à l'école ? murmura Monica alors qu'Ethan était venu lui rendre visite à la bibliothèque le jeudi après-midi.

Le midi, Freckles lui avait envoyé un message lui annonçant qu'il n'était pas venu petit déjeuner au Cowgirl Up. Comme si Monica avait le temps de se soucier d'Ethan et de sa fille.

— Je vais l'inscrire, j'y ai déjà pensé, mais je ne veux pas précipiter les choses. On apprend encore à se connaître et, pour une raison que j'ignore, elle n'a pas très envie d'aborder ce sujet.

Trina, qui se tenait un peu en retrait, semblait avoir une tenue plus adaptée pour le temps qu'il faisait dehors. Elle ne manqua pas de le féliciter.

— Je vois que tu as emmené Trina faire du shopping, c'est super.

— Non, en fait c'est Kylie et Mia qui nous ont apporté ces affaires.

— Alors qu'avez-vous fait depuis deux jours ?

Monica n'aimait pas le ton sur lequel elle avait posé la question, mais elle n'avait pas pu freiner sa curiosité.

— J'ai travaillé.

Elle savait que Kane Chatterson et lui rénovaient des maisons victoriennes et effectuaient diverses missions de bricolage à travers la ville. Elle avait d'ailleurs fait appel à eux pour réparer l'un des murs de sa cuisine qui avait été endommagé à l'automne, au cours d'un petit incendie. Leur mission n'avait pris que quelques jours, mais ils avaient livré un travail irréprochable.

— Tu l'emmènes sur les chantiers ?

— Je n'ai pas le choix.

Ce qui ramena Monica à sa question initiale et lui donna envie de secouer Ethan.

— Pourquoi ne l'envoies-tu pas à l'école ?

— Je déteste l'école, lâcha Trina qui venait de poser cinq livres sur le comptoir.

— Trina…

— Tu as la carte de la bibliothèque ? demanda Trina à son père.

— Non, pourquoi ?

Elle fit un bruit d'exaspération typique des jeunes de son âge.

— Pour prendre des livres.

— Monica, tu peux nous faire une carte pour Trina ?

— Il suffit de remplir ce formulaire.

— Je m'en occupe, promit-il, se mettant légèrement à l'écart

— Dis-moi, Trina, pourquoi tu n'aimes pas l'école ? s'enquit Monica sur un ton qui se voulait amical.

— C'est ennuyeux. Vous avez les nouveaux livres de Veronica Roth ?

— Tu aimes la série ?

Trina haussa les épaules.

— Oui, assez.

Monica montra du doigt les nouveautés exposées sur un portant.

— Va voir, il y aura peut-être des choses qui t'intéressent.

Une fois qu'elle se fut éloignée, Monica se pencha vers Ethan qui finissait de remplir le formulaire.

— Tu as vu les livres qu'elle prend ?

— Non, quoi ? Ce n'est pas de la littérature appropriée pour son âge ?

— Non, ce n'est pas ça du tout. Mais ce sont des livres d'un niveau très élevé. Elle doit être dotée d'une intelligence avancée.

— Les chats ne font pas des chiens, plaisanta-t-il, avant de lui lancer un clin d'œil.

Monica sentit ses joues s'empourprer. Il n'avait pas fallu longtemps à Ethan pour repartir sur les sentiers du flirt.

— Toujours est-il qu'elle ne devrait pas passer sa journée sur des chantiers.

— Tu insinues que les gens qui travaillent sur les chantiers ne sont pas intelligents ?

Elle sentit sa frustration augmenter d'un cran.

— Ethan, ne joue pas sur les mots. Tu vois très bien ce que je veux dire. Elle est en âge d'aller à l'école et elle doit y aller.

Il lui sourit, le regard empli d'une lueur ténébreuse et sensuelle.

— On devrait se disputer plus souvent. J'aime bien quand tu m'appelles par mon prénom.

— Et moi, j'aime bien qu'on ne me pousse pas à bout inutilement.

— C'est bon à savoir. Mais écoute, je sais que je ne suis père que depuis quelques jours et que je ne suis peut-être pas fait pour ce rôle, mais Trina a vécu beaucoup d'expériences bouleversantes alors je fais de mon mieux pour installer une relation entre nous qui ne soit pas placée sous le signe de l'affrontement. Je ne veux pas précipiter les choses mais lui laisser le temps de s'habituer à cette nouvelle situation. Tu comprends ?

Elle étudia le visage d'Ethan, empreint de sincérité. Au fond, elle avait envie de croire qu'il agissait pour le mieux pour sa fille, mais elle n'était pas d'accord avec son approche. Trina devait aller à l'école, c'était une évidence.

Elle appela la jeune fille pour lui parler.

— Tu es en quelle classe ?

— En CM2, je crois.

— Tu crois ? ! s'exclamèrent Monica et Ethan à l'unisson.

— Je n'y suis pas allée depuis longtemps.

— C'est-à-dire ?

— Je ne sais pas. De toute façon, je n'ai pas besoin d'y aller. On n'apprend jamais rien d'intéressant à l'école.

— Si, c'est la loi, intervint son père.

— Je sais, les assistantes sociales n'arrêtaient pas de le répéter à ma mère.

Donc Trina était habituée à ne pas aller à l'école. Monica voyait qu'Ethan s'efforçait de ne pas réagir de manière excessive. Après tout, ce n'était pas la faute de Trina si sa mère n'avait pas jugé bon de l'envoyer à l'école.

D'ailleurs, Monica ne jugeait pas Chantal. La pauvre avait accouché à dix-huit ans, sans le père de l'enfant pour l'aider. Cela avait dû être extrêmement difficile et elle-même n'aurait sûrement pas mieux fait si elle s'était retrouvée dans cette situation.

— L'école primaire de Sugar Falls est différente, dit Monica, voyant qu'Ethan n'arrivait pas à enchaîner.

— Ah bon ?

Son intervention avait fait mouche. Elle n'était pas peu fière d'elle.

— Je connais les enseignants, et ils seront prêts à tester tes compétences et à te proposer un programme qui sera adapté à ton niveau, crois-moi.

— Donc je pourrai sauter une classe ? demanda Trina sur un ton enjoué.

— Je ne peux rien te promettre, mais ils ont des programmes adaptés selon le niveau des élèves.

Trina resta silencieuse quelques instants.

— Je n'ai même pas de sac à dos.

Ethan intervint.

— J'ai une idée. Et si on allait à l'école demain ? Monica contacterait ses amis pour les prévenir de notre venue. Tu visiterais les lieux, passerais un test s'il le faut et, ce week-end, on pourrait aller à Boise acheter des fournitures scolaires, des habits et un sac pour l'école.

— Comment on saura de quoi j'ai besoin ?

— On verra… On demandera conseil.

— Monica, tu voudras bien venir avec nous ? demanda Trina, le plus naturellement du monde.

Monica resta sans voix. Pourtant, c'était elle qui avait insisté pour que Trina aille à l'école.

Deux jours plus tard, Monica se retrouvait dans une voiture en direction de Boise, avec un ex-militaire et sa fille.

Ethan ignorait comment Trina avait réussi cet exploit mais, en quelques jours, elle avait réussi ce qu'il n'avait pas été capable de faire en six mois : convaincre Monica Alvarez de sortir avec lui dans un lieu public hors des horaires de travail. Certes, il ne s'agissait pas d'un dîner en tête à tête. Ils étaient accompagnés d'une jeune fille de onze ans, dont la présence, malgré les écouteurs vissés dans ses oreilles, faisait bien office de chaperon.

Il avait essayé de faire parler Monica pour en savoir plus sur elle, mais elle ne parlait que de Trina. Elle voulait savoir comment elle allait, comment elle se sentait, si elle mangeait bien, si la visite à l'école s'était bien passée. Pour ce qui était du test de maths, Ethan avait été étonné de constater qu'elle s'était éclipsée aux toilettes à deux reprises.

— J'ai l'impression que les maths l'angoissent.

— Tu pourrais l'emmener voir un médecin ?

— On a rendez-vous la semaine prochaine. Mme Dunn, l'infirmière de l'école, n'a pas trouvé l'historique de son carnet de vaccination. Il se pourrait que sa mère ne l'ait jamais fait vacciner.

— Tu as eu des nouvelles de l'assistance sociale qui s'occupe de Trina ?

— Toujours pas. Chaque jour qui passe est un supplice, car je me demande à quelle sauce on va être mangés.

— Ne t'inquiète pas. Carmen avait l'air de dire qu'il n'y avait pas de raison pour qu'on te retire la garde de ta fille.

— Je sais, mais… Tu ne peux pas savoir comme je culpabilise de ne pas avoir été là pour elle avant. Et chaque fois que j'en veux à Chantal d'avoir été aussi négligente, je me dis que je n'ai pas de leçon à lui donner, car elle a fait ce qu'elle a pu quand moi je n'étais pas là.

Lorsqu'ils arrivèrent sur le parking, Trina éteignit sa musique.

Ethan ne se souvenait pas de la dernière fois où il était venu dans un centre commercial. Il achetait tout ce dont il avait besoin sur Internet. De plus, il n'avait jamais eu à arpenter les magasins de vêtements d'enfants ou les papeteries pour fournitures scolaires.

Voyant Monica vêtue d'un manteau gris en laine, d'un sweat-shirt, d'un jean, et d'une vieille paire de santiags, il eut la confirmation que suivre la mode n'était pas sa priorité. Cela dit, elle n'en était pas moins la femme la plus sexy à ses yeux. Il aimait son style simple, sans maquillage. C'était sûrement là l'un de ses plus beaux atouts et ce qui faisait son charme. Elle avait une beauté naturelle qui ne l'obligeait pas à se farder ou à faire des efforts vestimentaires exagérés.

Monica et Trina traversèrent le parking l'une à côté de l'autre, se parlant à voix basse pour plus d'intimité, tandis qu'Ethan les suivait légèrement en retrait, tel un garde du corps. Mais tout ce à quoi il pensait, en réalité, c'était l'instant où il pourrait admirer le derrière de Monica moulé dans son jean. Le moment arriva lorsqu'ils entrèrent dans la galerie marchande et qu'elle enleva sa veste.

Trina et Monica avaient sûrement parlé des magasins où ils iraient et échafaudé un plan diabolique pour effectuer toutes leurs emplettes. Ethan tendrait sa carte de crédit le moment venu. Et porterait peut-être les sacs.

— J'ai une cliente qui m'a conseillé d'aller au premier étage, car il y a plus de choses pour les jeunes, suggéra Monica.

Il suivit le mouvement, effaré du volume sonore des chansons dans les magasins et impatient que ce calvaire prenne fin, même si sa fille avait l'air de passer un très bon moment. Monica semblait gérer la situation, il n'en demandait pas plus.

— Dis donc, c'est quasiment un travail à temps plein, de faire des courses avec une préadolescente, commenta Monica en venant le rejoindre sur un canapé en velours rose.

— Je dirais plutôt que c'est l'enfer.

— N'exagère pas. Même si on a déjà entendu cette chanson de Justin Bieber au moins quinze fois.

— Où est Trina ?

— Elle a disparu dans une cabine avec un tas de vêtements à essayer.

— Tu es sûre qu'elle est dans la cabine et qu'elle ne cherchera pas à disparaître ?

— J'en suis sûre. J'ai vérifié que ses chaussures étaient sous la porte.

— As-tu vérifié que ses pieds étaient dedans ?

— Oui, j'ai vérifié. Je ne suis pas née de la dernière pluie.

— Pourquoi n'est-elle pas encore ressortie ?

— Je ne sais pas. Certaines filles sont très timides ou complexées quand elles essaient des habits dans des magasins. C'était mon cas.

— Toi ! Complexée ? Tu es superbe !

— Je n'ai pas toujours été comme ça, de même que toi, tu n'as pas toujours été…

Il la vit rougir. Pourvu que ce ne soit pas uniquement la chaleur du magasin qui le mettait dans tous ses états.

— Je n'ai pas toujours été comment ?

Elle évita de répondre, visiblement gênée.

— Retournons à nos moutons, à savoir Trina. Je pense que tu devrais aller lui parler. Je lui ai demandé si elle avait besoin d'aide pour choisir les tailles, mais elle m'a répondu que non. Au début, je me suis dit qu'elle avait peur d'essayer des habits ou qu'elle ne savait pas quoi prendre. Mais après j'ai observé qu'elle regardait tout le temps les prix. Elle n'a peut-être pas été habituée à avoir carte blanche et elle a peut-être peur que ce soit trop cher. Après tout, elle ne sait pas si tu peux te le permettre. Et comme tu n'as donné aucune indication, il se peut qu'elle soit un peu perdue.

— Je peux me permettre de lui acheter des vêtements.

Étant célibataire, il ne dépensait pas grand-chose pour lui. Donc il avait largement de quoi acheter une garde-robe à sa fille.

— Tant mieux, et c'est pour ça que tu devrais aller lui parler. Si tu lui donnes un budget, elle saura à quoi s'en tenir et pourra plus facilement faire son choix.

— Entendu, admit-il, avant de se lever et de se diriger vers l'arrière du magasin, comme si on venait de lui confier une mission tactique des plus épineuses.

Prenant note des différentes issues de secours, il suivit le panneau indiquant les cabines d'essayage, évita de regarder la lingerie et arriva enfin à destination.

— Trina !

Heureusement, Monica l'avait suivi et vint à son secours.

— Je crois qu'avec la musique, elle ne t'entend pas.

— Pas question que j'entre là-dedans, maugréa-t-il.

Un homme au crâne rasé portant deux sacs d'habits s'approcha de lui.

— Eh, un petit conseil. Je vous ai vu sur le banc en velours rose près de l'entrée. C'est un peu comme une zone démilitarisée. Une fois qu'on arrive à la caisse, on est cuit, je vous préviens, ironisa-t-il avant de lui donner une tape sur l'épaule.

Ethan fut étonné que l'homme lui ait adressé la parole de manière aussi familière, mais également flatté de faire partie d'une nouvelle catégorie d'hommes : les pères effectuant du shopping avec leurs filles.

— Dis papa, on peut aller dans le nouveau bar à jus ? demanda une jeune fille qui devait avoir l'âge de Trina en prenant l'homme par le bras.

— Oui, ma chérie, mais seulement s'ils servent des jus à la téquila, répondit-il en adressant un clin d'œil à Ethan.

— Papa !

— Croyez-moi, vous aurez besoin de quelques verres pour vous remettre de cette expérience.

Ethan les regarda partir, bras dessus dessous, avec une pointe d'envie.

— Tu penses qu'un jour, Trina sera aussi à l'aise que ça avec moi ? demanda-t-il en se tournant vers Monica.

— L'avenir te le dira. En attendant, va lui parler.

Cette fois, quand Ethan appela sa fille, il cria un peu trop fort. Plusieurs clients se retournèrent, et un petit garçon se mit à pleurer dans sa poussette. Probablement parce qu'il avait hurlé comme un commandant de division s'adressant à une nouvelle recrue.

Son appel resta pourtant sans résultat.

— Tu veux que j'aille la voir ? s'enquit Monica.

Il éprouva un grand soulagement. C'était ce qu'il attendait depuis le départ sans oser le demander. Monica n'eut pas à aller loin, car Trina était justement en chemin pour les rejoindre. Le regard perdu, sa fille sortit de la zone des cabines d'essayage d'une démarche hésitante.

Il s'en voulut d'avoir crié. Il avait sûrement dû lui faire peur. À l'avenir, il ferait plus attention, car il ne voulait pas que sa fille ait peur de lui.

Monica lui lança un regard d'avertissement.

— Ma chérie, j'allais justement venir te voir pour savoir si tu avais trouvé ce que tu voulais, lança-t-elle, toujours aussi prévenante.

Trina marchait lentement vers eux, vêtue comme elle était arrivée.

— Je ne sais pas, répondit-elle, les yeux baissés et la voix semblable à un murmure.

— Tu ne sais pas ? J'ai l'impression qu'un tas d'autres jeunes filles trouvent leur bonheur dans ce magasin.

Elle leva brusquement la tête vers lui.

— Tu voudrais que je sois plus comme les autres filles ?

— Non, je veux que tu sois toi-même. C'est pour ça qu'on est venus ici. Pour que tu puisses choisir les habits que tu aimes.

Trina baissa de nouveau la tête.

— Je ne sais pas ce que j'ai le droit de prendre.

— Ethan… Enfin, ton père a dit que tu pouvais prendre ce que tu voulais, répliqua Monica avant de se placer derrière lui en lui donnant un petit coup d'épaule pour lui faire comprendre qu'il était temps d'intervenir.

— Trina, si tu as trouvé des vêtements qui te plaisent et que tu es sûre de les porter, alors n'hésite pas, dit-il.

Sa fille lui adressa un grand sourire avant de disparaître de nouveau dans les cabines. En cet instant, Ethan comprit qu'il ne pouvait pas mettre de valeur monétaire sur le bonheur de sa fille.

Plusieurs centaines de dollars plus tard, Ethan se fit la réflexion qu'il n'avait jamais dépensé autant pour une session de shopping alors qu'il n'avait acheté ni lampe à infrarouge ni chaussures de combat. Monica lui avait dit de ne pas trop s'emballer et de ne pas tout accepter, car une jeune fille de onze ans n'avait pas besoin de quinze sweat-shirts à capuche.

— Tu devrais demander la carte du magasin pour bénéficier des offres la prochaine fois, lui conseilla Monica alors qu'il tendait sa carte de crédit à la caisse.

— La prochaine fois ?

— Tu reviendras sûrement pour la saison prochaine, quand la collection d'été sera sortie.

Il manqua de défaillir à l'idée de devoir bientôt revenir dans ce centre commercial. Ce qui le gênait, ce n'était pas d'acheter des habits pour sa fille. C'était plutôt une expérience plaisante. Il n'avait pas été là pour lui acheter des couches et il n'avait pas encore participé à son éducation. Donc lui acheter des habits pour commencer une garde-robe lui procurait un moyen d'alléger sa culpabilité et de rattraper le temps perdu. Ce qui le gênait, c'était l'idée de devoir être présent pour les essayages et de devoir repasser du temps à hésiter entre une robe en jean ou une autre bouffante à manches courtes.

— Pas de problème ! Maintenant, je suis prêt à tout, ironisa-t-il en empoignant les sacs contenant les achats vestimentaires.

Trina attrapa celui qui lui avait échappé des mains, le serrant contre elle, tel un trophée inestimable.

— Et si on faisait une petite pause dans un café ?

— Bonne idée !

— Qu'est-ce qui te ferait plaisir ? Un milk-shake ?

— D'accord ! s'écria-t-elle avant de sautiller pour sortir du magasin.

Comment pouvait-elle avoir encore de l'énergie ? Il se sentait absolument vidé, même s'il était resté assis sur le canapé rose pendant une bonne partie du temps. C'était sûrement une fatigue nerveuse. Après tout, il n'avait pas l'habitude d'aller faire des courses avec une fille de onze ans.

Trina leur montra le chemin vers la zone des restaurants tandis que Monica et lui restaient un peu en arrière.

— Monica, merci pour ton aide et tes conseils.

— De rien. Mais la prochaine fois que tu vas faire du shopping avec elle, n'oublie pas que cette enfant est en pleine croissance et que la plupart des habits ne durent qu'une saison.

L'intervention de Monica eut l'effet d'une décharge électrique sur son cerveau. Il prit soudain conscience que son rôle de père n'était pas une mission définie dans le temps, une tâche dont il s'acquitterait une bonne fois pour toute. Il savait, bien entendu, qu'être père, c'était pour la vie, mais il n'avait jamais vu cela comme un statut permanent, accompagné de tâches récurrentes, comme acheter des habits pour la rentrée des classes ou en vue des vacances d'été.

Il repensa au papa au crâne rasé qui l'avait accosté dans le magasin.

Comment les pères faisaient-ils pour survivre à ses cycles infernaux ? Enfin, surtout au shopping dans des magasins où l'on passait de la musique pop à plein volume !

- 5 -

— On a oublié les chaussures ! s'exclama Trina après avoir avalé une bouchée de muffin à la cannelle.

Monica éclata de rire en voyant la mine déconfite d'Ethan.

— Tu sais ce que tu veux ?

— J'aimerais bien aller dans le magasin de baskets qu'on a vu tout à l'heure.

— Je suis prête, mais ton père n'a pas l'air décidé à décoller.

Ethan ne bougeait pas, comme en état de choc.

— Allô la terre, ici la lune. Ethan, ferme les yeux deux fois pour « oui », une fois pour « non ». Tu es prêt ?

— Je pensais qu'on avait terminé ! Je venais de fêter ça en buvant une bonne limonade glacée. Et vous me dites qu'on doit y retourner ?

— Non, mais ça ira, je peux continuer à porter ces chaussures, bredouilla Trina, baissant le menton.

Monica suivit le regard de la jeune fille en direction du trou qu'il y avait dans la toile au niveau du gros orteil. Elle était sur le point d'ouvrir la bouche pour réprimander Ethan d'avoir manqué de tact quand il intervint, la coupant dans son élan.

— Non ! Bien sûr ! Il te faut des chaussures. Quelque chose de plus résistant et de plus adapté à la météo de la région. Et on devrait aussi te trouver une paire de chaussures un peu plus raffinée pour aller avec la robe que tu as choisie.

Une fois le moment de déception passé, Trina retrouva aussitôt le sourire. C'était Monica qui l'avait encouragée à prendre la fameuse robe, car elle lui allait à ravir.

La jeune fille semblait ne vouloir que des jeans, des T-shirts colorés et des sweat-shirts mais, sa grand-mère, Lydia Alvarez, lui avait toujours dit qu'une femme avait besoin d'une tenue un peu féminine pour les occasions spéciales. Même si Monica ne se rappelait pas la dernière fois qu'elle avait passé une robe à Sugar Falls.

Durant la première heure de shopping au centre commercial, elle s'était demandé si c'était vraiment sa place et si elle n'était pas de trop entre Ethan et sa fille. Lorsqu'ils eurent mis les fournitures scolaires, les chaussures et les habits dans le coffre du véhicule d'Ethan, elle se sentit plus à l'aise, avec l'impression d'avoir mené à bien une mission de taille.

Cela ressemblait étrangement à une sortie en famille un samedi après-midi. Même si elle ne savait toujours pas si elle pouvait faire entièrement confiance à Ethan, qu'il ne savait toujours pas si les services sociaux lui confieraient la garde de sa fille ou si sa fille ne tenterait pas de disparaître de nouveau.

Quand Ethan emprunta la voie rapide les ramenant à Sugar Falls, Trina remit ses écouteurs, et Monica regarda le soleil se coucher derrière les monts enneigés.

— On peut dire que notre sortie est un succès et que ça s'est bien passé, non ?

— Et comment ! Je dirais qu'on a eu cent pour cent de réussite. Pour une première, c'est un exploit, n'est-ce pas ?

Elle se tourna vers lui, la mine souriante. Quand il lui rendit son sourire, elle crut défaillir. Décidément, elle devait se méfier. Cet homme était dangereux, car il était capable de la faire fondre sur place en un clin d'œil.

— J'avoue que j'ai paniqué quand nous sommes passés devant la bijouterie avec un grand panneau : « Entrez vous faire percer les oreilles ! » Je te remercie d'avoir fait diversion à ce moment-là. Je n'aurais pas été prêt.

— Trina est comme moi, je pense. Elle préférerait que tu lui offres un livre plutôt que des boucles d'oreilles.

— C'est marrant que tu dises ça, car je trouve que vous vous ressemblez beaucoup.

Venait-il de la comparer à sa fille de onze ans ? Ou était-ce elle qui avait fait allusion à cette ressemblance ? Au cours des derniers mois, elle avait peu à peu pris l'habitude d'être courtisée par Ethan. De manière chaste mais très agréable.

Depuis l'arrivée de Trina, son attitude envers elle avait changé. Certes, il continuait de la dévisager quand il pensait qu'elle ne le voyait pas, mais ce n'était plus aussi léger qu'avant. Occasionnellement, elle avait droit à un clin d'œil, mais c'était beaucoup moins naturel. Comme s'il voulait prétendre que sa vie n'avait pas changé et que tout était comme avant. Alors que la situation était devenue beaucoup plus compliquée.

— Comment ça ? s'enquit-elle, pour se forcer à sortir de ses pensées qui ne menaient nulle part.

— Pardon ? répondit-il, lui-même perdu dans ses pensées.

— Pourquoi trouves-tu qu'on se ressemble, Trina et moi ?

— Vous êtes toutes les deux plutôt calmes et réservées, mais très intelligentes. Je sais que ton cerveau turbine toujours à mille à l'heure et pourtant je serais bien incapable de deviner à quoi tu penses. Mais ça me donne envie d'en savoir plus sur toi.

— C'est-à-dire ?

Il marqua une pause puis leva ses lunettes de soleil avant de jeter un rapide coup d'œil en direction de Monica.

— J'ai envie de savoir ce qui te rend heureuse, ce qui te rend triste et ce qui te donne envie d'avancer.

— Tu sais, il faut du temps pour apprendre à connaître quelqu'un.

— Je sais. J'ai aussi envie d'apprendre à connaître Trina, et ça ne se passera peut-être pas comme je le pense, mais je suis prêt à tenter l'aventure.

Elle sentit son corps se raidir. Les paroles d'Ethan l'avaient mise mal à l'aise, car elle n'était pas sûre de pouvoir s'ouvrir à Ethan de cette façon. Parfois, elle avait envie de lâcher du mou, mais elle s'était aussi promis de ne jamais baisser sa garde face à un homme.

Mieux valait s'en tenir à Trina, c'était plus sûr.

— En tout cas, avec Trina, ça a l'air de bien se passer.

— Oui, je suis content. J'ai senti qu'un lien commençait à se tisser entre nous. Mais j'ai parfois l'impression que c'est un pas en avant, trois pas en arrière. Comme quand on était dans la papeterie, où elle s'est soudain refermée et refusait de me regarder dans les yeux.

— Je suis surprise que tu aies remarqué.

— Je suis presque peiné que tu dises ça, rétorqua-t-il.

— Dans ce cas, je te présente mes excuses.

— Ce n'est pas parce que je ne suis pas expert en émotions féminines que je n'y fais pas attention. Surtout quand il s'agit de quelqu'un qui a une place spéciale dans mon cœur.

— Pour ce qui est du changement d'humeur, ne t'inquiète pas. J'ai une explication assez simple.

— Ah bon ?

— Oui. Acheter des habits et des chaussures, c'est plus amusant que d'acheter des fournitures scolaires, surtout quand on n'a pas envie d'aller à l'école. Je me demande vraiment ce qui la rend aussi anxieuse.

— Simplement, parce que les enfants n'aiment pas aller à l'école.

— Je pense qu'il y a autre chose. Elle s'est peut-être fait embêter dans son ancienne école ou alors elle a un handicap d'apprentissage qui lui donne un complexe.

— Tu as dit que son niveau de lecture était bien au-dessus de son âge.

— Cela n'empêche pas qu'elle pourrait avoir des difficultés dans un autre domaine, ou même socialement. Ou alors elle souffre d'un trouble du comportement et elle a souvent eu des problèmes à l'école.

— Dans ce cas, je pourrais dire : « tel père, telle fille » ! lança-t-il, souriant.

Il garda le sourire jusqu'à ce qu'ils arrivent dans l'allée de la maison de sa grand-mère.

— Je ne savais pas que vous aviez un chaton ! s'écria Trina quand elle vit sa grand-mère dans la neige, vêtue d'un peignoir et chaussée de ballerines de danse de salon, une boule de poils dans les bras.

— Moi non plus, répondit Monica, sautant hors de la voiture avant qu'Ethan n'ait eu le temps d'arrêter le moteur.

Le matin, quand Ethan était venu chercher Monica, elle l'attendait déjà au bout de l'allée. Mais il s'était promis qu'en la ramenant en fin de journée il la raccompagnerait jusqu'au seuil de la porte d'entrée, dans l'espoir de jouir d'un instant d'intimité avec elle.

Quand il vit Mme Alvarez dans la neige avec un chaton dans les bras, il sut qu'il n'aurait pas son moment d'intimité et qu'il devrait rester un peu plus longtemps que prévu.

Son patron, Kane, et lui avaient effectué les travaux de réparation après le mini-incendie qui avait eu lieu dans la cuisine quand Mme Alvarez avait fait brûler une pizza dans le four. Pendant les quelques jours passés en compagnie de la vieille dame, il avait appris deux choses : la première, qu'il n'y avait pas de chat dans la maison ; la seconde, que Lydia Alvarez portait ses chaussures de danse de salon quand elle avait une crise.

— Je peux le tenir ? s'enquit Trina dès qu'elle fut sortie de la voiture.

— Bien sûr !

— Grand-mère, tu l'as trouvé dans le tas de bois ?

— Quel tas de bois ?

— Celui-ci, répondit Monica en lui montrant les rondins empilés le long du mur de la maison.

— Ah, mais oui ! Merci. C'est pour ça qu'on est sortis. Je voulais faire un petit feu dans la cheminée.

Monica enleva ses lunettes et se pinça l'arête du nez, comme pour reprendre ses esprits. Il décida d'intervenir pour aider.

— Mme Alvarez, vous vous souvenez que vous avez promis à l'officier Jones de ne plus utiliser la cheminée ou le four si Monica n'était pas là ?

— Oui, mais elle est là, lui répondit Mme Alvarez, comme si sa petite-fille avait toujours été là et qu'ils ne venaient pas justement d'arriver.

— En effet.

— Vous allez voir, ici, on mange les meilleures *enchiladas* de la région, monsieur Regnault. Monica les prépare aussi bien que ma maman. D'ailleurs, *mija*, le dîner est prêt ?

— Pas encore, grand-mère. Allez, viens te mettre au chaud.

Monica entra à l'intérieur en guidant sa grand-mère par le bras, Trina était complètement absorbée par le chaton. Quant à Ethan, pour la énième fois ces derniers temps, il resta figé quelques instants, incapable de savoir ce qu'il devait faire. S'il avait été en mission spéciale, en charge d'une intervention corsée, il aurait su comment réagir. S'adapter et faire au mieux, comme lui répétait toujours son instructeur de l'armée. En cet instant, il décida d'appliquer cette devise à la situation présente, même s'il ignorait qui avait le plus besoin d'aide. Monica ou sa grand-mère.

Sa décision était prise.

— Trina, ça ne te dérange pas si on reste un peu le temps que je démarre un feu dans la maison ?

— Non. On peut rester manger des *enchiladas* ?

— Je ne sais pas s'il y a vraiment des *enchiladas*. Mme Alvarez est un peu fatiguée. Je pense qu'elle a oublié que Monica était partie toute la journée avec nous.

— Dommage. J'en ai un peu marre de manger à l'extérieur, avoua-t-elle avant de se diriger dans la maison.

La vérité sortait toujours de la bouche des enfants, sa fille le lui rappelait à chaque instant. Lui aussi en avait assez de manger à l'extérieur. Il se promit d'acheter un livre de cuisine et d'apprendre quelques plats simples à préparer pour Trina et lui. Après tout, s'il était capable de fabriquer un appareil explosif en plein désert, il devrait être capable d'assembler quelques ingrédients pour en faire un plat comestible. Il pourrait commencer par emprunter un livre à la bibliothèque, ou même regarder une vidéo sur YouTube.

Après avoir pris quelques bûches bien sèches, il entra à son tour. Alors qu'il s'agenouillait devant la cheminée, il entendit les deux femmes parler dans la cuisine. Une fois sa mission accomplie, il alla les prévenir qu'il allait repartir avec Trina.

Sur le frigo, il lut le message suivant inscrit sur un tableau blanc au marqueur rouge.

« Monica est à Boise pour la journée. Elle rentrera vers 18 heures. M. Simon est à côté si tu as besoin de lui. »

— Pardon, souffla Monica en l'effleurant pour ouvrir le compartiment congélateur.

Elle en sortit un plat couvert d'aluminium. Il sentit son cœur battre plus fort. En partie parce qu'il avait été émoustillé par la proximité soudaine de Monica et en partie parce qu'il espérait qu'elle les inviterait à dîner. Était-ce impoli et rustre de sa part de vouloir se faire inviter alors qu'elle avait clairement d'autres chats à fouetter avec la démence précoce de sa grand-mère ?

— Alors, grand-mère, dis-nous où tu as trouvé ce chaton, lança Monica en mettant le plat au four.

— Je suis allée le prendre au refuge ce matin, répondit sa grand-mère, assise à table, une couverture sur les genoux, tapotant le plancher de ses chaussons de danse.

— Le refuge sur la route de Boise ? ! s'exclama Monica, sans chercher à masquer son sentiment de panique.

— Oui.

— Qui t'a emmenée là-bas ?

— Personne.

— Comment ça ?

— J'y suis allée toute seule, répondit-elle en tirant une clé de la poche de son peignoir.

— Où as-tu trouvé cette clé ?

— Dans ta chambre.

— Donc tu as pris ma voiture pour aller là-bas ? insista Monica, posant le pot de tisane qu'elle venait de sortir du placard.

— Oui, comme une grande.

— Mais, grand-mère, tu n'as plus de permis. Tu n'as pas eu d'accident en route ? demanda-t-elle sur un ton angoissé.

— *Mija*, je conduis depuis que j'ai treize ans et je n'ai jamais eu d'accident.

Monica ferma les yeux, prenant quelques instants pour se remettre de la nouvelle.

— Tu te souviens qu'il y a deux ans, tu as causé un gros accident sur la voie rapide ? Il n'y a pas eu de victimes, mais c'est pour ça que le Dr Wu t'a retiré ton permis.

— Le Dr Wu ? Je ne connais pas. Ton grand-père et moi sommes toujours allés chez le Dr Jorgensen.

Voyant que Monica ne s'occupait plus de la tisane, Ethan ouvrit la boîte, prit un sachet et le plongea dans la tasse d'eau chaude de Mme Alvarez.

— J'imagine que c'est inutile de lui dire que mon grand-père et le Dr Jorgensen sont morts avant ma naissance ? lui souffla Monica en aparté.

— En effet, c'est inutile. Tu veux que j'aille voir ta voiture pour effectuer une rapide vérification ?

— Ne t'en fais pas, je m'en occuperai plus tard.

Il savait reconnaître quand quelqu'un essayait de masquer son désarroi et se prétendait capable de gérer une situation alors que tous les signes indiquaient le contraire. N'avait-il pas fait la même chose toutes les fois où il avait essayé d'arrêter de boire ?

— Je sais que tu peux tout faire toute seule, loin de moi l'idée d'insinuer le contraire. Mais parfois, c'est bien d'être épaulée.

Elle l'observa d'un air étonné. Il vit la lutte animant son regard fier. Il savait qu'elle était en train de se demander si oui ou non elle devait accepter son aide. Elle qui était si indépendante, elle ne voulait pas paraître faible en acceptant son offre. Et elle devait se demander si c'était bien avisé de s'en remettre à lui, un homme qui avait clairement des problèmes personnels à régler.

De son côté, il avait envie qu'elle accepte, pour lui prouver qu'il pouvait être là pour elle. Comme elle ne répondait pas, il remonta au créneau.

— Laisse-moi t'aider, c'est la moindre des choses. Tu m'as été d'une aide précieuse aujourd'hui, et je ne pourrai jamais t'en remercier assez.

Monica poussa un soupir, enfin décidée à lui répondre.

— D'accord, mais après on est quittes.

Il lui sourit avant de prendre la clé sur la table, sans lui faire remarquer qu'au train où allaient les choses entre Monica et Trina, il risquait de lui devoir bien d'autres faveurs.

Profitant du départ d'Ethan, Monica monta avec sa grand-mère pour la coucher. Elle lui enleva d'abord ses chaussures.

— Remets-les bien dans la boîte.

Ces derniers temps, elle enfilait souvent ses chaussons de danse usés mais toujours mettables. Dans sa jeunesse, sa grand-mère avait fait une carrière de danseuse. Il y avait encore des VHS dans la maison où l'on pouvait la voir dans des productions. Elle avait même une photo dédicacée d'Elvis Presley qui remontait au jour où elle avait dansé sur une scène où il jouait.

Si seulement Ethan avait pu voir sa grand-mère quand elle avait encore toute sa tête ! À présent, Monica devait souvent expliquer aux gens qu'elle ne contrôlait plus son esprit et qu'il lui arrivait de faire des choses bizarres, comme des claquettes en peignoir en plein milieu de la place principale.

Lydia Alvarez avait été une femme pleine de vie, jusqu'à récemment. Mais les accès de folie se rapprochaient et, bientôt, même Monica ne se souviendrait plus de sa grand-mère d'autrefois.

En revenant de la penderie où elle était allée ranger les chaussures, Monica trouva sa grand-mère endormie sur sa couverture. Comme celle-ci ne pesait pas lourd, elle put facilement la manœuvrer pour la glisser sous la couette.

Avant de sortir de la pièce, elle resta quelques instants dans l'embrasure à la regarder endormie.

— Grand-mère, qu'est-ce que je vais faire de toi ? murmura-t-elle.

Puis elle éteignit la lumière et redescendit. Quand elle entra dans la cuisine, elle trouva Ethan faisant les cent pas et Trina assise à la table, le chaton endormi dans ses bras.

— Tout va bien ? demanda-t-il dès qu'il la vit.

— Oui, ça va. Elle s'est endormie.

Il jeta un regard rapide en direction de Trina, puis baissa la voix.

— C'est Alzheimer ?

Elle acquiesça.

— Ces derniers temps, il m'est arrivé de la retrouver errant dans la rue, mais c'est la première fois qu'elle prend ma voiture.

— Je suis allé voir et je n'ai pas pu dire si les petites marques existaient déjà ou pas. En tout cas, elle n'est pas emboutie, la rassura-t-il sur un ton plus léger.

Sa Toyota ayant quinze ans, la carrosserie n'était pas impeccable. Pour l'instant, elle ne voulait pas s'acheter une nouvelle voiture tant que l'ancienne fonctionnait. Son but était d'économiser pour couvrir les frais médicaux dont sa grand-mère allait avoir besoin.

— Merci d'être allé voir la voiture.

— Je pense que tu seras mieux à même de faire l'état des lieux.

La minuterie retentit dans la cuisine, la faisant sursauter.

Elle eut soudain envie de se retrouver seule. Finalement, c'était plus facile de faire comme si de rien n'était quand elle n'était qu'avec sa grand-mère. En présence d'étrangers, le comportement de plus en plus instable de sa grand-mère était d'autant plus flagrant.

Mais sa grand-mère l'avait élevée en insistant sur l'hospitalité, donc elle se sentit obligée de proposer à ses invités de rester.

— Vous voulez rester manger des *enchiladas* ?

— Oh ! oui ! s'écria Trina.

Vu l'enthousiasme de la jeune fille, elle pressentit qu'elle devait en avoir assez de manger à l'extérieur avec son père.

— C'est gentil, mais je ne voudrais pas t'embêter, protesta Ethan avant de s'arrêter.

Elle venait de soulever le papier d'aluminium et des saveurs exquises envahirent la pièce.

Elle le vit regarder le plat avec envie. Elle frissonna, la gorge sèche, pensant aussitôt à un autre scénario. Que ne donnerait-elle pas pour qu'il la regarde ainsi ?

Enfin, elle se ressaisit.

Pas question de se laisser aller à de pareilles pensées érotiques. D'autant qu'avec l'arrivée de sa fille Ethan n'était plus vraiment disponible pour envisager une relation. Et elle n'était pas sûre de vouloir de cette relation. Tout était donc pour le mieux, et elle devait s'efforcer de ne plus laisser son esprit voguer vers des scénarios aussi abracadabrants.

— Je vais mettre le couvert. Ethan, prends le dessous-de-plat et pose le plat sur la table, s'il te plaît.

— Trina, laisse le chaton pendant qu'on mange et va te laver les mains, ordonna Ethan à sa fille qui obtempéra sans ciller.

Servir ses invités donna l'occasion à Monica de concentrer son esprit sur une tâche simple. Elle s'imagina au restaurant et non dans sa cuisine. Même si elle ne s'asseyait jamais à table avec ses clients.

Le chaton se réveilla dès l'instant où Trina le lâcha.

Il se mit à miauler au point qu'ils durent s'arrêter de parler. Pour finir, Trina le reprit et le glissa dans la grande poche avant de son sweat-shirt. La boule de poils se rendormit aussitôt.

— Que vas-tu faire avec ta grand-mère ? Tu as déjà pensé à des solutions ?

— Je sais que je vais devoir m'y atteler, mais…

— Il existe des maisons spécialisées. Il y a quelques semaines, on a fait des travaux de rénovation dans une petite maison de pêcheur. Son propriétaire va la vendre pour aller s'installer dans un établissement qui a l'air vraiment très bien, d'après ce qu'il nous a raconté.

— Je sais, j'ai étudié la question. Mais dans ma famille, ce n'est pas la tradition. J'ai un cousin à El Paso qui a placé ma tante Bettina, car elle devenait impossible à vivre mais, après, il n'a plus jamais été invité aux réunions de famille. De plus, ma grand-mère nous a accueillies, ma mère et moi, après le départ de mon père. Et c'est elle qui m'a élevée après le décès de ma mère. La moindre des choses, c'est de lui rendre la pareille, tu ne trouves pas ?

— Dans ce cas, tu pourrais peut-être envisager d'engager une infirmière spécialisée pour s'occuper d'elle pendant que tu travailles ?

La suggestion d'Ethan était certes sensée, mais elle l'agaça au plus haut point. Pensait-il vraiment qu'elle n'avait pas déjà passé en revue toutes ces possibilités ? À la bibliothèque, dès qu'elle avait un moment, elle faisait des recherches à ce sujet.

— Oui, j'ai déjà étudié la question, mais je ne pourrais me permettre que deux heures par jour.

— Et que vas-tu faire du chaton ? demanda Ethan.

— Je vais appeler le refuge et le leur rapporter.

Trina parut choquée, comme si Monica avait proposé de noyer la bestiole dans le lac le plus proche.

— Ma chérie, ce n'est pas que je n'aime pas ce chaton. J'adore les animaux, et il est adorable. Sauf que ma grand-mère perd facilement le fil de ce qui se passe dans la maison. L'autre jour, quand je suis rentrée du travail, j'ai trouvé ses bottes en caoutchouc dans le frigo et le sandwich que je lui avais préparé dans la buanderie. Je sais qu'elle adore les chats, mais elle n'est pas capable de s'en occuper. Je suis d'ailleurs étonnée que les gens du refuge l'aient laissée en adopter un.

— Je ne comprends pas. Elle est malade ? Moi je trouve qu'elle a l'air en pleine forme, protesta Trina.

— Physiquement, ça va. Mais elle n'a plus toute sa tête. Parfois, elle ne sait plus où elle est, elle pose les choses n'importe où, elle en oublie d'autres, comme éteindre le four, elle ne regarde pas s'il y a des voitures qui arrivent avant de traverser.

— Ma grand-mère, c'était l'inverse. Elle avait une mémoire incroyable et elle savait un tas de trucs, mais elle avait très mal aux genoux et ne pouvait pas marcher. Un jour, elle est allée à l'hôpital, et je ne l'ai jamais revue.

— Je suis désolée, Trina, ça a dû être triste, compatit Monica.

— Je me souviens de ta grand-mère. Je l'ai vue quelques fois quand je suis allée chercher ta mère chez elle. Elle faisait les meilleurs brownies du monde.

Monica était soulagée de voir qu'Ethan arrivait de plus en plus à rassurer sa fille ou à se montrer encourageant. Partager avec elle un souvenir joyeux de sa grand-mère, c'était exactement la conduite à tenir avec elle.

Cet échange lui réchauffa le cœur.

— Chantal m'a dit que grand-mère était morte parce qu'elle mangeait trop de bonbons et qu'elle ne faisait pas assez d'exercice physique. Elle avait peur de devenir grosse comme grand-mère, alors elle prenait un médicament qui la gardait mince.

Monica fut attristée d'entendre que l'enfant appelait sa mère par son prénom. Cela indiquait une certaine distance qui la mit mal à l'aise, même si cela ne la regardait pas.

Son père aussi avait souvent été absent de sa vie, à cause d'une substance pharmaceutique illégale. Même si Fidel Alvarez n'avait fait que des apparitions sporadiques dans son enfance, elle en gardait néanmoins de bons souvenirs. Il s'était toujours montré aimant et attentionné envers elle. À chaque visite, il lui rapportait un livre et des bonbons. Puis il la soulevait dans ses bras et lui disait qu'elle grandissait trop vite. Ensuite, il disparaissait de nouveau. Jusqu'au jour où il n'était plus revenu.

Ethan la tira de ses réminiscences.

— Je suis sûr que si tu appelles le refuge et que tu leur expliques la situation, ils lui trouveront une nouvelle famille d'accueil.

— Moi je veux bien m'occuper de Tootie.

Ethan se tourna vers sa fille, interloqué.

— De qui ?

— De Tootie. Le chaton. Je trouvais que c'était triste qu'il n'ait pas de nom, donc je l'ai baptisé Tootie.

— Ce n'est pas possible. Tu dois aller à l'école et moi au travail. Et Monica a dit qu'il ne pouvait pas rester seul la journée.

Au lieu de venir en aide à Ethan, Monica saisit l'occasion pour ne pas devoir rapporter le chaton au refuge et faire plaisir à Trina.

— Je n'ai pas dit ça. J'ai dit que je ne pouvais pas laisser ma grand-mère seule avec lui. Les chats sont très indépendants et n'ont besoin de personne pour s'occuper d'eux. Hormis quand il s'agit de caresses et de nourriture, bien sûr.

Ethan lui jeta un regard noir, mais elle fit mine de ne rien voir et se leva aussitôt pour débarrasser la table.

— S'il te plaît, on peut garder Tootie ?

La décision allait être difficile. D'autant que jusqu'à preuve du contraire, c'était la première fois que Trina demandait quelque chose à son père. Cela montrait qu'elle se sentait plus à l'aise, donc il s'agissait d'un bon signe.

C'était sûrement manipulateur de la part de Monica d'user de la vulnérabilité d'Ethan dans son rôle de père, mais elle n'avait vraiment pas envie de rapporter le chaton au refuge. Et elle voyait à quel point cela ferait plaisir à Trina.

— Tu sais, Ethan, avoir un animal domestique, c'est bien pour les enfants, car cela leur donne le sens des responsabilités, intervint-elle en lui offrant son plus beau sourire.

— Oui, Monica a raison, lança Trina, sentant qu'elle avait trouvé une alliée.

— Et cela peut leur permettre de se sentir plus en sécurité.

— Monica, Trina, arrêtez. Je vois clair dans votre petit jeu. Quand vous vous liguez contre moi, je n'ai aucune chance.

— Donc ça veut dire que je peux garder Tootie ?

— Oui, tu peux garder Tootie.

— Oh ! merci !

— Merci, Ethan, c'est une bonne décision et je suis contente de ne pas devoir rapporter le chaton.

— Cette fois, je peux te dire que c'est toi qui as une dette envers moi, lâcha-t-il sur un ton mi-taquin, mi-suggestif.

Monica frissonna, se demandant dans quelle mesure elle n'avait pas signé un pacte avec le diable.

- 6 -

— Donc comment ça va se passer à l'école, demain ? demanda Trina le dimanche soir, assise sur son lit pendant qu'Ethan réparait le tiroir de la commode où elle allait pouvoir finir de ranger les habits qu'ils avaient achetés la veille.

Après dix ans dans l'armée, où il avait toujours dû suivre les ordres à la lettre, il avait décidé de ne plus jamais faire de plan, préférant de loin se laisser porter par les circonstances. Sa fille, en revanche, ne voyait pas la vie du même œil et aimait savoir ce qu'ils allaient faire à chaque instant, ou comment les choses allaient se dérouler.

Aujourd'hui, il avait dû lui expliquer ce qu'ils allaient faire pour le petit déjeuner (acheter des beignets à la boulangerie), prévoir d'aller à l'église (lui-même n'y mettait jamais les pieds, la grand-mère de Trina lui avait demandé d'y aller tous les dimanches) et parler du programme « chaton » (leur visite à l'animalerie avait été presque aussi traumatisante que leur excursion au centre commercial). Mais c'était agréable de la voir s'ouvrir à lui et parler un peu plus de ce qu'elle aimait ou n'aimait pas faire.

— Tu vas aller à l'école le matin, voir tes nouveaux camarades et moi je reviendrai te chercher à 15 heures, quand la cloche sonnera. Après, on pourra aller prendre une glace.

Voir les vêtements colorés de sa fille éparpillés sur le lit lui fit prendre conscience du caractère austère de la chambre. Pour commencer, il proposerait de lui acheter une nouvelle parure de lit, afin d'égayer la pièce.

— Et après ?

— Tu pourras me raconter ta journée.

Que faisait-on après l'école, normalement ? Du sport ? Des leçons de musique ? De la danse ?

— Et après ?

— On décidera de ce qu'on veut manger. Et après, je devrai aller à une réunion.

— Quel genre de réunion ? demanda-t-elle alors qu'elle était en train de s'amuser à faire sauter Tootie pour qu'il attrape son lacet.

Il ne voulait pas lui faire mauvaise impression, mais une partie de son rétablissement reposait sur l'honnêteté.

— Avant, je buvais trop.

Sa fille parut hésiter, une lueur de panique dans les yeux.

— Tu veux dire que…

— Je veux dire que je buvais trop d'alcool, oui.

Trina baissa les yeux, refusant de le regarder. Il vint s'agenouiller face à elle. Il avait besoin qu'elle le regarde et qu'elle voie à quel point il était sérieux.

— Écoute, je ne bois plus une goutte d'alcool. J'ai arrêté. Il y a dix-huit mois. Mais c'est important pour moi de continuer à aller aux réunions pour parler aux gens qui ont les mêmes problèmes que moi, afin qu'on puisse s'écouter, se soutenir, s'entraider et s'encourager à continuer sur la bonne voie. Tu comprends ?

Trina releva légèrement le menton, juste assez pour l'observer du coin de l'œil, à travers son abondante chevelure.

— Le juge a dit à Chantal qu'elle devait aussi aller à des réunions pour qu'on l'aide. Et parfois, si elle n'allait pas aux réunions, elle devait passer plusieurs jours dans des maisons spécialisées. Chaque fois, elle revenait plus tôt en disant à grand-mère que c'était trop dur pour elle. Toi aussi, tu dois aller faire des cures de désintoxication ?

— Non, c'est différent, répondit-il, navré de partager cela avec Chantal.

Le jour où celle-ci avait déposé Trina, il s'était justement demandé si elle n'était pas sous l'emprise de la drogue. Ses doutes avaient été confirmés quand la veille, chez Monica, Trina avait parlé du fameux médicament que sa maman prenait pour rester mince.

— Pourquoi c'est différent ?

— Les réunions où je vais ne sont pas obligatoires. Ce qui veut dire que personne ne me force à y aller. Elles ne durent qu'une heure, et je m'y rends une ou deux fois par semaine.

Il lui était arrivé d'y aller plus souvent, les semaines où il se sentait plus vulnérable.

— Je dois venir aux réunions avec toi ?

— Je n'ai jamais vu d'enfants y assister. Mais je peux demander. Si tu as envie, on pourra peut-être demander la permission pour que tu y assistes avec moi de temps en temps. Ou bien on peut rester tous les deux à l'appartement demain soir, je ne suis pas obligé d'y aller. Je peux en rater quelques-unes.

— Non, si c'est important pour toi, tu dois y aller.

Elle avait parlé sur un ton sérieux, où il décela pourtant une pointe d'anxiété.

— J'y vais régulièrement, tu sais.

— Oui, je préfère. Chaque fois que Chantal manquait ses réunions, elle disparaissait ensuite pendant des jours ou des semaines. Je n'ai pas envie que ça t'arrive.

— Promis, ça ne m'arrivera pas.

La pauvre, elle avait déjà vécu tant de choses difficiles à son âge, y compris le décès de sa grand-mère et l'abandon de sa mère. Il ne voulait surtout pas qu'elle s'inquiète à son sujet et il ferait tout pour lui offrir la stabilité qu'elle méritait.

— Si c'est important pour toi, Trina, je te promets d'aller régulièrement à mes réunions. On trouvera une solution. Promis.

— Et si j'allais à la bibliothèque ? Comme ça, je pourrais voir Monica.

— Je pense que la bibliothèque ferme à 18 heures.

— Alors je pourrais aller dîner chez elle ? Elle cuisine très bien. Et j'emmènerai Tootie, comme ça, sa grand-mère pourra le câliner un peu.

De son point de vue, c'était une excellente idée, mais pouvait-il vraiment demander ce service à Monica ?

La veille, quand il lui avait glissé qu'elle avait une dette envers lui à cause du chaton, il ne le pensait pas vraiment. Ou du moins, pas en termes de services qu'elle devrait lui rendre. Il avait surtout espéré qu'elle se montrerait plus encourageante envers lui, peut-être ? Il ne serait pas contre quelques câlins de la part de Monica, mais il savait aussi que pour le moment, envisager une relation plus poussée avec elle était une aberration, étant donné sa situation avec Trina.

C'était vraiment dommage, car il aimait beaucoup la compagnie de Monica et il avait apprécié les moments qu'ils avaient partagés la veille. Il ne revenait pas sur l'expérience du shopping, vraiment trop horrible. Mais le reste avait été agréable, et Monica s'était montrée d'un calme olympien, gommant les petites contrariétés de chacun et s'avérant l'intermédiaire parfaite entre sa fille et lui.

Il n'avait dû se soucier de rien, hormis de sortir sa carte de paiement quand on la lui demandait. Avec Monica, il avait eu l'impression de former une véritable équipe. Cela ne lui était pas arrivé depuis qu'il avait quitté l'armée. Et Monica était de loin la coéquipière la plus séduisante qu'il ait jamais eue. Avec ses adorables fossettes, ses longs cheveux bouclés et ses formes féminines alléchantes…

Non, décidément, il devait mettre son attirance pour cette femme en veilleuse, surtout s'il voulait agir pour le mieux et assurer le bien-être de sa fille. Il pouvait aussi demander à d'autres gens de s'occuper de Trina, sauf qu'elle ne les connaissait pas et semblait en revanche apprécier la compagnie de Monica.

Était-elle trop jeune pour rester seule à l'appartement ? Trina intervint, comme si elle avait lu dans ses pensées.

— Si tu ne veux pas demander à Monica, je peux rester toute seule ici. Après la mort de ma grand-mère, je restais souvent toute seule quand maman sortait.

Cette intervention le força à prendre une décision. Il s'empara de son téléphone, décidé à ne pas suivre l'exemple de Chantal. Monica et lui avaient échangé leurs numéros la veille, au cas où ils se perdraient dans le centre commercial, donc il n'hésita pas un seul instant.

Sans tarder, il écrivit le message suivant :

J'ai un service à te demander, mais tu peux refuser. J'ai un rendez-vous demain soir et je ne peux pas emmener Trina. Pourrait-elle venir chez toi ?

Puis il prit une photo de sa fille en train de jouer avec le chaton, d'une part pour jouer sur le côté adorable (qui pourrait dire non à une image aussi touchante ?), et d'autre part, pour lui rappeler de manière subliminale qu'elle avait une dette envers lui.

Il lui fallut encore dix bonnes minutes, et quelques jurons étouffés pour finir de réparer la commode. Mais le résultat valut toutes ses peines. Trina lui adressa un large sourire en guise de remerciement, trop heureuse de pouvoir ranger ses nouveaux vêtements.

En sortant de la chambre avec sa boîte à outils, il fut aussi récompensé en recevant un message de Monica. Son « Bien sûr » accompagné d'un émoji souriant était une réponse succincte, mais positive. Bizarrement, elle provoqua en lui une montée d'adrénaline.

— Est-ce l'adorable Trina dont j'ai tant entendu parler ? lança Freckles dès qu'Ethan et sa fille entrèrent dans le Cowgirl Up le lundi matin.

— C'est bien elle ! Freckles, je te présente ma fille Trina. Trina, je te présente la propriétaire de cet établissement renommé et la personne qui sait tout ce qui se passe en ville, répliqua-t-il.

Monica constata à quel point il paraissait plus confiant ce matin-là que quand il était entré, la semaine précédente. Il lui parut également très fier de présenter sa fille.

Un établissement renommé, c'était un peu exagéré, pensa Monica en regardant les murs turquoise recouverts de dessins de lassos fluorescents, de fers à cheval et autres objets de décoration pouvant servir à une fête sur le thème du rodéo. Mais la patronne du Cowgirl Up était très appréciée, son café aussi et l'on se tenait au courant ici de tous les commérages de Sugar Falls.

Qui plus était, Freckles était une vieille amie de sa grand-mère et la première personne à lui avoir fait remarquer que lorsque celle-ci oubliait des choses, ce n'était pas seulement parce qu'elle était soudain devenue tête en l'air.

Il y avait quelques années, quand les premiers signes étaient apparus, Monica n'avait pas remarqué les changements qui s'opéraient chez sa grand-mère, trop habituée à vivre avec elle depuis de nombreuses années. Elle s'était empressée de mettre ses petits moments d'absence sur le compte de la vieillesse ou de la fatigue. Puis Freckles lui en avait parlé, et les symptômes étaient devenus plus flagrants, plus récurrents. C'était aussi Freckles qui lui avait suggéré de commencer à économiser pour les soins de santé de sa grand-mère. Elle lui avait alors proposé de travailler dans son café, pour se faire un peu plus d'argent.

— Ravie de te rencontrer, Trina. Ton père est l'un de mes meilleurs clients, donc je savais qu'il ne tarderait pas à venir te faire goûter mes petits pains à la cannelle. Asseyez-vous, je vous en apporte à votre table.

Trina acquiesça en silence, toujours aussi intimidée. Mais son visage s'éclaira en voyant Monica.

— Oh ! Monica ! Bonjour.

— Bonjour ! Alors, prête pour ton premier jour à l'école ? s'enquit-elle, cafetière à la main.

— Pas vraiment. Tu es sûre que je ne pourrais pas simplement venir lire à la bibliothèque ? Ce serait pareil qu'à l'école, non ?

— Non, ce n'est pas possible. Mais tu peux passer à la bibliothèque après l'école et me raconter ta journée ?

— Pas la peine d'attendre la fin de la journée. Je peux déjà te dire comment ça va être.

— Ah bon ?

— Oui, ça va être horrible.

Freckles, qui avait suivi la conversation de loin, s'approcha de leur table.

— Tu sais, moi non plus, je n'aimais pas rester enfermée dans une classe pendant toute la journée, mais j'adorais la récréation. Les garçons nous poursuivaient dans la cour. Et parfois, je laissais les plus mignons m'attraper !

Monica sourit en levant les yeux au ciel. Était-ce là le meilleur des conseils ? Aller à l'école dans l'espoir de se faire attraper par des garçons ?

— Alors qu'est-ce que tu veux manger pour ce grand jour de rentrée ?

— Je n'ai pas vraiment faim. Je vais aller aux toilettes.

Elle quitta la table sous le regard des trois adultes qui attendirent qu'elle soit partie pour parler.

— Elle doit avoir le trac, dit Freckles.

— Monica, en fait, j'espérais que tu lui parlerais pour l'encourager.

— Moi ? Je ne sais pas si j'en suis capable. Je n'aimais pas non plus aller à l'école.

— Ah bon ? Mais pourtant tu n'as pas arrêté d'inciter Trina à y aller.

— Parce que l'école, c'est important, en revanche, ça ne veut pas dire que j'ai eu une bonne expérience.

— Mais…

Trina revenait déjà de son excursion aux toilettes. C'était beaucoup plus rapide que la dernière fois où Ethan avait fini par la chercher dans toute la ville alors qu'elle avait simplement fait le tour de l'établissement.

Monica prit leur commande et repartit en cuisine.

Comme il n'y avait pas beaucoup de monde dans le café, Freckles s'était assise avec ses habitués, Scooter et Jonesy, alias les vieux cow-boys. Vu qu'ils parlaient à voix basse, il était facile de deviner qu'ils étaient en train de faire le point sur les commérages du week-end. Freckles se leva de table, un étrange sourire aux lèvres, au moment même où Ethan se levait pour payer la note.

Monica la regarda, se demandant ce qu'elle était en train de manigancer.

— Monica, ma chérie, comme tu le vois, il n'y a pas beaucoup de monde ce matin.

— En effet, répondit-elle, sur ses gardes.

— Et tu connais bien les enseignants de l'école de Trina ?

— En effet, dit-elle, commençant à voir clair dans le jeu de sa patronne.

— Alors je te donne le restant de ta matinée et je te propose d'accompagner Trina avec son papa, pour son premier jour d'école à Sugar Falls. Tu ne penses pas que c'est une bonne idée ? Moi je pense que ça ferait autant plaisir à la fille qu'au papa, ajouta-t-elle, le ton plein de sous-entendus.

Quand le visage de Trina s'illumina en entendant la suggestion de Freckles, Monica eut soudain l'impression d'être un peu trop présente dans la relation entre Ethan et sa fille. Et elle avait aussi nettement l'impression que Freckles voulait jouer aux entremetteuses entre Ethan et elle. Or elle ne voulait surtout pas prendre le rôle d'Ethan et s'immiscer dans la relation récente qu'il instaurait avec sa fille.

— Je ne pense pas que je puisse être utile. Vous ne voulez pas simplement y aller à deux ?

— À deux ? Et que fais-tu de tous les autres parents qui accompagneront leurs enfants ?

— Monica, voyons, l'admonesta Freckles.

Ethan se tourna vers sa fille.

— Qu'est-ce que tu voudrais, Trina ?

— Je voudrais que Monica vienne avec nous. Et qu'après l'école tu m'emmènes manger une glace, comme on a dit hier soir.

— Ça me paraît tenir la route. Monica, qu'en dis-tu ?

— Oh ! s'il te plaît, Monica, supplia la jeune fille.

Le cœur de Monica se gonfla en voyant le regard implorant de Trina.

— Cette fois, c'est moi qui aurais une dette envers toi, si tu nous accompagnais.

— Une fois n'est pas coutume, commenta-t-elle.

Ce qui lui fit repenser au message qu'il lui avait envoyé la veille. Elle avait dû se faire violence pour arrêter d'en analyser le contenu. Surtout la nature de son « rendez-vous ». Elle n'était pas assez effrontée pour lui poser la question directement, mais elle n'avait pas cessé d'y penser. Un rendez-vous où il ne pouvait pas amener une enfant et qui avait lieu le soir ? C'était forcément un rendez-vous galant. Avec une autre femme. D'où son désir de ne rendre service à Ethan que si c'était lié à Trina.

Quelques instants plus tard, alors qu'il lui ouvrait la portière passager, elle ne manqua pas de préciser, pour que les choses soient claires entre eux :

— Je fais ça pour soutenir Trina moralement. Et uniquement Trina.

— Je vois. C'est bon à savoir, ironisa-t-il, sans paraître la prendre au sérieux.

En sortant de la voiture, Ethan voulut prendre Trina par la main, mais elle l'esquiva. Peut-être était-elle trop grande pour donner la main à son père ? Elle resta néanmoins près de lui, ce qui le rassura.

Ils tombèrent sur Carmen Gregson et ses jumeaux de neuf ans. Ethan eut envie de lui demander si elle avait eu des nouvelles de l'assistante sociale en charge du dossier de Trina mais se ravisa, décidant de l'interroger une autre fois, quand il y aurait moins de gens autour d'eux.

— Bonjour, mademoiselle Alvarez ! Vous avez reçu les livres de pirates ? lança l'un des jumeaux.

— A priori, ils devraient arriver aujourd'hui. Vous pourriez passer cet après-midi, avec mon amie Trina. Elle est nouvelle à l'école.

— Ah, salut Trina ! lancèrent les jumeaux, en cœur.

Trina se cacha derrière Ethan, plus timide que jamais. Il la prit par les épaules, pour lui offrir tout le réconfort possible.

— Voici Trina Regnault, ma fille. Trina, ces deux

lascars s'appellent Aiden et Caden Gregson. Et ils sont en CE2 !

— Non ! On est en CM1.

— En CM1, pardon. Trina entre en CM2.

— Tu as de la chance, tu as M. Yasikochi. Il est super cool, déclara l'un des jumeaux.

L'autre jumeau la tira par la manche.

— Viens. On va te montrer où se trouve la salle polyvalente. C'est là où on fait la queue après la récréation et là où le prof de sport garde les meilleurs ballons…

Le trio se mit alors à monter l'escalier menant à l'école, Trina au milieu des jumeaux qui la bombardaient d'informations.

En haut de l'escalier, elle se tourna vers eux, incertaine.

— Vas-y, Trina. Avance, on va te rejoindre, lança Ethan en prenant la main de Monica.

Elle eut un petit mouvement de surprise quand elle sentit ses doigts entrer en contact avec les siens mais se laissa faire. Il trouva l'expérience incroyable et n'était pas prêt à la lâcher. De plus, avec les enfants qui couraient dans tous les sens, c'était plus prudent de la tenir, pour qu'ils ne se perdent pas. Les joues de Monica s'empourprèrent légèrement, et plusieurs parents échangèrent des paroles en chuchotant quand ils les virent avancer main dans la main.

Dès qu'ils entrèrent dans le bâtiment, Ethan fut frappé par l'odeur de colle, de crayons à papier et de détergent industriel. Visiblement, les choses n'avaient pas beaucoup changé en vingt ans. Cette école sentait comme toutes les écoles élémentaires qu'il avait fréquentées.

La cloche indiquant le début des cours sonna, le faisant sursauter. Pour l'odeur, il n'y avait peut-être rien à faire, mais pour la sonnerie, ils auraient pu trouver un son moins agressif. Les enfants se mirent à courir dans tous les sens, y compris les jumeaux qui avaient emmené Trina visiter l'école. Une fois tout le monde parti, Monica, Ethan et Trina se retrouvèrent seuls dans le hall.

Ethan avait à son actif une vingtaine de vols en parachute ainsi qu'un nombre incalculable de missions de reconnaissance, sur terre et sur mer, en territoire ennemi. Pourtant, il n'avait jamais éprouvé une telle paralysie que dans cette école primaire. Hormis peut-être le samedi précédent, dans le centre commercial. Et le mercredi d'avant, quand Trina était arrivée à l'improviste sur le pas de sa porte.

Monica s'éclipsa un moment pour aller parler à la secrétaire de l'école puis revint vers eux.

— Allons dans le bureau du directeur, M. Cromartie, il nous attend. C'est lui qui t'emmènera dans ta classe, précisa-t-elle, se voulant rassurante.

— Oui, Trina, tu te souviens ? C'est ce qu'il nous a dit quand on est venus t'inscrire vendredi dernier.

Le rendez-vous avait duré une éternité. Même pour s'inscrire à l'armée, il n'avait pas dû remplir autant de paperasserie. Mais comparé à tous les obstacles qu'ils avaient surmontés ces derniers temps, le passage matinal dans le bureau du directeur ne présenta pas la moindre difficulté.

Trina semblait plus détendue que le vendredi, et le directeur s'adressa à elle sur un ton confiant qui se voulait amical. Il la rassura en lui disant que M. Yasikochi était un enseignant hors pair et qu'il ne doutait pas qu'elle passerait de bons moments dans sa classe. Puis ils sortirent de son bureau pour se diriger vers la nouvelle classe de Trina. Il s'arrêta devant une porte surmontée d'un panneau proclamant : « On adore apprendre en salle 8 ! »

— Bonne journée, souffla Monica à Trina qui avait de nouveau les yeux fixés au sol.

— N'oublie pas que je serai sur les marches à 15 heures et qu'on ira manger une glace, ajouta Ethan pour la rassurer.

Ils avaient passé le programme de la journée en revue plusieurs fois la veille au soir et deux fois dans la matinée.

Il s'attendait au mieux à un hochement de tête de la part de sa fille, mais elle le surprit en lui offrant une vraie réponse.

— N'oublie pas qu'ensuite je vais dîner chez Monica pour que tu puisses aller à ta réunion.

— Je n'ai pas oublié, dit-il en lui adressant un petit signe de la main en guise d'au revoir.

En retour, elle leva également la main, mais de manière beaucoup moins enthousiaste.

Le directeur entra avec Trina dans la classe, et Ethan se retrouva dans le couloir face à Monica.

— Donc c'est une réunion et non pas un rendez-vous ?

— Oui, répondit-il, gêné, levant les yeux vers la sortie de secours au bout du couloir, quand une bouffée de chaleur lui envahit le corps.

— Et on peut savoir quel genre de réunion ?

Il eut envie de lui répondre que cela ne la regardait pas et que c'était une question intrusive. Mais il n'osa pas le lui avouer. Pas après avoir vu l'expression de Monica quand Trina avait évoqué les frasques de Chantal et le fameux médicament qu'elle prenait pour rester maigre. Il n'était pas sûr d'être mentalement prêt à être jugé par Monica.

Avant l'arrivée de Trina, il aurait peut-être répondu plus naturellement, mais depuis que Monica avait insinué, la semaine précédente, lors de leur échange houleux dans la cuisine du Cowgirl Up, qu'il n'était pas tout à fait taillé pour être un bon père, il avait trop peur de lui faire mauvaise impression.

— C'est personnel, lâcha-t-il enfin.

Elle baissa les yeux, sceptique.

— C'est personnel ? Tu vas retrouver une femme ?

— Non. Tu serais jalouse ? s'enquit-il, le cœur gonflé d'espoir et le corps animé de sensations inattendues.

Si elle était jalouse, c'est qu'elle n'était pas indifférente.

— Pas du tout !

Malgré cette réponse qui semblait venir de fond du cœur, il ne prit pas ombrage, car il sentit que ce n'était pas entièrement vrai. Et il lui fit savoir.

— Je pense que tu mens, la taquina-t-il, tout en fixant sa bouche pulpeuse qui s'ouvrit et se ferma à plusieurs reprises, comme si elle avait envie de lui répondre mais ne trouvait pas les mots.

Son émoi et sa confusion prouvaient d'autant mieux qu'il avait raison. Avant qu'elle ait eu le temps de formuler sa réponse, le directeur ressortit de la salle 8 et les rejoignit dans le couloir.

— Merci de m'avoir attendu. Suivez-moi, nous allons retourner dans mon bureau.

— Je pense que tu n'as pas besoin de moi…

Sans réfléchir, Ethan prit Monica par la main, l'encourageant à le suivre dans le bureau du directeur.

— Je te rappelle que nous sommes venus à deux, murmura-t-il, lui faisant comprendre qu'elle n'avait pas le choix.

De plus, il n'avait aucune envie de la laisser partir. Il avait envie de la sentir auprès de lui et surtout, le moment venu, de finir la conversation qu'ils avaient entamée concernant la question de la jalousie. Monica refusa de croiser son regard mais ne broncha pas, acceptant de l'accompagner, à son grand soulagement.

— Nous avons reçu le dossier de l'ancienne école de Trina, annonça le directeur alors qu'il prenait place derrière son bureau.

Ethan et Monica prirent place sur les sièges en face de lui.

— Et alors ? s'enquit Ethan.

— Il est loin d'être complet puisqu'elle a beaucoup manqué ces deux dernières années.

— Je comprends, marmonna-t-il.

Il en voulait à Chantal de ne pas avoir envoyé leur fille régulièrement à l'école, mais son absence pendant les onze premières années de sa vie n'était pas beaucoup plus reluisante.

— D'après ses notes et les résultats des examens qu'elle a passés, sa grammaire et son niveau d'écriture sont bien au-dessus de la moyenne pour son âge, donc c'est une petite fille très intelligente.

Ethan se redressa dans son siège, fier d'être le père de Trina, même si ce succès ne lui en revenait pas.

— Mais…, enchaîna Monica, perspicace.

— J'ai aussi lu dans son rapport que Trina souffrait de dyscalculie.

— Qu'est-ce que ça veut dire ? s'enquit Ethan aussitôt.

— C'est un trouble du développement cognitif lié aux chiffres.

— C'est-à-dire ?

— Les gens qui en sont atteints ont du mal à comprendre les chiffres et les concepts mathématiques. Ils ont par exemple du mal à faire la différence entre le signe moins et le signe plus. Ou bien à mettre des chiffres dans l'ordre. On appelle ça plus communément la dyslexie des maths.

— Tout s'explique. C'est pour ça qu'elle ne voulait pas aller à l'école. Elle a des problèmes en maths et cela crée un blocage chez elle, conclut Monica en posant la main sur son épaule.

Mais il n'avait pas besoin de réconfort. Au contraire. Il était soulagé.

— C'est formidable !

— Pardon ? Vous êtes satisfait du diagnostic ? s'enquit le directeur en le fixant, éberlué.

— Non, vous ne comprenez pas. Je suis vraiment désolé qu'elle ait des problèmes d'apprentissage en maths et qu'elle ait dû se battre contre ça sans être aidée. Mais je suis satisfait d'avoir un début de réponse et soulagé qu'on puisse envisager des solutions pour l'aider à se débarrasser de cette dyslexie. Vous avez dit qu'elle était intelligente, non ?

Ethan attendit la réponse du directeur.

— En effet, mais…

— Si on sait d'où vient le problème, on peut s'atteler à la tâche pour le résoudre ?

— Ce n'est pas facile à résoudre, mais il y a des enseignants spécialisés dans l'apprentissage de stratégies pour aider à surmonter ces difficultés.

— Parfait ! Comment fait-on ?

— Comme nous sommes une petite structure, nous n'avons pas le budget pour proposer ce genre de programme. Il existe une école à Boise qui serait…

— Pas question de la changer d'école ! Ni de déménager. Trina a traversé de nombreuses épreuves, et je veux minimiser les chamboulements dans sa vie.

Il mettait les intérêts de sa fille en avant, mais il pensait aussi aux siens. Il n'avait pas envie de quitter Sugar Falls, d'autant qu'il avait commencé à se rapprocher de Monica et qu'il commençait à avoir besoin d'elle. Sans qu'il n'y ait rien de sérieux entre eux.

Depuis six mois, il avait fait beaucoup d'effort pour s'insérer dans une vie plus sédentaire et enrayer son problème d'alcoolisme. Pas question de repartir à zéro ailleurs, il n'en avait ni la force, ni l'envie.

Monica intervint.

— À la bibliothèque, nous avons des tuteurs qui

viennent pour l'aide aux devoirs après l'école. Je pourrais demander si l'un d'eux est spécialisé dans la dyscalculie. Ce serait peut-être une solution. Mais il faudrait payer, des sortes de cours privés.

Il se tourna vers elle, l'étudiant quelques instants en silence. Cette femme était une source de calme, de sérénité et semblait toujours avoir la réponse à ses questions. Il lui prit la main, enlaçant leurs doigts en signe de reconnaissance. C'était tellement bon de ne pas être seul face au directeur. Avec Monica, il se sentait plus fort.

— Je ne suis pas riche, mais je suis prêt à payer quelqu'un qui aidera Trina à ne plus avoir peur des chiffres. Je veux qu'elle se sente à l'aise à l'école. Je veux la soutenir. Chantal n'y a pas réussi, mais je veux être là pour elle. Ce serait formidable si l'un des tuteurs de la bibliothèque pouvait s'occuper de Trina.

— Je me renseignerai, promis.

— Merci de vos conseils, monsieur Cromartie. Nous vous tiendrons au courant de l'évolution de la situation, lança-t-il sur un ton reconnaissant.

Non seulement il était content de savoir comment aider Trina à l'école, mais ce nouveau développement signifiait qu'il allait pouvoir passer plus de temps à la bibliothèque. Non loin de Monica.

- 7 -

— Bonjour, Monica ! lança Mme Dunn, l'infirmière de l'école.

— Bonjour.

— Tu es venue voir M. Cromartie pour parler du poste de bibliothécaire de l'école ?

— Non. Ethan avait besoin d'en savoir plus sur les programmes de tutorat à la bibliothèque, sur les conseils de M. Cromartie.

— Ah, se contenta de lâcher l'infirmière, le regard plongeant sur la main de Monica, nichée dans celle d'Ethan.

La première fois qu'il lui avait tenu la main, c'était pour qu'ils ne se perdent pas dans le hall d'entrée bondé de l'école. Puis il lui avait pris la main pour l'empêcher de partir et l'encourager à le suivre. Dans le bureau du directeur, il avait entrelacé leurs doigts, sous le coup de l'émotion.

À présent, c'était difficile de trouver une explication, ou de mettre cela sous le coup du hasard. D'ailleurs, elle ignorait si la vague de chaleur qui l'envahissait provenait de ses joues pivoine ou du pouce d'Ethan qui formait des cercles sur sa main.

— Si tu connais quelqu'un qui pourrait être intéressé, dis-le-nous.

— Je n'y manquerai pas, promit l'infirmière, marquant la fin de la conversation en avançant vers la sortie.

Elle pensait que ce serait facile de déloger la main d'Ethan mais il ne semblait pas vouloir la lâcher. Si elle cherchait à retirer sa main, cela ne ferait que confirmer qu'il avait de l'effet sur elle.

Donc elle se redressa, tête haute, et avança à grandes enjambées, tentant de prétendre qu'elle ne se rendait pas compte de son émoi ou que cela semblait tout à fait naturel de marcher main dans la main avec le bel Ethan Regnault.

Quand ils sortirent de l'école, elle fut saisie par la différence de température et frissonna soudain. Aussitôt, Ethan lui lâcha la main pour la prendre par la taille et la serrer contre lui, l'abritant ainsi du vent glacial. Son corps s'imbriqua à merveille contre le sien, ce qui ne manqua pas de la déstabiliser davantage.

Alors qu'elle s'apprêtait à s'arracher à son étreinte chaleureuse, ils croisèrent Carmen sur le parking.

— Mes jumeaux ont oublié leur pique-nique dans la voiture. Ils sont tellement tête en l'air ! Je pense que si leur tête n'était pas accrochée à leur corps, ils l'oublieraient tous les matins. En tout cas, je suis contente d'être tombée sur vous.

Monica ouvrit la bouche, sur le point d'expliquer que les apparences étaient trompeuses et qu'il n'y avait rien entre Ethan et elle, mais Carmen ne parut pas gênée par la situation et continua sur sa lancée :

— J'ai reçu un appel de l'assistante sociale qui s'occupe du dossier de Trina.

— Que t'a-t-elle appris ? s'enquit Ethan, se raidissant sans pour autant lâcher Monica.

— Elle m'a répété ce que Trina t'avait déjà dit. Chantal DeVecchio a été arrêtée de nombreuses fois pour usage et détention de drogues. Irene DeVecchio, la grand-mère de Trina, l'a élevée pendant que Chantal faisait des séjours en centre d'incarcération ou en clinique de désintoxication. Les services de la protection de l'enfance au Texas n'ont ouvert le dossier que lorsque la grand-mère de Trina est tombée malade et que Trina n'allait plus à l'école. L'assistante sociale a été chargée de surveiller la situation familiale et de faire des rapports réguliers. Elle avait déjà demandé un passage devant le juge des enfants pour étudier d'autres possibilités pour envoyer Trina chez des membres de la famille, si jamais Irene n'était plus en état de s'occuper d'elle. Elle a précisé que c'était Trina qui avait demandé qu'on fasse une recherche sur son père. L'assistante sociale m'a raconté aussi qu'à la mort d'Irene, Chantal était partie avec Trina et qu'elles avaient disparu de la circulation pendant un temps. Elle était soulagée d'apprendre que la petite était ici.

— Donc ça veut dire qu'elle va pouvoir rester avec moi ?

En cet instant, les yeux d'Ethan, habituellement peu expressifs, s'emplirent d'une détermination sans borne. Monica l'avait déjà vu amical, charmant et perdu. Mais pour la seconde fois ce matin, elle voyait l'intensité qui l'animait quand la conversation avait trait à Trina. Peut-être que, malgré ses réserves initiales, il ferait un papa impeccable ?

— Les autorités du Texas ont passé le dossier aux autorités de l'Idaho. Quand ils auront étudié le dossier, ils organiseront une visite à domicile, précisa Carmen.

— Une visite à domicile ? Pourquoi ?

— Pour s'assurer que Trina vit dans de bonnes conditions avec toi et s'entretenir avec vous deux pour savoir si c'est la meilleure solution.

— Carmen, qu'en penses-tu ? Tu crois que je peux réussir à passer le test de la visite à domicile ?

— Personnellement, je te le souhaite, car je pense que ce serait la meilleure solution pour Trina. Mais on ne sait jamais ce qui peut se produire dans ces situations. Comme je l'ai dit la semaine dernière, ce serait bien de consulter un avocat, afin de s'assurer que tout est en ordre.

Ethan se tourna vers Monica.

— Et toi, Monica ? Si tu étais l'assistante sociale, tu me laisserais la garde de ma fille ?

Son ventre papillonna quand elle s'entendit consulter ainsi. Une vague de chaleur s'empara d'elle quand elle comprit à quel point il avait besoin qu'elle le rassure. Mais elle ne voulait pas lui mentir et lui donner de faux espoirs. Avant qu'elle ait eu le temps de lui répondre, son téléphone vibra dans la poche arrière de son jean.

— Excusez-moi, je vais prendre l'appel. Allô ?

C'était Marcia Duncan, de l'épicerie Duncan.

— Bonjour, Marcia, que puis-je faire pour toi ?

— En fait, ta grand-mère est passée pour faire des courses, mais arrivée à la caisse, elle s'est rendu compte qu'elle n'avait pas d'argent.

Aussitôt, une boule se forma dans son estomac.

— Elle est encore là ?

— Oui. Comme elle a un peu paniqué, Mauricio l'a emmenée dans le bureau à l'arrière pour calmer son agitation. Il l'a amadouée en lui parlant de recettes de poulet rôti. Elle s'est calmée, mais je pense que ce serait bien si tu pouvais passer la chercher.

Ethan s'approcha, l'air interrogateur. Monica couvrit le micro de son téléphone pour lui parler à voix basse.

— Grand-mère est à l'épicerie Duncan. Je dois aller la chercher.

— Dis-leur qu'on arrive, déclara Ethan alors qu'elle avait déjà enlevé sa main.

— Mais dis-moi, tu es avec un homme ? l'interrogea Marcia, à l'autre bout de la ligne.

Elle sentit ses joues s'empourprer.

— J'arrive tout de suite.

Ethan la conduisit directement à l'épicerie Duncan et, bien qu'elle lui ait répété à plusieurs reprises qu'il n'avait pas besoin de rester, il insista pour l'accompagner jusqu'au magasin.

— Ta voiture est encore au café, et je n'ai pas besoin d'aller travailler avant 10 heures. À moins que tu ne veuilles que ta grand-mère traverse la ville en peignoir et en chaussons de danse, je pense qu'il vaut mieux que je vous ramène toutes les deux à ta voiture.

— Oui, mais Marcia saura qu'on était ensemble tout à l'heure, siffla Monica, mâchoires serrées, s'efforçant de sourire au caissier.

— On est à Sugar Falls. Tous les parents et les enseignants de l'école nous ont vus ensemble. Je suis sûr que Marcia ainsi que les cinq mille habitants de Sugar Falls savent déjà que tu étais avec moi ce matin.

— Tiens, Ethan ! Bonjour,

— Bonjour, Marcia, répondit-il, cordialement.

— C'est bien ce que je me disais !

— Quoi donc ?

— Tout à l'heure, quand j'ai appelé Monica, j'ai cru entendre la voix d'un homme et j'ai tout de suite pensé à toi. D'ailleurs, qu'aviez-vous à faire de bon matin ?

Ethan jeta un regard de connivence à Monica, pour lui prouver qu'il avait raison, mais elle ne se concentrait pas du tout sur la discussion. Les yeux dans le vide, elle s'attendait peut-être à voir sa grand-mère surgir.

Peu enclin à céder aux envies de commérages de Marcia, il ignora sa question et alla droit au but.

— Mme Alvarez est dans l'arrière-boutique, si j'ai bien compris ?

— Oui, elle est avec Mauricio. Il a voulu l'occuper en lui faisant couper du chou pour le coleslaw, mais comme elle a refusé de porter des gants et un filet pour ses cheveux, on ne pourra pas le vendre. C'est la porte au fond.

Sans plus tarder, Monica et Ethan s'enfoncèrent dans le magasin.

— Tiens, *mija*, te voilà ! Et tu es venue accompagnée de ton charmant ami, encore une fois.

— Coucou, grand-mère, répondit Monica sur un ton qui se voulait prudent.

Il reconnut dans sa voix le ton dont il usait quand il voulait poser une question à Trina sans vouloir l'effrayer.

— Bonjour, madame Alvarez, lança-t-il.

— Oui, c'est M. Regnault. On est venus te chercher pour te ramener à la maison.

Il sourit en entendant Monica insister sur son nom de famille, comme si cela pouvait empêcher Marcia et quiconque alentour de se faire des idées sur ce qui se passait entre eux. Mais le moment aurait été mal venu de la taquiner sur le statut de leur relation. Non seulement parce que sa grand-mère était visiblement dans un état mental instable, mais aussi parce qu'il n'était pas sûr de la nature de cette même relation.

— Bien sûr que je me souviens de M. Regnault. Ethan, pour les intimes, précisa-t-elle en lançant un clin d'œil à Mauricio.

— C'est ça, Ethan Regnault.

— Vous savez, il passe pas mal de temps chez nous, ajouta-t-elle, toujours en regardant Mauricio.

Pour la énième fois de la matinée, Monica rougit.

— Grand-mère, il est venu refaire la cuisine en novembre, nuança-t-elle, pour trouver une échappatoire honorable.

— Je ne parle pas de novembre. Je parle de l'autre soir, quand il est resté tard après t'avoir raccompagnée.

À chaque parole de sa grand-mère, les yeux de

Marcia s'écarquillaient encore, et sa bouche ne cessait de s'ouvrir, tel un poisson attendant à manger.

Ethan intervint.

— Madame Alvarez, si vous avez terminé, je propose qu'on rentre chez vous. D'ailleurs, vous pourriez me faire à manger, si vous voulez.

Il n'avait pas vraiment faim, surtout après un bon petit déjeuner, et ce n'était pas encore l'heure du déjeuner, mais il se souvenait que lorsqu'il avait travaillé dans sa maison, la vieille dame avait adoré cuisiner pour Kane et lui à toute heure de la journée.

— Ah, *mijo*, je te ferai des *conchas* et un chocolat chaud. Mais je devrai d'abord m'arrêter pour faire des courses.

Monica souffla plus fort que prévu.

— Grand-mère, on est dans une épicerie.

— Alors ça tombe bien, répliqua celle-ci en enlevant son tablier pour se retrouver de nouveau en peignoir.

Ses pieds battaient la mesure à chaque pas. Elle vint agripper Monica par le bras.

— *Mija*, prenons un caddie pour faire les courses.

Marcia intervint.

— Madame Alvarez, je vous rappelle que les courses que vous avez faites tout à l'heure n'ont pas été rangées. Tout est encore dans le panier, à côté de la caisse. Vous nous avez dit que Monica allait arriver pour payer.

Aussitôt, l'intéressée tapota la poche de sa veste.

— Ah, je pense que ça va être un problème, car j'ai oublié mon portefeuille au café en partant tout à l'heure.

— Donc, finalement, je remets les aliments en rayon ? s'enquit Marcia, soudain moins patiente.

— *Donde estan, mija ? Donde esta la comida que acabo de comprar. Y porque me esta viendo asi la gorda ?*

Ethan ne connaissait que quelques rudiments d'espagnol, mais il comprit ce que la grand-mère de Monica disait. D'une part, elle ne comprenait pas ce qu'elle faisait là et, d'autre part, elle ignorait pourquoi elle n'était pas encore repartie avec ses courses. Au passage, elle avait aussi fait une remarque peu flatteuse sur l'aspect physique de Marcia Duncan.

Ethan prit la clé de sa voiture dans sa poche et la tendit à Monica.

— Emmène ta grand-mère à la voiture, je vais régler la note.

— On a déjà tout scanné à la caisse et mis en sacs, ce sera rapide, dit Marcia, sur un ton radouci.

Ethan suivit la propriétaire jusqu'à la caisse et ne vérifia même pas ce qu'il y avait dans les sacs. Tout ce qu'il voulait, c'était partir au plus vite pour soulager Monica et ramener sa grand-mère en lieu sûr. Quand il arriva sur le parking, elle avait déjà installé sa grand-mère à l'arrière.

— Dis donc ! Il y avait tout ça ? Pourquoi a-t-elle acheté autant de nourriture ? Je n'imagine même pas combien je te dois, s'exclama Monica en le voyant arriver avec un caddie rempli.

Ethan était content d'avoir chiffonné et jeté le reçu en sortant de l'épicerie. Il ne voulait pas que Monica ait à se soucier de la note de deux cents dollars. Elle l'avait tellement aidé avec Trina que c'était la moindre des choses.

— Ne t'inquiète pas pour ça.

— Ah, si, j'insiste. Tu me diras combien je te dois.

— Comment va-t-elle ? s'enquit Ethan en levant le menton vers la banquette arrière.

— Elle est épuisée. Chaque fois qu'elle a une crise, ça la vide de toute son énergie.

Ethan posa les sacs par terre puis baissa le hayon arrière de son pick-up pour y mettre les commissions.

Alors que Monica lui tendait un sac de courses, il effleura ses seins par inadvertance. Une décharge électrique lui traversa le corps, si bien qu'il lâcha le sac qui retomba bruyamment dans le caddie en métal.

Ce n'était pas la première fois qu'il effleurait les seins d'une femme. Et ce n'était pas comme s'il n'avait jamais touché Monica, puisque le matin même, il lui avait pris la main à plusieurs reprises. Mais les fois précédentes il avait davantage agi instinctivement, par nécessité, comme s'il en allait de sa vie. Avant que Marcia Duncan n'insinue que leur relation allait au-delà d'une simple amitié.

À présent, de façon étonnante, c'était différent. Comme si la donne avait changé. D'ailleurs, la donne avait en effet changé. La raison était d'une simplicité à toute épreuve : ils étaient tous les deux conscients de l'attirance irrésistible qu'ils éprouvaient l'un pour l'autre. Comme d'une évidence indéniable contre laquelle ils ne pouvaient rien faire. Au point que toucher accidentellement Monica à travers son manteau en laine avait provoqué en lui un flot de sensations semblable à un tsunami émotionnel.

En voyant les joues colorées de Monica, il comprit qu'elle avait éprouvé les mêmes sensations. D'ailleurs, Monica refusa de le regarder le temps qu'ils finissent de ranger les courses dans le coffre. Pour lui, c'était la preuve flagrante que leur effleurement avait eu un effet tout aussi perturbant sur elle que sur lui.

Cela l'enchanta au plus haut point.

Leur maison n'était qu'à deux kilomètres de l'épicerie Duncan, mais la grand-mère de Monica eut néanmoins le temps de s'endormir pendant le trajet, au point qu'elle ronflait quand il se gara dans l'allée.

Elle s'apprêtait à la réveiller quand Ethan mit un doigt sur sa bouche.

— Laisse-la dormir, je peux la porter dans sa chambre, murmura-t-il.

Voyant le corps frêle de sa grand-mère dans les bras musclés d'Ethan, elle fut profondément touchée. Cela lui évoqua l'image d'un enfant dans les bras de ses parents. C'était déchirant de voir sa grand-mère aussi diminuée, alors qu'elle avait été une véritable force de la nature. Jour après jour, elle devenait de plus en plus fragile et de plus en plus dépendante.

Une fois dans la chambre de sa grand-mère, elle défit le lit pour qu'Ethan puisse la déposer directement sur le drap. En enlevant les boucles des chaussures de danse, elle vit que la peau fine autour des chevilles était couverte de taches bleues et violettes.

— On dirait un pinçon. Comment c'est possible ? s'enquit Ethan en étudiant les marques de plus près.

— Je pense qu'elle a dû s'abîmer les pieds en marchant jusqu'à l'épicerie.

La dernière fois, elle avait pris la voiture de Monica pour se déplacer. Cette fois, comme Monica était partie travailler en voiture, elle n'avait pas eu le choix et était sortie à pied. Parfois, des habitants de Sugar Falls la prenaient dans leur voiture. Mais cela arrivait de moins en moins souvent, surtout quand elle était en peignoir.

Monica ne pouvait pas se permettre d'embaucher une aide-soignante à temps plein pour surveiller sa grand-mère quand elle était au travail mais, avec les incidents qui se répétaient à intervalles de plus en plus rapprochés, elle se demandait ce qu'elle allait faire pour gérer la situation et éviter d'être constamment sur le qui-vive quand elle laissait sa grand-mère seule.

— Tu veux que je reste avec toi ou tu veux que je sorte les courses de mon pick-up ?

Ethan avait sûrement hâte de quitter les lieux. Comment lui en vouloir ? Pour quelqu'un d'extérieur, sa grand-mère avait le comportement d'une folle.

— Je veux bien que tu déposes les sacs dans l'entrée. Je m'en occuperai plus tard. Merci.

Comme elle l'avait fait deux jours auparavant, elle replaça la paire de chaussures dans la boîte et borda sa grand-mère pour qu'elle dorme confortablement. Et comme deux jours auparavant, elle trouva Ethan dans sa cuisine en redescendant. Il avait ôté son manteau, qu'il avait posé sur un dossier de chaise, et il était en train de ranger les œufs dans le réfrigérateur.

Quand il entra, il lui jeta un coup d'œil, mais n'arrêta pas pour autant ce qu'il était en train de faire.

— Je ne savais pas trop où ranger les choses, mais j'ai fait au mieux. En tout cas, la bonne nouvelle, c'est que vous avez de quoi tenir un siège, annonça-t-il en désignant un placard qu'il avait laissé ouvert et qui regorgeait de boîtes de conserve et de bocaux divers.

— Je sais, grand-mère a toujours peur de manquer de certains aliments, même si elle ne cuisine presque plus et achète souvent des ingrédients qu'on a déjà et qui finissent au fond des placards.

— D'où la cachette pleine de biscuits Oreo sur l'étagère du haut ?

— Ah, non, les biscuits, c'est à moi. Grand-mère a toujours pensé que c'était un péché capital d'acheter et de manger des cookies industriels. Sauf que c'est mon antidote pour décompresser. Dès que je me sens stressée, j'en mange un.

— Le stock me suggère que tu es souvent stressée ?

— Disons qu'en ce moment ce n'est pas facile. Surtout un jour comme aujourd'hui.

Il marqua une pause.

— Je ne devrais peut-être pas t'embêter en amenant Trina ce soir. Qu'en penses-tu ?

— Non, ça ira, franchement. Au réveil, grand-mère sera en pleine forme. Après chaque crise, elle dort, puis elle est toute pimpante pendant un moment. C'est comme un ordinateur avec trop de fenêtres ouvertes qui se met en grève du zèle. Il suffit de tout éteindre, de redémarrer, et c'est reparti pour un tour.

— Je vois.

— Elle se souviendra que Trina doit venir dîner avec nous, j'en suis sûre, et elle voudra sûrement cuisiner une de ses spécialités. C'est d'ailleurs pour ça qu'elle s'est mis en tête d'aller faire des courses, je pense, même si on avait déjà tout ce qu'il fallait à la maison.

— Dans ce cas, je ne voudrais pas décevoir Mme Alvarez. Mais je ne veux surtout pas que ça te rajoute du travail.

— Je t'assure que ce n'est pas un problème. Dans un sens, ça va m'aider, car Trina fera diversion, et grand-mère aura l'esprit occupé. En plus, avec le plein de courses qu'on vient de faire, il faut bien qu'on invite des gens pour nous aider à écouler les stocks, lança-t-elle, pince-sans-rire.

En silence, ils finirent de ranger les courses.

Une fois qu'ils eurent terminé, Ethan s'étira, bras levés, laissant à Monica le loisir d'entrevoir un peu de peau juste au-dessus de sa ceinture. Un vrai régal. Elle crut défaillir, sa gorge s'assécha, et son cœur s'accéléra quand elle imagina défaire le premier bouton de sa braguette. Décidément, elle devait à tout prix le faire sortir de chez elle avant que son imagination ne la pousse vers un terrain miné.

— Tu ne dois pas aller au travail ? demanda-t-elle pour faire diversion et s'efforcer de reprendre pied dans le moment présent.

— Si, acquiesça-t-il après avoir consulté sa montre.

— C'est bien ce que je pensais.

— Et toi ? Que vas-tu faire ? Tu vas rester avec ta grand-mère ou tu veux que je te ramène à ta voiture ?

— Je dois vraiment aller au travail. Et je veux bien que tu me déposes au café, mais si ça ne te dérange pas, je vais d'abord demander à mes voisins s'ils peuvent passer pour s'assurer que tout va bien. M. Simon a pris sa retraite récemment et il est plus disponible.

Elle appela son voisin pendant qu'Ethan envoyait un message à son patron pour le prévenir qu'il serait légèrement en retard. Après avoir raccroché, elle monta se changer et troquer sa tenue de serveuse pour une tenue plus sobre de bibliothécaire. Elle alla une dernière fois voir sa grand-mère puis prit le moniteur qu'elle avait acheté, quelques mois plus tôt.

Une fois prête, elle chargea Ethan de fermer la maison pendant qu'elle apportait l'autre moniteur talkie-walkie à son voisin, pour qu'il puisse entendre quand sa grand-mère se réveillerait tout en continuant à travailler dans son atelier.

Il était déjà sur le seuil de sa porte, le temps qu'elle traverse la pelouse couverte de neige.

— C'est Ethan Regnault ? s'enquit M. Simon en montrant le pick-up du doigt.

— Oui. Il va me ramener au Cowgirl Up pour que je puisse récupérer ma voiture.

— Votre grand-mère nous a dit qu'il passait beaucoup de temps chez vous, ces temps-ci.

— Beaucoup de temps, c'est exagéré.

— Il paraît que vous êtes allés faire du shopping à Boise.

— Les nouvelles vont vite.

— Et il paraît que vous étiez avec une jeune fille.

— En effet, il s'agissait de Trina, la fille d'Ethan. Elle a onze ans.

— Ma femme pense qu'il cherche une maman pour sa fille. Mais comme je l'ai dit à Deborah, tout le monde en ville savait qu'il avait des vues sur vous bien avant l'arrivée de sa fille.

— Monsieur Simon, merci infiniment. Je dois filer. Prévenez-moi quand grand-mère est réveillée.

En s'installant sur le siège passager à côté d'Ethan, elle repensa aux paroles de M. Simon : tout Sugar Falls pensait qu'Ethan avait des vues sur elle. Puis elle se rappela que M. Simon était un adepte de la théorie du complot : selon lui, le gouvernement avait accès aux informations qui passaient dans tous les talkies-walkies. Cette pensée la fit sourire. Raison de plus pour ne pas le prendre au sérieux.

Comme elle n'arrivait pas à mettre sa ceinture, Ethan intervint.

— Attends, je vais le faire, le mécanisme est capricieux.

Une fois qu'il l'eut aidée à s'accrocher, il recouvrit sa main, sans mot dire. Son corps tout entier fut instantanément traversé de sensations inouïes. Elle fixa ses mains rugueuses et hâlées, hypnotisée par les lentes caresses de son pouce. Son esprit l'encourageait à retirer sa paume, pour ne pas compliquer les choses, tandis que son corps ne demandait qu'à être caressé en tout point.

Heureusement, elle n'eut pas à prendre de décision, car toujours en silence, il décida de démarrer le véhicule, sans faire allusion à l'instant d'intimité qu'ils venaient de partager.

— Tu penses que ta grand-mère va dormir combien de temps ? demanda-t-il, brisant l'atmosphère électrique de l'habitacle.

Elle fut soulagée qu'il ait choisi un sujet de conversation aux antipodes de ce à quoi elle pensait à l'instant même.

À savoir que chaque fois qu'il l'effleurait ou la touchait, son corps réagissait au quart de tour, comme jamais il n'avait réagi auparavant. C'était là le plus inquiétant.

— Tout dépend de l'ampleur de la crise. J'ai l'impression que quand son cerveau se met à divaguer, son corps envoie toute l'énergie possible pour alimenter les neurones et limiter la casse. C'est pour ça qu'elle est épuisée physiquement. À ce propos, merci encore d'avoir été là et de nous avoir raccompagnées. Je te dois une fière chandelle.

— Tu ne me dois rien du tout. Sinon, au rythme où ça va, il faudra créer un fichier Excel pour enregistrer les services que l'on se rend l'un à l'autre.

— Tu as raison. Nous sommes amis. Les amis, c'est fait pour s'aider.

Même s'ils passaient de plus en plus de temps ensemble et que le phénomène l'inquiétait. C'était dangereux de se sentir redevable envers quelqu'un dont elle appréciait à ce point la compagnie.

— Nous sommes amis ? C'est tout ? demanda-t-il alors qu'il se garait devant le Cowgirl Up.

— C'est tout. Je suis ton amie, Ethan.

Il parut interloqué puis se ressaisit.

— Alors il y a du progrès puisque récemment, nous n'étions même pas amis.

— Merci, Ethan, lança-t-elle avant de sortir de la voiture.

— Attends ! l'appela-t-il.

À sa grande surprise, il sortit aussi, effectuant le tour du véhicule pour venir à sa hauteur. Elle se figea, chancelante, sentant son corps s'embraser à mesure qu'Ethan s'approchait d'elle.

— Tu as oublié ça, dit-il en brandissant le tablier qu'elle avait enlevé dans la voiture, en chemin pour l'école de Trina.

Avant qu'elle ait eu le temps de réagir, il était déjà en train de le lui nouer autour de la taille. Cette fois, quand ses doigts lui effleurèrent le nombril, elle sut que ce n'était pas un accident.

— Et pour ta gouverne, ce soir, je n'ai pas rendez-vous avec une femme.

— Pour ta gouverne, cela m'est égal, mentit-elle.

Puis elle tourna les talons, consciente qu'Ethan n'était pas dupe de son mensonge.

- 8 -

Ce n'est qu'en arrivant à la salle communautaire, le lundi soir à 18 heures qu'Ethan prit conscience qu'il avait vraiment besoin d'aller à sa réunion de l'AAA. Il s'était souvent senti seul dans son combat contre l'alcoolisme. Se retrouver avec des gens qui se battaient contre le même fléau que lui gommait ce sentiment de solitude et lui donnait la force d'avancer.

En parlant aux autres, il se rendit compte à quel point sa sobriété était plus importante que jamais. S'il devait assister à des réunions plus fréquemment, il le ferait. Trina méritait d'avoir un père à la hauteur, en pleine possession de ses moyens et en mesure de donner le meilleur de lui-même.

Mais il ne pouvait pas abuser de la gentillesse de Monica en lui demandant de garder Trina à chaque réunion. Donc avant de partir le lundi soir, il se renseigna sur les autres réunions dans la région et apprit qu'il y avait des sessions en journée à l'hôpital militaire qui se trouvait à trente minutes de Sugar Falls.

Monica lui parut très fatiguée quand il vint rechercher sa fille après sa réunion.

— Comment ça s'est passé ?

— Très bien. Grand-mère a appris à Trina comment faire des tortillas à la farine et comment se déhancher à la Elvis. Trina a lu un peu de son livre à grand-mère pendant que je passais des appels. À ce propos, je voulais te dire que j'avais trouvé un tuteur de maths qui viendra demain à la bibliothèque. Il étudie à Boise et il peut venir les mardis et jeudis après-midi.

— Monica, tu es vraiment incroyable ! Merci infiniment, dit-il en la prenant dans ses bras en guise de remerciement.

À l'origine, il avait eu dans l'idée de la soulever, mais en voyant les joues pivoine de Monica, il se ravisa, ne voulant pas la gêner.

— Je t'en prie, j'avais dit que je m'en occuperais.

— Monica, tu ne peux pas savoir à quel point je te suis reconnaissant de tout ce que tu as fait pour moi, ces derniers jours.

— Je l'ai fait pour Trina, répliqua-t-elle, avant de bâiller.

Ce geste avait sûrement pour but de mettre de la distance entre eux, mais il n'en prit pas ombrage. D'autant qu'entre-temps un bouton de son chemisier s'était ouvert et qu'il eut droit à une vue imprenable sur son soutien-gorge de dentelle rose.

— Alors merci pour elle.

— Et moi, je tenais à te remercier pour ce que tu as fait ce matin, ajouta-t-elle avant de bâiller de nouveau.

Il lui adressa un petit sourire perfide.

— Je l'ai fait pour ta grand-mère.

— Je vois, dit-elle, en bâillant pour la troisième fois.

Cette fois, il eut des doutes.

— Nous allons y aller. Je ne veux pas t'empêcher d'aller te coucher, tu as l'air d'être très fatiguée.

En vérité, il avait surtout très envie de la prendre dans ses bras pour l'emmener dans son lit et s'y glisser auprès d'elle. Mais avec sa fille et Mme Alvarez qui triaient des disques d'Elvis dans la pièce d'à côté, il pouvait difficilement donner libre cours à ses envies de prince charmant.

— Allez, Trina, il est temps de rentrer chez nous.

Sa fille administra une tape amicale sur la main de Mme Alvarez, ce qui le surprit car Trina s'était montrée jusqu'à présent très réservée. Hormis avec le chaton qu'elle pouvait caresser à longueur de journée.

— Reviens vite, ma petite, lui répondit la grand-mère de Monica.

— Je pourrai revenir lundi prochain ? proposa Trina.

— Pourquoi pas ? se contenta de répondre Monica.

— On verra, dit-il, ne sachant pas comment il arriverait un jour à trouver le bon moment pour proposer à Monica de sortir avec lui.

Le lendemain matin, comme Trina semblait plus détendue, il l'emmena au Cowgirl Up pour le petit déjeuner, même si Monica n'était pas de service le mardi matin. En chemin pour l'école, ils parlèrent de son nouveau tuteur et passèrent en revue le programme de la journée.

Le mercredi et le jeudi se déroulèrent sans encombres, et le vendredi matin Ethan se rendit à Boise pour acheter un téléphone portable à Trina afin qu'elle n'ait plus d'angoisses concernant l'organisation ou le fait qu'il pourrait oublier de venir la chercher.

— Maintenant, avec ce téléphone, tu peux m'envoyer des petits messages quand tu veux.

Les premiers jours, elle ne manqua pas de lui écrire à chaque pause déjeuner, lui rappelant qu'il ne devait pas oublier de venir la chercher à 15 heures. Puis il se mit à lui envoyer de petites photos de chats avec des légendes amusantes, comme celle d'un matou accroché à un rideau, où l'on pouvait lire : « Tiens bon ! ».

Au bout de quelques jours, elle parut plus détendue dans ses messages, allant jusqu'à utiliser un émoji de sourire. C'était assez étonnant pour être souligné puisqu'il ne l'avait pas encore beaucoup vue sourire elle-même.

Quand la seconde semaine de mars arriva, il n'aurait pas pu affirmer qu'il avait entièrement intégré son rôle de père, mais la relation entre Trina et lui était plus naturelle. Ils étaient plus à l'aise en compagnie l'un de l'autre et le fait d'avoir une routine semblait convenir à Trina.

Son patron avait accepté de lui aménager ses horaires si bien qu'il pouvait continuer à honorer ses engagements sur divers chantiers tout en étant présent pour Trina quand elle avait besoin de lui. Mais, à mesure que les jours passaient, il sentit le besoin de se dépenser physiquement de manière plus intense.

Le matin, ils n'avaient pas beaucoup le temps. Il fallait se lever, manger un bol de céréales et filer à l'école pour ne pas être en retard. À 15 heures, quand il l'attendait devant l'école, il était toujours un peu démuni de voir la mine déconfite de sa fille. Et il était tout aussi démuni quand des mamans le sollicitaient pour participer aux ventes de gâteaux. Le soir, après l'école, il partageait son temps entre la préparation de repas, en essayant de ne pas le brûler, le visionnage de vidéos sur YouTube avec Trina et la vérification de ses devoirs. Quand il se couchait, il était mentalement épuisé et ne tardait jamais à s'endormir.

.Le plus gros défi pour lui, c'était de surmonter le créneau de la fin d'après-midi. La fameuse *Happy Hour* dans les bars. Il en avait profité, à une époque, jusqu'à ce que la Happy Hour n'ait plus de limite pour lui. Dans sa nouvelle vie de père, le pire moment, c'était quand Trina était à la bibliothèque le mardi et le jeudi, pour ses leçons de tutorat. C'était là que la tentation atteignait son paroxysme.

Soit il restait assis dans sa voiture, en essayant de ne pas penser à son envie de boire de l'alcool. Soit il était assis à la bibliothèque, en essayant de ne pas penser à son envie d'embrasser Monica. Voire plus si affinités.

Le second jeudi après-midi de mars, il décida de se mettre en tenue de sport et alla courir pendant la leçon de tutorat de Trina. À peine avait-il parcouru quelques kilomètres qu'une pluie diluvienne s'abattit sur les environs de Sugar Falls, le forçant à rebrousser chemin. Le temps qu'il arrive à la bibliothèque, il était trempé jusqu'aux os. Il avait préféré venir directement, de peur d'être en retard pour récupérer Trina s'il effectuait un détour pour se changer chez lui.

En entrant dans la bibliothèque, il ne passa pas inaperçu, car ses chaussures mouillées clapotaient à chaque pas tellement elles étaient gorgées d'eau. Une maman qui lisait avec son enfant lui fit même les gros yeux en mettant un doigt sur sa bouche pour lui rappeler que c'était un espace de calme et de silence.

Sa fille était en général dans l'une des pièces à l'étage, et il ne voulait pas aller la déranger. Finalement, il décida de partir en quête de Monica pour la saluer, malgré son état et sa tenue. Il la trouva à genoux, dans le rayon Nature, avec un petit garçon, un livre sur les grenouilles à la main. Elle lâcha le volume en le voyant. Les quatre yeux se figèrent sur lui.

— Tu es tout mouillé, constata le garçon en ramassant le livre.

— Je crois qu'avec ça tu as de quoi faire ton exposé sur la reproduction des grenouilles, lui lança Monica.

— Merci, mademoiselle Alvarez ! clama le petit après avoir jeté un regard espiègle en direction d'Ethan.

Quant à Monica, elle resta immobile, à genoux, lèvres entrouvertes, les lunettes légèrement plus basses sur l'arête du nez. On aurait dit qu'elle fixait son torse ou alors qu'elle était en arrêt sur image.

— Tu as besoin d'aide pour te relever ? demanda-t-il en lui tendant la main.

— Tu es trempé, commenta-t-elle sans accepter sa main ni tenter de se relever.

Elle continua de le contempler, provoquant en lui une vague de chaleur intense alors que ses vêtements dégoulinants lui collaient à la peau.

— Oui, il paraît. Et alors ?

— Et alors… Ton T-shirt mouillé te colle aux abdos…

Une goutte tombée de sa main lui coula sur la jupe, attirant son attention et l'empêchant de finir sa phrase. Mais à en juger par la couleur de son visage et la dilatation de ses pupilles il n'eut aucun mal à comprendre la teneur de sa pensée. Non seulement Monica était attirée par lui mais, en cet instant, elle avait envie de lui.

Elle secoua brièvement la tête avant d'accepter la main qu'il continuait de lui tendre. Une fois qu'il l'eut soulevée, il ne la lâcha plus. Au contraire, il se servit de cet élan pour l'attirer contre lui. Monica plaça une main sur son torse, peut-être pour freiner l'ardeur ambiante et l'empêcher de s'approcher plus avant.

— Tu es trempé, protesta-t-elle, consciente qu'elle se répétait mais incapable de trouver autre chose.

— Et toi, tu es rouge pivoine. On dirait que je t'ai mise dans tous tes états, ironisa-t-il, avant de rapprocher son visage trempé du sien.

Il s'arrêta juste avant d'atteindre ses lèvres, mais sa bouche était entrouverte, et elle comprit qu'il s'agissait d'une invitation. Elle céda, tout en sachant que c'était une erreur.

Il y avait quelques instants, elle était en train de conseiller un petit garçon sur la reproduction des grenouilles. À présent, elle était sur la pointe des pieds, les lèvres collées à celles d'Ethan Regnault, coureur dégoulinant de son état.

Elle se délecta de la pluie qu'elle goûta lorsque sa bouche vint recouvrir la sienne. De sa langue avide, elle se montra aussi entreprenante qu'avec ses mains qui s'agrippaient à ses épaules alors qu'elle le plaquait contre le rayon Sciences et Zoologie. Ou bien était-ce le rayon Anthropologie ? Étant donné son état d'excitation, elle aurait été bien incapable de le savoir. D'ailleurs, elle s'en fichait éperdument. En cet instant, tout ce qui comptait, c'était de pouvoir enfin donner libre cours à cette attirance qu'elle avait tant de fois tenté d'étouffer. À présent, elle était désireuse de rattraper le temps perdu.

Alors qu'il lui caressait le bas du dos, sa langue dansait avec la sienne, la faisant prisonnière de ses sens. Elle se montrait passionnée et frénétique, tandis qu'il l'embrassait lentement, avec méthode, tempérant le rythme de leur baiser. Se rappelant qu'elle n'avait pas respiré depuis longtemps, elle inhala le parfum musqué de sa peau, mêlé à l'odeur des livres enfermés depuis longtemps dans les rayons de la bibliothèque.

Embrasser Ethan lui donnait la sensation de lire un thriller palpitant, situé dans un pays imaginaire, tout en étant assise dans son canapé, bien au chaud chez elle. Sa bouche appelait à l'aventure, excitant ses sens au plus haut point, tandis que ses bras musclés la rassuraient, lui procurant la solidité qui l'empêcherait de chavirer.

Elle laissa ses mains parcourir son torse, explorant les tours et les contours de sa carrure athlétique. Il quitta sa bouche quelques instants, déposant une pluie de baisers sur son visage, et elle en profita pour rejeter la tête en arrière et reprendre sa respiration. Elle était sur le point de glisser les doigts sous son T-shirt mouillé quand Ethan fit un bond en arrière.

Quelqu'un venait de tousser. Tournant la tête, elle vit Trina les dévisager.

Ethan ne prit pas la peine de dire correctement au revoir à Monica, ni même de la remercier, après ce baiser magistral. Cela dit, après un baiser de cet acabit, qu'y avait-il à ajouter ?

Il courut après Trina qui l'avait fusillé du regard avant de prendre la poudre d'escampette. Elle était facile à suivre, car elle avait un sac à dos jaune.

Heureusement, comme la pluie faisait toujours rage, elle n'eut pas l'idée de rentrer seule à pied. Elle se dirigea vers son pick-up, s'évertuant à essayer d'ouvrir la portière passager avant même qu'il ait eu le temps de déverrouiller le véhicule.

Ce qu'il voulait savoir avant tout, c'était pourquoi elle était partie aussi brusquement, sans dire un mot à Monica. Par où commencer ? Sa fille n'était elle-même pas très à l'aise pour discuter de sujets inconfortables. Donc la conversation allait avoir du mal à décoller ou à ne pas finir dans une impasse.

Il s'en voulait d'avoir laissé la situation lui échapper. Avant d'être père, il n'avait jamais laissé l'incertitude se mettre en travers de ses décisions et il avait toujours mené ses missions à bien, envers et contre tout.

Mais son nouveau statut de père le mettait dans une situation de doute constant. Son père avait-il éprouvé ses moments de faiblesse et de solitude face à l'éducation de son fils ? S'était-il senti aussi inapte que lui, alors qu'il prenait place au volant de son pick-up ?

Il laissa échapper un profond soupir de frustration, puis mit la clé dans le contact. Mais avant qu'il ne démarre, Trina le surprit en prenant la parole.

— Je commençais à me dire que j'avais le droit de

mener une vie normale, comme tout le monde. Pourquoi as-tu tout gâché en l'embrassant ?

Pour sa défense, c'était Monica qui l'avait embrassé en premier. Mais comme sa fille semblait en colère alors qu'habituellement tout lui semblait indifférent, il ne voulut pas entrer dans des détails inutiles, de peur de l'empêcher de s'exprimer et de dire ce qu'elle pensait.

Les yeux bleus de Trina s'étaient assombris comme jamais, et le regard accusateur avec lequel elle le fixait le glaça. Il aurait aimé pouvoir continuer comme avant et avancer sans vague, mais il préférait en avoir le cœur net.

Il fit donc un pas en avant, perçant l'abcès sans plus attendre.

— Je pensais que tu aimais bien Monica.

— En effet.

— Eh bien moi aussi, j'aime bien Monica, répliqua-t-il en se tournant vers elle.

C'était aussi une façon de lui faire comprendre qu'ils ne partiraient pas de cette place de parking tant qu'elle n'aurait pas expliqué pourquoi elle boudait.

— Oui, tu l'aimes bien. Pour le moment.

Il passa la main dans ses cheveux mouillés, étouffant sa frustration. Il avait appris que les adolescents étaient très doués pour le sarcasme et les reparties cinglantes, mais il avait espéré être épargné pendant quelques années encore, avant d'être confronté aux effets des hormones adolescentes.

— Trina, j'essaie de comprendre pourquoi tu es contrariée. Mais tu vas devoir être un peu plus explicite.

— Chantal m'a expliqué que les hommes finissaient toujours par partir. J'espérais que tu serais différent. Même si tu nous as quittées dès le départ.

Visiblement, le problème était lié à sa relation avec Chantal. Il soupira, tentant une approche différente.

— Trina, quand j'étais plus jeune, ma mère a dit à mon père qu'elle voulait divorcer.

— Ta mère t'a aussi abandonné ?

— Non, mes parents se sont partagé ma garde. La semaine, j'étais avec ma mère et, le week-end, avec mon père. J'ai toujours détesté leur séparation. Et à chaque Noël, il n'y avait qu'une seule chose sur la liste que j'envoyais au Père Noël. Je voulais que mes parents se remettent ensemble et qu'on vive de nouveau tous les trois sous le même toit.

— Il n'y a que les bébés qui croient au Père Noël.

— J'avais cinq ans ! rétorqua-t-il, presque sur la défensive.

— Donc ça veut dire qu'ils ne sont jamais retournés ensemble ?

— Non. Ma mère est morte dans un accident de voiture, une veille de Noël, avec son nouveau petit ami.

— Je suis désolée, marmonna Trina, semblant se radoucir.

Mais il ne voulait pas l'amadouer. Il voulait simplement qu'elle s'ouvre à lui.

— Tout ce que j'essaie de dire, c'est que je sais ce que tu traverses. C'est normal que les enfants aient envie de voir leurs parents reformer un couple.

— Tu penses que j'ai envie que tu reviennes avec Chantal ?

— Ce n'est pas pour ça que tu es fâchée ? Je pensais que tu m'en voulais d'avoir embrassé Monica.

— N'importe quoi !

— Alors pourquoi tu ne voudrais pas que je sois en couple avec elle ?

— Vous êtes en couple ?

— Il n'y a rien d'officiel.

— C'est bien ce que je pensais, s'insurgea Trina qui semblait de nouveau se renfermer.

— S'il te plaît, Trina, explique-moi ce qui te chiffonne.

— Chantal a dit que tu l'avais laissée tomber dès que tu avais eu ce que tu voulais.

— Et qu'est-ce que je voulais, d'après elle ?

Elle haussa les épaules.

— Je ne sais pas. J'imagine la même chose que tous les hommes qui venaient la voir, mais qui ne sortaient jamais avec elle. Des baisers et d'autres trucs dégoûtants.

Il sentit son sang se glacer et une rage profonde l'envahir. Il en voulait tellement à Chantal d'avoir imposé tous ces moments difficiles à leur fille, dès son plus jeune âge.

Trina dut sentir le changement d'atmosphère dans l'habitacle.

— Voilà, maintenant tu es en colère ! s'écria-t-elle, se collant à la portière comme si elle préparait sa sortie.

— Mais non, je ne suis pas en colère, mentit-il.

Du moins, il en voulait à Chantal, mais il n'était pas en colère contre Trina. Elle n'y était pour rien, la pauvre.

— Tu promets ?

— Je te promets. Tu peux me dire tout ce que tu as dans la tête, je t'assure. Je serai toujours là pour toi.

Elle l'étudia un long instant, avant de prendre une grande inspiration. Comme si l'orage était passé et qu'elle n'avait plus à craindre la foudre.

— Donc si tu ne sors pas officiellement avec Monica mais que tu l'embrasses, ça veut dire que tu vas la quitter aussi ?

Il ferma les yeux, rejetant la tête en arrière contre l'appuie-tête.

— Tu ne veux pas que je quitte Monica ?

— Non. Je l'aime bien. Et j'aime bien sa grand-mère.

— Moi aussi, je les aime bien. Mais ce n'est pas parce qu'on aime quelqu'un qu'il nous aime en retour.

— Tu ne penses pas que Monica nous aime bien ?

Décidément, c'était l'une des conversations les plus difficiles de sa vie.

— Si ! Enfin, je suis sûr qu'elle t'aime bien. Je dirais même qu'elle t'adore. Dès qu'elle te voit, elle sourit. Elle met toujours des livres de côté en pensant à toi. Elle prend toujours de tes nouvelles.

Trina réfléchit quelques instants, la tête inclinée.

— Dans ce cas, je dirais qu'elle t'aime bien aussi.

— Ah bon ? Qu'est-ce qui te fait penser ça ?

— Lundi dernier, quand j'ai dîné chez elle, elle m'a demandé de tes nouvelles.

Ethan sentit sa poitrine se gonfler d'espoir.

— Ah oui ? Qu'est-ce qu'elle voulait savoir ?

— Elle voulait savoir si tu avais fait des progrès en cuisine. Et aujourd'hui elle m'a annoncé qu'elle avait mis de côté pour toi un livre de cuisine. *La Cuisine pour les nuls*, précisa-t-elle avant de glousser dans son coin.

— Donc ça fait deux points sur trois, constata-t-il sans vouloir accorder trop d'importance aux paroles de sa fille.

Après tout, il ne pouvait pas se reposer sur les talents d'une entremetteuse de onze ans. Cependant, comme c'était la première fois qu'il arrivait à la faire parler autant, il décida d'alimenter la conversation en lui posant une autre question.

— Tu dirais que Monica sourit en ma compagnie ou pas ?

Trina marqua une pause avant de répondre.

— Je dirais que quand tu lui parles, elle fronce les sourcils. En revanche, quand tu ne lui parles pas et que tu ne la regardes pas, elle te fixe du regard.

— Et elle fait quelle tête, quand elle me fixe ?

Trina sourit, la mine espiègle.

— La même tête qu'elle faisait tout à l'heure après que vous vous êtes embrassés.

- 9 -

Le lundi suivant, alors qu'il se rendait chez les Alvarez pour récupérer Trina après sa réunion, Ethan tentait de trouver un moyen pour se retrouver seul avec Monica, passant en revue une série de scénarios plus ou moins réalisables. Il avait besoin de lui parler du baiser qu'ils avaient échangé à la bibliothèque, le jeudi précédent.

D'un côté, il ne s'y attendait pas. De l'autre, il avait eu envie que ce baiser ne s'arrête jamais. D'ailleurs, qui sait jusqu'où ils auraient été capables d'aller si Trina ne les avait pas interrompus ?

L'idée de la bouche de Monica contre la sienne l'avait obsédé tout le week-end, au point de le rendre aussi fou qu'un lion en cage. Sa solution avait toujours été de s'adonner à un sport extrême pour relâcher la tension et évacuer le stress. Malheureusement, avec une fille de onze ans qui n'était pas spécialement sportive, les choix étaient limités.

Comme il était encore trop tôt pour faire du kayak dans les rapides, il avait préféré ne pas emmener Trina. Le samedi, il avait tenté de lui apprendre à faire du snowboard, mais la saison des pluies avait commencé à faire fondre la bonne neige, et les pistes étaient plutôt verglacées dans l'ensemble. Si bien qu'après deux chutes elle avait formulé le souhait d'abandonner. Elle s'était montrée très compréhensive. Ayant emporté un livre, elle avait accepté d'attendre dans le refuge en bas des pistes, pendant qu'il était allé faire quelques descentes.

Le dimanche, ils étaient allés à Boise pour essayer un nouveau centre d'escalade, même s'il préférait de loin grimper en plein air.

Quand il se gara devant chez Monica, sans avoir trouvé le scénario idéal pour créer l'occasion d'un tête-à-tête, elle était déjà sur le seuil de sa maison.

Était-elle avide de le voir ou y avait-il une urgence ? Quand il vit l'expression de son visage, il eut la réponse.

— Que s'est-il passé ?

— J'étais en train de faire la vaisselle dans la cuisine et je ne les ai pas entendues partir.

— Qui ça ?

— Grand-mère et Trina. Elles étaient dans le salon, en train d'écouter Elvis, comme à leur habitude. Puis il y a eu un moment de flottement, car le diamant n'arrêtait pas de sauter. Quand j'ai trouvé que le silence était un peu long, je suis allée voir, et elles n'étaient plus là.

— Elles sont sorties faire un tour ?

— Elles ont pris ma voiture. J'ai essayé de t'appeler, mais ça ne répondait pas.

— J'éteins toujours mon téléphone avant la réunion et j'ai oublié de le rebrancher. Et alors ? Tu les as trouvées ?

— Oui, elles arrivent. J'ai tout de suite appelé la police. Carmen les a repérées chez Noodie. Elles mangeaient une glace. Les voilà.

La voiture de police arrivait dans l'allée. Il s'empressa d'aller ouvrir la portière de Trina. En sortant, elle se jeta dans ses bras.

— C'est bon, ma chérie. Ne t'inquiète pas. Je suis là.

Mme Alvarez avait les yeux hagards, le visage pâle. Monica l'aida à sortir.

— Je ne sais pas ce qui m'a pris, *mija*, bredouilla la vieille dame en lui tendant son sac.

Ce qui expliquait comment sa grand-mère s'était procuré les clés de sa voiture.

— Grand-mère, viens là ! s'exclama-t-elle avant de la prendre dans ses bras.

— Oh ! *mija*, pardon.

— Ce n'est pas grave. Comment tu te sens ?

— Un peu secouée. On a laissé ta voiture là-bas. L'agent Gregson ne voulait pas que je la prenne pour rentrer.

— Je la récupérerai demain matin. Viens, on va se coucher.

Quand les deux femmes rentrèrent, Ethan prit Trina par les épaules, pour l'emmener vers sa voiture, mais Carmen les arrêta.

— Ethan, dis à Monica que je passerai demain matin pour qu'elle aille récupérer sa voiture.

— Entendu, dit-il avant de lui adresser un salut de la main.

— Et moi, je dois récupérer Tootie, lui dit sa fille.

Une fois dans la maison, il se dit que ce serait plus correct d'attendre que Monica redescende avant de repartir avec Trina.

— Ethan, je suis vraiment désolée de ce qui est arrivé, balbutia Monica une fois redescendue.

— Ne t'en fais pas. Il y a eu plus de peur que de mal. Tout le monde est sain et sauf, c'est l'essentiel, non ? De plus, ce n'est pas ta faute.

— Non, c'est ma faute, dit Trina.

— Mais non ! s'écrièrent en chœur Ethan et Monica.

— Si. Elle voulait partir, et je ne voulais pas qu'elle y aille toute seule. Elle m'appelait Bettina et elle me disait de ne pas le répéter à maman. Je n'ai pas très bien compris, mais j'ai voulu lui faire plaisir.

— Bettina est la sœur de grand-mère. Pendant ses crises, elle confond le passé avec le présent.

— Et elle te prend pour sa mère ?

— Je ne sais pas, mais en tout cas, c'est l'impression que j'ai, admit-elle se pinçant l'arête du nez, signe qu'elle était fatiguée.

Ses longs cheveux bruns et soyeux tombaient en cascade sur ses épaules. C'était la première fois qu'il la voyait les cheveux lâchés.

— Monica, ne sois pas trop dure envers toi. C'est énorme à gérer. Et toi, Trina, ne t'en veux pas. Mais la prochaine fois, tu sauras qu'il faut d'abord demander la permission à Monica avant de quitter la maison.

— Oui. Je promets que ça n'arrivera plus. Je voulais lui faire plaisir. Au début, tout allait bien. Mais une fois chez le glacier, c'est devenu très confus. J'ai commencé à avoir peur. Le serveur s'est mis à crier sur grand-mère, elle lui a aussi crié dessus.

— *Mija*, je voudrais une glace, intervint Mme Alvarez qui venait d'entrer dans le salon avec ses chaussons de danse à la main.

— Grand-mère…

— Oh ! Ethan. Et Trina ? Je ne savais pas que vous étiez là.

Sa fille la regarda, les yeux écarquillés, faisant un pas pour se rapprocher de lui. Mais sa réponse calme et posée le surprit.

— Lydia, tu te souviens, on vient d'aller manger une glace.

— Ah, c'est vrai, se rappela Mme Alvarez qui parut soudain beaucoup plus âgée alors que la mémoire semblait lui revenir à la vitesse de l'éclair.

— Vous vous sentez mieux, madame Alvarez ?

— Oui, merci. J'espère que vous ne m'en voulez pas pour ce soir. Je suis désolée d'avoir mêlé votre fille à tout ça.

— Tout est rentré dans l'ordre, ne vous inquiétez

pas. Carmen a trouvé que vous étiez déboussolée et a préféré vous ramener.

— Oui, ces derniers temps, ça m'arrive souvent. N'est-ce pas, *mija* ?

Les yeux de Monica s'emplirent de larmes, mais elle les essuya aussitôt.

— Oui, grand-mère, c'est normal. Tu as la maladie d'Alzheimer. Tu oublies parfois des choses. Mais je suis là, balbutia-t-elle, la voix tremblante.

Personne ne parla pendant plusieurs secondes, jusqu'à ce que Mme Alvarez ne brise le silence.

— *Mija*, ça doit être très difficile pour toi de devoir t'occuper de moi.

— C'est toi qui m'as élevée, tu as toujours été là pour moi. C'est normal que je m'occupe de toi.

— Mais quand je me suis occupée de toi, j'avais déjà vécu les meilleures années de ma vie. Tu es trop jeune pour te charger d'un tel fardeau. Tu dois sortir t'amuser, rencontrer des gens et fonder une famille avec l'homme de tes rêves.

— J'ai déjà une famille.

Mme Alvarez secoua la tête.

— Ethan, dites-lui qu'elle devrait sortir s'amuser et qu'elle est trop jeune pour s'occuper de sa grand-mère qui perd la tête.

— J'essaie depuis des mois de l'inviter à sortir avec moi. Mais votre petite-fille refuse de m'écouter, répondit-il sur le ton de la plaisanterie.

— Si j'étais dans une maison de retraite, elle sortirait avec vous.

— C'est chez toi, ici.

— *Mija*, tu vois ce que je veux dire. J'ai trouvé la brochure dans la poubelle. Il y avait des photos de personnes âgées avec des cheveux gris qui jouaient au bingo et nageaient dans une piscine de luxe.

— Legacy Village. C'est un centre pour aider les gens qui perdent la mémoire.

— Je doute qu'ils réussissent à me faire retrouver la mémoire, mais on pourrait quand même aller voir à quoi ça ressemble ?

— Grand-mère, pas question de t'emmener là-bas.

— Alors je demanderai à Ethan. Vous m'y conduirez, n'est-ce pas ?

— Je préférerais vous emmener danser, madame Alvarez.

— Et moi, je préférerais que vous emmeniez ma petite-fille danser.

— Grand-mère…

— Justement, il y a un bal pour la Saint-Patrick, ce samedi. Pourquoi vous n'iriez pas, tous les deux ?

Ethan réfléchit quelques instants avant de donner son avis.

— Dans ce cas, j'ai une idée. Je propose que nous allions tous visiter Legacy Village, ce samedi. Et après, on pourra aller au bal de la Saint-Patrick.

— Quelle bonne idée ! Vous êtes vraiment formidable. Qu'en penses-tu, *mija* ?

— Je dirais qu'Ethan est un petit malin.

Le samedi matin, Ethan et Trina arrivèrent chez les Alvarez pour prendre Monica et sa grand-mère, comme convenu.

Monica avait vu Ethan à la bibliothèque le mardi et le jeudi, mais ils n'avaient abordé que deux sujets : les progrès de Trina en maths grâce à ses leçons de tutorat et l'état de sa grand-mère, qui ne cessait de se détériorer. Elle avait fait d'autres crises, sans toutefois tenter de s'éclipser, ce qui était en soi un progrès.

Ethan et elle n'avaient toujours pas reparlé du baiser

torride, passionné et inattendu qu'ils avaient échangé un peu plus d'une semaine auparavant. Le fait qu'il ne cherche pas à en reparler ne pouvait signifier qu'une chose : ce baiser n'avait eu aucun effet sur lui. Il avait sûrement déjà embrassé un nombre incalculable de femmes et elle était simplement venue rallonger la liste de ces conquêtes furtives.

Si Ethan pouvait prétendre qu'il ne s'était rien passé entre eux, elle en était aussi tout à fait capable. Au point qu'elle fut même étonnée qu'il sonne chez elle le samedi matin.

— Tiens, vous êtes là.

— Bien sûr ! C'était convenu. Tu pensais qu'on ne viendrait pas ?

— La plupart des gens normalement constitués n'ont pas envie d'aller visiter une maison de retraite le week-end alors qu'ils pourraient aller faire du rafting ou une randonnée. J'aurais compris que tu aies des plans plus palpitants. Je ne t'en aurais pas voulu.

Ethan avait la réputation de pratiquer des activités casse-cou, et Trina lui avait confié récemment qu'elle devait télécharger des livres sur ton téléphone pour pouvoir lire quand il l'emmenait dans des sorties de sport extrême.

— D'une part, je trouve ça tout à fait palpitant d'aller visiter Legacy Village. D'autre part, je m'en serais voulu de ne pas venir.

— Pourquoi ?

— Parce que contrairement à l'idée que tu sembles avoir de moi, je ne suis pas du genre à faire des promesses à la légère. Quand je prends un engagement, je m'y tiens. Jusqu'au bout.

Elle sentit sa gorge se serrer. Elle n'avait pas envie de figurer sur la liste des engagements d'Ethan.

— Tu sais, vu l'état de grand-mère aujourd'hui, je

doute qu'elle se souvienne des plans que nous avions faits.

Pourvu qu'il ait oublié la deuxième partie, celle où il avait promis de l'emmener danser.

Ethan croisa les bras, comme pour mieux la jauger.

— Peu importe si Mme Alvarez se souvient de nos plans ou pas. Quand je dis que je fais quelque chose, je le fais. À moins que tu aies trouvé un autre partenaire pour le bal de la Saint-Patrick ?

Elle ferma les yeux. Il avait haussé la voix, et sa grand-mère avait forcément entendu. L'instant d'après, elle sortit d'ailleurs de la cuisine, un panier en osier au bras.

— C'est vrai ! Le bal de la Saint-Patrick. J'espère qu'on aura terminé de pique-niquer à temps pour que vous puissiez y aller.

— Grand-mère, on ne va pas pique-niquer. On va visiter Legacy Village, répliqua-t-elle en lançant un regard noir à Ethan.

— La maison avec les gens aux cheveux blancs ?

— C'est un centre où l'on aide les gens qui perdent la mémoire, précisa Trina, se mêlant à la conversation des adultes.

— Ah, Bettina est là aussi ?

— Grand-mère, en fait…

— C'est bon, ça ne me dérange pas, chuchota Trina.

Monica sentit son cœur se serrer. C'était tellement mûr de la part de la jeune fille.

— Alors, qu'attendez-vous ? les houspilla sa grand-mère en marchant d'un pas vif vers le pick-up d'Ethan.

— Merci d'être aussi compréhensive avec grand-mère, Trina, murmura Monica à l'oreille de la jeune fille alors qu'elles sortaient de la maison.

— Je la trouve gentille.

Monica lui sourit avant de la serrer brièvement contre

elle, en signe de gratitude. Trina accepta le contact physique, naturellement. Et Monica fut touchée par la sensibilité émanant de la fille d'Ethan. Ne disait-on pas tel père, telle fille ?

Legacy Village était situé non loin de l'hôpital militaire, à environ trente minutes, dans la vallée.

Monica était assise à côté de Trina, à l'arrière, consciente du temps qu'il fallait pour se rendre dans cette maison de retraite. Devrait-elle effectuer le trajet tous les jours ? Et s'il arrivait quelque chose et qu'elle devait s'y rendre en urgence ?

Pendant ce temps, à l'avant, sa grand-mère racontait à Ethan ses heures de gloire en tant que danseuse à Hollywood dans les années 1960.

— Vous avez vu ma photo avec Elvis ?

— Il vous a demandé un autographe ?

Sa grand-mère rit de bon cœur avant de lui assener un petit coup sur l'épaule.

— Vous alors, vous êtes un coquin. Non. Mais il m'a demandé de lui apprendre à faire le *frug*.

— Le *frug* ?

Sa grand-mère eut un moment d'absence. Elle se tourna vers Monica, comme si elle avait perdu le fil de la conversation.

— Monica, c'est encore loin ?

— Non, on est bientôt arrivé, intervint Ethan.

Soudain, la vieille dame tourna la tête vers lui, comme si elle n'avait pas remarqué qu'il était là. Elle avait maintenant l'air mal à l'aise et soucieuse. Un sentiment de panique s'empara de Monica.

— Non, ce n'est pas le chemin. Le pique-nique de la fête d'Indépendance se fait toujours à Town Square Park, et je sais que ce n'est pas la route pour y aller.

Elle se tourna de nouveau vers Monica et Trina, les

regardant tour à tour, le visage pâle, les yeux traversés de lueurs de folie, serrant son sac à main contre sa poitrine.

— Il faut dire au chauffeur qu'il ne va pas dans la bonne direction.

— Grand-mère, dit Monica d'une voix qui se voulait rassurante, tout en posant une main sur son épaule.

Sa grand-mère sursauta, se cognant le coude contre la portière. Monica fut désarçonnée de constater qu'elle avait peur d'elle.

— Où m'emmenez-vous ? Je veux rentrer chez moi. Faites demi-tour ou j'appelle la police.

Elle tenta d'ouvrir la portière alors qu'ils roulaient à soixante-dix kilomètres à l'heure sur une voie rapide. Heureusement, Ethan avait verrouillé les portières, par précaution.

Regardant dans le rétroviseur, il jeta un coup d'œil interrogateur et désemparé vers elle pour savoir ce qu'elle voulait faire.

— Grand-mère, c'est moi, Monica, ta petite-fille…

Mais sa grand-mère ne l'entendit pas, car elle avait ouvert la vitre et criait « au secours » en espagnol. La peur s'empara de Monica, la paralysant alors qu'elle imaginait le pire des scénarios. Son cerveau était incapable de penser à une solution rationnelle.

— Siri, mets une chanson d'Elvis, ordonna Trina à son smartphone.

L'instant d'après, la chanson *Viva Las Vegas* retentissait dans l'habitacle.

Il fallut quelques instants à sa grand-mère pour reconnaître l'introduction, mais dès que la voix du King se mit à sortir du micro, elle commença à se détendre. Quant à Monica, elle attendit la seconde chanson avant de reprendre une respiration normale. Entendre sa grand-mère battre le rythme de *Suspicious Minds* lui fit oublier la panique qu'elle avait éprouvée quelques instants auparavant.

Ethan n'arrêtait pas de la regarder dans le rétroviseur, certainement inquiet pour elle et conscient qu'elle devait traverser un moment éprouvant.

— Vous savez que j'ai une photo d'Elvis et moi à la maison ? demanda sa grand-mère une fois qu'elle eut retrouvé ses esprits.

— Non, je ne savais pas ! Il faudra que vous me la montriez, la prochaine fois.

— Elle est sur la cheminée. À côté de la photo de la remise de diplôme de Monica. J'ai toujours su que ma petite-fille réussirait à entrer à l'université.

— Et toi, Lydia, tu es allée à l'université ? demanda Trina.

— Je n'ai pas fini le lycée. J'ai eu ma première audition professionnelle à quinze ans.

— Quinze ans ! s'exclama la jeune fille.

— J'ai menti sur mon âge, bien sûr…

Grand-mère continuait à raconter sa carrière de courte durée en tant que danseuse tandis que Monica fermait les yeux, se massant les tempes et tentant de recouvrer un peu de sérénité. Le calme après la tempête.

Elle avait lu de nombreux livres sur le sujet. Elle savait que les gens atteints d'Alzheimer aimaient se replonger dans des musiques ou des histoires familières de leur enfance, car cela avait sur eux un effet calmant. Elle avait également lu que c'était normal que ces personnes aient des moments d'absence où ils ne reconnaissaient plus leur entourage. Mais jamais sa grand-mère ne l'avait regardée avec des yeux aussi terrifiés, comme si Monica avait été sur le point de lui faire du mal.

Au lieu de réfléchir posément à la situation, elle

avait tout de suite paniqué, le cerveau paralysé. Un sentiment de culpabilité s'empara d'elle. Elle n'avait pas été en mesure d'extraire sa grand-mère de cet épisode traumatisant.

Mais une jeune fille de onze ans à l'esprit vif les avait sauvés des eaux, permettant de soulager sa grand-mère en limitant sa souffrance émotionnelle.

- 10 -

Au bout de dix minutes dans les locaux de Legacy Village, Monica sut qu'elle ne pouvait pas laisser sa grand-mère dans cet établissement. C'était trop grand, et il y avait des patients dans tous les sens, qui eux aussi avaient besoin d'aide – certains plus que d'autres. Sa grand-mère pourrait facilement se perdre dans ce dédale de couloirs et de salles, ou encore être oubliée dans un coin.

Néanmoins, Monica sourit et adressa des hochements de tête pendant qu'une employée d'une cinquantaine d'années aux cheveux violets et répondant au prénom de Nicole leur faisait visiter les appartements individuels, les équipements sportifs et les différents lieux où les habitants de Legacy Village pouvaient se restaurer.

— Dis donc, il y a beaucoup de personnes âgées, observa sa grand-mère, sans s'adresser à quelqu'un en particulier.

Monica n'osa pas lui faire remarquer qu'elle était dans la moyenne d'âge des résidents.

Nicole était en train de passer en revue le calendrier des activités quand Ethan prit Monica par la taille et se pencha vers elle.

— Qu'en penses-tu ?

— C'est propre. Les gens sont gentils. Mais ce n'est pas pour grand-mère.

— Pourtant, jusqu'à présent, ta grand-mère a l'air plutôt enthousiaste, non ?

— C'est comme les journées portes ouvertes de n'importe quelle institution. On vous montre l'établissement sous son meilleur jour, le personnel est souriant, on vous fait miroiter un tas d'activités, mais la réalité est tout autre.

— C'est très cynique de ta part. Pourquoi vois-tu toujours le mauvais côté des choses ?

— Je ne suis pas cynique mais réaliste. Et je pense que cet établissement n'est pas fait pour grand-mère.

— Ce n'est peut-être pas ce que tu veux, mais c'est peut-être ce dont elle a besoin ?

— Elle a besoin d'être avec moi, chez elle. Personne ici ne l'aimera autant que je l'aime.

— Je le sais. Et ce n'est pas ce que je voulais dire. Mais avoue que l'incident dans la voiture était impressionnant. Elle était terrifiée. Et toi aussi.

— J'avais surtout peur que Trina soit choquée.

— Tu plaisantes ? Trina a été la seule à garder son sang-froid et à trouver la solution.

— Oh ! *mija*, regarde. Ils ont des cours de danse après le dîner. C'est formidable ! Je vais…

Nicole la coupa dans son élan.

— En fait, pour l'instant cette activité est suspendue, car la personne qui donnait les cours a dû se faire opérer de la hanche.

— Qu'est-ce que je t'avais dit ? murmura Monica à Ethan sur un ton victorieux, car ce que Nicole venait de dire appuyait sa théorie.

— Je pourrais la remplacer ! s'exclama sa grand-mère avant de se lancer dans une petite démonstration.

— En effet ! rétorqua Nicole sur un ton qui laissait clairement entendre qu'elle avait l'habitude de laisser les personnes âgées se bercer d'illusions sur leurs aptitudes passées.

— Je signe où ?

Nicole la regarda, interloquée.

— Si vous êtes sérieuse et que vous vous sentez d'attaque, je suis sûre que les résidents seraient ravis d'avoir une remplaçante, mais sachez que la plupart d'entre eux ne sont pas aussi mobiles que vous.

Monica fit la moue. Finalement, c'était Ethan qui avait raison. Elle voyait toujours le mauvais côté des choses et avait eu vite fait d'avoir un avis négatif sur Nicole alors que celle-ci prenait sa grand-mère au sérieux. De là à dire que c'était une bonne idée, il y avait un monde.

— Je ne veux pas être embêtante, intervint Trina, mais je suis invitée chez Kayla Patrelli à 16 heures et je ne voudrais pas être en retard. Sa maman a dit qu'elle allait nous laisser faire notre pizza.

— Pas de problème. Je peux te raccompagner à Sugar Falls et revenir chercher Monica et sa grand-mère après, suggéra Ethan.

Il se montrait très arrangeant, essayant de ménager tous ses engagements. Monica ne voulait pas l'embêter avec sa grand-mère. Il devait s'occuper de sa fille, c'était plus important. À la grande surprise de Monica, ce fut sa grand-mère qui intervint avant elle. Avec un raisonnement aux antipodes.

— Mais non, ça ne va pas, *mijo.* Le bal de la Saint-Patrick commence à 19 heures Vous n'avez pas le temps de faire deux fois la route. Et vous avez promis d'emmener ma petite-fille danser.

— Grand-mère…

— Je vais donner mon cours de danse et ensuite, je resterai dormir à l'hôtel. Comme ça, vous pourrez passer la soirée à deux, puisque Trina va dormir chez sa copine Kayla.

Monica était estomaquée. Quand sa grand-mère était en pleine possession de sa lucidité, elle avait toute sa tête, et bien plus.

— Mais non, grand-mère, Ethan et moi n'avons pas du tout l'intention de…

Voyant le regard confus de sa grand-mère, elle s'arrêta net.

— Qu'y a-t-il, *mija* ?

— Je voulais juste dire que tu ne peux pas rester ici ce soir. N'est-ce pas ? s'enquit-elle, se tournant vers Nicole.

— Ah, si, c'est tout à fait possible. Il arrive souvent que nos résidents potentiels passent une nuit ou deux chez nous, pour voir si ça leur plaît. Nous serions ravis d'accueillir Mme Alvarez cette nuit, si elle a envie de rester.

— Vous savez que quand je vivais à Hollywood, j'ai passé des auditions pour être danseuse à bord d'un bateau de croisière de luxe. J'ai été la seule de mon groupe à être rappelée pour signer un contrat. Mon amie Darla était verte de jalousie de ne pas avoir été prise.

— Tu ne m'as jamais dit que tu avais travaillé sur un bateau de croisière de luxe.

— Juste avant de partir, j'ai découvert que j'étais enceinte de ton père. J'ai épousé ton grand-père et j'ai annulé mon contrat. Vous auriez vu ce bateau ! Grand, luxueux…

— Qu'est-ce qui t'a fait repenser à ça, grand-mère ?

— Cet hôtel.

Monica fut frappée de constater que cette histoire n'était pas un moyen de faire diversion. Sa grand-mère était intimement convaincue que cet établissement serait pour elle l'occasion de revivre un pan de sa jeunesse. Un pan qu'elle n'avait pas pleinement vécu à cause de sa grossesse.

Comment lui refuser cette opportunité de renouer avec le passé ?

Après avoir déposé Trina au restaurant italien des Patrelli, Ethan se rendit chez lui pour se préparer en vue de sa première vraie sortie avec Monica. Même si le programme de la soirée ne ressemblait à aucun des scénarios qu'il avait envisagés chaque fois qu'il avait pensé à inviter Monica.

Sur le chemin du retour, elle avait tenté par tous les moyens de lui faire comprendre qu'ils n'avaient pas besoin d'aller au bal de la Saint-Patrick, mais Trina avait insisté en disant que sa grand-mère apprendrait d'une façon ou d'une autre leur mensonge et serait déçue qu'ils n'aient pas tenu leur parole.

Que porter pour une fête de la Saint-Patrick, hormis du vert ? En tout cas, une chose était sûre, il ne pourrait pas goûter la bière verte.

Comme convenu, il frappa à 19 heures chez Monica, le cœur battant la chamade, l'estomac noué. Elle ne tarda pas à venir lui ouvrir. Sa vue lui coupa le souffle. Elle était belle à ravir, vêtue d'une robe verte, soyeuse, s'arrêtant juste au-dessus du genou et de santiags à franges qui mettaient en valeur ses jambes élancées.

— La robe est trop courte ? demanda-elle, voyant qu'il était en arrêt sur image.

— Non, pas du tout, tu es ravissante, mais je n'ai pas l'habitude de te voir dans cette tenue. Tu l'as achetée pour l'occasion ?

— Non, pas du tout. Je l'ai depuis le lycée. Visiblement, j'ai un peu grandi depuis, mais comme c'était le seul vêtement vert dans ma garde-robe, je me suis dit que ça ferait l'affaire. Allons-y. Plus vite on ira, plus vite ce sera fini, maugréa-t-elle, prenant une veste en jean et son sac à main sur la table.

— On dirait que c'est une corvée d'aller danser avec moi, répliqua-t-il, tentant de masquer sa contrariété.

— Pardon. Ce n'est pas le fait d'aller danser avec toi. C'est juste que je n'aime pas trop aller dans des fêtes avec des gens que je connais à peine. D'autant que tout le monde va me parler de grand-mère et que je n'ai pas du tout envie d'aborder le sujet.

— Certains pourraient aussi te demander où tu avais caché ces jambes toutes ces années ?

— Ethan…

Il lui ouvrit la portière passager.

— Alors voilà ce que je propose. Nous allons faire une apparition, danser un peu, pour avoir des témoins, si jamais ta grand-mère menait une enquête, comme l'a fait remarquer Trina. De cette manière, on pourra dire qu'on y a vraiment participé. Et ensuite, on prendra la poudre d'escampette, et tu pourras retourner à Legacy Village pour voir comment ça se passe.

Monica baissa la tête, mais il eut le temps de voir son air penaud.

— Tu sais, j'ai déjà appelé deux fois.

— Tant mieux, comme ça, je n'ai pas l'impression d'être surprotecteur en te disant que je suis passé chez les Patrelli pour m'assurer que Trina avait un chargeur, au cas où elle voudrait me contacter.

— Trina a été tellement formidable aujourd'hui. Je lui dois une fière chandelle. J'aimerais lui offrir quelque chose. Qu'est-ce qui lui ferait plaisir, d'après toi ?

— Figure-toi que j'ai une idée. Un lecteur de livre électronique pour ne pas devoir tout télécharger sur son téléphone.

— J'ai du mal à croire que c'est la même jeune fille que tu m'as présentée il y a quelques semaines. Elle s'est vraiment épanouie depuis qu'elle est avec toi.

— Cela a l'air de te surprendre.

— Je ne voulais pas que tu le prennes mal.

— Je ne le prends pas mal. Je suis le premier surpris.

Quand ils arrivèrent au bal, il y avait déjà beaucoup de monde. Il la prit par la main, mais il la sentit tendue. Décidément, il n'avait jamais dû faire autant d'effort pour qu'une femme se détende en sa compagnie. Avait-elle honte de lui ? De quoi avait-elle peur ?

— On dirait qu'une armée de lutins est passée par là.

— Tu veux dire que la décoration n'est pas à ton goût ?

— Non, pas du tout mais…

— J'ai entendu dire que c'étaient les enfants de l'école maternelle qui avaient confectionné les guirlandes.

— Ah, je comprends mieux. Je commençais à douter des talents décoratifs de nos amis les vétérans, plaisanta-t-il.

Elle sourit. Cela signifiait qu'elle avait apprécié sa plaisanterie, mais qu'elle n'était pas assez à l'aise pour ouvrir davantage les lèvres et se laisser aller à rire.

— D'ailleurs, un quart des recettes de ce soir seront reversées à l'école, donc allons prendre un verre au bar.

L'épreuve était arrivée. S'armant de courage, il acquiesça de la tête et suivit Monica.

Voir les bouteilles alignées derrière le bar ne lui procura pas la sensation habituelle de lutte contre ses démons. Ou contre quelque chose dont il avait désespérément envie. Il ne se sentit pas non plus menacé par le fait que la serveuse du bar était mariée à l'un des camarades qu'il avait rencontrés à ses réunions du lundi. S'il venait à flancher, ce qu'il n'avait pas l'intention de faire, elle ne manquerait pas de le révéler à son mari.

En revanche, il redoutait la conversation inévitable qui aurait lieu entre Monica et lui, une fois qu'il aurait commandé sa boisson.

— Je vais prendre une pinte de Guinness, annonça

Monica, tentant de se faire entendre au-dessus de la musique.

— Un Diet Coke, dit Ethan.

La serveuse lui adressa un petit signe de la tête, en guise d'approbation et d'encouragement.

Monica se tourna vers lui, étonnée. Avant même qu'elle ait entrouvert les lèvres, il sut ce qu'elle allait dire.

— Tu ne prends pas de bière ? C'est la fête de la Saint- Patrick.

Au fil des mois, il s'était habitué à proposer des réponses toutes faites. Mais Monica méritait de connaître la vérité.

— Tu sais, les réunions auxquelles je vais le lundi ?

— Oui ?

— Ce sont des réunions de l'AAA. Je suis un ex-alcoolique, Monica.

Elle ne cilla ni ne recula avec dégoût. Cependant, elle l'étudia un long moment, en silence. Le poids de son regard se posa sur lui alors qu'il regardait alentour pour ne pas voir le jugement dans ses yeux.

— J'ai changé d'avis. Je vais prendre un Diet Coke, annonça Monica quand la serveuse déposa une pinte de bière devant elle.

— Non, ne fais pas ça !

— J'insiste.

— Non, elle va garder la Guinness, déclara-t-il, à l'attention de la serveuse.

Monica posa une main sur son épaule trop tendue.

— Ethan, si tu ne bois pas…

— Monica, ne fais pas ça. Ne me réserve pas de traitement spécial.

— Ce n'est pas ce que je fais. Je ne veux pas…

Elle ne termina pas sa phrase, comme la plupart des gens qui ne savaient pas comment se comporter en face d'un alcoolique. Ex-alcoolique.

— Me tenter ?

— Oui…

Il lui fit un clin d'œil.

— Tu sais, la robe que tu portes est beaucoup plus tentante.

Ses paroles eurent l'effet escompté.

Il vit ses joues prendre des teintes cramoisies.

— Franchement, ça ne me dérange pas. Je ne bois pas souvent. J'ai commandé une bière en me disant que c'était de circonstances et que ça m'aiderait à me détendre.

— Ce serait bien si tu te détendais et si tu te laissais faire.

À cet instant, elle le regarda d'un air méfiant. Ce qu'il avait dit pouvait être mal interprété, et il ne voulait surtout pas qu'elle le pense désireux de profiter d'elle si elle buvait un peu trop. Et il ne voulait pas passer pour quelqu'un en qui elle ne pouvait pas avoir confiance.

— Comme tu voudras, concéda-t-il, tendant la bière vers la serveuse.

— Je préfère, murmura Monica.

— Monica va prendre un Diet Coke. Mais je vais payer la Guinness, et tu pourras la donner à l'un des clients, à l'autre bout du bar, dit Ethan.

Ensuite, il prit leurs verres, et ils se dirigèrent vers une table vide. En chemin, ils saluèrent plusieurs connaissances. Il répondit à la plupart des gens tandis que Monica gardait les yeux rivés devant elle, comme si elle ne voyait rien ni personne. Cela ne faisait aucun doute, les ragots iraient bon train après le bal de la Saint-Patrick.

Il tira une chaise en métal pliable pour Monica, puis fit de même pour lui, se rapprochant afin qu'ils n'aient pas à crier pour se faire entendre.

Monica était timide mais intelligente et curieuse. Elle ne tarda pas à poser la question.

— Depuis combien de temps es-tu…

— Sobre ?

Elle acquiesça tout en sirotant sa boisson.

— Presque dix-huit mois.

— Tu as encore du mal à résister ?

— Je mentirais si je disais non. Chaque jour est une lutte, mais certains jours sont plus faciles que d'autres. Et je me suis habitué à reconnaître les moments où je risquais de replonger si je n'écoutais pas mon corps.

— Si tu n'écoutais pas ton corps ? C'est-à-dire ?

Le regard d'Ethan tomba sur ses jambes nues. Quand elle s'était assise, le tissu avait remonté légèrement si bien qu'une partie de ses cuisses s'était dévoilée. Elle suivit son regard puis toussa de manière forcée pour le ramener à la conversation.

Il ne chercha pas à cacher ses intentions coupables derrière son sourire charmeur.

— Quand je suis en colère, que j'ai beaucoup d'énergie, ou que je suis emballé par quelque chose, mon corps a besoin d'un moyen de libérer le trop-plein d'adrénaline accumulée dans mon système. Quand je suis seul, que je ne suis pas occupé ou que je pense à tous mes échecs du passé, mon corps a besoin d'être diverti pour m'empêcher de gamberger indéfiniment. Avant, j'utilisais l'alcool pour réguler ces deux états, mais depuis que j'ai décidé d'arrêter de boire, j'ai dû trouver d'autres solutions. J'ai choisi Sugar Falls en partie parce que je peux faire une multitude de sports extrêmes, ce qui est parfait pour libérer mon énergie ou m'occuper l'esprit.

— Il paraît que tu es accro à l'adrénaline.

— On peut dire ça comme ça

— J'imagine qu'être dans l'armée, c'était un environnement idéal pour toi.

— Oui, pendant un temps, ça a été le cas.

— J'ai l'impression que cet état de fait s'accompagne d'une histoire, souffla-t-elle, le regard inquisiteur.

Il laissa échapper un petit rire, pour alléger l'atmosphère mais, intérieurement, un vide immense l'envahit.

— En effet. Mais gardons l'histoire pour notre deuxième sortie.

Aussitôt, elle se raidit. Puis elle le regarda droit dans les yeux, l'air grave, et prit une grande inspiration.

— Ethan, ce soir, on a plaisanté en disant que c'était un rendez-vous galant, mais on sait tous les deux qu'il ne peut rien se passer de sérieux entre nous.

— Ah bon ? Peut-être que toi, tu le sais mais, moi, j'ai l'impression que tu en es arrivée à cette conclusion depuis que je t'ai dit que j'étais un ex-alcoolique.

— Non, pas du tout. Tu te trompes, ce n'est pas pour ça. D'ailleurs, je peux t'avouer que j'ai même envisagé d'avoir une liaison avec toi, mais c'était avant.

— Avant que tu n'apprennes que j'étais en réhabilitation ?

— Non ! Avant l'arrivée de Trina. Et avant que l'état de ma grand-mère ne se détériore. On doit tous les deux s'occuper de quelqu'un qui dépend de nous. Je suis très préoccupée par l'état de ma grand-mère, et ce ne serait pas juste de m'engager dans une relation sans pouvoir m'y consacrer pleinement. Et ne va pas me dire que ta vie n'a pas été chamboulée par l'arrivée de ta fille.

— Bien sûr que ma vie a été chamboulée par l'arrivée de Trina. Mais personne ne parle d'engagement. Si je te plais et que tu me plais, je ne vois pas pourquoi on ne pourrait pas passer du temps ensemble et s'entraider.

— À cause de nos devoirs à tous les deux ? s'enquit-elle, perplexe.

Décidément, il avait perdu l'habitude de courtiser les femmes. Rien ne sortait comme il l'aurait voulu.

— Je ne me suis peut-être pas bien exprimé, mais…

Tout ce que je sais c'est que j'aime passer du temps avec toi. Et j'aime l'idée de pouvoir t'aider. On peut se mettre d'accord sur le fait qu'il se passe trop de choses dans nos vies personnelles pour envisager une relation sérieuse, mais on peut aussi reconnaître qu'on a tous les deux besoin de relâcher la tension physique, de temps à autre.

— La tension physique ? répéta-t-elle à voix basse, regardant alentour si personne n'avait entendu.

— Oui, enfin…

— C'est ta façon de me proposer d'être ta partenaire dans tes sorties de sports extrêmes ? s'enquit-elle, les joues cramoisies.

— Pour l'instant, tout ce que je veux, c'est que tu sois ma partenaire sur la piste de danse. Pour les sports extrêmes, on verra plus tard, lâcha-t-il, plein de sous-entendus.

Puis il se leva et la prit par la main pour l'emmener.

- 11 -

Monica laissa Ethan l'entraîner sur la piste de danse, leurs corps s'imbriquant à merveille, comme s'ils étaient faits l'un pour l'autre.

Elle ne tarda pas à se détendre mais son esprit resta néanmoins en ébullition. Elle avait toujours su qu'il y avait des réunions de l'AAA, le lundi soir au centre communautaire, mais elle n'avait pas fait le lien avec Ethan.

Malgré toute sa bonne volonté, l'expérience qu'elle avait vécue avec son père en grandissant la poussait à voir Ethan d'un autre œil. Mais physiquement elle éprouvait toujours la même attirance. Alors pour cette fois, elle choisit de baisser la garde et de profiter du moment. Les bras autour de son cou, collée à lui, elle se laissa guider alors qu'il les faisait osciller au rythme de la musique.

À la fin de la chanson, il s'immobilisa mais ne la lâcha pas, attendant qu'elle lève la tête de son épaule.

— On peut dire qu'on a honoré la promesse faite à ta grand-mère, je pense.

— Oui.

— Et maintenant ?

Elle aurait dû proposer qu'ils rentrent chez eux, chacun de son côté. Mais leurs vies étaient déjà trop liées, surtout dans une petite ville comme Sugar Falls, et elle ne pouvait ni l'éviter, ni prétendre qu'il était un simple client, comme à son arrivée.

En voyant son regard torride et son sourire sensuel, elle repensa à la conversation qu'ils avaient eue avant la danse. Avait-elle besoin de relâcher la tension physique en elle ? Il attendait sa réponse, suspendu à ses lèvres, comme si la suite de leur relation dépendait entièrement d'elle.

Dans la mesure où la balle était dans son camp, c'était à elle de maîtriser la situation. Pourtant, tout semblait lui échapper, y compris le contrôle de son corps et des réactions qu'elle éprouvait en présence d'Ethan.

Sa mère lui avait maintes fois répété d'éviter à tout prix ce genre de relations où l'on mettait les besoins physiques au premier plan en oubliant de se servir de sa tête pour éviter d'avoir le cœur brisé. Mais après tout, peut-être que s'ils réussissaient à évacuer cette fameuse tension physique, elle parviendrait enfin à se concentrer sur sa vie et l'état de sa grand-mère.

Ils s'étaient mis d'accord sur le fait qu'ils n'étaient pas en position pour se lancer dans une relation sérieuse, ce qui était déjà un bon point. De plus, elle avait toujours été sérieuse et consciencieuse. Si elle restait sur ses gardes et contrôlait ses émotions, elle pourrait entretenir une relation purement physique avec Ethan tout en préservant son cœur et sa santé mentale.

Elle aurait peut-être tergiversé toute la soirée si Freckles, la patronne du Cowgirl Up n'était pas intervenue, vêtue d'une combinaison de cuir vert et équipée de lunettes en forme de trèfles.

— Lieutenant Regnault, vous allez rester toute la soirée collé à mon employée ou vous projetez de vous en décoller ? plaisanta-t-elle.

— Justement, j'attends la réponse de madame, répliqua Ethan sur un ton léger.

— Chérie, on ne vit qu'une fois. Je n'ai pas besoin de te dire ce que je ferais si j'étais dans les bras d'un homme qui me regardait comme ça.

Monica était au comble de la honte, ne sachant plus où se mettre. Mais l'intervention de Freckles la poussa à donner sa réponse.

— Je propose qu'on aille chez moi.

Elle n'eut pas à se répéter.

L'instant d'après, il l'entraîna à travers la foule de danseurs jusqu'à la table où ils avaient laissé leurs affaires. En chemin, elle fut alpaguée plusieurs fois par des gens lui demandant des nouvelles de sa grand-mère. Mais grâce à la navigation experte d'Ethan, l'épopée fut moins traumatisante que prévu.

— Dis donc, chapeau. Si j'avais voulu m'échapper seule, cela m'aurait pris beaucoup plus de temps. Quand as-tu appris à t'extirper d'une pièce bondée de monde avec autant de dextérité ?

— Pendant mes entraînements de prise d'otages.

Une fois installés dans la voiture, Ethan alluma le moteur. Après avoir enclenché la marche arrière, il posa le bras sur le siège passager, s'apprêtant à regarder dans le rétroviseur. Mais au lieu d'enchaîner avec sa manœuvre, il enroula son doigt autour d'une boucle de ses cheveux.

— Donc on va vraiment chez toi ?

— Oui, mais il faudrait établir quelques règles.

— Quel genre de règles ?

— Tu as sûrement plus d'expérience que moi dans ce domaine.

— On parle de faire l'amour ?

— D'avoir des rapports sexuels, clarifia-t-elle.

— Je vois… Et tu penses que j'ai plus d'expérience ?

— Que moi ? Bien sûr.

— J'ai l'impression que tu ne me connais pas du tout.

— Alors commençons par le commencement. Règle numéro un : inutile de chercher à mieux se connaître. Il s'agit d'avoir des rapports physiques. Ce n'est pas un entretien d'embauche.

— Moi je trouve que si on a des règles, ça ressemble justement à un cadre professionnel.

— Règle numéro deux : nos familles et nos occupations restent notre priorité. Donc on ne peut se voir et passer du temps ensemble que si on s'est acquittés de nos tâches…

— Règle numéro trois : oublions les règles.

— Non, il nous faut des règles si on ne veut pas que ça dégénère.

Il lui lança un regard d'une chaleur intense qui la fit frissonner de la tête aux pieds.

— Monica, je ne ferai jamais rien pour te mettre mal à l'aise. Du moins, pas volontairement. Contrairement à l'idée que tu sembles avoir de moi, je ne suis pas complètement indiscipliné et je sais me maîtriser.

— Je n'ai jamais dit que tu étais indiscipliné. D'ailleurs, tu es le seul client à prendre exactement le même petit déjeuner équilibré tous les matins. Il faut beaucoup de discipline pour ça.

Il ne parut pas convaincu par son exemple, mais décida néanmoins de faire marche arrière. Littéralement.

Elle n'aurait pas osé l'admettre mais elle avait en effet eu des doutes sur le *self-control* d'Ethan. Pourtant, son comportement ce soir-là, au bal de la Saint-Patrick, lui prouvait l'inverse. Il avait réussi à ne pas céder alors qu'il avait été entouré de gens buvant de la Guinness.

Il garda le silence jusqu'à ce qu'ils entrent chez elle.

C'était très étrange pour elle de rentrer en sachant que sa grand-mère ne l'attendait pas, mais le comportement silencieux et contrôlé d'Ethan lui parut encore plus étrange. Soit il attendait qu'elle change d'avis et lui demande de partir, soit il économisait son énergie tel un prédateur s'apprêtant à sauter sur sa proie.

Une fois la porte refermée derrière eux, elle se tourna vers lui, ne sachant trop que faire.

— Et maintenant, on fait quoi ? Je t'offre un café ? On monte directement ?

— Tu veux dire que tu n'as pas encore établi de règle pour les nuits sans lendemain ?

Elle grinça des dents en entendant l'expression sortir de la bouche d'Ethan, même si c'était elle qui avait émis l'idée d'une relation sans engagement.

— Donc pour toi, c'est une liaison d'un soir, c'est ça ?

Il la regarda, perplexe.

— Règle numéro quatre : ne mettons pas de limite de temps à nos actions.

Posant une main sur sa joue, il approcha dangereusement son visage du sien. Puis, de sa main libre, il lui enleva ses lunettes et les plaça sur le guéridon de l'entrée. Elle compta jusqu'à trois, pour reprendre son souffle puis, quand ses lèvres vinrent se souder aux siennes, elle oublia toutes les règles qu'elle avait établies.

Le monde alentour disparut.

Elle ne voulait qu'une chose : sentir la proximité d'Ethan contre elle – et même sa chemise était un obstacle insupportable. De ses doigts fébriles elle en défit les boutons tandis que sa langue s'enfonçait toujours plus loin, comme pour revendiquer une partie de sa bouche. Quand elle posa les mains sur son torse musclé, la chaleur de sa peau embrasa ses paumes alors qu'elle explorait chaque aspérité de son corps pour en mémoriser la texture.

Elle gémit alors qu'il mettait fin à son exploration charnelle en lui enlevant les mains de son corps. Mais elle comprit vite que c'était pour lui retirer sa veste en jean.

Dès que cela fut chose faite, ses doigts reprirent aussitôt leur activité de découverte. Il lui caressa les hanches avant de lui empoigner les fesses pour mieux l'attirer contre lui et lui faire sentir le fruit de son excitation.

La maison était froide en cette soirée de mars, et l'air frais vint lui effleurer le haut des cuisses alors qu'il soulevait le tissu soyeux de sa robe jusqu'à ce qu'il vienne reposer sur ses hanches. Elle voulut défaire sa fermeture Éclair dans le dos, mais il s'empressa de la devancer, posant une main dans sa nuque tandis que l'autre s'occupait de la fermeture.

L'instant d'après, elle sentit sa robe glisser le long de son corps pour aller choir à ses pieds. Son soutien-gorge subit le même sort si bien que, en quelques secondes, elle se retrouva en petite culotte et en santiags devant Ethan.

Il la contempla en silence.

— Waouh, murmura-t-il d'une voix rauque qui lui procura une sensation de chaleur intense sur la peau.

Grâce à son appréciation, elle ne se sentit ni honteuse, ni timide, ni maladroite sous son regard.

— Cela fait six mois que j'ai envie de te voir nue, mais aucun de mes fantasmes les plus fous ne pouvait me préparer à une réalité aussi parfaite. C'est encore mieux que dans mes rêves.

— Donc tu veux dire que depuis six mois, tu étais sûr d'arriver à tes fins ?

Il lui caressa ses tétons durcis, ce qui la fit frémir de désir.

— Tout ce dont j'étais sûr, c'était que j'avais envie de toi et que cette envie ne partirait pas tant que je ne t'aurais pas possédée. Au moins une fois. Et même maintenant, alors que je me tiens devant toi, je me dis qu'une fois ne suffira pas à assouvir mon désir.

— Tant mieux car, moi aussi, j'en ai très envie, dit-elle avant de plaquer sa bouche de ses lèvres avides.

Elle l’embrassa fougueusement tout en lui défaisant son pantalon qui alla rejoindre sa robe sur le sol.

Ethan la couvrit de caresses, puis, après s’être arraché à ses lèvres et lui avoir déposé une pluie de baisers dans le cou et sur les seins, il s’agenouilla devant elle alors que ses mains ne la quittaient plus, parcourant ses jambes en autant de caresses lascives.

Il lui embrassa le nombril puis descendit petit à petit vers son triangle intime. L’instant d’après, sans savoir comment il avait réussi son tour de passe-passe, Monica se retrouva sans culotte. Ce constat lui coupa le souffle, l’enivrant, alors que la langue d’Ethan plongeait dans la moiteur torride de son sexe.

Elle gémit de plaisir, haletante, chancelante.

La première fois où elle l’avait embrassé, c’était dans les rayons de la bibliothèque où Trina les avait surpris.

À présent, elle était debout dans l’entrée de sa maison, en tenue d’Ève, hormis ses santiags. Ethan était en train de la lécher, l’excitant comme jamais un homme ne l’avait excitée.

Gémissant de plaisir, se régalant de chaque coup de langue, elle s’empara de ses cheveux courts pour lui faire lever la tête vers elle.

— J’ai envie de toi. Maintenant.

— Je suis là, répondit-il en se relevant, un sourire malicieux ornant sa bouche si sensuelle.

Il s’empara de la sienne et lui mordilla les lèvres tout en la faisant reculer jusqu’à l’escalier. Butant sur la première marche, Monica pensa qu’il allait la prendre dans ses bras pour la monter à l’étage.

Mais elle n’avait plus envie d’attendre. Elle se baissa sur la deuxième marche, l’entraînant vers lui dans son mouvement. Ses hanches vinrent s’imbriquer entre les cuisses d’Ethan, et elle sentit son sexe raidi venir se loger contre la zone qu’il avait léchée avec avidité.

Le torse collé à sa poitrine, le visage au-dessus du sien, il la regarda d'un air perplexe.

— Tu veux qu'on fasse ça là ? Dans l'escalier ?

Elle répondit en s'emparant de sa lèvre inférieure pour la lécher avant de la mordiller.

Il grogna de plaisir. Le son rauque et érotique redoubla son excitation alors qu'elle se rendait compte de l'emprise qu'elle avait sur lui. Si elle le souhaitait, elle pouvait lui faire perdre la tête.

— J'ai besoin de prendre quelque chose, murmura-t-il, en se levant pour fouiller la poche de son pantalon gisant au sol.

Quand il revint se mettre en position, il avait déjà ouvert le petit étui doré et déroulait le préservatif sur son membre turgescent. Enivrée par l'odeur du latex mêlée à celle de son désir pour lui, elle écarta instinctivement les cuisses pour mieux l'accueillir, sachant que la libération tant attendue n'était plus très lointaine.

Au moment où il la pénétra, il s'immobilisa, yeux clos, comme s'il voulait savourer cet instant et arrêter le temps.

Elle poussa un gémissement de frustration.

— Ethan, s'il te plaît…

Laissant échapper un grognement rauque, Ethan entra en elle, l'emplissant de toute sa longueur.

Une fois qu'il eut pris appui sur la marche supérieure et que Monica se fut calée entre ses avant-bras, il cessa de se refréner. Alors qu'il allait et venait en elle sans plus de retenue, elle lui passa les jambes dans le dos, pour mieux s'offrir, s'accrochant à lui comme s'il en allait de sa vie.

Quelques instants plus tard, son corps implosa en mille points alors qu'un orgasme fulgurant s'emparait d'elle, la happant dans un furieux tourbillon charnel.

Ethan n'avait jamais crié en faisant l'amour mais il eut l'impression d'avoir les tympans percés et la gorge en feu après avoir hurlé le prénom de Monica au moment où il avait atteint le firmament et où il s'était senti sombrer dans des profondeurs abyssales, secoué par une libération d'une puissance inouïe.

Après s'être écarté d'elle, il resta à genoux, entre ses cuisses ouvertes. Il n'en revenait pas d'avoir fait l'amour à Monica dans l'escalier et ne regrettait pour rien au monde la vision qui s'offrait à lui : une Monica à la mine béate, nue sur les marches de sa maison, avec pour seul ornement des santiags à franges.

Sans la quitter des yeux, il se leva, sourire aux lèvres, tout en lui tendant la main pour l'inviter à en faire autant. Elle poussa un profond soupir de contentement. Il sentit sa poitrine se gonfler d'orgueil à l'idée qu'il l'avait ainsi comblée, à en juger par son air extatique.

— Tu penses qu'on pourrait aller dans ta chambre pour l'acte II ? s'enquit-il en lui chatouillant la nuque du bout des lèvres.

— Je ne sais pas si j'ai la force de me hisser à l'étage, dit-elle, l'air langoureux.

— J'ai porté des sacs à dos plus lourds que toi, plaisanta-t-il avant de la soulever.

Laissant échapper un petit cri, elle enveloppa ses jambes autour de lui. Alors qu'il arrivait sur le palier, la sonnerie étouffée de son téléphone se fit entendre dans la poche de son pantalon qui se trouvait toujours au rez-de-chaussée.

Monica se raidit.

— Si tu le veux bien, je vais vérifier ce que c'est, marmonna-t-il en la reposant à terre et en descendant les marches deux par deux.

En voyant que c'était Trina, il paniqua.

— Allô ?

— C'est moi, murmura sa fille d'une voix hésitante.
— Qu'y a-t-il ? s'enquit-il, alarmé.
— Non, rien mais…
— Tu es dans les toilettes ?
— Oui. Je me demandais ce que tu faisais.

Monica était passée à côté de lui, en silence. Ses lunettes de nouveau sur le nez, elle était en train d'enfiler sa robe, le visage inquiet.

Il n'était pas prêt à donner une réponse exacte à Trina, mais comme elle savait qu'il avait promis d'emmener Monica danser et qu'il n'y avait pas de musique en arrière-plan, il devait se montrer malin pour ne pas se faire prendre et passer pour un menteur.

— Je suis venu déposer Monica chez elle. Comment ça se passe chez les Patrelli ?

Il pria pour qu'elle réponde que tout allait bien. Non seulement parce qu'il avait envie que sa fille passe un bon moment chez son amie, mais aussi parce qu'il voulait continuer à prendre du bon temps avec Monica.

Ce qui était, réflexion faite, très égoïste de sa part.

— Tout va bien, mais ils ont beaucoup d'enfants.

Il se rappela un ami d'enfance chez qui il allait souvent dormir. Comme il y avait pas mal d'enfants, l'atmosphère était bruyante et animée. Chaque fois qu'il y était allé, il avait adoré l'ambiance chaotique. C'était comme s'il appartenait à la famille et qu'il avait des frères et sœurs.

Mais Trina ne lui ressemblait pas. Elle aimait lire ou écouter de la musique, seule et dans le calme. Elle était sûrement malheureuse.

Jetant un coup d'œil vers Monica, il constata qu'elle avait les lèvres gonflées par leurs baisers et les joues rougies par sa barbe de fin de journée. Ils ne pourraient pas aller plus loin ce soir. Il ravala sa déception.

— Tu veux que je vienne te chercher ?
— Je ne veux pas que Kayla pense que je suis un bébé.

Le fait qu'elle l'admette lui donna encore plus envie de courir à son secours.

— Explique-lui que Tootie n'arrête pas de tourner en rond et de miauler parce que tu lui manques.

Cette excuse n'était pas loin de la vérité dans la mesure où le chaton avait miaulé de manière excessive quand il était rentré à l'appartement en début de soirée.

Il entendit un soupir de soulagement à l'autre bout.

— Merci, papa.

Il raccrocha, le souffle coupé, fixant l'écran de son téléphone. C'était la première fois que sa fille l'appelait papa. Une vague de chaleur se répandit en lui, comme si on venait de le couronner d'une médaille d'honneur.

— Que se passe-t-il ? s'enquit Monica.

Il leva les yeux vers elle.

— Trina m'a appelé papa. C'est la première fois, précisa-t-il d'une voix trahissant son émotion.

— C'est formidable. Tu dois être content.

— Tu ne peux pas t'imaginer comme ça me fait plaisir.

— Mais qu'en est-il de sa soirée chez les Patrelli ?

À cet instant, il hésita. D'après son expérience, les femmes n'aimaient pas qu'on les quitte avant la fin de la soirée, même si c'était pour la meilleure raison du monde. Se rappelant que Monica lui avait dit que leurs responsabilités personnelles passaient avant tout, il s'apprêta à mettre sa théorie à l'épreuve.

— Elle n'a pas voulu l'admettre, mais elle ne se sent pas à l'aise. Elle aimerait que j'aille la chercher.

Il attendit que Monica fasse la moue ou tente de le convaincre de rester. Mais alors qu'elle lui tendait sa chemise, sa réaction fut tout autre.

— La pauvre, je la comprends. J'ai toujours détesté aller dormir chez des copines. Il fallait se forcer à parler, à rester éveillée tard le soir, à aimer la cuisine de la famille qui nous accueillait. Je n'en garde pas de bons souvenirs.

Finalement, ce fut Ethan le plus déstabilisé des deux. Il aurait aimé sentir que Monica regrettait son départ, mais à en juger par la façon dont elle lui tendait ses chaussures alors qu'il avait à peine fini d'enfiler son pantalon, elle semblait pressée de le voir partir.

— Donc ça ne te fait rien si on en reste là pour aujourd'hui ?

— Bien sûr que non. Nous avons conclu un accord de non-engagement, ne l'oublie pas, répondit-elle alors qu'elle remontait la fermeture Éclair de sa robe, sans chercher à croiser son regard.

Comment interpréter ce qu'elle venait de lui dire ? Était-ce uniquement une manière de lui rappeler qu'il ne lui devait rien et qu'il était libre de vaquer à ses obligations, comme ils en avaient convenu en début de soirée ? Ou était-ce sa façon de souligner qu'elle ne lui garantissait rien pour l'avenir et qu'il ne devait pas se faire des idées sur la nature de leur relation ?

Ayant fini d'enfiler ses chaussures, il se leva, se posta devant elle et la força à le regarder dans les yeux.

— Je comprends que tu n'aies pas envie de t'engager pour le moment. Mais sache que je n'ai aucun problème à te promettre qu'à la première occasion j'aimerais reprendre là où on s'est arrêtés, car j'ai très envie de toi, et mon envie n'est pas près d'être assouvie.

- 12 -

Monica toucha ses lèvres gonflées après le départ d'Ethan.

Montant à l'étage, elle évita de regarder les marches où ils venaient de faire l'amour. Non, elle se corrigea. Ils n'avaient pas fait l'amour. Ils avaient eu des rapports sexuels sans lendemain et sans engagement.

Néanmoins, leurs ébats avaient été absolument bouleversants. Et il venait de lui promettre de lui faire revivre de tels moments d'extase à la première occasion.

D'ailleurs, peut-être que la prochaine fois ils réussiraient à aller dans un lit, pensa-t-elle alors qu'elle entrait dans la douche. Elle se frotta le corps sous l'eau chaude, faisant disparaître le parfum musqué d'Ethan qui l'avait enivrée quelques instants auparavant.

Plus elle y réfléchissait, plus elle se disait que pour son équilibre mental, elle ne devait pas envisager de prochaine fois. Elle refusait de dépendre d'un homme, même pour des ébats bouleversants et sans commune mesure.

Elle devait se méfier de cet homme qu'elle connaissait à peine. L'arrivée de sa fille en ville et le fait qu'il semblait prendre son rôle de père très au sérieux étaient des éléments qui ralentiraient peut-être son départ de Sugar Falls, mais il n'en restait pas moins un ex-militaire et un ex-alcoolique, autrement dit, elle ne devait pas fonder d'espoir sur sa relation avec Ethan. Malgré tout, elle était impressionnée par son sens du devoir. Il n'avait pas hésité à partir au secours de sa fille dès qu'elle lui avait envoyé un SOS.

À peine fut-elle sous la couette qu'elle s'endormit. Elle sombra dans un sommeil profond, sans rêver, jusqu'à ce qu'elle se réveille avec un sentiment de panique.

La maison était sombre et silencieuse. Elle avait complètement oublié sa grand-mère.

Après s'être levée d'un bond, Monica se précipita pieds nus dans la chambre de sa grand-mère. En voyant le lit parfaitement fait et le réveil qui indiquait 3 h 06 du matin, son esprit endormi parvint enfin à y voir clair. Elle se souvint que sa grand-mère était restée dormir à Legacy Village.

Voilà ce que cela faisait de vouloir vivre des moments sans lendemain avec Ethan. Elle en avait même oublié ses responsabilités. En rentrant avec lui la veille, elle avait commis une grave erreur.

Se précipitant au rez-de-chaussée, elle fouilla dans son sac à la recherche de son téléphone portable, priant pour qu'elle n'ait pas eu d'appels manqués de sa grand-mère. Voyant l'écran vide d'appels et de messages, elle poussa un profond soupir de soulagement.

Nicole, l'infirmière en charge qui leur avait fait visiter les locaux, lui avait dit qu'elle pouvait appeler à n'importe quelle heure du jour et de la nuit pour avoir des nouvelles de sa grand-mère. Ils l'auraient forcément contactée s'il y avait eu un souci.

Remontant avec son portable en main, elle se recoucha en se promettant de bloquer toute pensée d'Ethan afin de retrouver rapidement le sommeil. Malheureusement, elle se tourna et se retourna pendant le restant de la nuit, repassant en boucle les merveilleux moments d'intimité qu'ils avaient partagés.

Le dimanche matin, Monica se rendit directement à Legacy Village. À son arrivée, elle trouva sa grand-mère en train de faire une démonstration de l'appareil à gaufres à une dame qui portait des chaussons zébrés et un diadème en plastique et à un homme très distingué en costume trois-pièces dans un fauteuil roulant.

— Hector, je vous présente ma petite-fille, annonça sa grand-mère au monsieur.

— Enchanté, je m'appelle Gary, dit le vieillard avant de glisser trois bananes dans une pochette latérale.

L'instant d'après, il était reparti.

— Alors, *mija*, tu as fait bon vol ?

— Grand-mère, tu es prête à rentrer ?

— Déjà ? Je ne peux pas rester une nuit de plus à l'hôtel ?

Monica regarda alentour. Les résidents étaient assis pour le petit déjeuner, par groupes de quatre ou de six. La salle à manger était décorée à la façon d'un country club, et il y régnait autant d'animation qu'au Cowgirl Up un dimanche matin.

— Tu sais que le dimanche, on cuisine toujours nos *enchiladas* à deux.

— *Mija*, tu sais très bien préparer les *enchiladas* toute seule. En plus, il y a une messe à 10 heures ce matin, et je ne voudrais pas la rater. Ensuite, on donne un récital de piano cet après-midi, après le déjeuner. Il y aura un espace pour danser si les gens ont envie. Je dois rester pour encourager le public à se lever et à participer à l'événement. Tu sais, certains résidents sont tellement habitués à ne rien faire qu'il faut dépenser une énergie folle pour les convaincre de prendre part à une activité. Mais ce défi me plaît.

— Bonjour, madame Alvarez. J'ai appris que vous aviez bien animé la soirée d'hier, lança Nicole.

Le sang de Monica ne fit qu'un tour. Qu'allait-elle

apprendre ? Que sa grand-mère avait manqué de provoquer un incendie ? Qu'elle avait tenté de s'enfuir ? Qu'elle avait soudoyé des membres du personnel ? Tout était possible.

S'armant de courage, elle pria en silence pour que sa responsabilité civile ne soit pas engagée.

— Donc ça veut dire que j'ai décroché le poste ? demanda sa grand-mère, les mains jointes.

— Je pense qu'on peut trouver un arrangement. Vous permettez que j'en parle à votre agent ?

Monica n'était pas à l'aise avec l'idée de continuer à faire semblant que sa grand-mère réalisait son rêve de jeunesse mais, si c'était le meilleur des scénarios, elle était prête à jouer le jeu.

Sa grand-mère s'étant éclipsée pour aller s'occuper d'une dame qui avait besoin d'aide pour beurrer sa tartine, Monica en profita pour s'entretenir avec Nicole.

— Soyez franche envers moi. Que s'est-il passé hier soir ?

— Elle a mis le feu aux poudres.

— Je peux la reprendre tout de suite, vous savez…

Nicole l'interrompit en levant la main.

— Non, je disais ça dans un sens positif. Elle était pleine d'énergie et elle a aidé à animer la soirée. Elle a même réussi à faire faire une *conga* aux résidents. Du jamais vu dans l'établissement. L'infirmière de nuit m'a dit qu'elle avait bien dormi. Elle s'est levée à 6 heures ce matin et elle a aidé Reynaldo en cuisine à préparer le bacon et les saucisses.

— Il ne faut surtout pas la laisser près d'une gazinière sans supervision ! s'écria-t-elle, paniquée.

— Monica, je sais que vous connaissez votre grand-mère mieux que nous, mais nous encourageons les résidents à participer aux activités du quotidien, surtout s'ils étaient habitués à le faire chez eux. Tous nos employés, du cuisinier à l'électricien en passant par le garde de nuit, sont formés pour superviser des résidents comme Mme Alvarez. Donc n'ayez crainte. Nous avons un service de sécurité très strict, mais nous permettons aux résidents de vivre le plus normalement possible pour que le choc par rapport à leur ancienne vie ne soit pas trop dur.

— Je ne veux pas qu'elle se mette en danger ou qu'elle mette les autres en danger. Vous comprenez ?

— Je ne peux pas vous promettre qu'il ne lui arrivera jamais rien, et nous savons que son état va empirer, mais en attendant notre structure nous permet de gérer la situation dans l'état actuel des choses. Je vous propose donc de lui apporter des affaires personnelles et de la laisser une semaine chez nous, pour voir si elle s'habitue à l'établissement. Sans promesse ni engagement.

Monica sentit son cœur se serrer. Décidément, le non-engagement était le thème du moment.

Le dimanche soir, Ethan hésita longuement à appeler Monica. Il avait envie d'entendre sa voix et de savoir si elle lui en voulait d'être parti aussi brusquement la veille. Et il était aussi curieux de savoir si sa grand-mère avait passé une bonne nuit à Legacy Village.

Il avait dû arrêter de faire les cent pas, car Tootie ne cessait de lui courir après pour attraper ses lacets. Ce chaton s'avérait un véritable engin destructeur. Depuis que ses dents avaient poussé, il avait mangé les lacets de sa paire de chaussures de sport et des deux paires de bottes qu'il mettait pour aller travailler. Il s'était aussi fait les dents sur plusieurs rouleaux de papier toilette, les griffes sur le vieux canapé orange, il avait déchiré le menu de la cantine de l'école aimanté sur le frigo, ainsi que le devoir de maths que Trina avait accidentellement oublié sur la table de la cuisine. Depuis, ils avaient appris à fermer la porte de la salle de bains et à ranger leurs chaussures dans le placard prévu à cet effet.

D'après Trina, Tootie se comportait de manière infernale pour les punir de le laisser seule toute la journée. Ethan s'en fichait pour sa part, mais il ne voulait pas laisser Trina seule dans l'appartement. Or le lendemain, lundi, il avait sa réunion.

Sa décision fut prise. C'était l'excuse idéale pour appeler Monica. Sauf que les murs de son appartement étaient assez fins et, dans la mesure où Trina lisait dans le salon, il ne voulait pas appeler, de peur que Monica refuse. Sa fille avait déjà subi assez de rebuffades dans sa vie.

Tirant son téléphone de sa poche, il envoya un message tout simple.

Comment s'est passée la première nuit de ta grand-mère à Legacy Village ?

Il vit la petite bulle indiquant qu'elle était en train de lui répondre. C'était bon signe.

Grand-mère a passé un très bon moment. Au point qu'elle va rester à l'essai une semaine. Je suis allée la voir ce matin puis je suis revenue lui prendre des affaires et repartie dîner avec elle. Je viens de rentrer. Je suis épuisée.

Il eut envie de lui demander si elle avait réussi à dormir la nuit précédente ou si, comme lui, elle s'était tournée et retournée dans son lit. Il n'osa pas, de peur de la bousculer.

Tu travailles demain ?

Oui, comme d'habitude. Tu veux que je prenne Trina pendant ta réunion ? Je pourrai l'emmener voir grand-mère.

Il fut soulagé que la proposition émane de Monica. Il ne savait pas comment elle comptait s'organiser avec sa grand-mère et ne voulait pas lui ajouter une surcharge de travail.

Tu es sûre que ça ne fait pas trop pour toi ?

Tu sais très bien que Trina ne me dérange pas. Je suis sûre que grand-mère sera ravie de la voir.

Il vit qu'elle écrivait quelque chose puis la bulle disparut.

Tu allais dire que TU serais aussi ravie de ME voir ?

Non, j'allais dire que je ne voulais pas que tu rates ta réunion.

Eh bien, moi, je serais ravi de te voir. Peut-être qu'après ma réunion on pourrait reprendre là où on en était restés ?

Des bulles apparurent et disparurent au moins trois fois. Puis plus rien. Puis sa réponse arriva.

Pas devant ta fille.

Il sourit. Elle ne disait pas non. Elle tentait simplement de s'en tenir aux règles qu'elle avait mises en place.

Heureusement, Ethan ne tenta rien devant sa fille quand il l'amena le lundi soir. Monica était déjà prête à partir, clé de voiture en main, quand il était arrivé devant chez elle.

Trina avait pris Tootie avec elle, et le chaton remporta un succès fou à Legacy Village. Sa grand-mère avait été contente de la voir et de voir Trina, mais elle les avait vite délaissées au profit de la soirée bingo où elle avait été recrutée pour annoncer les numéros. Au moment de lui dire au revoir, elle les avait à peine reconnues.

Sur le chemin du retour, Monica se sentit épuisée et légèrement triste. Pour faire bonne figure, elle fit la conversation à Trina. La jeune fille lui parla du dernier livre qu'elle avait lu, de Tootie et de son amie Kayla Patrelli. Mais elle ne dit pas un mot de son père et lui parut légèrement inquiète.

Monica ne voulait pas spécialement parler d'Ethan, mais pas non plus éviter le sujet. Enfin, elle trouva un angle d'approche.

— Dis-moi, Trina, tu te plais à Sugar Falls ?

— Oui.

Cette piste s'avérait une impasse.

— Et tu aimes bien votre appartement ?

— Oui mais ça sent la pizza à cause du restaurant en dessous. Et papa a dit que l'assistante sociale qui s'occupe de mon dossier allait passer mercredi et…

— Et quoi ?

— J'aurais bien aimé que l'appartement soit un peu plus chaleureux et un peu mieux décoré, tu vois ?

— Tu voudrais que ce soit un peu plus personnel ?

— Oui, je veux qu'elle pense que c'est un lieu où je peux rester habiter.

Le cœur de Monica se gonfla de joie pour Ethan. Trina avait envie de rester habiter avec son père. Quelle bonne nouvelle !

— Si tu veux, je peux venir demain avec quelques objets pour décorer l'appartement.

Trina eut soudain une mine radieuse.

— Oh oui ! Mais ce serait bien que ce soit des objets de chez toi, pour que ça ne fasse pas trop neuf. Et peut-être aussi quelques cadres. Avec des photos.

— Ne t'inquiète pas. Je vais m'en occuper. Pour les photos, en revanche, ça risque d'être difficile.

— J'en ai déjà quelques-unes sur mon téléphone. Et ce serait bien si on pouvait se prendre tous les quatre en photos ?

— Tous les quatre ?

— Toi, moi, papa et grand-mère.

La pauvre. Trina pensait déjà qu'ils formaient une famille recomposée. Monica ne voulait pas la décevoir, mais elle ne voulait pas non plus lui donner de faux espoirs…

— Tu sais, je ne sais pas si…

— Je sais que ce ne sera pas comme un portrait de famille. Mais c'est juste pour montrer qu'on a un système de soutien, comme ils disent.

Trina était une petite fille très intelligente et elle avait effectué des recherches pour assurer ses arrières.

— Si ton papa est d'accord, ça me va.

— Tu sais, papa est prêt à faire tout ce que tu lui dis, donc si tu es d'accord, il le sera forcément. Il veut toujours avoir ton avis et il te regarde avec des yeux amoureux.

Monica éclata de rire.

— Ton père ne me regarde pas avec des yeux amoureux !

Trina enchaîna sans chercher à discuter.

— Je sais que vous vous êtes embrassés.

— Tu parles de samedi soir ?

— Non, je parlais de jeudi, à la bibliothèque. Vous vous êtes aussi embrassés samedi soir ?

Monica paniqua, prise au dépourvu. Trina avait l'esprit trop vif pour qu'elle puisse nier l'évidence. Elle prit le parti de changer de tactique.

— Tu sais, ma chérie, tu es la priorité de ton papa. Et la mienne. Sache-le. Quoi qu'il arrive entre lui et moi, on fera toujours ce qu'il y a de mieux pour toi.

— Donc ça veut dire que vous êtes en couple ? Officiellement ?

— Non, pas officiellement. Nous sommes amis, précisa Monica alors qu'elle arrivait devant chez elle.

Ethan était déjà là. Monica fut soulagée de savoir que son échange épique avec Trina venait de prendre fin.

Pour le moment.

- 13 -

— Salut, papa ! lança Trina en ouvrant la porte.

Le chaton, qui dormait à ses pieds, se réveilla d'un bond et sortit aussitôt de la voiture.

— Tootie, reviens !

— Je vais le rattraper ! s'écria Ethan en se mettant à quatre pattes pour se glisser sous le buisson.

— Tootie, reviens ! appela Trina avant de faire des miaulements pour attirer l'animal.

— Que faites-vous ? s'enquit M. Simon qui venait de surgir de derrière sa haie.

— J'essaie de récupérer le chaton de ma fille, répondit Ethan en se redressant. Allez, viens, Tootie.

Mais le chat refusa d'obtempérer.

— Je pensais que vous étiez dans les forces spéciales. Vous devriez être capable de faire sortir un chat d'un buisson, non ?

Ethan fit mine de ne pas avoir entendu.

— Monica, tu peux m'apporter un petit bout de fromage, s'il te plaît ?

— J'arrive.

Quand elle revint, Trina était à genoux à côté de son père en train d'émettre de petits bruits pour attirer le chaton.

— Tu sais, Monica, M. Simon a dit qu'il y avait un voleur de chats à Sugar Falls.

— Mais non, ne t'inquiète pas, c'est de l'histoire ancienne. Personne ne va voler Tootie.

Dès qu'Ethan présenta le morceau de fromage, Tootie fit son apparition. Trina s'empressa de le prendre dans ses bras et de le regarder dans les yeux afin de lui faire gentiment la morale. L'instant d'après, elle le serra contre elle pour un gros câlin.

— Je pense qu'il est temps de rentrer chez nous avant que ce petit animal ne trouve de nouveau le moyen de s'échapper, suggéra Ethan.

— Oui, en plus je suis fatiguée.

Monica les accompagna au bout de l'allée. Alors qu'ils marchaient vers son véhicule, il prit des nouvelles de sa grand-mère.

— Quand nous sommes arrivées, elle nous a reconnues, et tout semblait aller à merveille. Puis quand nous sommes reparties, elle ne nous a pas reconnues, mais elle avait l'air bien. Qu'en penses-tu, Trina ?

Monica se sentait tellement coupable de ne pas s'occuper de sa grand-mère qu'elle avait besoin de l'assentiment d'une jeune fille de onze ans pour justifier ses actions.

— J'ai trouvé qu'elle était très joyeuse. Elle n'arrêtait pas de sourire et de rire.

— C'est une bonne nouvelle !

— Au fait, papa, demain, Monica va venir chez nous avec des objets et des cadres pour décorer notre appartement, pour la visite de mercredi, annonça Trina avant de monter dans la voiture.

Monica ne chercha pas à préciser le contexte dans lequel Trina lui avait demandé cette faveur. Si Ethan ne voulait pas qu'elle s'immisce dans ses affaires familiales, c'était le moment ou jamais de le dire. Mais il ne dit rien de la sorte. Au contraire.

Il sourit, visiblement enchanté de la nouvelle.

— Super. Alors à demain, cette fois, c'est moi qui cuisine.

— Je peux dire à l'assistante sociale que vous êtes ensemble ? demanda Trina à son père par la vitre ouverte, avant de regarder Monica.

— Trina…

— Monica, tu as dit que papa et toi, vous vouliez ce qu'il y a de mieux pour moi. Je pense que le mieux, ce serait que l'assistante sociale sache que mon père a une petite amie et qu'elle fait partie de notre système.

— Une assistante sociale ? Pour qui ? Pourquoi ? s'exclama le voisin qui les avait espionnés derrière sa haie.

Au comble de la gêne, Monica ferma les yeux,

— Bonne soirée, monsieur Simon ! répliqua Ethan sans chercher à entrer dans le débat.

L'instant d'après, quand elle rouvrit les yeux, Ethan était à moins de trente centimètres. Les jambes chancelantes, elle attendit qu'il l'embrasse, devant sa fille. Au lieu d'utiliser ses lèvres, le défi qu'il lui lança des yeux eut un effet encore plus fort sur ses nerfs déjà en boule.

— Bonne nuit, Monica. À demain, 18 heures.

Le mardi soir, Monica arriva chez Ethan avec deux cartons remplis de plaids, de coussins et d'objets divers.

Il n'était pas convaincu que quelques bibelots feraient la différence et rendraient son appartement plus chaleureux, mais il était prêt à tout pour garder Trina.

Monica, toujours au summum de l'efficacité, était même arrivée avec des photos déjà encadrées. Elle en posa une, de Trina et Tootie en train de se disputer un lacet dans la chambre d'Ethan, une photo d'Ethan portant sa ceinture d'outils dans la chambre de Trina. Sur la cheminée, elle plaça une photo de Trina et lui en tenue de ski – le cliché parfait d'un papa et de sa fille partant à l'aventure.

Il y avait aussi une photo de Trina et de sa grand-mère en train de danser dans le salon des Alvarez.

— Qui a pris ces photos ? s'enquit-il, ne se rappelant pas avoir posé pour aucune d'entre elles.

— J'ai trouvé les deux premières sur le téléphone de grand-mère et je les ai apportées chez le photographe. C'est moi qui ai pris celle de Trina et de grand-mère en train de danser. Freckles ne m'a pas dit comment elle avait obtenu la photo de Trina et toi au ski, mais Sugar Falls est une petite bourgade, et elle a beaucoup de relations.

Il était parti du principe que la plupart des habitants de la ville savaient que Monica les aidait Trina et lui, mais cela lui mit du baume au cœur de savoir qu'elle osait en parler autour d'elle. Cela signifiait qu'elle n'avait pas honte et que ce n'était pas un secret. D'ailleurs, elle avait mis d'autres personnes à contribution dans l'espoir de faire partie intégrante du fameux système de soutien dont Trina avait parlé.

Alors que Monica se tenait debout à une extrémité de la pièce, observant son œuvre après avoir dispersé et arrangé ici et là des bougies, un tapis afghan, les coussins colorés et le plaid, Ethan vint se poster derrière elle. Quand il la prit par la taille, elle tressaillit, mais ne chercha pas à se soustraire à son étreinte. Elle regarda derrière eux, sûrement pour s'assurer que Trina n'était pas dans la pièce en train de les regarder. Satisfaite de son balayage visuel, il la sentit se reposer contre lui.

Comme c'était bon de sentir son corps ainsi collé au sien.

— Et si on mettait une photo de nous deux ? lui murmura-t-il à l'oreille.

Elle se raidit, mais il ne la lâcha pas.

— Je pourrais demander à des gens qui sont allés au bal de la Saint-Patrick. Je suis sûr que quelqu'un t'a prise avec ta robe verte et tes santiags super sexy…

Elle laissa échapper un léger gémissement lorsqu'il glissa une main sous son pull et remonta jusqu'à la naissance de ses seins.

— Quand est-ce qu'on peut se revoir, en tête à tête ? lui souffla-t-il à l'oreille.

Il la sentit frissonner.

Leur moment d'intimité fut rompu quand la minuterie du four retentit dans l'appartement et la fit sursauter. Ils dînèrent à trois, autour de la table ornée d'une nappe à pois rapportée par Monica.

Assis en face d'elle, il ne manqua pas de la dévisager à plusieurs reprises pour avoir la confirmation qu'elle avait tout aussi hâte que lui de reprendre là où ils en étaient restés la fois précédente.

Le mercredi après-midi, la visite se passa admirablement bien. Même si le matin Ethan avait dû user de subterfuges insensés pour rassurer sa fille. La première chose que fit Ethan après le départ de l'assistante sociale fut de remercier le ciel que personne n'ait vu clair dans sa bravade illusoire. La deuxième chose qu'il entreprit, ce fut d'envoyer un message à Monica lui disant que l'assistante sociale ne voyait aucun inconvénient à ce que Trina reste habiter chez lui.

Elle était à Legacy Village et répondit en envoyant une photo de sa grand-mère en train de peindre un portrait d'Elvis pendant son cours de peinture. À la fin du message elle avait ajouté :

Ma grand-mère trouve que tu lui ressembles.

Il gloussa en regardant le portrait. Puis il lui répondit en l'invitant à dîner avec Trina le lendemain soir chez Patrelli, pour fêter la bonne nouvelle.

Le jeudi soir, Monica était au rendez-vous. Et dès que Trina s'éclipsa à l'arrière du restaurant pour aller retrouver sa copine, Ethan prit la main de Monica et la regarda droit dans les yeux.

— Quand peut-on se revoir ?

— Je suis en face de toi, répondit-elle, en fixant ses lèvres.

— Tu vois ce que je veux dire, répliqua-t-il, en proie à une vive excitation.

— Peut-être ce week-end ? proposa-t-elle dans un murmure.

Il n'avait pas envie d'attendre aussi longtemps, même si on était déjà jeudi.

Le vendredi matin, il déposa Trina à l'école et quand Monica arriva à la bibliothèque, une heure avant l'ouverture, il l'attendait déjà sur le parking, muni d'une pile de livres que Trina avait empruntés et déjà lus.

— J'espère que tu n'es pas là pour emprunter le nouveau livre sur les SEAL. Il est sorti mardi, et M. Simon t'a devancé, lâcha-t-elle, à peine sortie de sa voiture.

Il était au courant du livre écrit par un journaliste qui s'était vaguement inspiré de faits réels auxquels Ethan avait pris part.

— M. Simon peut garder le livre. J'ai vécu la vraie version du livre, je ne suis pas près de l'oublier et n'ai aucune envie de m'y replonger.

Il sentit le poids de son regard sur lui alors qu'elle l'étudiait, en silence.

— Donc c'est toi, le héros du livre ? Celui qui se bat tout seul contre l'ennemi au milieu de la place d'un village et qui porte le corps de son partenaire blessé jusque sur un toit pour le hisser à bord de l'hélicoptère sanitaire ?

— Ce n'était pas aussi simple que ça, éluda-t-il.

Il n'avait pas envie d'entrer les détails. En ajoutant par exemple que c'était à cause de lui si son coéquipier s'était retrouvé piégé dans l'embuscade.

— Tu veux en parler ?

Monica lui offrit un regard compatissant et amical qui se voulait sûrement réconfortant. Mais il n'avait pas souvent l'occasion de voir la femme qu'il désirait en tête à tête, et il ne voulait pas perdre du temps à parler de ses erreurs passées.

— Une autre fois, peut-être. Aujourd'hui, je suis simplement passé rendre les livres de Trina.

— Tu sais que tu peux les glisser directement dans la boîte aux lettres. Tu n'étais pas obligé de m'attendre.

— Peut-être que j'ai fait exprès pour te voir seule.

Elle consulta sa montre puis leva les yeux vers lui avant de scruter le parking alentour qui ne comptait que deux véhicules.

— Je dois ouvrir dans quarante-cinq minutes.

— C'est amplement suffisant, répliqua-t-il en lui adressant un clin d'œil.

Dans la réserve située derrière le comptoir, il prit Monica dans ses bras et la déposa sur un chariot à livres en métal. Ils avaient tellement envie l'un de l'autre qu'ils ne prirent pas la peine de se déshabiller entièrement et s'adonnèrent à une étreinte passionnée qui les combla tous les deux.

Elle soupira de contentement quand il se retira, et il éprouva un sentiment de profonde satisfaction en voyant l'émoi dans lequel leur corps-à-corps l'avait projetée.

Il avait déjà hâte de recommencer. Mais quand pourraient-ils se revoir ?

— Ce serait bien d'essayer dans un lit, ironisa-t-il.

— Dans tous les cas, nous ne devons surtout pas prendre l'habitude de nous retrouver ici.

Elle chercha à tâtons ses lunettes qu'elle avait laissées sur l'étagère à côté du chariot. Une fois qu'elle les eut rechaussées, elle enfila sa jupe et reboutonna son chemisier.

— Je proposerais bien d'aller sur mon lieu de travail mais lundi, avec Kane, on va commencer la construction d'une nouvelle station de nettoyage de poissons, près de l'embarcadère du lac Rush, plaisanta-t-il.

— En effet, ce ne serait pas pratique. C'est la ville qui paie ce projet ? Le conseil municipal a refusé mon budget pour l'année prochaine, donc ce serait le comble.

— Ne t'inquiète pas. Personne ne paie pour ce projet. Kane et moi le faisons pour la communauté.

— Dis donc, j'ai l'impression que tu veux décrocher une médaille d'or de bon samaritain.

— Pourquoi dis-tu ça ?

— Parce que j'ai aussi vu ton nom sur le registre des visiteurs de Legacy Village. Tous les jours de la semaine.

— Les infirmières disent que je suis le seul à réussir à faire avaler un semblant de repas à ta grand-mère entre deux activités, sinon elle ne fait que s'affairer sans prendre le temps de manger.

— Je ne sais pas si c'est judicieux de s'investir autant dans la vie l'un de l'autre, lâcha Monica.

Ethan, qui était en train de reboutonner son jean, s'arrêta net pour la regarder.

— Tu ne crois pas qu'il est un peu tard pour ça ?

Nicole rejoignit Monica dès qu'elle arriva à la réception de Legacy Village en fin d'après-midi. Au téléphone, elle lui avait expliqué qu'ils avaient maîtrisé la situation, mais qu'ils voulaient l'informer de la dernière crise en date.

Pendant le trajet, elle avait regretté de ne pouvoir arriver plus vite mais, d'un autre côté, c'était rassurant de savoir que sa grand-mère était entre les mains de professionnels et non seule à la maison en train de provoquer une catastrophe ou une autre.

En se garant sur le parking, elle n'avait toujours pas décidé si cet établissement était véritablement la bonne solution pour sa grand-mère.

— Désolée, je suis venue au plus vite. Je ne pouvais pas partir avant 16 heures, car j'avais un groupe d'enfants à la bibliothèque. Comment va-t-elle ?

— Elle va mieux. Le docteur a fait sa tournée et lui a donné un sédatif. Elle ne dort pas encore, mais elle ne pleure plus. Ethan est avec elle.

— Ethan est là ?

— Je lui ai téléphoné quand vous m'avez dit que vous ne pouviez pas venir tout de suite. Mme Alvarez n'arrêtait pas de dire « *mijo* », donc comme je sais qu'elle l'appelle comme ça, je l'ai contacté.

En arrivant dans le couloir, elle vit Trina assise dans un fauteuil, ses écouteurs aux oreilles et son sac d'école à ses pieds. Ethan avait vraiment dû avoir peur pour être venu directement après l'école. Elles s'adressèrent un petit signe de la main.

Quand elle entra dans la chambre, elle trouva Ethan assis au chevet de sa grand-mère, entièrement habillée, sous les couvertures et lui tenant la main.

— Grand-mère, ça va ? murmura Monica en lui caressant ses cheveux cendrés.

Ses fines paupières papillonnèrent avant de s'ouvrir.

— Ah, te voilà, Bettina. Tu vois, mon *mijo* est venu, dit-elle avant de serrer la main d'Ethan et de murmurer une prière en espagnol.

— Ethan, c'est gentil d'être venu lui tenir compagnie, lança Monica.

— Ce n'est pas Ethan. C'est Fidel. Il est enfin revenu.

Ethan sourit quand sa grand-mère lui caressa la joue,

avant de refermer les yeux. Il en profita pour attirer son attention.

— Qui est Fidel ? articula-t-il sans faire de bruit.

— Mon père, répondit-elle en s'asseyant au bord du lit. Sa grand-mère rouvrit les yeux.

— Comment te sens-tu, grand-mère ?

— Je ne me suis jamais sentie aussi bien. Mon fils est de retour, et on va enfin pouvoir recréer notre famille. Regarde comme il est devenu musclé depuis son séjour à l'académie ?

Quelle académie ? Un malaise s'empara de Monica alors que sa grand-mère continuait à parler.

— Bettina, tu ne trouves pas que j'ai le meilleur fils du monde ? Il s'est toujours tellement bien occupé de moi.

Monica serra les dents pour s'empêcher de répondre comme elle aurait aimé le faire. Elle savait qu'il ne fallait surtout pas contredire un malade atteint d'Alzheimer. Mais les dires confus de sa grand-mère ne faisaient que raviver des souvenirs douloureux. Son père avait été absent de sa vie et, ce, pour des raisons peu reluisantes. Elle ne supportait donc pas d'entendre sa grand-mère en vanter les mérites et le placer sur un piédestal.

— Mon *mijo* va prendre soin de sa fille. Elle est encore petite, mais quand il aura mis tous ces méchants en prison, il va revenir à la maison et s'occuper de nous. Je le sais.

Sa grand-mère marmonna encore quelques paroles incompréhensibles avant de sombrer dans un profond sommeil, sûrement sous l'effet du sédatif administré par le médecin.

— Nicole m'a dit que les gens atteints d'Alzheimer ont des crises d'angoisse en fin de journée. C'est un symptôme courant. Les angoisses arrivent à la tombée du jour. J'avoue que moi non plus je n'aime pas cette partie de la journée.

Ethan avait parlé à voix basse, de peur de réveiller sa grand-mère et de raviver sa confusion. Il essayait de l'aider en se montrant rassurant et attentionné mais sa compassion ne fit que renforcer son malaise.

Entre la culpabilité de laisser sa grand-mère dans l'établissement et le fait que celle-ci ne serait bientôt plus en mesure de la reconnaître, c'était beaucoup trop d'émotions à gérer, sans rajouter dans l'équation son attirance pour un père célibataire.

Quand sa grand-mère se mit à ronfler, Ethan retira tout doucement sa main et se leva.

— Le médecin a dit qu'une fois que le sédatif ferait effet, elle devrait dormir toute la nuit. Je vais rentrer faire dîner Trina. Tu veux venir avec nous ?

— Non, merci, je n'ai pas faim.

— Comme tu voudras. Mais je te sens perturbée.

— Oui. Je n'arrive pas à comprendre ce que ma grand-mère a voulu dire quand elle a parlé de l'académie.

— Ton père a fait une formation après l'université ?

— Non, pas que je sache, répondit-elle repensant aux cartons dans le grenier qui renfermaient des affaires de son père.

Elle était au comble de la perplexité. En général, pendant ses épisodes de divagation, sa grand-mère parlait de choses qu'elle aurait aimé faire ou qui appartenaient vraiment à son passé. Jamais elle n'avait inventé une histoire de toutes pièces.

— Tu veux que je reste un peu avec toi ?

— Non, ça ira, merci.

— On se voit quand même ce week-end ?

— Oui, peut-être, répondit-elle, absente.

Ethan l'étudia quelques instants en silence avant de venir déposer un baiser léger sur ses lèvres. Une fois qu'il fut parti, elle prit sa place dans le fauteuil au chevet de sa grand-mère. Au bout de cinq minutes, voyant que celle-ci dormait profondément, elle décida de partir à son tour.

Avec une seule idée en tête : éclaircir le mystère de l'académie.

- 14 -

Le retour à Sugar Falls se passa dans le flou le plus total, comme si les mains, les pieds et le cerveau de Monica fonctionnaient en pilotage automatique. Une fois chez elle, elle déposa ses affaires dans l'entrée, alla prendre un paquet d'Oreo dans la cuisine puis monta directement au grenier.

Deux heures plus tard, Monica avait mal partout à force d'être restée assise sur des lattes en bois inégales. Ses yeux la piquaient à cause du manque de lumière, et son esprit était dans un état encore plus confus qu'à son arrivée.

Les cartons ne contenaient rien de plus que les mêmes photos, trophées, et albums qu'elle avait déjà vus auparavant. Son père avait été une véritable vedette de l'équipe de sport de son lycée. Aussi bien en course à pied qu'au base-ball. Il avait obtenu une bourse pour l'université de l'Idaho, là où il avait rencontré sa mère. Il y avait aussi quelques photos de leur mariage mais pas d'autre indice susceptible d'expliquer comment son père avait finalement aussi mal tourné.

Elle n'avait que très peu de souvenirs de lui. Elle se rappelait ses longues absences et ses retours sporadiques où il lui disait qu'elle grandissait trop vite et pendant lesquels sa mère avait rarement été à l'aise. L'attitude de sa mère avait inévitablement déteint sur Monica, qui avait eu de plus en plus de mal à profiter des visites de son père. Quand elle avait six ans, sa mère l'avait emmenée faire un long voyage en voiture, pour rendre visite à son père en prison. De mémoire, cela ne s'était pas bien passé entre ses parents.

Pour sa part, elle se souvenait d'avoir été profondément marquée par les tatouages recouvrant les bras de son père. Sa mère lui avait toujours raconté qu'il avait préféré passer du temps avec des escrocs et des dealers de drogue plutôt que d'en consacrer à sa famille. Et elle l'avait aussi mise en garde de ne jamais tomber amoureuse de quelqu'un qui ne plaçait pas sa famille avant tout le reste.

Après la mort de sa mère, Monica s'était promis de ne plus jamais penser à son père. À quelques reprises, elle avait été tentée d'enquêter pour en savoir plus sur lui. Chaque fois, elle s'était raisonnée en se disant que les informations qu'elle trouverait seraient forcément déprimantes. Elle s'était attelée à ses études en se promettant de toujours rester dans le droit chemin, contrairement à son père. Et pour honorer l'éducation de sa grand-mère.

Le bruit d'une tondeuse la ramena à l'instant présent. Elle consulta son téléphone portable pour voir l'heure. Il était 19 heures, un vendredi soir.

M. Simon avait forcément une idée derrière la tête en décidant de tondre son gazon à une heure aussi tardive. Recevait-il des invités de marque le lendemain matin ou était-ce une fois de plus pour espionner le livreur de Mme Fitzroy ? Avec son voisin, on ne savait jamais. Mais on ne pouvait pas lui en vouloir. Il était une institution du quartier. Un résident de longue date.

Soudain, une idée germa dans son esprit. Et si elle allait parler à M. Simon ? Elle n'y avait jamais pensé mais il habitait déjà là avant sa naissance. Peut-être qu'il se souviendrait de certains faits concernant son père.

Quelques instants plus tard, après avoir réussi à déplier les jambes et retrouvé une circulation normale, elle se rendit chez ses voisins.

— Que puis-je faire pour vous, Monica ? demanda M. Simon après avoir éteint sa tondeuse, mais tout en gardant un œil sur le camion de livraison dans la rue.

— Eh bien…

— Vous ne trouvez pas qu'il est un peu tard pour livrer un colis ?

— M. Simon, vous souvenez-vous de mon père ?

— Fidel ? Bien sûr ! Comment ne pas se souvenir de lui ?

— Grand-mère en parle souvent en ce moment. Que pouvez-vous me dire à son sujet ?

— C'était un sacré coureur de fond. Il avait deux ans de moins que moi, mais je me souviens qu'il était très intelligent.

— Je connais les exploits sportifs de sa jeunesse. En revanche, vous souvenez-vous de mon père après son mariage ?

Son voisin laissa échapper un sifflement s'apparentant à une résignation fataliste.

— Mais encore ? insista-t-elle, sentant qu'elle tenait quelque chose.

— Disons que Fidel n'aurait jamais dû épouser votre mère.

— Pourquoi ?

— À cause de son style de vie.

— C'est-à-dire ?

— Fidel faisait partie de ces héros machos à qui tout réussissait. Bon partout à l'école, intelligent, intéressant, excellent sur un terrain de sport, un succès fou auprès des filles, un cœur de samaritain et une capacité à se fondre dans n'importe quel milieu. Un vrai caméléon social. Personne n'a été surpris d'apprendre qu'il avait intégré la DEA après l'université. Mais quand il a commencé à accepter des missions d'infiltration, c'est là que les choses se sont détériorées, car votre mère n'a pas supporté. Et qui pourrait lui jeter la pierre ?

Elle manqua de chanceler.

— La DEA ? Vous voulez dire l'administration pour le contrôle des drogues ? Vous êtes sûr ?

— Vous avez l'air surprise. Vous ne le saviez pas ? Votre grand-mère ne vous a rien dit ?

Elle secoua la tête.

— Je pensais qu'il était du mauvais côté de la barrière. Ma mère m'a emmenée le voir en prison avant son décès. Il n'était pas content qu'elle m'ait prise avec elle. Il a refusé de me regarder ou de me prendre dans ses bras.

— Votre grand-mère m'en a parlé. À l'époque, on n'avait pas de force de police locale. C'est moi qui ai organisé une surveillance permanente autour de votre maison au cas où l'un de ses acolytes viendrait vous chercher ici.

— Comment ça, ses acolytes ?

— Les membres des groupes qu'il essayait d'infiltrer. Il était tellement incognito que même les gardes de prison ne connaissaient pas son statut d'agent spécial. Un jour, n'y tenant plus, votre mère vous a emmenée à la prison de Florence, dans le Colorado.

— Ils se sont disputés dans la zone des visites. Il lui a crié dessus.

— Votre mère n'aurait jamais dû faire ça. Elle vous a mises en danger. Après votre visite, vous auriez pu être des cibles vivantes et ne jamais revenir à Sugar Falls. À l'époque, il était en train de démanteler un cartel immense. Beaucoup de gens sont morts. L'affaire a duré des mois et, même après la fin du procès, il a préféré ne pas revenir pour ne pas risquer vos vies. Il est mort peu après, dans une embuscade qui a mal tourné. Du moins, c'est ce qu'ils ont dit à votre grand-mère.

— C'est pour ça que je n'ai pas eu le droit d'aller à son enterrement ?

— J'imagine. Il était le fils unique de Lydia. Elle était anéantie et n'aurait pas supporté de vous perdre. Vous étiez tout ce qui lui restait. D'ailleurs, maintenant qu'on en parle, Lydia m'a donné un carton avec des affaires de votre père, liées à ses années à l'académie. Je pense qu'il y a des photos et des médailles. Je pourrai vous l'apporter demain, si vous voulez.

Monica le remercia puis rentra chez elle, abasourdie.

Ce soir, elle prenait conscience que si sa grand-mère avait toujours hésité à entrer dans les détails concernant son père, Fidel Alvarez, ce n'était pas par tristesse ou par honte, mais pour protéger Monica. En y repensant, sa mère non plus n'avait jamais traité son père de drogué ou de dealer, mais personne n'avait pris la peine de lui donner assez d'informations pour qu'elle comprenne.

Les pièces d'un puzzle dont elle ignorait l'existence jusqu'à ce jour commencèrent à se mettre en place. Le souvenir de son père arrivant en retard pour son anniversaire et de sa mère en colère lui faisant la morale. Le souvenir de ses absences prolongées et de ses apparitions à l'improviste, les yeux hagards, une barbe de plusieurs jours, les cheveux ébouriffés. Pendant toute son enfance, elle avait pris son père pour un criminel et un accro. Mais il n'était pas accro à la drogue, seulement à sa carrière.

Elle vit qu'Ethan lui avait envoyé un message, cependant elle avait l'esprit trop perturbé pour y prêter attention. Ce soir, elle venait d'apprendre que sa vie reposait sur des mensonges.

Ethan ne reçut pas de nouvelles de Monica de tout le week-end. Il avait senti qu'elle avait été bouleversée par l'incident de Legacy Village et n'avait pas voulu la bousculer.

Le lundi après-midi, il était sur le point de lui envoyer un message pour lui demander s'il devait prendre ses dispositions et trouver un autre arrangement pour faire garder Trina mais, quand sa fille rentra de l'école, elle lui annonça que Kayla Patrelli l'avait invitée à venir dans son cours de danse pour faire un essai et voir si cela lui plairait. Cela faisait quelque temps qu'il espérait la voir manifester un intérêt pour une activité extrascolaire, c'était donc l'occasion rêvée.

De plus, peut-être que Monica avait raison. Comme elle l'avait dit, il n'était peut-être pas judicieux de trop s'immiscer dans leurs vies mutuelles.

Le mardi après-midi, quand il amena Trina pour son cours de tutorat, Monica garda ses distances. Chaque fois qu'il la surprit en train de le regarder, elle avait l'air bizarre. N'y tenant plus, il attendit qu'elle soit libre pour aller lui parler.

— Pourquoi tu me regardes comme ça ?

— Comme quoi ? demanda-t-elle, feignant de ne pas s'intéresser à la conversation et de s'affairer à trier des livres.

— Monica, ne joue pas à ce petit jeu. Tu n'as répondu à aucun de mes messages. Il s'est passé quelque chose vendredi soir, après notre départ de Legacy Village ?

Elle marqua une pause alors qu'elle tenait une copie plastifiée de *Gatsby le Magnifique* dans la main. Puis elle leva les yeux vers lui.

— J'ai découvert que mon père n'était pas celui que je pensais. Ma grand-mère ne m'a jamais dit la vérité.

— Elle n'en reste pas moins la personne qui t'a élevée avec amour, même si vous n'êtes pas liée par le sang.

Monica le regarda, interloquée.

— Non, je me suis mal exprimée. Mon père était bien mon père biologique. Je veux dire qu'il n'était pas ce que j'ai toujours cru qu'il était.

— Je ne comprends pas.

— Pour moi, mon père était un dealer de drogue, un criminel de bas étage. Or j'ai découvert vendredi soir qu'il appartenait à la DEA et qu'il avait passé sa vie comme agent infiltré dans le milieu de la drogue.

— Je suis soulagé de savoir que ta grand-mère m'a comparé à un bon samaritain et non à un criminel, ironisa-t-il.

Elle sourit, attendrie.

— Pourquoi es-tu aussi attentionné avec ma grand-mère ? Tu as ton travail, tes réunions de l'AAA, tu as découvert il y a peu que tu étais papa d'une fillette de onze ans et tu as même réussi à m'attirer dans tes filets. Pourquoi ?

— Je pensais qu'on s'était tous les deux attirés dans nos filets respectifs, l'interrompit-il.

— Si tu veux, mais… Pourquoi es-tu encore dans les parages et pourquoi es-tu aussi gentil envers grand-mère ?

— Premièrement, parce que je suis gentil, même si tu as du mal à le croire. Et deuxièmement parce que j'ai envie d'aller plus loin avec toi.

— Pourquoi ?

Sa question le blessa. Dans son regard, il vit que malgré tous ses efforts pour gagner sa confiance, il avait échoué.

— Pourquoi quoi ?

— Pourquoi un accro à l'adrénaline s'intéresse-t-il à un rat de bibliothèque comme moi ?

— Parce que je te trouve belle, intelligente, sérieuse et stable.

Elle le regarda, interloquée.

— Stable ? On peut dire que tu sais parler aux femmes, ironisa-t-elle avant de reporter son attention sur le garçon à qui elle avait conseillé un livre sur la reproduction des grenouilles, la fois où il l'avait embrassée dans les rayons.

— Choogie, tu as besoin d'aide ?

— Non, mademoiselle Alvarez, ça va, répondit-il, en prenant le volume contre lui et en s'empressant de retourner à la table où les jumeaux Gregson l'attendaient avec grand intérêt.

— Je sais qu'il a pris un volume sur l'anatomie du corps humain, donc je vais devoir intervenir avant qu'ils n'arrivent aux organes reproductifs.

— Attends, j'ai quelque chose à te dire.

— J'écoute, mais fais vite.

Prenant une grande inspiration, il se jeta à l'eau.

— J'ai déménagé plusieurs fois quand j'étais enfant. Lorsque j'étais dans la marine, je ne suis jamais resté plus de six mois au même endroit. Donc quand je dis stable, je parle de la stabilité géographique. J'aime le fait que tu sois née ici, que tu aies grandi ici et que tu aies fait ta vie ici. J'ai envie de me poser et d'offrir à ma fille ce que je n'ai jamais eu : un environnement stable.

— Tu sais, la plupart des femmes célibataires à Sugar Falls sont tout aussi stables, si tu vas par là.

— Monica, ne dis pas ça. Je n'ai pas envie d'être avec n'importe quelle femme célibataire de Sugar Falls. Je veux être avec toi. Auprès de toi, je suis calme. Je n'ai pas besoin de sauter d'un avion, d'une falaise ou de dévaler une montagne. Je peux juste être moi-même. Je ne dis pas que je n'aimerais pas revivre des sensations extrêmes, mais quand je suis avec toi, je n'ai pas besoin d'autre chose pour me combler ou me donner envie d'avancer. Tu m'as plu à l'instant où j'ai posé les yeux sur toi, avant l'arrivée de Trina. Et quand elle est entrée dans ma vie, tu as tout de suite su quoi faire pour qu'elle se sente à l'aise. Elle a besoin de toi presque autant que moi.

— Ethan, je ne peux pas assumer le fait que quelqu'un ait besoin de moi en ce moment. Entre mes deux emplois et ma grand-mère, j'ai à peine le temps de sortir la tête de l'eau.

— Pourquoi ce ne serait pas l'inverse ? Pourquoi tu ne pourrais pas avoir besoin de quelqu'un, pour changer ?

Elle leva les yeux au ciel. Le cœur d'Ethan s'emplit de déception.

— Tu voudrais que je dépende de toi ? Tu loues un appartement meublé depuis huit mois et tu n'as toujours pas déballé les cartons qui sont dans ta chambre. Tu as dit que tu cherchais la stabilité. Moi aussi.

Elle n'avait même pas cherché à amortir le choc de ses paroles avant de se diriger vers la table de jeunes garçons qui consultaient un ouvrage un peu trop avancé pour leur âge.

Elle avait laissé Ethan en plan, face à la dure réalité. Il avait besoin d'elle, mais il n'avait absolument rien à lui offrir.

Le mercredi matin, Ethan était chez Freckles pour installer l'électricité sous l'auvent situé à l'arrière de sa maison où elle avait fait construire un jacuzzi. Mais voyant le ciel s'obscurcir à vue d'œil et sentant les premières gouttes, il rangea ses outils. La chaîne météo ayant annoncé des orages, il décida d'arrêter et de reporter sa mission, car il n'avait aucunement l'intention de se faire électrocuter.

Comme il y avait une réunion de l'AAA à Shadowview à 10 heures, il passa d'abord se changer pour ne pas y aller en tenue de travail. Quand il arriva dans sa chambre et qu'il vit Tootie sur les cartons, il eut un déclic. S'il voulait que Monica le prenne au sérieux et le croie capable de lui offrir la stabilité qu'elle recherchait, il ferait mieux de suivre son conseil et de remonter ses manches pour trier ses cartons une bonne fois pour toutes.

Le premier fut relativement facile car il comportait essentiellement des papiers et des dossiers. Après avoir scanné quelques papiers personnels, il passa au dossier bancaire que l'avocat lui avait envoyé à la mort de son père. Après consultation des chiffres, entre l'héritage modeste de son père et l'argent qu'il avait économisé pendant ses missions à l'étranger, il avait assez pour s'acheter une petite maison victorienne. Ce serait parfait pour Trina et lui, et ça montrerait au reste du monde qu'il était capable de s'installer et de se poser.

Le deuxième carton contenait des photos, des certificats, des médailles et des récompenses. S'il y avait un bureau dans leur future maison, il les accrocherait au mur.

Le troisième carton fut une autre histoire. Il regretta de l'avoir ouvert et se leva pour aller se faire un café.

Tootie miaula comme chaque fois que quelqu'un s'approchait du réfrigérateur.

— Non, le vétérinaire a dit qu'il fallait arrêter les snacks.

Il but la moitié de sa tasse avant de l'emporter dans sa chambre et de faire face aux effets personnels de Damon Boscoe. Ceux qu'il aurait dû envoyer à sa famille il y avait longtemps. Le T-shirt, souvenir d'un concert d'Eminem. Le bandana avec le drapeau du Texas que Boscoe portait toujours sous son casque. Le paquet de lettres de sa mère qui sentaient les cookies à la vanille. Il passa en revue d'autres photos, puis ses yeux tombèrent sur le coquillage porte-bonheur que Boscoe avait trouvé sur une plage après avoir terminé la formation de plongée sous-marine. Le coquillage portait encore la trace du sang de son ami après l'embuscade dont ils avaient été victimes. Ethan se souviendrait toujours d'avoir tenu son ami dans ses bras, impuissant, attendant les secours.

Ce n'était pas la première fois qu'Ethan perdait un coéquipier au combat. Mais Boscoe, c'était différent. Le lien entre eux était beaucoup plus fort. Ils étaient tous les deux du Texas, ils avaient pris le même bus pour aller au centre de formation de l'armée et ils avaient été stationnés sur le même destroyer après avoir été diplômés de l'académie des SEAL.

Boscoe avait été comme un frère pour lui. Et Ethan l'avait tué. Du moins, il n'avait pas réussi à le sauver.

Après une enquête de longue haleine, le jury du tribunal militaire en était arrivé à la conclusion qu'Ethan n'était pas responsable de l'attaque qui avait causé la mort de Boscoe. Donc qu'il n'était pas responsable de sa mort. Officiellement.

Mais à l'époque Ethan n'était pas au mieux de sa forme. En effet, la veille, il avait descendu une bouteille de vodka pour fêter la capture de l'un des terroristes les plus influents de la région. Il avait l'esprit encore confus et le corps endolori par l'alcool quand le commandant de la base leur avait ordonné de se préparer à une intervention. Ils avaient eu vent d'une attaque de représailles et ils ne pouvaient se permettre de l'ignorer. Si Ethan avait eu les idées claires, il ne serait jamais allé dans cet endroit sans soupçonner un traquenard.

Il n'avait pas été aussi réactif et efficace que d'ordinaire, et son meilleur ami avait payé le prix de sa lenteur de réaction. Le lendemain, il s'était promis d'arrêter de boire.

En réalité, il n'avait vraiment franchi le pas qu'après sa rencontre avec Luke Gregson, sur le tarmac de San Diego, de retour aux États-Unis, alors qu'ils descendaient le cercueil de Boscoe de l'avion. Dix-huit mois auparavant.

Luke lui avait raconté l'histoire de sa première femme, décédée dans un accident de voiture, en état d'ébriété. Il s'en était toujours voulu de ne pas être intervenu avant et de ne pas lui avoir apporté l'aide nécessaire, par peur d'en parler autour d'eux. C'était Luke qui lui avait conseillé les réunions de l'AAA à San Diego, en lui donnant un petit fascicule.

Lequel était au fond du carton, sur une bouteille de whisky à moitié vide.

Tout à coup, Ethan se souvint de ce qui s'était passé.

À l'époque, il venait d'arriver à la base de Coronado et s'apprêtait à repartir pour une autre mission. Il avait remisé le fascicule et s'était mis à boire une bouteille de Jim Beam, ayant vite oublié ses bonnes résolutions. Plus tard, quand il était retombé sur le fascicule, un déclic s'était produit, et il n'avait pas terminé la bouteille. Il ne se souvenait pas de l'avoir mise dans le carton.

D'un côté, il avait envie de la garder comme un trophée, mais de l'autre, il ne voulait pas tenter le diable. Sans réfléchir, il alla jusqu'à la salle de bains et en vida le contenu dans les toilettes.

Malheureusement, comme il avait oublié de fermer la porte, Tootie s'engouffra dans la brèche, sautant aussitôt pour essayer d'attraper le rouleau de papier toilette. Ce faisant, ayant raté sa cible, elle atterrit sur Ethan qui fut déséquilibré et renversa du whisky sur son T-shirt.

Il était sur le point d'aller se changer quand son téléphone vibra dans sa poche. C'était Trina, son sang ne fit qu'un tour.

— Trina, qu'y a-t-il ? Pourquoi n'es-tu pas en classe ?

— Tu peux venir à l'école ?

— J'arrive tout de suite, marmonna-t-il, se précipitant hors de chez lui sans prendre la peine d'enfiler un T-shirt propre.

- 15 -

Quand Monica arriva dans les toilettes de l'école primaire, elle y trouva Ethan, assis entre deux lavabos, sentant le whisky. S'était-il remis à boire ?

Un immense sentiment de déception s'empara d'elle, mais elle était là pour Trina. Elle lui réglerait son compte plus tard.

— Où est Trina ? Que s'est-il passé ?

Il lui indiqua du doigt la porte du cabinet où sa fille se cachait. Trina en sortit bientôt, son téléphone à la main.

— J'ai eu ton message, ma chérie. Pourquoi te caches-tu dans les toilettes ?

— On est mercredi, dit Trina, comme si cela était censé être une explication suffisante.

— Tu as peur pour ton devoir de maths ? Je pensais que c'était demain.

Monica fusilla Ethan du regard en articulant les mots suivants : « Tu as bu ? »

Il fronça les sourcils en secouant la tête puis sauta par terre. Il avait l'air assez stable, c'était déjà un bon point.

— Non, ce n'est pas à cause de mon devoir de maths.

— Alors que se passe-t-il ?

— Elle voulait attendre que tu sois là pour nous le dire. Trina, nous t'écoutons.

— Vous avez dit tous les deux que vous vouliez faire ce qu'il y avait de mieux pour moi. C'est vrai ?

— Oui, et alors ? demandèrent-ils en chœur.

— Et alors ? Alors, ce qu'il y aurait de mieux pour moi, ce serait de vous voir en couple et heureux d'être à deux.

Ethan leva les yeux au ciel. Monica ouvrit la bouche pour protester, mais Trina leva la main pour l'en empêcher.

— Je sais que vous ne vous parlez plus, en ce moment. Papa, ce week-end, tu regardais ton téléphone toutes les cinq minutes pour voir si Monica ne t'avait pas écrit. Et Monica, quand on a rendu visite à ta grand-mère, dimanche, elle m'a dit que tu étais amoureuse de mon père et que c'était à moi d'intervenir pour vous mettre ensemble, sur le droit chemin.

— Ma chérie, tu sais très bien que grand-mère divague…

— Elle m'a prévenue que tu dirais ça. Mais quand j'ai vu la façon dont tu regardais mon père hier, à la bibliothèque, j'ai su qu'elle avait raison.

Ethan siffla entre les dents.

— Eh ben dis donc… Tu as décidé que le meilleur moyen de nous mettre en couple, c'était de nous faire venir tous les deux dans les toilettes de l'école en prétextant une urgence ? Chapeau !

— Je n'ai jamais dit que c'était une urgence. Mais on est mercredi, et mon tutorat de demain a été annulé, donc je savais que je devais agir rapidement, sinon vous n'alliez pas vous parler avant lundi prochain.

— Tu sais, Trina, c'est plus compliqué que ça. Il ne suffit pas de nous réunir dans le même lieu pour que nous nous parlions, quel que soit le lieu, ironisa Monica.

— Ce n'est pas compliqué du tout, rétorqua Trina.

— Ethan, tu peux intervenir pour m'aider ?

— Moi, je trouve que Trina a raison. C'est bien de se parler, de temps en temps.

— Vous avez environ vingt minutes avant que la cloche sonne et que les toilettes soient envahies par des filles. Moi, je dois retourner en cours sinon on va se demander ce que je fabrique. Après, si vous avez besoin de mes conseils, je serai dans la salle polyvalente.

Dès que Trina disparut, Monica eut envie de la rappeler pour lui demander de plus amples explications sur son comportement. À présent, à cause de cette gamine, elle devait faire face à Ethan.

— Alors ? Par où commencer ? demanda-t-il, se calant contre un mur, bras croisés, comme s'il était là pour un moment.

À cet instant, une petite fille avec des couettes et un badge autour du cou entra dans les toilettes. En les voyant, elle s'arrêta net.

— Ne t'inquiète pas, on s'en va, la rassura Ethan au comble de la gêne.

Aussitôt dit, aussitôt fait, ils sortirent. Elle pensait avoir réussi à éviter le pire, mais Ethan la prit par le bras.

— Allons continuer notre échange dehors.

Mais la pluie n'avait pas cessé de tomber.

— Quelle averse ! s'exclama-t-elle en essuyant ses lunettes.

— Il pluvine à peine. Tu as tellement peur de rester avec moi que tu serais prête à invoquer un ouragan de catégorie quatre pour t'enfuir.

— Je n'ai pas peur de rester avec toi.

— Disons que tu fais tout pour m'évider.

— C'est faux.

— Je vois que tu n'es pas prête à parler de ce qui se passe entre nous. Comme tu voudras. Préviens-moi quand ce sera le cas, maugréa-t-il en sortant les clés de sa poche.

— Tu es sûr que c'est prudent de conduire dans ton état ?

— Quel état ? s'enquit Ethan, sachant très bien où elle voulait en venir.

Il avait vu le regard de désapprobation qu'elle lui avait lancé dès qu'elle était entrée dans les toilettes et qu'elle avait senti son T-shirt. Elle ne lui faisait pas confiance. Il en fut profondément peiné.

— Ethan, ne me prends pas pour une idiote. Ou alors tu as fait exprès de te parfumer au whisky ?

— Tu n'es pas loin de la vérité. Figure-toi que j'ai fait exprès de jeter le contenu d'une bouteille de whisky dans les toilettes avant qu'un chaton désireux d'attraper du papier toilettes ne me déséquilibre et que je renverse du whisky sur moi.

— Pourquoi vidais-tu une bouteille de whisky dans les toilettes ?

— À l'origine, elle se trouvait au fond d'un carton. Car j'ai enfin commencé à vider mes cartons, dans l'espoir de te plaire et de t'offrir une image plus stable. Mais au moment où j'allais me changer, j'ai reçu l'appel de Trina et j'ai accouru ici.

— Oh.

— Oh ? C'est tout ce à quoi j'ai le droit ? demanda-t-il, les mains sur les hanches.

— Je suis désolée d'avoir cru que tu avais replongé.

— Je ne vais pas te cacher que je suis peiné de tes doutes à mon égard. Je ne vais pas prétendre qu'il n'y a pas de risque pour que je replonge, mais j'essaie de rester dans le droit chemin. Je fais tout pour m'en sortir.

— Moi aussi, j'essaie de m'en sortir.

— Ah bon ? Comment ça ?

— J'ai fait l'amour au plus bel homme que j'aie jamais vu. Et j'ai trouvé ça extraordinaire.

Il marqua un temps d'arrêt, puis il sentit un sourire se dessiner sur ses lèvres. Monica aussi pensait que leurs ébats avaient été extraordinaires ? Il aurait aimé réagir, mais elle n'avait pas terminé.

— Et j'ai cru pouvoir suivre cette voie sans m'engager

réellement. Jusqu'à ce que toutes mes émotions s'en mêlent et sèment la zizanie dans mon cœur et dans mon esprit. As-tu idée à quel point je suis hors de ma zone de confort ?

— Je pense que tu es préoccupée par ce qui arrive à ta grand-mère et par les découvertes que tu as faites sur ton père. Mais je pense aussi que c'est plus facile pour toi de me tenir à distance.

— Tu ne comprends pas que je suis obligée de te tenir à distance.

— Pourquoi ?

— Pour me protéger.

— Te protéger ? De qui ? De quoi ?

— Je voulais m'empêcher de tomber amoureuse de toi ! hurla-t-elle d'une voix à l'opposé de celle d'une bibliothécaire.

Il eut l'impression que son cœur allait lâcher tellement le flot d'émotions qu'il ressentait était intense.

— Pourquoi aurais-tu voulu t'empêcher de m'aimer ?

— Et si tu partais ?

— Je te retourne la question. Et si toi, tu partais ?

— Pourquoi je partirais ?

— Je ne sais pas. Qu'est-ce qui te fait penser que c'est moi qui partirais ? Au cours des quatre dernières semaines, tu as refusé en bloc de faire des promesses et de t'engager. Pourtant, ça ne m'a pas empêché de tomber éperdument amoureux de toi.

Monica sembla tomber des nues.

— Mais toi, tu aimes prendre des risques. Pas moi.

— Pour ce qui est de mes émotions, je n'ai jamais été habitué à prendre des risques. Tout ce que je sais, c'est que je ne veux pas voir ma vie défiler devant moi.

— Tu penses que je laisse ma vie défiler ?

— C'est ta grand-mère qui a dit ça.

— Mais tu es d'accord avec elle.

— Peu importe. L'autre jour, tu m'as demandé pourquoi tu me plaisais. J'ai essayé de te le dire, tout simplement, mais tu m'as rejeté. Comme si mes sentiments n'étaient pas suffisants pour toi. Comme si, moi, je n'étais pas suffisant pour toi.

— Bien sûr que tu es largement suffisant pour moi. Tu représentes encore plus que tout ce à quoi je n'ai jamais pu aspirer. Mais les contes de fées, ça existe dans les livres. Il faut plus qu'une attirance physique pour fonder une relation.

— Donc tu admets être attirée par moi ? C'est déjà un bon début, la taquina-t-il.

— Je pense que tu en as eu la preuve dans mon escalier et dans la réserve de la bibliothèque.

— Cela explique pourquoi tu as fait l'amour avec moi. Mais pourquoi m'as-tu autant aidé à m'occuper de Trina ? Pourquoi as-tu partagé autant de ta vie personnelle avec moi ? Avant de prendre tes distances.

— Parce que j'avais peur. Mais en réalité… J'adore le fait que tu sois fort, résistant, et que tu n'abandonnes jamais. J'adore le fait que, même si tu n'es pas dans ton élément, tu fais quand même ton possible pour agir au mieux. J'adore le fait que tu aies essayé de comprendre Trina, sans chercher à te défendre ou la pousser à voir les choses à ta façon. J'adore le fait que tu ailles rendre visite tous les jours à une vieille dame, même si, la plupart du temps, elle ne sait pas qui tu es. J'adore le fait que, quand je suis dans tes bras, ton regard devient soudain pétillant. Et j'adore le fait de m'être trompée sur qui tu étais vraiment.

Il s'approcha d'elle, glissant une mèche de cheveux derrière son oreille pour dégager son visage.

— Dois-je comprendre que tu es prête à t'engager ?

— J'étais prête à m'engager depuis longtemps, mais j'étais paralysée par les démons du passé.

— Je vois…

— Je t'aime, Ethan Regnault, souffla-t-elle en le prenant par le cou.

Les mots flottèrent autour de lui, alors qu'un sentiment de paix l'envahissait, l'ancrant dans l'instant présent.

Il avait terriblement envie de l'embrasser, mais il brûlait aussi de la contempler et de mémoriser pour toujours la façon dont elle le regardait en cet instant.

— Moi aussi, je t'aime, Monica Alvarez. Je sais que nos vies sont chaotiques et qu'entre Trina et ta grand-mère nous allons avoir des défis à relever. Mais je peux t'assurer que tu pourras toujours compter sur moi et que je serai toujours là à tes côtés.

— Vous m'avez ôté les mots de la bouche, monsieur Regnault, plaisanta-t-elle avant de venir s'emparer de ses lèvres dans un baiser avide et langoureux.

Épilogue

Le matin du 8 avril fut admirablement ensoleillé. C'était précisément deux mois après l'anniversaire de Trina, et Ethan avait insisté pour organiser une grande fête, arguant qu'il n'avait pas envie d'attendre l'année suivante pour célébrer la naissance de sa fille en bonne et due forme.

Monica et Trina décorèrent le jardin pendant qu'il se rendait à Legacy Village pour ramener la grand-mère de Monica afin qu'elle profite des festivités avec eux. Trina avait invité des amis de sa classe, mais quand le voisinage eut vent qu'Ethan avait loué une course d'obstacles gonflable et un énorme trampoline, tout le monde eut envie de venir à l'anniversaire.

— *Mija*, c'est exactement ce dont cette maison avait besoin. Des enfants, des amis, de la musique, des rires. Mais pourquoi ne pas m'avoir demandé de cuisiner ? s'enquit sa grand-mère alors que Monica lui apportait un verre de limonade glacée.

— Ethan a commandé des pizzas, c'était plus simple. Et je voulais que tu profites de la fête. Comment te sens-tu ?

— Je vais bien. Certains jours sont plus faciles que d'autres.

— Tu n'es pas obligée d'y retourner, tu sais.

— En fait, j'aime assez cet environnement. Tu as toujours été une enfant calme et, après le décès de ta maman, j'ai dû m'occuper de toi à temps plein, donc j'ai mis ma vie entre parenthèses. Mais j'aime être entourée de gens et les aider. Ne le prends pas mal, mais à la maison, je m'ennuyais à mourir. Tu travaillais et, moi, je ne pouvais pas conduire. Là-bas, il y a toujours du mouvement, toujours des gens à qui parler, des choses à faire. C'est mieux pour moi.

— Mais tu me manques, balbutia Monica, les larmes aux yeux.

— La personne que j'étais te manque. Mais je ne suis plus cette personne. Et je ne le serai plus jamais.

— La maison est tellement calme sans toi.

— Fais comme aujourd'hui, invite des gens. Tu devrais inviter Ethan et Trina à venir habiter avec toi. Ils pourraient emménager avec leur chat.

— Je pense qu'Ethan et Trina sont contents dans leur appartement pour le moment…

Elle entendit Ethan tousser.

— Figurez-vous que j'ai espionné votre conversation et que je peux apporter de précieux éléments à l'enquête. Trina déteste l'appartement et moi j'aime beaucoup les maisons de cette rue. Surtout celle-ci. Quand je suis venu faire les réparations dans la cuisine en novembre, je me suis dit que ce qui manquait dans le jardin, c'était un abri en bois et en verre.

— J'ai toujours rêvé d'en avoir un. Je m'en serais servi de studio de danse. Mais ça pourrait aussi être une salle de lecture.

Ethan regarda Monica dans les yeux, l'enflammant rien qu'en lui offrant le sourire sexy dont lui seul avait le secret.

— Je ferai tout pour satisfaire Monica et Trina.

Sa fille arriva sur la terrasse à cet instant précis.

— Alors ? Tu as réussi à les convaincre ?

— Sois patiente, murmura la vieille dame.

— Nous convaincre de quoi ? s'enquit Monica.

— Ethan, vous pensez que vous pourriez construire une tonnelle, dans ce coin-là ? Il ne faudrait pas que ce soit gigantesque mais, disons, assez grand pour… une cérémonie de mariage ?

Monica sentit ses joues s'empourprer et s'apprêtait à répliquer à sa grand-mère qu'elle devait arrêter de faire des suggestions aussi abracadabrantes quand Ethan intervint :

— Excellente idée ! s'exclama-t-il avant de se mettre à genoux avec un petit boîtier à la main.

Le silence le plus total se fit dans le jardin.

Monica baissa les yeux vers la bague puis plongea son regard dans les yeux bleu saphir d'Ethan qui brillaient de bonheur et d'espoir.

— C'est une…, balbutia-t-elle.

— Monica Alvarez, je t'aime. Si tu acceptes de m'épouser et que tu me promets une vie de stabilité, en retour, je te promets une vie d'aventure.

Elle acquiesça, des larmes de bonheur lui brouillant la vue. Ethan ne prit même pas la peine de lui enfiler la bague, trop pressé de la prendre dans ses bras pour sceller leur union.

Tous les invités applaudirent en criant des hourras, et Trina sauta de joie en tenant la grand-mère de Monica par la main. Ils formeraient une famille atypique, mais ils ne seraient pas les premiers. Même avec les virages difficiles qu'ils auraient à négocier, elle se réjouissait à l'idée de partager de nombreux moments de bonheur auprès de Trina, qu'elle aimait comme sa fille, et d'Ethan, l'homme de sa vie.

Ensemble, ils seraient capables de tout.

Retrouvez en mai 2020,
dans votre collection

PASSIONS

Deux semaines de tentation, de Maureen Child - N°863

Liam Morrow ne s'échappera pas, c'est une promesse que se fait Chloe. Alors qu'ils sont bloqués tous deux par la tempête qui sévit, elle se fait fort d'obliger le riche, séduisant mais si sauvage éleveur à lui apporter des réponses sur son commerce. Même si une culpabilité inexplicable étreint son cœur depuis qu'il s'est montré si généreux en la recueillant dans son ranch, à l'abri de l'hostilité du climat…

Une citadine dans son ranch, de Kathy Douglass

Si seulement Cade Battle pouvait la traiter aussi bien que les animaux de compagnie qu'elle a temporairement placés dans son ranch ! Megan commence à ne plus pouvoir souffrir les sautes d'humeur de cet homme qui semble la juger non pas sur ce qu'elle est, mais sur son origine new-yorkaise. Lui qui tient la ville en horreur ne voit-il pas que, si elle est ici, c'est justement pour prendre un nouveau départ ?

Objectif : mariage à tout prix !, de Susannah Erwin - N°864

Devenir l'épouse temporaire de Luke Dallas ? La clause n'était pas dans le contrat initial ! Si Luke l'a engagée c'était spécifiquement pour qu'elle lui déniche un mariage arrangé, améliore son image et sauve par là même son entreprise. Pas pour qu'il lui montre qu'elle a échoué dans cette mission et exige qu'elle joue les roues de secours alors qu'il la fascine depuis leur première rencontre.

Une famille providentielle, de Carrie Nichols

Vivre au jour le jour, sans se poser de questions ? Mary en est incapable malgré la volonté de Brody – le frère de son ex-compagnon, tout juste revenu du front – qui l'héberge. Se rend-il compte que son petit garçon de sept mois a besoin de stabilité et que, malgré le désir brûlant que Brody provoque en elle, une nuit sans lendemain doit rester du domaine du fantasme, rien de plus ?

Deux berceaux pour une seconde chance, de Tara Taylor Quinn - N°865

Stupide. Imprudente. Égoïste. Mallory n'a de cesse de se blâmer en voyant que Braden, son ex-mari, est décidé à revendiquer la paternité des jumelles qu'elle attend, alors qu'il s'était engagé à ne pas le faire. Si elle l'a abandonné une première fois il y a trois ans, c'est bien qu'il y avait une raison. *Une excellente raison.* Braden ne tient pas ses promesses et, malgré tout l'amour qu'elle ressent, elle doit s'éloigner de lui dès à présent pour le bien de ses enfants.

Voluptueux gala, de Joanne Rock

Lorsqu'elle ouvre les yeux sur le corps sculpté de Xander Currin, Frankie laisse le bien-être l'envahir… avant de réaliser la terrible erreur qu'elle vient de commettre. Bien sûr le gala de la veille était magique, et c'est à Xander qu'elle doit d'avoir pu y assister pour nouer des contacts professionnels. Mais Xander n'est pas homme à la rendre heureuse depuis le deuil qui a assombri sa vie, elle le sait pourtant bien.

Cruel séducteur, de Jules Bennett - N°866

SÉRIE : LA VENGEANCE DES HÉRITIERS TOME 1

Comme si la mise à l'épreuve de son père n'était pas suffisante, il aura fallu que le destin mette sur sa route le troublant Dane Michaels ! Stella désespère. Elle n'a que quelques mois pour prouver qu'elle peut gérer la clientèle de l'hôtel Montana, résidence de luxe qui appartient à sa famille, si elle veut en récupérer la propriété. Et ce Dane Michaels la poursuit de ses assiduités tout en lui proposant une somme colossale pour lui racheter le complexe.

Délicieux menteur, de Jules Bennett

SÉRIE : LA VENGEANCE DES HÉRITIERS TOME 2

Anéantie. En apprenant que son père n'est autre que l'homme dont Ethan Michaels, son nouvel époux, veut obtenir vengeance depuis des années, Harper suffoque. Ethan, le futur père de son enfant et l'homme qu'elle aime plus que tout, se serait-il uniquement servi d'elle pour parvenir à ses fins ?

L'enfant du renouveau, de Christy Jeffries - N°867

Elle, enceinte ? Rebekah ne peut le croire. Elle qui a toujours mis un point d'honneur à régenter sa vie et à ne pas s'attacher aux autres, y compris aux animaux du refuge de Furever Paws qu'elle dirige, va devenir *maman*. Et Grant – le futur père –, elle en est persuadée, prendrait la fuite en apprenant la nouvelle. Une nouvelle qu'elle compte donc garder pour elle, quoi qu'il lui en coûte...

Un mariage (pas si) arrangé, de Lauren Canan

Un mariage temporaire avec le fils de son ennemi ? Ally doit s'y résoudre si elle veut tenter de récupérer le ranch que le père de Seth – le séduisant faux fiancé – se propose de lui rendre. Lui y gagnerait, à ce qu'il prétend, une part d'héritage importante. Mais le sang traître ne coule-t-il pas aussi dans les veines de Seth qu'il deviendrait, dès lors, dangereux de croire ?

Un pacte délicieux, de Michelle Major - N°868

Julia est bouleversée. Si elle ne peut offrir un foyer digne de ce nom à son petit garçon, elle perdra bientôt sa garde... À moins qu'elle n'accepte l'étrange proposition de Sam Callahan : l'épouser sans tarder. Certes, ce mariage de pure convenance avec un homme aussi puissant que respectable lui permettrait de ne pas être séparée de son enfant. Mais peut-elle vraiment s'adonner à cette folie, alors qu'elle ne comprend pas les réelles motivations de Sam ?

Une nuit de mensonges, de Heidi Betts

Quand Jessica aperçoit Alexander dans l'hôtel où elle travaille, elle frémit en reconnaissant l'homme qui a causé la faillite de sa famille. Et si c'était là une occasion de se venger de lui et de le faire payer pour toute la souffrance qu'il a provoquée ? Son plan est tout trouvé : elle va le séduire, le rendre fou de désir, l'étourdir de passion. L'anéantir. Un plan parfait, à condition qu'elle parvienne à ignorer l'attirance que cet homme éveille en elle...

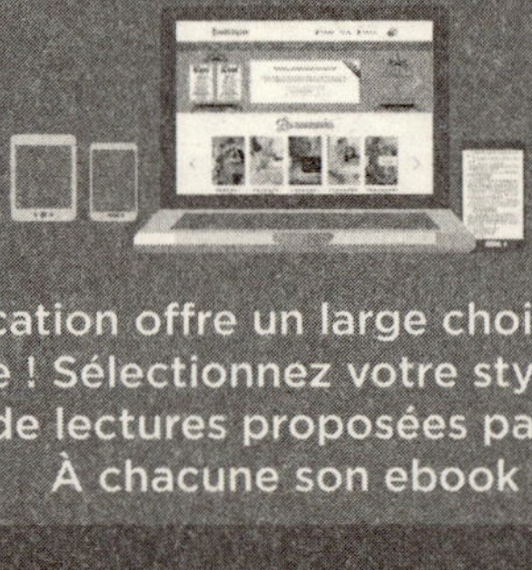

Composé et édité par HarperCollins France.

Achevé d'imprimer en mars 2020.

CPi
BLACK PRINT

Barcelone

Dépôt légal : avril 2020

MIXTE
Papier issu de sources responsables
FSC® C108412
FSC
www.fsc.org

Pour limiter l'empreinte environnementale de ses livres, HarperCollins France s'engage à n'utiliser que du papier fabriqué à partir de bois provenant de forêts gérées durablement et de manière responsable.

Imprimé en Espagne.